# 土默熱紅學：大突破

《紅樓夢》作品真諦

卷下

土默熱◎著

# 目錄

# 七、《紅樓夢》作品時代背景分析

# 《紅樓夢》創作背景探討

馬克思主義理論的常識及現代社會科學理論都告訴我們，社會存在決定社會意識。文學創作領域也是如此。任何一部文學作品，必然深深打著其創作時代的社會印記，必然體現其創作時代的文學風格，也必然折射出作家本人的人生閱歷。《紅樓夢》這部浪漫主義和現實主義高度和諧統一的古典文學作品，也決不會是脫離時代背景和作者經歷而憑空杜撰的。研究《紅樓夢》的作者，僅憑對幾條史料的繁瑣考證或對幾件史實的附會索隱，是遠遠不夠的，還應把作品放在更廣闊的社會背景下，去探討該作品在該時、該地、由該人創作出來的歷史必然性。

筆者推斷洪昇是《紅樓夢》的原作者，而曹雪芹不具備創作《紅樓夢》的客觀和主觀條件，只不過是「披閱增刪」者，主要就是根據《紅樓夢》產生的時代背景和作者人生閱歷推論的，這裡，筆者願對此再進行一番系統的詳探，以說明《紅樓夢》的作者只能是「這一個」而非另一個，並就教於紅學界同仁。

在《紅樓夢》第五回中，作者精心創作了一套「紅樓夢套曲」，作爲全書之框架及諸

女兒命運之綱。套曲開明宗義唱道：「開闢鴻蒙，誰爲情種？都只爲風月情濃。趁著這奈何天、傷懷日、寂寥時，試遣愚衷。因此上，演出這懷金悼玉的《紅樓夢》。」作者在這首曲子中告訴我們：其一，寫這部書是爲了追念「風月情濃」之時，爲了寫「懷金悼玉」的愛情；其二，寫這部書是在作者面臨寂寥傷懷、無可奈何之際，亦即倒楣的日子；其三，作者要借這部著作排遣「愚衷」，也就是說心裡話，說實話。這三層意思，作者在《紅樓夢》一書中特別是開篇那大段枯燥冗長的文謅謅的文字中，已反覆告訴過讀者。那麼，作者創作這部作品之際，究竟處在一種什麼樣的社會環境之下呢？究竟因爲什麼而倒楣傷心呢？究竟因爲什麼此時更加懷念昔日的閨友閨情，必欲寫出這「懷金悼玉」的《紅樓夢》呢？讓我們展開洪昇所生活的那個時代的畫卷，去探討作者在紙面和紙背所記錄的史實吧。

## 一、「亂哄哄你方唱罷我登場，反認他鄉是故鄉」——《紅樓夢》創作的社會背景

我們說《紅樓夢》創作的時代是康熙年間而非乾隆年間，是因爲書中深深烙著康熙年間動亂紛爭的印記，這與相對歌舞昇平的乾隆年代有著顯著的不同。曹雪芹一生主要生活在乾隆年間，其筆下難以反映出其祖父曹寅所處年代的社會特徵；而洪昇與曹寅爲同時代人，比曹雪芹的爺爺還要大上幾歲，其筆下反映出康熙年間的社會特徵，就是自然而又必然的事情了。

康熙年間，有幾件轟轟烈烈的大事件、大背景，在《紅樓夢》中均有程度不同的反

映：

1.康熙朝屬於大清王朝的初創時期，南明小朝廷剛剛覆滅不久，清軍入關後特別是征服江南時的殘暴陰影仍深深烙在人們心中，「揚州十日」、「嘉定三屠」等暴虐事件在江南士子中廣泛流傳；所謂的清初四大案（剃髮案、明史案、科場案、奏銷案）對江南士人打擊沈重，士人對新王朝尚未歸心，感歎興亡乃至反清復明思想仍有廣闊的市場。

洪昇，祖籍浙江錢塘，出生在順治二年兵荒馬亂之中，其母黃氏逃難途中，在錢塘城外山中一個「費」姓農婦家中生下了洪昇。洪昇家庭是一個書香門第、世宦人家，「宋朝父子公侯三宰相，明季祖孫太保五尚書」，顯赫得很，其曾祖父洪椿曾任明朝都察院右都御史，可謂世受明朝國恩。至清初，雖非巨族顯宦，在當地亦可謂「望族」。洪昇就學後，先後師從於陸繁弨、沈謙、毛先舒等著名文壇大家，這些人均抱亡國之痛，終身不肯仕清。在這種家庭和社會環境下生長的洪昇，其思想深處必然深深烙下興亡感歎。這一點既體現在洪昇的大量詩作中，也體現在洪昇的代表作《長生殿》傳奇中。《長生殿》紙面上是寫李楊間生死不渝的愛情，紙背裡卻是借「安史之亂」的廣闊背景，去抒發國破家亡之痛。在《紅樓夢》中，作者是否也抒發了這種興亡感恨呢?答案應是肯定的。

《紅樓夢》書中除大量的皮裡陽秋地對君王名爲讚頌實爲譏諷之描寫外，還集中體現在「老學士閑征姽嫿詞」一章中。書中寫賈政及其幫閒清客新得了一個題目，讓寶玉、賈環、賈蘭三人賦詩讚頌「林四娘」。環、蘭之詩簡短且平平，寶玉卻題詠了一首長篇「古風」，

對「林四娘」讚頌備至，受到門客的誇獎和賈政的首肯。這個「林四娘」的故事非同一般，洪昇的同時代人王士禛和蒲松齡在《池北偶談》和《聊齋志異》中，也分別記載了這個故事，雖故事內容與《紅樓夢》有所不同，但「林四娘」作爲山東青州衡府宮人的身分相同，死於戰亂的悲劇下場亦相同。可見此故事在順康年間流傳甚廣。

據紅學界分析，「林四娘」或死於「流寇」，或死於清兵劫掠山東，總之是死於兵連禍結、黎民塗炭之時。筆者認爲，死於「流寇」即李自成推翻明王朝戰爭的可能性不大，因爲李自成起義軍轉戰過程中，並未在山東打過大仗，明史也未見衡王征剿「流寇」的記載。即使「林四娘」真的是死於「流寇」，亦可見《紅樓夢》作者的遺民思想即對明朝的懷念和惋惜。「林四娘」死於清兵劫掠山東的可能性很大，清廷入主中原前，多爾袞曾指揮清兵，採用「流寇」式的戰術劫掠山東，明王朝之兵民財產損失慘重，這些都是有史可稽的。

蒲松齡所記之「林四娘」鬼魂曾賦詩一首：「靜鎖深宮十七年，誰將故國問青天？閑看殿宇封喬木，泣望君王化杜鵑。海國波濤斜夕照，漢家蕭枝靜烽煙。紅顏力弱難爲厲，蕙質心悲只問禪。日誦菩提千百句，閑看貝葉兩三篇。高歌梨園歌代哭，請君獨聽亦潸然。」將這首詩與寶玉之「古風」對照看，問題就更明瞭了：「故國」已灰飛煙滅，「君王」已化「泣血杜鵑」，「紅顏」雖死但難成厲鬼，只好對漢家陵闕「以歌代哭」。綜合寶玉謳歌的壯烈殉國「林四娘」和蒲松齡筆下「以歌代哭」懷念故國的「林四娘」，「林四娘」故事中的故國情思不是力透紙背了麼！

《紅樓夢》中甄士隱和癩頭和尚「好了歌」的「好了歌解」，紅學界一般認爲是體現虛無主義消極避世思想的作品，也有人認爲句句都隱寫了紅樓諸女兒的悲劇命運，因而據此去推斷後四十回諸女兒的下場。實際上未必是這麼回事。作者安排甄士隱走投無路的情況下，憤急中吟出來的這首曲子，實有深義寓焉，後文再述。僅從字面看，也應視爲一首感歎朝代更替、歷史興亡的力作：今朝的「陋室空堂」，當年曾經是「笏滿床」的昌盛高官巨族的宅府；今日的「衰草枯楊」淒清之處，當年曾經是熱鬧繁華的「歌舞場」；因舊王朝崩潰而「蛛絲兒結滿雕樑」畫棟的官府，今朝的新貴們又把「綠紗糊在篷窗上」；昔日「金滿箱、銀滿箱」的石崇般富貴的達官貴人，今日已淪落爲「人皆謗」的乞丐優伶娼妓，如此等等。昔日的王朝已灰飛煙滅，「落一片白茫茫大地真乾淨」；「亂哄哄你方唱罷我登場」，入主中原的新貴們「反認他鄉是故鄉」，「好像有幾百年熬煎似的」，「千里搭涼棚——沒有不散的筵席」，「到頭來」也只能是「爲他人做嫁衣裳」！這種感歎與洪昇的代表作《長生殿》中楊通幽、李龜年感歎「安史之亂」所唱的曲子如出一轍，深刻地體現了作者感歎歷史興亡、世事滄桑的情感，一定程度上也隱現了作者反清悼明的內心隱秘。

2. 康熙一代，戰事頻仍。首先是平定「三藩之亂」，繼之爲征剿噶爾丹、收復台灣。平定吳三桂、耿精忠、尚可喜「三藩之亂」，從一六七三年起，歷時八年，戰事波及半個中國。一六八三年，康熙派施琅率水師收復台灣，設台灣府，隸福建管轄。征剿噶爾丹之役，康熙帝御駕親征，從一六八八年至一六九七年，歷時幾近十年。這幾次大的戰爭，洪昇一生中均曾耳聞目睹，在其作品中不能不有所反映。但《紅樓夢》是一部描寫家庭生活的小說，不可能直接描寫戰爭，只能通過書中人物對話間接提及。

《紅樓夢》第七回焦大混罵之際，尤氏曾向鳳姐介紹過焦大的「老資格」：「從小兒跟著太爺們出過三四回兵，從死人堆裡把太爺背了出來，得了命。自己挨著餓，卻偷了東西來給主子吃。兩日沒得水，得了半碗水給主子喝，他自己喝馬溺。」焦大自己也嚷嚷：「二十年頭裡焦大太爺眼睛裡有誰？」焦大時年已「七老八十」，「二十年頭裡」起碼也五十多歲，倘按康熙中期推算，正是「從龍入關」的那批身經百戰的老「八旗兵」，定鼎北京後打的幾次大仗，就是上述幾次戰爭。至曹雪芹生活之乾隆中葉，這批八旗老兵早已作古，決不會仍健在人世、詈罵後代主子的。寶玉在發表對「文死諫、武死戰」看法的謬論時，也曾說過：「誰又是征過逆賊、擒過反叛的？」可見征剿「三藩」、噶爾丹等「逆賊反叛」之事是當時人們的口頭禪，連寶玉罵小廝都喝道：「反叛草的！」這應是康熙朝的習慣，乾隆朝承平已久，不應有此習慣。

收復台灣之役洪昇應更清楚，台灣首任太守翁世庸在京期間與洪昇過從甚密，洪昇因「國喪」期間「聚演《長生殿》」而被逮捕下獄一案中，翁世庸也因同案被牽連革職。洪昇在《紅樓夢》中，沒有明寫收復台灣之役，卻借寶琴之口，寫了個「真真國女孩子」及她的一首詩。詩中寫道：「昨夜朱樓夢，今宵水國吟。島雲蒸大海，嵐氣接叢林。月本無今古，情緣自淺深。漢南春歷歷，焉得不關心。」詩中特提的「朱樓夢」，應該是影射鄭成功。鄭成功被南明皇帝賜姓朱，號稱「國姓爺」，用「朱樓夢」代指鄭成功反清復明夢想，十分恰當。詩中這個「和西洋畫上的美人一樣」的女孩子，大概是曾盤踞台灣的荷蘭人。其詩形容的景物，視之爲台灣甚恰。

3.康熙大帝的思想比較解放，能夠舉目看世界。他曾師從李光地和外國傳教士學習英語。康熙初年，清王朝先後與荷蘭、英國、法國、葡萄牙等國建立貢市貿易關係。一六八四年，開放廣東、福建、江南、浙江、山東、直隸百姓從事海上貿易。開放海禁，設立海關，海外貿易迅速發展到日本、東南亞，遠至歐洲。時任明史館編修的姜宸英曾描述：「民內有耕桑之樂，外有魚鹽之資，商舶充於四海，遍於占城、暹邏、真臘、滿剌加、悖泥、荷蘭、呂宋、日本、蘇祿、琉球諸國。凡藏山隱谷方物，鑲寶可效之珍，畢至闕下，積輸於內府，於是恩貸之詔日下，秋澤汪恢，耄倪歡悅，喜見太平，可謂極一時之盛。」

《紅樓夢》書中，對這些舶來品的描寫觸目皆是，如大穿衣鏡、依弗納、玻璃台、猩紅洋氈、白犀麈、烏銀洋鏨自斟壺、西洋機括、玻璃燈、金西洋自行船、溫都里納、金自鳴鐘、倭刀等等。寶玉等貴族公子哥，受此風薰染，亦粗知幾句外國語言。由此可見，用舶來品，說洋話，在當時貴族或富豪之家已成爲一種時尚。特別值得注意的是賈母賜給寶玉的「雀金呢」大衣，據說是用孔雀毛織成的。不論孔雀毛能否紡紗織布，也不論俄羅斯是否有孔雀，俄羅斯商品進入中國則是不爭之事實。這與康熙朝大舉反擊俄羅斯東侵，穩定兩國邊界、發展中俄貿易是直接相關的。一六八五至一六八六年，清兵取得雅克薩之戰的勝利，一六八九年中俄簽訂了《尼布楚條約》，正式劃定了兩國邊界，允許邊境互市貿易；

一六九三年清王朝又批准俄國商民赴北京貿易，向中國輸入西伯利亞毛皮，並採購茶葉、綢緞運回俄國。《紅樓夢》中的「雀金呢」，應屬毛織品，來自俄羅斯，是可信的。

4.康熙一朝，尤其是平定「三藩之亂」後，朝中「南北黨爭」愈演愈烈。以明珠、余國柱爲首的「北黨」和以徐乾學、高士奇爲領袖的「南黨」，植黨營私，互相攻訐；康熙帝從中駕馭，縱橫擺闔。一六八八年，「北黨」之勒德洪、明珠、李之芳、余國柱四大學士同時被革；同年，「南黨」領袖徐乾學、高士奇也被罷任「修書」。之後，南北黨勢力又反覆較量，此消彼長，牽連報復，終康熙一朝不斷。洪昇因「國喪」期間「聚演《長生殿》」而被逮捕下獄，終生革去功名，實際上是「南北黨爭」的犧牲品。

洪昇在《紅樓夢》中，是怎樣表現「南北黨爭」並抒發自己的悲憤心情的呢？

首先，洪昇用「護官符」，隱寫了「南黨」領袖的貪黷。康熙朝的「南北黨爭」，並不是什麼清官貪官之間的鬥爭，明珠、余國柱等「北黨」魁首固然以貪污納賄而臭名昭著，徐乾學、高士奇等「南黨」領袖也不是清廉之輩。就在洪昇做國子監生期間，京城就流傳著「五方寶物歸東海（徐乾學），萬國金珠貢澹人（高士奇）」的民謠。在《紅樓夢》中，洪昇杜撰了「白玉爲堂金作馬，東海來請金陵王，阿房宮住不下金陵史，珍珠如土金如鐵」這樣一套順口溜式的「護官符」，應是對史實的真實刻畫。

其次，洪昇通過對王熙鳳「一從二令三人木，哭向金陵事更哀」的讖語，隱寫了「南黨」領袖徐乾學的下場。對「一從二令三人木」的理解，紅學界歧義甚多。實際上，「一從」是指雙人徐，「二令」是指徐氏兄弟徐乾學、徐文元，徐文元在徐乾學失勢後，曾任刑部、戶部尚書、大學士。「三人木」是指徐氏兄弟先後三次被休（罷黜）。徐乾學先後兩次被罷黜，徐文元也在一六九〇年被「休致回籍」，兄弟二人均「哭向金陵」原籍，可謂「事更哀」了。徐氏祖籍金陵昆山縣，徐氏家族乃金陵一霸，在當地橫行不法，僅康熙二十九年至三十一年，徐家被控就達二十餘起。這些事被洪昇隱寫在賈府大管家王熙鳳和「呆霸王」薛蟠等人身上，《紅樓夢》中那些草菅人命、把持官府的種種不法之事，原型應是徐氏家族被控告的橫行鄉里的事。王熙鳳「大管家」的身分，也符合徐氏兄弟先後曾任「戶部尚書」之身分。

再次，洪昇把「北黨」魁首明珠一族的醜事，隱寫在「東府」賈珍、賈蓉父子和兒媳秦可卿身上。明珠被罷大學士之後，曾任「領侍衛內大臣」，仍能呼風喚雨，交結遙控「外官」，這一點在賈珍、賈赦身上均有體現。珍蓉父子「聚」，可卿淫喪、大出殯等情節，就是本明珠、納蘭成德父子穢事及成德原配早喪諸事寫入《紅樓夢》的。徐乾學與明珠雖是官場上的死對頭，但私交上二人之間卻來往密切，明珠之子納蘭成德曾拜徐乾學爲師，納蘭成德早夭後，徐乾學曾爲之撰寫稱頌「享強壽」的墓誌銘和「神道碑文」。這一點在《紅樓夢》中，被隱寫在「王熙鳳協理寧國府」及鳳姐與賈蓉、秦可卿夫婦的交往情節裡。

「亂哄哄你方唱罷我登場，反認他鄉是故鄉」，除含有感歎明清王朝更替、滿人入主中原外，亦應含有譏諷「南北黨爭」、勢力此消彼長之意。兩黨要人「到頭來都是爲他人做嫁衣裳」，下場均是「落一片白茫茫大地真乾淨」。由此看來，說「好了歌」及「好了歌解」用於感歎「南北黨爭」亦無不可。

## 二、「開闢鴻蒙，誰為情種？都只為風月情濃」——《紅樓夢》創作的文學背景

康熙朝早期和晚期，確有文字獄發生，如莊氏之《明史》案、沈天甫之獄、戴名世《南山集》案等等，都是當時震動天下的著名大獄。但早期文字獄是在康熙年少，尚未親政時，鼇拜等輔政大臣幹的；晚期是在年老昏耄、皇子輔政情況下發生的，與雍正朝大興文字獄有關係。總的看，康熙朝中期五十年間，政治比較清明，文化管制比較寬鬆，不論在經學還是文學領域，都出現了一個長達半個世紀的相對繁榮局面。《紅樓夢》應是這一時代的產物。反觀乾隆朝，思想文化控制極爲嚴厲，文字獄幾乎年年發生，通過修《四庫全書》，把異端邪說幾乎一網打盡，此時難以產生《紅樓夢》這樣的作品。

康熙朝的文學作品以雜劇傳奇最爲繁盛，洪昇本來就是傳奇界「雙子星座」——「南洪北孔」之一。《紅樓夢》深受傳奇之影響，這一點紅學界是公認的，書中不僅大量出現傳奇劇目名稱、唱詞念白，其第五回之《紅樓夢套曲》本身就是自創「北曲」之曲子，書中諸多情節人物之描寫刻畫，用的也是戲劇手法，如寶玉爲麝月篦頭，晴雯摔簾子進出的情節，完

全是舞臺化的描寫，這一點紅學界早有定評。

綜觀此一時代的文學作品，大致有如下幾個特點：

1.「大旨言情」。清初文壇言情之作，實爲明代後期言情文學的繼承和繼續。如果說元代《西廂記》爲言情作品之鼻祖，那麼明代湯顯祖的《牡丹亭》則爲言情作品之高峰，劇中的杜麗娘在「白日夢」中第一次享受到美好的愛情，由情去尋夢境，爲追求至情不惜獻出自己年輕的生命，死後化爲遊魂繼續尋找自己的愛情，終於與自己所愛之人柳夢梅會面私合，獲得新生。湯顯祖後，在傳奇勃興期，可謂「傳奇十部九相思」（李笠翁語），據統計，此一時期有名稱可考的傳奇作品共六百三十一種，其中男女風情劇達兩百八十八種，占總數的百分之四十五點六，傳演較廣、流傳後世的作品幾乎全是言情之作。

至清初順康年間，由於文字獄的壓力，言情作品更是如火如荼，一發而不可收拾，洪昇的同鄉李漁（笠翁）及眾多的浙江籍風流文人，言情劇作層出不窮，如李漁之《憐香伴》、《風箏誤》、《蜃中樓》、《凰求鳳》、《比目魚》等，徐石麒之《珊瑚鞭》，徐沁之《載花聆》，萬樹之《風流棒》、《空青石》、《念八番》等，直至「南洪北孔」之代表作《長生殿》和《桃花扇》，在言情劇中樹立了兩座高聳入雲的豐碑。但萬變不離其宗，清代大學士梁清標稱《長生殿》爲「一部鬧熱之《牡丹亭》」，可見言情文學之一脈相傳。

不僅傳奇界如此，小說界亦如此，洪昇的同時代人蒲松齡在《聊齋志異》中所述之鬼狐故事，十九是言情之作，內容真摯感人。《紅樓夢》「大旨言情」，是作者明明告訴我們

的。寶黛之生死情與杜麗娘柳夢梅之生死情，應是一脈相傳的作品。應特別注意的是，由康熙末年至雍正、乾隆年間，言情劇漸衰，言道德教化的封建正統作品漸盛，另一異端是產生了《儒林外史》這樣的諷刺現實主義文學。這一文學背景的變化，對於判明《紅樓夢》的作者，是十分重要的。社會存在決定社會意識，乾隆朝的文人，是不可能寫出康熙朝的作品的。

2.「寫夢寫幻」。文學創作用寫夢寫幻的手法，把作品的時間、地點、人物、情節弄得撲朔迷離，是這一時期風行的作法。這裡除了不得不然的因素而外，也有對明末文壇流行浪漫主義創作方法繼承因素。

明代用夢幻手法創作的集大成者是湯顯祖，其代表作「臨川四夢」均用夢幻構築情節故事。在他的作品裡，幻與真、夢與醒、生與死的界線全打破了，借自由翺翔之筆觸寫熱烈奔放之愛情，開創了一代感人言情劇之先河。清初之風流文人李漁，其眾多作品中用夢幻筆法寫就的雖不多，但其「以誤作真，以真作誤」（朴齋主人語）的創作手法，與《紅樓夢》的「假作真時真亦假，無為有處有還無」不是如出一轍麼?

與李漁比肩的風流文人萬樹，所作之《念八番》，以生死、貞淫、貴賤、男女、邪正等二十八樣變幻，互相翻案；在《空青石》中萬樹寫道：「算古今情人，多被情傷；離恨天高未補，五色石空煉媧皇；爭如向芙蓉粉底，煉筆補天荒。」對這段曲子，我們確有似曾相識的感覺，在《長生殿》和《紅樓夢》中，均有與其形神兼似的唱段。至吳偉業所寫的《秣陵春》中，徐適與黃展娘，相識於寶鏡和玉杯的幻影之中，展娘魂魄追隨徐適冥間遊蕩半載有餘，又回到陽世，與真身復合。這明顯是湯顯祖創作手法的延續。

與洪昇同時代的蒲松齡，其所寫的豐富多彩的鬼狐故事，用的當係夢幻筆法。洪昇在其代表作《長生殿》中，更是集夢幻筆法之大成，酣暢淋漓地大寫唐明皇與楊貴妃之間的生死愛情。《紅樓夢》以夢爲題，書中寶玉神遊太虛境，寶黛間剖心瀝膽傾訴愛情以及書中大大小小成百個夢幻情節，皆體現了對湯顯祖以來一代文風的繼承和發展。至雍乾年代，文人筆調開始變得正統而冷峻，寫夢幻之作劇減，寫板起面孔的教化文章漸多。這也從一個側面證明了《紅樓夢》是康熙年間的作品。

3.「以俗爲雅」。《紅樓夢》的作者自稱是用「假語村言」寫成的。可以毫不誇張地說，中國的白話文運動並非始自「五四」，《紅樓夢》的創作用的純係白話文，比「五四」要早二百多年。

這種大俗中見大雅的文學語言，並不會憑空產生，必然有其產生的深刻背景和深厚淵源。先於《紅樓夢》之宋代市井小說，元代雜劇，均是白話文學的先聲。至明代後期，文學界的語言風格處於「淺深、濃淡、雅俗」之間的平衡狀態，市井小說和雜劇傳奇中已見大量俚語俗言，《金瓶梅》便是以俗語爲基調用山東方言寫就的長篇小說。

至清初，天平更多地傾向了俗的一面，張彝宣毫無顧忌地宣稱「本色填詞不用文」（《如是觀》第三十齣），李漁在《閑情偶記》中更直截了當地斷定：「能於淺處見才，方

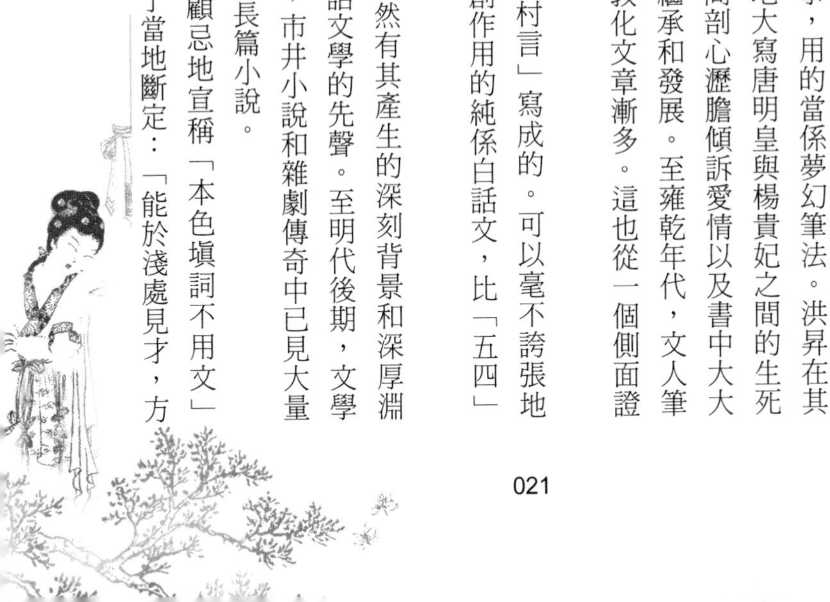

是文章高手。」當時傳奇界流行的寫作標準是「就低不就高」，以那些「不讀書人」、「不讀書之婦人、小兒」的理解水平和接受能力作爲確定作品語言雅俗程度的標準。對劇中人物的語言不唯要求淺顯易懂，更要化俗爲雅，語求肖似，性格如見。這些文學理論及創作實踐，對《紅樓夢》創作語言風格的影響是顯而易見的。

洪昇在北京的國子監生生涯長達二十六年，應十分熟悉所謂的「假語村言」即北京方言，又由於出生地在浙江，對江南方言亦應熟悉，故能寫出以北京方言爲主，間雜江南土話的白話小說。至乾隆年間，這種文風有所改變，文學作品的語言風格又趨向晦澀復古。分析至此，《紅樓夢》的語言風格，應是康熙年代而非乾隆年代的，似無疑義。

## 三、「趁著這奈何天、傷懷日、寂寥時，試遣愚衷」——《紅樓夢》作者的人生背景

即使是同一時代，由於作者本人的人生經歷不同，遭際不同，對人生的感悟不同，也必然產生不同的作品，這正是同一時代文學創作的共性和個性的辯證關係。考據《紅樓夢》的作者和創作過程，不僅要考證清楚當時的社會和文學背景，更要考證清楚作者本人的特殊的人生軌跡。我們知道，凡小說類文學作品，其情節內容必然直接或間接地反射或折射作者本人的生活經歷，幾乎書中每一重要情節或內容，作者都只能根據自己所歷、所見、所聞去描述，未有憑空杜撰者，除非「文革」中《牛田洋》類所謂小說，清代的《野叟曝言》大概也屬杜撰類，此類作品的生命力極其有限，不必因此去懷疑一般規律的成立。

《紅樓夢》開篇即道：「作者自云，因曾經歷一番夢幻之後，故將真事隱去，而撰此《石頭記》一書也」；又說書中「這幾個女子」，是自己「親睹親聞」，「至若離合悲歡，興衰際遇，則又追蹤躡跡，不敢稍加穿鑿，徒爲供人之目而反失其真傳者」。由此可見，作者是在人生夢幻醒了之後，用夢幻筆法寫真實故事。讓我們把書中故事與洪昇之人生閱歷加以對照，以見作者在卷首其言不謬。

1.「天倫慘變」——洪昇對家庭的態度及其在《紅樓夢》中的反映。

前已述及，洪昇祖籍浙江錢塘，清順治二年，正值兵荒馬亂之時，母親黃氏在逃難途中，生洪昇於錢塘郊外一個費姓農婦家中。洪家歷代仕宦，書香門第，藏書極富，有「學海」之稱。洪昇父母有良好的文化修養，其母乃清初大學士黃幾之女，可以想見，洪昇從小就受到良好的家庭薰陶。就學後，洪昇先後師從於江南幾位著名的文學大家，打下了優良的文學功底，自幼便詩名甚著。青春年少時，由於生活優裕，洪昇往往以才情自負，性格孤傲不羈，好指古謫今，譏呵權貴，常取憎於當時。由此可見，《紅樓夢》中的寶玉，很大程度上是洪昇根據自己青少年時的形象描寫創作的。

康熙十三年，洪昇遭遇了人生第一次重大打擊。由於別人的挑撥離間，洪昇不容於父親和繼母，被迫謫居，隨後入京，開始了長達二十六年的國子監生生涯。期間生活困苦，飽受煎熬。挑撥者爲誰今已不可考，但觀《紅樓夢》中，趙姨娘、賈環母子「手足耽耽小動唇舌」，洪昇的文學形象寶玉便「不肖種種大承笞撻」，由此推論，可能是洪昇的庶母和同父

異母弟所爲。書中寶玉對父母的態度可謂愛怨交織，父親賈政刻板嚴厲，不通情理；母親王夫人對寶玉雖慈愛有加，但在逐晴雯、死金釧等一系列事中心狠手辣，有如母老虎。對寶玉結局的描寫，紅學界多認爲是出家當了和尚，實際上「出家」未必就是遁世，被逐出家庭不也是出家麼？

2.愛情甜苦——洪昇對妻子黃蕙的深情及其在《紅樓夢》中的表達。

洪昇娶妻黃蕙，乃其母黃氏的親娘家侄女，大學士黃幾的親孫女，與洪昇是嫡親的表兄妹關係。黃蕙秀外慧中，表兄妹間一往情深。情人結合，齊眉舉案，本應是人生一大快事，不應有什麼遺憾。但由於人生蹭蹬，婚後夫妻便被逐出家庭，婚姻生活始終困苦不堪，愛情終不美滿。黃蕙自幼喪父，寄養叔父家；及至婚後，本意「嫁得個才貌仙郎，博得個地久天長」，但因「天倫慘變」，與夫婿同被逐出家庭，不得已隨夫北上，寄住於祖父黃幾家，受盡白眼，淚眼不乾。「一年三百六十日，風刀霜劍嚴相逼」，應是黃蕙此時心理的真實寫照。

筆者曾推論《紅樓夢》中「雲散高唐，水涸湘江」的湘雲，是婚前的黃蕙；「裝拙守愚」、深得上下人心的「冷美人」寶釵，是婚後的黃蕙；終日以淚洗面，苦吟葬花詞的黛玉，是被逐後寄人籬下的黃蕙。《紅樓夢》中不僅「釵黛一體」，就連湘雲亦爲黃蕙之分身。考慮到書中三個人的家庭情況及與寶玉均爲表親關係，是合乎情理的推論。洪昇夫婦在京期間生活困頓不堪，尤其是康熙二十二年黃幾「致仕」回南後，更是孤苦無依，「焦首朝朝還暮暮，煎心月月復年年」，應是描寫此時黃蕙形象和內心的詩句。困苦生活導致洪昇夫婦的愛女早夭，《紅樓夢》中的香菱，便有早夭愛女的影子。

3.抄家發配——洪昇對父親遭際的同情及其在《紅樓夢》中的痕跡。

康熙十八年，洪昇之父洪起鮫遭人誣陷，被官府抄家並發配到黑龍江的寧古塔。此時洪昇奔走於顯貴之間求情，又急待回南侍父北行，經歷了人生第二次重大打擊。後洪起鮫雖遇赦得免，但家道從此中落，已是末世光景了。《紅樓夢》中的甄士隱形象，既有洪起鮫的「小鄉紳」和「當地旺族」形象，又有洪昇自己的「甄費」（**生於費家**）形象。甄家（**真家**）因「隔壁葫蘆廟炸供」失火，被燒爲平地，「葫蘆」隱「胡虜」，「炸供」隱「國喪」期間，是說得通的。書中的在「葫蘆廟」失火後，立即寫黛玉進京；黛玉身上，既有愛妻黃蕙的形象，又有洪昇自己的影子。黛玉進京，「庚辰本」回目中用了「拋父」、「收養」等難堪字眼，如不知道洪昇的人生經歷，則很難理解其良苦用心。黛玉進京後，曾回一次「南」爲父辦喪事，是否隱寫洪昇回南侍父充軍，值得懷疑。

4.下獄被革——洪昇對功名的看法及其在《紅樓夢》中的折射。

康熙二十八年中秋節後，洪昇因在「國喪」期間「聚演」《長生殿》，被康熙帝逮捕下獄，終身革去功名，永遠斷絕了洪昇的仕宦之路，二十六年國子監生的夢想，一朝永遠成了泡影。這是洪昇遭遇的第三次、也是最沈重的一次人生重大打擊。萬念俱灰之際，不正是《紅樓夢》著書時的「奈何天，傷懷日，寂寥時」麼?不正是書中嘲寶玉的「縱然生得好皮

囊」，「於國於家無望」之情景麼？寶玉厭惡讀書，痛詬「仕途經濟」的異端思想，應是洪昇遭此次打擊後憤懣無奈心情的痛苦折射；黛玉從不勸寶玉求取功名，試想，當丈夫功名被終身革去後，哪個妻子還會說這種「混帳話」呢？

《紅樓夢》一開始，便把主人公譬爲「頑石」「造凡歷劫」，聲稱「無才補天」、「枉入紅塵」，聲稱「此係身前身後事」，不正是洪昇的夫子自道麼！書中對元春的判詞說「虎兔相逢大夢歸」，所謂「虎兔相逢」之時，正是佟皇后「國喪」期間，也正是洪昇「聚演」《長生殿》之時。康熙爲虎年登基，佟皇后是「癸卯日」被冊封爲皇后的，隨後死去，所謂「虎兔相逢」之日，不正是「國喪」期間麼！書中的元妃，實隱康熙帝及佟皇后，康熙帝名玄燁，爲避諱清代皆寫「玄」爲「元」，所謂「元妃」，不正是玄燁或其后妃麼？洪昇正是在「虎兔相逢」之時永遠結束了「仕途經濟」的人生大夢的！香菱的判詞說「自從兩地生孤木，致使香魂返故鄉」，紅學界一般認爲「兩地生孤木」是隱一個「桂」字，指夏金桂。其實《紅樓夢》中還有更深的含義：八月桂花遍地開，桂樹飄香之際正是中秋時節，也正是「虎兔相逢」之時，洪昇的愛女，也正是在洪昇遭難後的困苦時期早夭的。

5. 箕裘頹墮——洪昇對明珠家族的痛恨及其在《紅樓夢》中的詛咒。

洪昇對「南黨」諸領袖頗有微詞，但畢竟一生與「南黨」人物過從甚密，被逮捕下獄、革去功名，又是「北黨」搞的鬼，因此，洪昇對「北黨」諸魁首之痛恨心情自不待言。在《紅樓夢》中，洪昇以寧府爲背景，大量描寫了寧府除了門前的石頭獅子，沒有乾淨之處的醜陋風氣，並借焦大之口，把寧府「爬灰」、「養小叔子」之醜行，罵得狗血噴頭！如無深仇大恨，是不會如此痛詈的。

特別值得注意的是書中對賈蓉、秦可卿夫婦的描寫。秦可卿死後，書中用「享強壽」、「死封龍禁尉」來描寫，這可是明珠家有案可查的事實。明珠之子納蘭成德，是洪昇同時代的著名詞人，成德生前曾被封爲「御前侍衛」，不正是「龍禁尉」麼？成德三十一歲便英年早逝了，不正是所謂的「享強壽」之年麼？成德的前妻確實是年紀輕輕就早亡了。從納蘭成德現存的詞作中看，他確實不是一個用情專一的人。至於究竟有沒有「父子聚」、「淫喪天香樓」、「大出殯」著事，今已不可考。但從當時明珠府的穢聲昭著來看，不會無風起浪；乾隆帝看了《紅樓夢》後，一口斷定寫的是「明珠家事」，當不會是無來由的臆斷。

6.「恐懼著書」——洪昇與曹寅的交往及曹雪芹「披閱增刪」的蛛絲馬跡

曹雪芹的爺爺曹寅與洪昇是同時代人，巧得很，二人之間又交往甚密。就在洪昇逝世的前夕，曹寅曾邀洪昇赴江寧織造府，「暢演三日」《長生殿》。演出畢，洪昇乘船返家途中，因酒醉墜水，不幸遇難。在織造府期間，二人之間有何交往，於史無征，但此時曹寅卻賦了一首七律〈贈洪昉思〉詩，頗耐人尋味：

惆悵江關白髮生，斷雲零雁各淒清；
稱心歲月荒唐過，垂老文章恐懼成。

禮法誰曾輕阮籍，窮愁天亦厚虞卿；
縱横捭闔人間世，只此能消萬古情。

此詩之首聯敍述二人白髮相見時的感慨；頸聯描述洪昇不入時人眼的性格，特別值得注意的是頷聯和尾聯。「稱心歲月荒唐過」，說的是洪昇年輕時，「富貴不知樂業」，以至發生「天倫慘變」，也是可以理解的；「垂老文章恐懼成」，卻有深意了。洪昇一生著作等身，但很難說哪篇文章是在垂暮之年又是在恐懼之中寫成的。代表作《長生殿》寫於年輕時，並早已傳演天下，非「垂老」之作亦無須「恐懼」；《四嬋娟》是洪昇最後一部劇著，寫於「垂老」之年，但從內容到形式都不與時代抵觸，更不是「恐懼」中的作品。那麼，垂暮之年戰戰兢兢寫成的「文章」是否就是《紅樓夢》呢？應該說很有可能。《紅樓夢》本身既隱去時間、地點，內容又真真假假，既表面歌功頌德，骨子裡又皮裡陽秋，誰能說不是「恐懼」之作呢！

尾聯之「縱横捭闔人」指的是洪昇麼？顯然不是。應是曹寅得意心情下的夫子自道。曹寅作爲皇帝鷹犬，坐鎮東南，百官俯首，自稱「縱横捭闔人」是可以理解的。那麼，「問世」指的又是什麼呢？曹寅一生附庸風雅，頗愛交結文士，曾爲顧景星、施潤章、朱彝尊等刊刻文集，使這些清貧文人的作品得以「問世」，那麼此詩中的「問世」，是否是曹寅答應爲洪昇「垂老」之年、「恐懼」之中寫成的《紅樓夢》刊刻「問世」呢？很有可能。因此，詩尾又說了一句「只此能消萬古情」，既指二人之間的友情，又指《紅樓夢》所表達的「情種」之情。對曹寅此詩作此理解，應不算牽強。

曹寅答應爲洪昇作品刊刻「問世」，但世事偏偏不如人意。洪昇離開織造府便不幸墜水而死，不久曹寅也一命嗚呼了，還有誰會關心這件事情呢？洪昇的後人不會去曹家索要手稿，曹家不久又敗落了。洪昇的手稿自此流落於曹家後人手中，這是情理之中的事情。至曹寅的孫子曹雪芹，看洪昇筆下的事跡與己家遭際相似，悲從中來，「披閱十載，增刪五次」，一章一回用來換「南酒燒鴨（裕瑞語）」。

《紅樓夢》書首，明明寫著曹雪芹大名，紅學界硬說曹雪芹著書「故弄狡獪」，是說不通的。曹雪芹所題之《金陵十二釵》爲何絕不見蹤跡？筆者懷疑，《紅樓夢》後四十回便是曹氏「批閱增刪」的續貂之作，曹氏自己還有些自知之明，與《金陵十二釵》的題目一起，沒敢拿出換「南酒燒鴨」。及至曹氏死後，此部分手稿流落於「鼓擔」，爲程偉元搜羅得到，經高鶚整理後，與洪昇之前八十回一併刊刻流傳。由此看來，曹雪芹也算功不可沒。

據上述之背景分析，我們不難看出，《紅樓夢》實係清初康熙年間的作品而非清中葉乾隆年間的作品；作者應是自身經歷過「夢幻」坎坷的洪昇，而非父祖輩經歷過「江南繁華」的曹雪芹。洪昇創作《紅樓夢》的社會條件、文學背景、個人經歷和文化修養完全具備，而曹雪芹卻不具備或多數條件不完全具備。至今紅學界謎團甚多，諸多紅學家多方探求而不得要領，皆係在「曹家店」中兜圈子的緣故。如果跳出「曹家店」放眼望去，真正的作者洪昇就在「燈火闌珊處」。解鈴還需繫鈴人，《紅樓夢》之謎是洪昇創設的，找到並分析洪昇，諸多謎團、不論是「笨謎」還是「聰明謎」，均可迎刃而解。

諸君以爲然否？

# 《紅樓夢》文學考證

## ——《紅樓夢》應是十七世紀思想解放運動的產物

### 緒論

文學反映時代的特徵，文學是時代的產物。沒有能夠完全脫離時代的文學作品，尤其是傳世經典作品，古今中外概莫例外，《紅樓夢》研究當然也須遵循這一規律，而不能跳出規律之外憑空想像。

紅學從誕生之日起，並非不重視對《紅樓夢》時代背景的研究，但不論是索隱派、考證派還是探佚派，多局限於對作者本人生活的社會、家族背景的研究，而忽略對作品文學背景的研究；偶爾有幾個重視文學研究的學者，也多局限於對文本本身的研究，沒有把文本放在文學大背景下，去探討作者爲什麼要寫這些內容，又爲什麼要這樣寫？以其昏昏，使人昭昭，其可得乎？

《紅樓夢》確實是乾隆中葉傳抄開來的一部獨特的小說。從《紅樓夢》問世以來，中國傳統的文學寫法都打破了，開闢了中國小說史的新篇章。研究中國文學史，不能不重視

研究《紅樓夢》，這是情理中的事情，因而紅學成爲中國文學史研究領域的一門「顯學」，這也是順理成章的事情。既然紅學是文學史領域的顯學，就應該從文學史的角度去對她考證研究，方爲正途。譬如，研究托爾斯泰、巴爾扎克、雨果、海明威的作品，不研究作品產生的時代背景和文學背景，而把主要精力放在對這些大師身世的考證或附會上，不是有跑題之嫌麼？但奇怪的是，不論是傳統紅學，還是新紅學，那麼多聲名赫赫的專家學者，都以皓首窮經的勁頭，戀戀於史籍的故紙堆中，或脂硯齋那些亂七八糟的批語中，去研究江寧織造曹家的興衰歷史，反而把對《紅樓夢》的文學研究拋在一邊，使紅學變成了所謂的「曹學」，這種走火入魔的局面，很難說是文學研究的正途。紅學的三個所謂的死結：「芹係誰子」、「脂硯何人」、「續書何人」，正是紅學「跑題」的典型例證。

正由於紅學的「跑題」，使我們今天對《紅樓夢》的文學研究正途上一些亟待回答的問題，仍舊雲裡霧裡，不甚了了。譬如，當今紅學界公認是曹雪芹在乾隆朝中葉創作的《紅樓夢》，公認曹雪芹是一個偉大的天才，但天才就能憑空創造出《紅樓夢》這樣偉大的經典文學作品麼？社會存在決定社會意識，社會需要催生文學作品，只有需要巨人的時代才能產生巨人，只有需要名著的時代才能產生名著，這是顛撲不破的真理。時代需要，沒有天才也能創造天才；時代沒有產生需要，有了天才也不能產生名著。因此，研究《紅樓夢》首先必須研究《紅樓夢》產生的文學背景、文學底蘊，研究那個時代對產生《紅樓夢》的社會需要。《紅樓夢》的作者之謎，並非不可以研究，既然有謎，大家以不同的角度、不同的思路，去探測謎底，原無可厚非。但猜謎語也有一定規律，不能胡猜亂懵。索隱派的「猜笨謎」固然屬於附會式的亂猜，但憑心而論，胡適先生的「大膽假設、小心求證」，也未必不是瞎懵，「假設」本身就是「瞎懵」。在不清楚《紅樓夢》的文學背景前提下，「假設」得愈「大膽」，出錯的可能性就愈大；「求證」得愈「小心」，愈可能是南轅北轍之舉。如果斷定是乾隆朝的曹雪芹創作《紅樓夢》，就必須首先回答，爲什麼是乾隆朝而不是其他時代需要產生《紅樓夢》，爲什麼是這一時代的曹雪芹而不是其他時代的其他人創作了《紅樓夢》？這些問題回答不清，僅以曹雪芹是天才（**似乎還缺乏直接的、過硬的證據；用《紅樓夢》證明在邏輯上不成立**），曹雪芹家的歷史同《紅樓夢》描寫的內容相似爲理由，似乎與歷史唯物論有悖。

中國有五千年文明史，歷史上的文學天才多矣；中國有兩千多年漫長的封建社會，像曹家那樣具有「末世」經歷的大家族多矣。僅有清一代，索額圖家族、明珠家族、張侯家族、傅恒家族、和珅家族等，情況都大同小異；要說天才，這些家族中出現的納蘭成德、豐紳殷德等人，不見得比曹雪芹文學修養差。假如把這些家族、這些天才都與《紅樓夢》聯繫起來，「大膽假設、小心求證」一番，則真是所謂「猜笨謎」了，比索隱派還笨，又憑什麼嘲笑索隱派的「附會」呢？

因此，必須拋開既往先入爲主的成見，無論是考證派還是索隱派的成見都必須拋開，以一種客觀的、科學的態度，對《紅樓夢》產生的歷史背景、特別是文學背景進行認真的

考證，當《紅樓夢》產生的文學背景搞清楚之後，探尋《紅樓夢》作者的光圈自然也就集中了，在此基礎上考證《紅樓夢》的作者，才是科學的學術研究。只有這樣，才能結束目前紅學界這種聚訟不休、卻又言人人殊的混亂局面，真正還紅學以「學」的地位。

本文試圖從事的就是對《紅樓夢》的文學考證，以期拋磚引玉。在〈紅樓夢創作背景探討〉一文中，筆者已對《紅樓夢》的創作背景，進行了比較系統的初步考證，本文擬在原來的基礎上，集中於文學背景的角度，再做進一步的考證分析，以就教於紅學界同好。

## 一、十七世紀思想解放運動及其特點

十七世紀是人類歷史上很不平凡的一個世紀。在歐洲，以一六四〇年英國工業革命爲標誌，資本主義生產關係已沖決封建經濟羅網，資產階級的意識形態已上升到統治地位，資本支配下的帝國主義擴張進程急劇加速。在中國，正處於明末清初社會大動蕩的陣痛之中。明末資本主義的萌芽，使市民階層要求個性解放的意識形態，相對於傳統的封建禮教，特別是窒息人性的理學，產生了強烈的異化。關外新崛起的異族統治者，雖然用鐵蹄扼殺了剛剛萌發的資本主義幼芽，但由於統治機器的不完善和統治者籠絡人心的需要，在清王朝建立的初期，卻沒有扼殺掉明末萌生的個性解放意識，反而由於對異族統治的逆反心理，使市民階層的個性解放意識在扭曲中繼續發展。總而言之，明末清初，幾乎終十七世紀，在中國的文化界，經歷了一場以個性解放爲主要內容的思想解放運動。

在中國有文字記載的文明史上，大體上經歷了四次比較深刻的思想解放運動。第一次是春秋戰國期間，禮崩樂壞、百家爭鳴，爲秦漢大一統帝國的建立，奠定了思想基礎；第二次是魏晉南北朝，疑古諷今，創新風度，爲中國封建社會的巔峰盛唐時代的到來，掃清了思想障礙；第三次就是明末清初，疑經辨僞，言情濫觴，爲康乾盛世的出現，提供了思想先導；第四次是從戊戌變法到五四運動，爲推翻帝制、建立共和以及馬克思主義在中國的傳播發展，開闢了思想先河。這四次思想解放運動，都是在天崩地裂般的社會大動蕩條件下出現的，都是在統治階級的正統統治理念與經濟社會發展需要的新興意識形態產生不可調和的矛盾情況下發生的，都是「荊棘銅駝」社會大背景的產物，因而是時代的必然，歷史的必然，是社會進步的表現。

明末清初的思想解放運動，有兩個顯著特點：一是疑經辨僞，二是言情濫觴。所謂疑經辨僞，就是對統治階級奉爲至高無上權威的封建禮教發生了嚴重的懷疑，對宋明兩朝沿襲下來的儒家經典，特別是程朱理學、王陸心學，以辨僞的方式，進行了猛烈抨擊，把除了《論語》、《孟子》之外的幾乎所有儒家經典，都斥之爲「僞書」，把朱熹、王陽明對儒學的權威詮釋，一概斥之爲「僞學」，提出了「去宋歸漢」的儒學正宗觀念。與此相對應，對沿襲了千年的科舉制度，也進行了激烈的否定；對君權相對於民意的至高無上地位，提出了挑戰；對文臣武將無條件忠君的理念，提出了懷疑。總之，那是個「懷疑一切」的時代，封建社會奉爲圭臬的傳統思想，都發生了動搖。從這個意義上看，十七世紀思想解放運動，幾

乎可以同先秦諸子學派林立、百家爭鳴的盛況媲美；學術思想的活躍也促進了人才輩出，李贄、金聖歎、王夫之、顧炎武、黃宗羲、呂留良、陳確、閻若璩等一大批傑出的思想家和文學家，猶如群星燦爛，以敏銳的思想、淵博的學識、宏富的著述，推動著波瀾壯闊的思想解放運動，並在中國學術思想史上，留下了一大筆具有重要影響和地位的文化財富。

進入十八世紀以後，至雍正朝，隨著清王朝統治的鞏固，以《大義覺迷錄》爲代表，最高統治者開始強制推行封建正統觀念，對學術界疑經辨僞的局面開始限制。特別是乾隆朝，文字獄幾乎年年發生，知識界噤若寒蟬，乾嘉學派雖然也熱衷考證，但多爲純學術性的，從政治角度大膽否定儒家經典的行爲基本收斂；乾隆皇帝還通過編撰《四庫全書》，對明末清初的學術著作大量禁毀和抽毀，把明末和清初順康年間的學術著作和市井文學作品幾乎一網打盡。明末清初的思想解放運動就此終結。

所謂言情濫觴，就是指言情宣淫的文學作品泛濫於世和纏綿綺靡之音崑曲大行其道。明末清初，在知識界（清初主要是具有遺民思想的知識分子）對統治理念進行疑經辨僞的同時，市民階層對統治階級推行的程朱理學和陸王心學壓抑人性，窒息思想，以另一種形式進行了消極的然而是激烈的抵制，這就是言情宣淫的文學作品和戲劇作品大行其道，幾乎風行天下達一個世紀之久。在文藝理論和文學作品方面，馮夢龍的《情史》，李漁的《閑情偶記》，以及風靡天下的《金瓶梅》、《聊齋志異》、《紅樓夢》，就是其中突出的代表；至於乾隆年間禁毀的格調低下的明末清初淫穢作品，更是不勝枚舉。從現在重新出版的清代禁書殘餘作品看，其數量之濫、品味之淫，今天看來也令人瞠目結舌！崑曲是宋元南戲的變種，其唱白以雅爲特色，強調纏綿綺靡，特別適於表現才子佳人的故事。

明末清初，崑曲大行其道。首先是出現了一大批崑曲傳奇的作家作品，其開先河和集大成者是明末的湯顯祖，他創作的「臨川四夢」，特別是《牡丹亭》，對後世影響極大。著名文人，幾乎無不熱衷創作崑曲，吳梅村、尤侗、曹寅等所謂封建正統文人，都有崑曲作品存世。至清初，「南洪北孔」創作的《長生殿》和《桃花扇》，把崑曲作品推向了高峰。

十七世紀，不論是帝王將相、士大夫階層還是普通市民，都對觀看崑曲演出趨之若鶩，康熙皇帝就曾親自觀演《長生殿》和《桃花扇》，並親定「賞格」。市民階層對觀演崑曲更是如醉如癡，旗亭酒家，無不談論新搬演的傳奇。官僚巨族家庭，競相家養戲班，不惜花費鉅資，豢養優伶，置備行頭。史載，某些官僚爲演出《長生殿》，僅置辦行頭，就花費白銀三十萬兩之巨！

至雍正年間，朝廷開始查禁淫書，禁止官員家養戲班。乾隆年間，明末清初的淫書淫戲，都被嚴格禁毀，各地總督巡撫，陸續開始禁演萎靡之音，戲壇淫風大爲收斂。崑曲於此時開始衰落，逐步爲「花部」戲曲所取代；演出內容，也逐步由纏綿的才子佳人戲轉變爲悲壯的俠義清官戲，舞臺風氣大變，明末清初思想解放運動的這一重要特徵也隨之消失了。

我們在清楚了解了明末清初的思想解放運動及其特點之後，再來詳細閱讀《紅樓夢》，就不難發現，《紅樓夢》一書，深深地打著這場思想解放運動的印記，清楚地反映出這場思想解放運動的特點。根據歷史唯物論、社會科學理論和文學創作一般規律，我們可以據此推斷，《紅樓夢》應是十七世紀康熙年間思想解放運動尾聲時的作品，而不可能是十八世紀乾隆年間的作品。

## 二、寶玉焚書與疑經辨偽

凡是熟讀過《紅樓夢》的人都會發現，書中主人公賈寶玉相對於封建正統觀念的異端思想十分出格：他作爲紈絝子弟懶於讀書倒也罷了，竟敢於把父母師長（包括他的姐姐元妃）教他讀的儒家經典都視爲「杜撰」之書，說什麼「除四書外杜撰的也太多」，「除明明德（大學章句）外無書」，竟然敢於把「四書」以外的書都一把火燒了；除謗儒家典籍外，還不時流露出異端思想，把走「仕途經濟」道路的封建知識分子統統斥爲「祿蠹國賊」；把「文死諫、武死戰」等傳統封建倫理道德批駁得一文不值。

對於《紅樓夢》描寫的這些內容，凡不太了解封建社會思想禁錮之嚴酷性的讀者，或階級鬥爭觀念極強的勇敢者，對此一般都很欣賞，認爲作品主人公叛逆精神可嘉，正體現了作者思想觀念的先進性；凡比較熟悉封建社會思想禁錮情況的讀者，又難免會產生懷疑：在那個皇帝老子君臨天下，社會普遍尊崇孔孟之道，知識分子靠程朱理學答題應試，以求科舉功名的時代，作爲出身於封建官僚家庭的公子哥兒賈寶玉，可能有厭世、玩世的舉動，但很難想像有這種類似瘋狂的異端言論和叛逆舉動，因爲在他的世界觀形成期間，沒有產生異端思想的社會條件和家庭條件。

要回答這兩個問題，用現代階級鬥爭理論或中國封建社會的一般規律去分析都是不行的，必須具體問題具體分析，把《紅樓夢》放在創作當時的大背景中，方可看得清楚。請紅學同仁認真研究一下明末清初的思想解放運動，就會得出以下正確的結論：《紅樓夢》表現的特定主人公的叛逆思想，在我國封建社會的其他時期都不可能，只有在十七世紀，在明末清初波瀾壯闊的思想解放運動中，一個具有遺民思想的知識分子，一個具有異端觀念的士大夫叛逆，這樣寫《紅樓夢》，這樣表現主人公賈寶玉，不僅可能，而且還很自然，很正常。

在明代占統治地位的學術思想是理學。弘治、正德以前，是程朱理學占統治地位，以後則是理學的別派陸王心學占統治地位。到了明清交替前後，理學早已失去了創立之初的積極意義，變得僵窒、空泛、不合時宜，因此知識分子普遍開始厭談心性，轉而回到漢學的舊路上，向儒家老祖宗的原典求教，改研究心性爲治經，「公羊學」開始大行其道。

此期間，除李贄、金聖歎的異端思想影響比較大而外，開拓學術思想新境界的是顧炎武、黃宗羲、王夫之等浙東學派和浙西學派的大學者，而在經學辨僞方面貢獻突出的，則是毛奇齡、閻若璩、胡渭、顏元等人。毛奇齡著《四書改錯》一書，從訓詁、地理、名物、制度等方面，幾乎把宋明以來一直居於儒家學說正宗地位的朱熹《四書集注》批判得體無完膚。閻若璩最主要的成就是著《古文尚書疏證》，通過縝密的考證，把這部沿用了一千多年的，上自皇帝經筵進講，下至蒙館童子課讀背誦的儒學經典，判定爲僞書，把理學的立論基

礎「人心唯危，道心唯微，唯精唯一，允執厥中」判定爲僞造的假貨，給了理學最沈重的一擊。胡渭通過對朱熹《易本義》的搜隱發覆，「於漢儒附會之談，宋儒變亂之論，一掃廓清」。這真是一個懷疑一切的時代，除《論語》、《孟子》外，思想學術界對儒家經典特別是朱熹、王陽明的著述，普遍產生了懷疑，對理學從源到流都進行了系統的揭露和批判。須知在此前，朱熹在儒家門庭具有至高無上的地位，人們敢於懷疑孔孟的原話，敢於「誣孔」，卻無人敢於懷疑朱熹的「孔門心傳」，無人敢於懷疑理學大師們對儒家經典的講解和注釋。到了此時，輿情竟一變而爲「誠欲正人心，必自反經始；誠欲反經，必自正經學始。」（**錢謙益《初學集・新刻十三經註疏序》**）後人把這一時期的學術活動稱爲「疑經辨僞」。

辨僞所得出的結論，正如《紅樓夢》主人公賈寶玉所說，「除四書外杜撰的太多」，「除明明德外無書」，也難怪賈寶玉把四書以外的儒學典籍都燒了。疑經辨僞學術思想對當時知識界無疑具有爆炸性的震撼，尤其對江南文人，特別是對江浙一帶人文薈萃地區，影響尤爲深刻。《紅樓夢》如果不是明末清初思想解放時期的產物，作者如果不是深受「疑經辨僞」活動的影響，在中國封建社會的歷史上，不論是什麼人，不論在何處，給他幾個腦袋，也不敢這麼寫，更不可能這麼寫。只有在順康年間這個獨特的歷史時期，這樣做並非驚世駭俗之舉，在知識界原也平常，在江浙一帶遺民知識分子集中的地方更不足爲奇。

隨著理學和心學的衰落，經世致用學說的興起，明末清初的士大夫階層和普通知識分子，對由僞經典儒學演繹而來的一些傳統行爲、傳統信念、傳統理論、傳統思想，也必然產生懷疑和動搖。思想學術界開始探討科舉取士制度的弊端，認識到「修齊治平」（讀書做官的別稱而已）不是體現人生價值的唯一途徑，各行各業，凡性之所好，專心去做，都自有其人生樂趣，自有其社會價值。明末的李贄、袁宏道都說過類似的話，清初幾乎所有拒絕與新王朝合作、拒絕出仕做官的知識分子，都必然產生這種理念。

順康年間，由於封建正統觀念的影響，南明小朝廷的影響和延平郡王長期抗清的影響，加之「揚州十日」、「嘉定三屠」創痛巨深，多數江南知識分子與清王朝持不合作態度。他們首先是對君權神授、封建專制提出了挑戰。黃宗羲的《明夷待訪錄》，深刻揭露了封建專制的弊端，提出了具有初步民主法制意識的改革動議。他反對把君臣比父子，認爲「爲天下之大害者，君而已矣！」「我之出仕也，爲天下，非爲君也」，並進而指出，「蓋天下之治亂，不在一姓之興亡，而在萬民之憂樂」。唐鑄萬甚至在《潛書》中公然宣稱：「自秦以來凡爲帝王者皆賊也！」其次是對明朝舊官僚「一隊夷齊下首陽」，跨朝代的士人舉子投靠新主子，謀求做新貴的舉動十分鄙夷，斥之爲「祿蠹」、「國賊」。

當時學校廢弛，文教日衰，「師不立，經訓不明」，士子的工夫不在理解經典義理方面，而是把全部精力放在揣摩舉業、訓練八股文法上。知識分子中彌漫著厭薄舉業的情緒，當時好多江南學子，自己主動登出了學籍。有見地的知識分子，開始探索八股取士制度的弊端，特別是顧炎武的《生員論》，鞭辟入裡地揭示了生員制度的弊端，他認爲「廢天下之生

員而官府之政清，廢天下之生員而百姓之困蘇，廢天下之生員而門戶之習除，廢天下之生員而用世之才出」。《聊齋志異》中描寫的那些癡情者，獲得幸福多不以科舉功名爲前提，其情人也極少以科舉功名相勸勉。由此可見，《紅樓夢》書中主人公賈寶玉厭惡學業的思想，應屬來源有自。寶玉就讀並大鬧的學堂，正是十七世紀學校廢弛情景的真實寫照；寶玉厭薄舉業，正是當時江南知識分子的一般心理；寶玉斥罵祿蠹國賊，正是具有遺民思想的知識分子的共同心聲；寶玉對封建正統倫理觀念的批駁，也正是當時思想解放運動的重要研究課題。據此可以推論，《紅樓夢》反映的正是十七世紀思想解放運動的真實情況。

## 三、言情狂潮和紅樓情種

誰都不會否認《紅樓夢》是一部主旨言情的小說。作者自稱要「演出」的是「懷金悼玉」的「情種」故事，書中的人物，大體上都是馮夢龍《情史》中歸納出來的「情癡」、「情悔」、「情濫」一類。作者把情與淫混爲一談，又大致分爲「意淫」和「皮膚濫淫」兩種。所謂「意淫」，就是作者要歌頌的純情、真情、深情；所謂「皮膚濫淫」，就是作者要鞭笞的「恨不得天下之美女供我片時之趣性」的獸性。作者全不避諱情淫二字，甚至公然宣稱，「好色不淫」、「情而不淫」「皆飾非掩醜之語」，「好色即淫」，「知情更淫」，書中的主人公賈寶玉，「乃天下古今第一大淫人」！

《紅樓夢》確實不僅言情，而且宣淫，文字並不十分乾淨。其中對寶玉「初試雲雨情」

的描寫，對賈璉與多姑娘的床上動作描寫，對賈珍父子兄弟與二尤鬼混的描寫，對秦鍾和智慧、茗煙和萬兒幽會的描寫，都屬宣淫而非言情。《紅樓夢》的言情宣淫寫法，在中國漫長的封建時代，都是驚世駭俗之舉，特別是宋代以降，隨著理學統治地位的鞏固，對「髒唐臭漢」社會風氣的否定，對婦女貞節觀念的強化，使封建知識分子都虛僞地表現出一副道貌岸然的道學形象。元代雖然文學管制偏鬆，屢有言情作品出現，但公然宣淫的作品並不多見。只有在十七世紀，明末清初的天翻地覆環境下，文壇曾掀起一股言情宣淫的狂潮。到了十八世紀，雍乾以降，隨著文化管制的加強，文字獄的震懾，對淫書的禁毀，這股文壇淫風才銷聲匿跡。

明末清初的言情宣淫狂潮，大致有三個源頭。一是由於不滿理學統治造成的令人窒息的社會風氣，市民階層自發地要求個性解放、思想活躍，加之朝廷管制的相對寬鬆，因而出現的社會文化現象。二是社會上盛行奢侈之風，官僚貴族競相攀比奢靡程度，富貴人家，「一裘而費中人之產，一宴而靡終歲之需」；飽暖思淫欲，致使淫穢放縱之風盛行。三是理學思想異化造成的，產生於明代的陸王心學，在明末清初產生了兩個方向的影響：一方面由「心即理」的命題而使理學墜入空疏空談；另一方面由於重視內心體悟促成了重個性、重性情的浪漫主義思潮。從這個意義上說，明末清初的思想解放運動，也是「心學」的副產品，是「理學」異化的過程和結果。

十七世紀的文學作品，大致有三個突出的特點：一是在內容上追求香豔，言情宣淫。

其中明末的作品，以小說《金瓶梅》和《牡丹亭》爲典型代表；清初的作品，以小說《聊齋志異》、《紅樓夢》和傳奇《長生殿》、《桃花扇》爲典型代表。其他短篇話本集、長篇小說、傳奇雜劇，則多如牛毛，不可勝舉。雍乾時代禁毀的書籍，絕大多數產生於這一時期。這些文學作品的共性是追求個性解放，宣揚女性意識，表現出一種背離儒家傳統的人生觀和價值觀。《紅樓夢》中「女水男泥」的怪論，就是明末大儒陸九淵的學生謝希孟首先發明的。據《西湖遊覽志餘》記載，謝認爲「天地靈秀之氣不鍾於男子，而鍾於婦人」，可見與《紅樓夢》的思想承繼關係。在當時的文壇，無論是名滿天下的巨匠還是初出茅廬的黃口，都競相吟豔詞淫詩，作春宮情事，以「花前有美人陪伴讀《西廂》」爲榮，《紅樓夢》描寫的寶黛讀《西廂》場景，並非作者新創。

二是在手法上逃避現實，寫夢寫幻。我們現在可以看到的「臨川四夢」、《聊齋志異》、《長生殿》、《紅樓夢》，都是此類作品的佼佼者。雍乾時代查禁的所謂「淫書」，也不乏用夢幻手法表現的作品。採用這種手法的目的大概不僅僅在於規避文網，重要的在於這是一種浪漫主義手法，與個性解放的要求契合，也使作品展示的時空更廣闊，更靈活，更能夠生動充分地表現愛情婚姻生活。

三是在語言上追求通俗，使用白話。從小說界看，這一時期的作品除《聊齋志異》外，《金瓶梅》用的是地道的山東方言，《紅樓夢》用的「假語村言」是純正的北京方言。當時眾多的「淫書」、話本，用的也都是白話，浙江方言、粵語、河南話、四川話、陝西方言都有。從傳奇界看，這一時期傳奇作品的唱詞和念白，也自覺做到「明白如話」。人們常把「白話運動」歸功於「五四」，其實，十七世紀思想解放運動時期，就開始了白話的普及。由於雍乾以降「乾嘉學派」的興起，市民文學的相對沈寂，才使兩次白話運動之間出現了二百年間隔。

《紅樓夢》完全符合十七世紀思想解放運動時期文學作品的三個特徵，斷定爲明末清初作品應屬有據。我們比較一下清代三大著名小說《聊齋志異》、《紅樓夢》和《儒林外史》，不難發現，《紅樓夢》與《聊齋志異》同屬繼承晚明左派王學異端思想的產物，又同禪學和莊子有深厚的淵源關係；《儒林外史》則不同，他是經世致用學說和乾嘉考據學派的產物，顯然又受到魏晉玄學和名士風度的影響。兩者產生的源流不同，不能把《紅樓夢》和《儒林外史》放在十八世紀乾隆朝的背景下一起研究，而應同《聊齋志異》一起放在十七世紀康熙朝背景下探索。

相對於明末清初眾多的言情宣淫文學作品，《紅樓夢》似乎要高出一籌，但對她的評價也不宜任意拔高，脫離實際吹捧。十七世紀思想解放運動中湧現出來的文學作品，猶如喜馬拉雅山群峰，固然以珠穆朗瑪峰爲最高，但不乏與珠穆朗瑪峰比肩的八千米以上高峰。若論寫婦女解放，《牡丹亭》、《聊齋志異》似乎要高出一籌；若論寫反理學、道學的深度，《金瓶梅》、《牡丹亭》似乎也不落人後；若論寫興亡感歎，表現歷史滄桑感，《長生殿》、《桃花扇》當拔頭籌。還《紅樓夢》應有的歷史地位，與同時產生的眾多作品一起，

放在十七世紀思想解放的大背景中分析研究，對《紅樓夢》的理解，可能會更準確、更深刻。

## 四、詩風流韻與紅樓論詩

《紅樓夢》作者著書似乎有傳詩之意，書中主人公寶玉和眾姐妹們人人工詩善詠，並在書中留下了一大批風格不同、良莠不齊的詩詞作品。紅學界對《紅樓夢》詩詞水平的高低判斷頗多爭議，實際上都是盲人摸象之舉。作者在書中某角色身上寫的詩詞，必然要符合該角色的文學修養水平，這些詩並不完全代表作者的詩詞水平。試想，倘把黛玉的〈題帕三絕〉安在賈環名下，倘把書中每個人的詩詞都寫成杜甫、蘇軾的水平，《紅樓夢》則不成書矣。但無論如何，每個時代的詩詞有每個時代的風格，每個流派的詩詞有每個流派的特色，《紅樓夢》詩詞，也必然深深打著創作時代的印記，我們不妨拋開水平，僅從風格的角度，去考證《紅樓夢》詩詞所體現的時代特色。

包括脂批在內，紅學界對《紅樓夢》詩詞的風格評價並不一致，有的認爲「宗唐」，有少陵遺風、義山遺韻；有的認爲「宗宋」，有東坡氣勢、放翁風格。其實都是管中窺豹，以一斑代全豹，難免以偏概全。如果評價《紅樓夢》的詩風，最好還是對《紅樓夢》書中姐妹們論詩的章節加以分析，因爲書中表達的詩詞理論，基本上應該是作者的詩詞觀念，最容易看出作者那個時代的詩風流韻。

綜合看來，《紅樓夢》詩詞的風格，大致有三個特點：一是宗唐不棄宋；二是有「神韻說」的影子；三是受「西昆體」的影響較深。《紅樓夢》第二十三回中，寶玉作的春、夏、秋、冬四夜「即事」詩，明顯是仿李義山《燕台四首》之作，處處體現西昆體妙用實典的風格。第四十九回中，寶釵湘雲論詩時，說什麼「杜工部之沈鬱，韋蘇州之淡雅，李義山之隱僻，溫八叉之綺靡」，可看出詩風宗唐；但書中和脂批中，也曾多處流露出尊崇東坡，詩風宗宋的苗頭。

最能體現《紅樓夢》詩詞風格的章節，是對香菱學詩過程的細緻描寫。黛玉要香菱斷不可學陸放翁的詩，說「一入了這個格局，再學不出來的」；並向香菱推薦王維、老杜以及其他晉唐名家的詩。對香菱作的第一首詠月詩，黛玉認爲「措辭不雅」，可見詩風崇雅傾向；對香菱做的第二首詠月詩，黛玉認爲「過於穿鑿」，可見詩風崇尚神韻，反對以文害意；香菱寫的第三首詠月詩，大家都誇好。好在哪裡呢？好在「新奇有意趣」。詩中句句詠月，措辭一句也不見月；詩句處處用典，表達意思既朦朧又清楚。整個香菱學詩的過程，活畫出一個普通詩人向「神韻」詩風進步的過程。

明代詩壇，復古派宗唐，公安派宗宋，詩宗宋唐之爭由來已久。到了清初，詩壇出現了泯滅宋唐之爭，「轉益多師」的傾向。朱彝尊早期宗唐，晚期則「近宋者不少」，可謂「不分唐宋」。王士禛、查慎行、趙執信等大家，雖然詩風於唐宋風格偏重不同，但總的說都「越三唐而事兩宋」，唐宋風格兼而有之。

這裡特別說一下康熙朝詩壇領袖王士禛的詩歌理論和詩風，王士禛對十七世紀思想解放運動後期詩風影響很大，他的「神韻說」和用典論，對開啓後世詩風有很大貢獻。王士禛倡導的神韻說，即提倡含蓄、平淡、風神馳蕩的格調，特別在意境含蓄上下功夫。要求「如鏡中花，如水中月，如水中鹽味，如羚羊掛角，無跡可求」，「皆以禪理喻詩。內典所云『不即不離，不粘不脫』是也。」（見王士禛《唐賢三昧集》）趙執信在《談龍錄》中也記載，王士禛提倡詩的意與情最好隱而不露或虛而不實，「如神龍，見其首不見其尾，或雲中露一爪一鱗而已」。王士禛的名詩〈國土橋〉和〈重過露筋祠〉，便都是隱晦、通脫地表達了作者的意境，使人很難一看到底，比較耐讀，餘味不絕。王士禛的詩，常仿西昆體，大量用典。但王詩的典用得巧，用得含蓄，不爲用典而用典，意在以典出神韻。他的成名之作〈秋柳詩〉，就含蓄地疊用了李白、王維、周邦彥等人的〈憶秦娥〉、〈楊盼兒〉、〈蘭陵王〉中的典，把前人的詩句構成一種淒清的境界和哀怨的情調，可謂「清秀西昆體」。但王詩的神韻格調也往往給人一種似是而非的玄虛感，常常招來很多莫名其妙的猜測。

從以上分析不難看出，《紅樓夢》作者的詩風，明顯屬於清初的風格，尤其與王士禛詩風相近。從《紅樓夢》中姐妹們所作的具體詩句中，也能清楚看出王詩的影響。如「隔座香分三徑露，拋書人對一枝秋，霜清紙帳來新夢，圃冷斜陽憶舊遊」；「空籬舊圃秋無跡，瘦月清霜夢有知，誰憐我爲黃花病，慰語重陽會有期」；「登仙非慕莊生蝶，憶舊還尋陶令盟，睡去依依隨雁斷，驚回故故恐蛩鳴」；「胭脂洗出秋階影，冰雪招來露砌魂」；「月窟仙人縫縞袂，秋閨怨女拭啼痕」；「秋湍瀉石髓，風葉聚雲根」；「寶婺情孤潔，銀蟾氣吐吞」；「犯斗邀牛女，乘槎待帝孫」；「寒塘渡鶴影，冷月葬花魂」等。這些詩句與以袁枚、紀昀爲代表的乾嘉詩風大異其趣，而與順康詩風旨趣風格相類。

## 五、崑曲濫觴和榮寧耽戲

《紅樓夢》中榮寧二府上下尊卑人等，人人都愛聽戲，每逢重要家庭活動，都要演戲。元妃省親要演戲，鳳姐、寶釵過生日要演戲，過年節要演戲，幾乎一年四季，演戲不斷。府中那些文雅的公子千金們，都對戲的詞曲記憶嫺熟，並有深刻研究。寶玉同黛玉，曾於花下並肩讀《西廂》；寶釵背誦的一首「點絳唇」，也曾把寶玉喜得抓耳撓腮。不知紅迷朋友們注意否，《紅樓夢》書中表現的戲劇有三個特點：一是都屬於「雅部」的南戲範疇，崑戈兩腔一類，而沒有屬於「花部」的其他劇種；二是書中提到的劇本，除元代《西廂》（似乎是明末的《南西廂》）外，均屬於明末清初的作品，沒有雍乾以後問世的劇本；三是家養戲班演戲，在蘇州買來的小「戲子」，崑曲十二行當角色齊全。這三個特點足以證明，《紅樓夢》是十七世紀明末清初的作品，而不會是十八世紀雍乾以降的作品。爲什麼這麼說呢？

以傳奇爲主要形式的崑曲，產生於明代中葉，是從宋元南戲的基礎上發展而來的。整個十七世紀，明末清初，崑曲在戲壇雄居霸主地位。這同明末清初的社會風氣直接相關。十七

世紀崑曲的流行，同陸王心學帶來的浪漫主義風氣有關，同市民階層自發的文化需求有關，也同知識分子、士大夫階層用淫蕩放縱來抵制理學桎梏有關。

崑曲綺靡華麗、拖遝纏綿的唱腔和台風，極適合於演出才子佳人戲，極適合於表現貴族青年風雅放蕩的生活，表達失意文人那種哀婉傷情的情緒，因而恰好迎合了當時追求個性解放，反對理學陰沈刻板面孔的社會需要。這是崑曲在十七世紀風靡全社會並長期獨霸戲壇的根本原因。

中國著名的傳奇作家和經典傳奇作品，都產生於十七世紀。明末的湯顯祖與莎士比亞是同時代人，湯顯祖的包括《牡丹亭》在內的「臨川四夢」，在中國戲劇史上的地位和對中國戲劇的影響，可以同莎士比亞戲劇在歐美的地位和影響媲美。清初「南洪北孔」的《長生殿》和《桃花扇》，是中國戲曲史上耀眼的雙子星座，是傳奇界兩座比肩的高峰。當時社會上出現了一大批以創作傳奇爲終身職業的專業作家，如李玉、李漁等。文人士大夫及官僚顯貴，也以能夠創作傳奇作品爲榮，親王岳端、官僚曹寅、文人吳偉業等，都曾從事過傳奇創作。當時全本傳奇的演出，要連續三晝夜，是社會一大盛事，江南總督張雲翼、江寧織造曹寅，都經常在府中遍請名流，搬演流行的傳奇劇目。官僚貴族家庭，當時都有家養戲班子的嗜好，購買優伶花費無算，僅置行頭的費用，動輒幾萬、幾十萬兩白銀，其奢侈令人咋舌。

雍乾以降，「雅部」傳奇逐步衰落了，逐漸爲「花部」各劇種所取代，尤其是「徽班進京」以後，京劇開始大行其道，逐步取得了戲壇的統治地位。大清王朝的命運，始終與戲劇夾纏不清，以傳奇盛行始，以京劇盛行終，亦是異數。

傳奇衰落的原因，有外部的，也有自身的。首先是社會原因，進入十八世紀，特別是雍乾兩朝，隨著政權的鞏固，統治階級對文化領域的控制也極大地強化了，放縱萎靡的社會風氣開始轉變，正統思想教化不斷加強。雍正皇帝嚴令禁止官僚貴族家養戲班，乾隆皇帝通過修《四庫全書》，大量禁毀言情宣淫作品，幾乎把明末清初的戲劇小說作品一網打盡。各地在督撫的監督下，嚴格禁演「淫戲」或「淫靡荒亂之樂」。其次是崑曲自身原因，由於「吳音繁縟」，唱詞念白不易爲平民百姓聽懂；劇目篇幅長並且聲調拖遝，演出十分耗時費力；更重要的是過於文雅，缺乏本色，只適於演出才子佳人戲，不適合演出武戲、清官戲、忠臣義士戲，而此時統治階級又大力提倡演出宣傳正統忠孝節義思想的劇目，「雅部」的崑曲被「花部」劇種所取代，就在所難免了。

綜上分析，我們不難看出，《紅樓夢》描寫的貴族家庭戲劇生活，完全是明末清初的景象；書中提及的崑曲劇目，大多是順康年間允許演出而雍乾時代禁止演出的劇目；家養戲班，買良家子女充優伶、花鉅資置備行頭，也是順康年間比較普遍而雍乾年間厲禁的行爲。很難設想乾隆中葉的文人，能對貴族家庭搬演傳奇的描寫維妙維肖，能對當時嚴禁的崑曲劇目如數家珍。只有當代人寫當代事，才能有《紅樓夢》那樣準確傳神。譬如對清末八旗子弟沈迷京戲的生活，百年後的今天作家，怎麼寫都有隔靴搔癢的感覺。

## 六、結語

十七世紀的思想解放運動，是一場特殊歷史時期自發產生的一次獨特的文化運動。對這次思想解放運動的評價，從「疑經辨僞」的角度看，意義十分重大，影響也十分深遠。它直接爲乾嘉考據學派的誕生開闢了道路，對二百年後的「戊戌變法」也有深刻的影響，康梁的《孔學僞經考》、《孔子改制考》等著作和君主立憲、廢除科舉、改革官僚政體、興辦實業等思想，很大程度上來源於清初王夫之、顧炎武、黃宗羲等思想家。但從市民階層自發產生的言情宣淫風氣的角度看，又是一場不十分理性和高尙的運動。從客觀效果上理解，對後世的婦女解放、婚姻自由、男女平等，不無啓迪，但從主觀意志上看，也存在宣揚荒淫頹廢思想的負面效應，不過是爲貴族紈絝玩弄女性，提供詩意的藉口和解釋罷了。

《紅樓夢》是這場思想解放運動的產物，對這場思想解放運動的評價，直接關係到對《紅樓夢》的評價。胡適先生由於不清楚明末清初思想解放運動與《紅樓夢》誕生的因果關係，所以對《紅樓夢》評價過低；而今天的紅學家，同樣也不知道《紅樓夢》與明末清初個性解放要求的關係，卻對《紅樓夢》評價過高。對《紅樓夢》的評價，不是什麼民族感情問題，正如法國知識分子對巴爾扎克《人間喜劇》的評價不是民族感情一樣。把《紅樓夢》放回到明末清初的大環境中去，從它產生的歷史背景和文學背景，對它進行科學的考證分析，才能恰當地指出它的成就和局限，才能客觀公正地對《紅樓夢》做出科學評價。

斷定《紅樓夢》是十七世紀思想解放運動的產物，必然涉及到十八世紀的曹雪芹的著作權問題。現在紅學界對這一問題十分敏感，特別情緒化。誰膽敢否定曹雪芹的著作權，便似侵犯了某人的專利，挖了某家的祖墳，必然招致一場狂犬吠日般的攻擊。但感情不能代替科學（很奇怪，紅學界何以對有漢奸之嫌的曹氏家族產生如此深厚的感情），科學考證也不能爲感情左右，真理終究不是靠某些權威保護或某些人群起哄才能確立的。真的假不了，假的也真不了，真理愈辯愈明。倘若哪位紅學家，能以科學的態度和詳實的證據，證明《紅樓夢》的背景是十八世紀而非十七世紀，證明《紅樓夢》的作者是曹雪芹而非十七世紀的某位文人，筆者願服從真理。大家都知道紅學有三個「死結」，實際上還不知道最大最關鍵的「死結」，就是胡適先生考證的曹雪芹，同《紅樓夢》表現的時代背景和文學背景不相符合。

筆者經過精心考證，提出《紅樓夢》的初作者是康熙朝的洪昇，洪昇受過遺民思想的深刻教育和浙東、浙西學派的強烈影響；洪昇在家庭倫理和科舉前程方面受過殘酷打擊；洪昇有「意淫」式的紈絝子弟前期生活基礎和貧困潦倒的後期生活經歷；洪昇詩學王士禎，詞學朱彝尊，與趙執信、查慎行水平比肩，與當時著名學者文人接觸交往、思想溝通頻繁密切；洪昇是傳奇和套曲創作的頂尖大師，有與創作《紅樓夢》相適應的才情和等身著述；洪昇有曾經以自己經歷進行創作的蛛絲馬跡，臨終前把「行卷」帶到了江寧織造府。

總之，洪昇是十七世紀思想解放運動中，最有可能創作《紅樓夢》的人。是耶非耶？恐

怕不能依紅學權威們的不可靠結論來判斷，要想否定筆者的結論，用胡適先生的話說：拿證據來！

# 末世悲劇《紅樓夢》

什麼是悲劇？悲劇就是把最有價值的珍寶打碎了給世人看。《紅樓夢》是一部悲劇主題的作品，領略大觀園中悲涼之霧遍佈華林的人，在作品中是主人公寶玉，在作品的背後當然是作者本人。

《紅樓夢》爲我們展示了四個方面的悲劇：

## 一、一代封建末世的社會悲劇

《紅樓夢》故事發生的時代背景，是一個「末世光景」。書中開篇，就借冷子興之口，向賈雨村介紹，寧榮二府處於「末世」；在王熙鳳這個女強人的判詞中，也說「凡鳥偏從末世來」；在探春理家的情節裡，還表現了她身處「末世」，無力回天的悲愴心情，說她「生於末世運偏消」。

書中所說的「末世」，不是一家一姓的「末世」，而是一個社會共同面臨的「末世」！

瘋僧跛道的「好了歌」與甄士隱的「好了歌解」，就是對這個「末世」光景的最好詮釋：

這是一個「水旱不收，鼠盜蜂起」的時代，昔日歌舞昇平的達官顯貴府邸，「蛛絲兒結滿了雕樑」；「金滿箱銀滿箱」的富家子弟，「轉眼」，就變成了「人皆謗」的乞丐；昨天還嫌「紗帽小」去跑官要官，今天卻淪爲披枷戴鎖的囚犯；昨天還披著「破襖」在寒風中瑟瑟發抖的窮酸，今天卻「紫蟒」裹體高視闊步。這正是改朝換代的真實寫照：一個舊時代結束了，一群新貴族產生了。「亂哄哄你方唱罷我登場，反認他鄉是故鄉」，何處「他鄉」，何處「故鄉」，爲何認他鄉爲故鄉？這正是暗示異族入主中原，中華發生了天崩地裂！

在「紅樓夢十二支曲子」的結尾，作者「自度」了「飛鳥各投林」曲牌：「爲官的，家業凋零；富貴的，金銀散盡；有恩的，死裡逃生；無情的，分明報應。欠命的，命已還；欠淚的，淚已盡。冤冤相報實非輕，分離聚合皆前定。欲知命短問前生，老來富貴也真僥倖。看破的，遁入空門；癡迷的，枉送了性命。好一似食盡鳥投林，落了片白茫茫大地真乾淨！」這裡描寫的是什麼？是一幅「世界末日總清算」的圖畫！除了改朝換代，還有這種全社會性的「總清算」場面麼？

作者筆下的這種「末世」場景，絕對不是乾隆盛世，而是明末清初那段改朝換代、天崩地裂的「末世」！有清一代，在封建文人的筆下，稱爲「末世」的時代共有兩個，一個是鴉片戰爭以後逐步淪爲半殖民地半封建社會的時代，另一次就是清初順治朝和康熙前期。《紅樓夢》不是鴉片戰爭以後的作品，它產生的時代背景，只能是清初這個「末世」；它描寫的作品主題，也只能是一個社會的「末世」悲歌。

有的朋友可能要問，清初雖然戰亂多，社會不穩定，但一個封建王朝創立之初，無論如何也不能稱爲「末世」呀？此問並非沒道理，問題在於用誰的眼光看社會。清朝新貴的眼中，當然不會把清初看做「末世」；而在明朝的「遺民」眼中，卻是不折不扣的「末世」！朋友們可以翻閱此時期王夫之、黃宗羲、顧炎武、吳梅村、錢謙益、戴震、蒲松齡等名家的著作，不難看出，「末世」的提法處處皆是。

紅學界關於《紅樓夢》是否有「反清弔明」思想的爭論，至今言人人殊。反對者往往說，曹雪芹生在清朝中葉，出身「漢軍旗人」家庭，不會有遺民思想，說的不錯。但從另一個角度看，誰能否定「好了歌解」、「飛鳥各投林」曲子中的遺民思想呢？這不恰好證明了《紅樓夢》的作者是一個具有「末世遺民」思想的清初人，而不是清朝中葉沒有遺民思想的曹雪芹麼！

## 二、一個封建大家族的天倫悲劇

有的朋友可能要問，《紅樓夢》中的寧榮二府最終敗落是必然的，但爲什麼要定義爲天倫悲劇呢？提這種問題的朋友，恐怕是中胡適先生和他的徒子徒孫的毒太深了，沒有認真去讀《紅樓夢》原文，卻把工夫用在了對曹家同雍正朝宮廷鬥爭的附會上了。《紅樓夢》根本沒有寫什麼宮廷鬥爭，都是那些「探佚」家們胡思亂想出來的。

《紅樓夢》開端，就交代這個富貴流傳了百年的「望族」，此時正處於「末世」，「外面架子沒倒，內囊卻漸漸盡上來了」，不似先前那麼「溫柔富貴、詩禮簪纓」了。書中還借「寧榮二公」之口，對「警幻仙姑」說，自己這個家族的運氣已經盡了，最終破敗是不可避免的了。其實，家族中的人，也不是不知道運氣已盡、敗落在即的形勢，書中主子和奴才都經常說，「好像有幾百年熬煎似的」，「千里搭涼棚，沒有不散的筵席」！

這個家族是怎麼敗落的呢？主要原因還在於家族內部。書中借探春的口說，「我們這樣的大家族，從外面殺來，一時是殺不死的；只有內部自殺自滅起來，才能一敗塗地呢！」君不見，家族中人，「不是東風壓倒西風，就是西風壓倒東風」，「一個個像烏眼雞似的，恨不得你吃了我，我吃了你」。因此，可以說，《紅樓夢》表現的，其實就是這個大家族的「自殺自滅」史！

這個大家族中矛盾重重：寧榮二府之間的矛盾，榮府中赦政兄弟及邢王妯娌之間的矛盾，賈母與長房賈赦邢夫人之間的矛盾，二房賈政一支中嫡庶之間的矛盾，王熙鳳同邢王兩婆母之間的矛盾，賈璉一家中夫妻及妻妾之間的矛盾，主子與奴才之間的矛盾，跟隨不同主子的奴才與奴才之間的矛盾，等等。這些矛盾鬥爭的結果，是母子失和，兄弟反目，夫妻同床異夢，妯娌爾虞我詐，「施魘魔法」、「造謠生事」、「引風吹火」，「站乾岸兒」，「推倒油瓶不扶」。這樣矛盾深重的家族，焉有不敗之理？

《紅樓夢》前八十回中，沒有寫到這個家族的徹底敗亡，但也充分表現出了破敗迭起，衰亡將至的趨勢。家族矛盾的總爆發，體現在「抄檢大觀園」這一驚心動魄的事件中。由一個「繡春囊」，把王熙鳳、王夫人、邢夫人、探春、迎春、惜春、黛玉、寶玉、晴雯、司棋、王善保家的幾乎全家主子奴才都捲了進來，住在園中的親戚也受到波及，擔了嫌疑。抄檢的直接結果，是屈死了晴雯、司棋、潘又安三條人命，間接結果就更嚴重了，王夫人下令：過了年寶玉和姐妹們必須全部搬出園子！一群天真爛漫的年輕人，就這樣失去了他們的人生樂園，即將風流雲散了。

發生在賈府及大觀園中的這些悲劇，說到底都不是外部勢力造成的，而是家族內部自殺自滅的結果，正是一個封建大家族的天倫悲劇。當然，外部的因素也是有的，比如處於「末世」社會，入不敷出，官僚搜刮等。套用一句大陸學界耳熟能詳的話：「外因是變化的條件，內因是變化的根據，外因通過內因而起作用。」根本的、起決定性作用的因素，還是內因。《紅樓夢》所要表現的，正是家族內部的自殺自滅的過程，把一個表面上「詩禮簪纓」的封建大家族，如何毀滅的過程展示給讀者看，這正是《紅樓夢》的悲劇性所在。

現在的紅學界諸多權威，不去研究《紅樓夢》作品中展示的家族內部矛盾，而是熱衷於對曹家與雍正朝廷關係的探佚附會，實在不是文學研究的正途。之所以這樣，根本原因還在於，在曹家的歷史上，找不到《紅樓夢》所表現的家族內部矛盾鬥爭的證據，也只好向宮廷鬥爭索隱一途了。豈不知《紅樓夢》作者在書中早已明明白白地告訴讀者，賈府的問題出在內部。你偏要向外部去找原因，不是正應了作者的話麼：「都云作者癡，誰解其中味」啊！

## 三、一位封建知識分子的人生悲劇

我國的封建正統知識分子，走的都是學而優則仕之路，「學成文武藝，貨與帝王家」，仕途經濟，幾乎就是封建知識分子的唯一出路。成功者固然可以飛黃騰達，不成功者如蒲松齡、孔已己者，爲數更是多多。

《紅樓夢》描寫的主人公賈寶玉，其人生道路的選擇，卻與此截然相反：其一，他拒絕走仕途經濟之路，把追求仕宦之人統統罵爲「祿蠹」、「國賊」。其二，他反對程朱理學，說「除明明德外無書」，把「四書」以外的書統統燒掉了。其三，他不贊成傳統的忠君愛國思想，說「文死諫、武死戰」者是「濁氣上湧」，「置君父於何地」？

紅學界一般認爲，《紅樓夢》主人公這些思想，代表著封建叛逆思想，說明作者是一個封建社會的叛逆者。這種理解未免有人爲拔高之嫌。社會存在決定社會意識，在《紅樓夢》創作的年代，是產生不出所謂封建叛逆思想的。把《紅樓夢》表現的這些思想，放在乾隆年間的曹雪芹身上，確實是不可理解的，如果放到明末清初的一個封建正統知識分子身上，反而是十分自然的，一點兒也不值得大驚小怪的。

在清初，多數封建正統知識分子，對入關的異族統治者，都採取不合作態度，當然，「一隊夷齊下首陽」的情況也很多。不合作者對這些「下首陽」的追求仕途經濟者，當然持蔑視態度。清初正統文人的文章中，斥罵「祿蠹」、「國賊」的文章觸目皆是，就連兩截爲人的吳偉業、錢謙益的晚年作品中，也對自己追求仕途經濟的行爲悔恨不已，說自己「總比鴻毛還不如」。《紅樓夢》表達的這種思想，不僅不是什麼封建叛逆思想，反而是當時存在於「遺民」中的封建正統思想。

賈寶玉反對「文死諫、武死戰」，更不是什麼異端思想，而是清初封建正統知識分子對明朝滅亡原因的反思。明亡前，內有「流寇」造反，外有建州襲擾，朝廷焦頭爛額。此時朝廷內部，東林黨人普遍犯「文死諫」的毛病，崇禎皇帝，大概是中國歷史上杖殺諫臣最多的殘暴皇帝；帶兵的武將，也只顧一死報君王，對戰爭的勝負卻在所不惜，結果屢戰屢敗，損兵折將，最終丟了大明三百年基業。清初三大家的文章中，對此多有分析，感慨之下，痛哭流涕，大罵文武誤國。賈寶玉一個毛頭孩子，懂得什麼「文死諫、武死戰」，不過是重複當時社會上的流行說法而已。

至於寶玉燒掉四書以外的書，更不是什麼特別反常的舉動。清初，江南正統封建文人檢討明亡的教訓，多數認爲是「空談誤國」所致，而空談之風的形成，主要原因在於明代「程朱理學」、「王陸心學」的泛濫。當時的知識分子，當然不是反對孔孟之道，不是反對四書五經，而是反對朝廷確立的統治思想「理學」和「心學」。《紅樓夢》中寶玉的行爲，只是表達了那個時代封建正統知識分子中流行的這些思想，根本談不上「異端」，他畢竟沒燒四書嘛。

賈寶玉表現的這些思想，在清初的江南知識分子中司空見慣，但在乾隆朝卻是決無可能的，換句話說，曹雪芹絕對不可能有《紅樓夢》中的這些思想，他也絕對寫不出《紅樓夢》中的這些思想。只有清初江南的封建正統文人，才有把這些思想見諸於紙面的可能。爲什麼這麼絕對呢？一方面是明末清初確實流行這些思想，另一方面是當時文網尙寬，這些思想有公開面世的條件。乾隆朝是中國五千年歷史上文網最嚴酷、文字獄最慘烈的時代，沒有誰有這個膽量。

《紅樓夢》作者把自己比喻爲女媧棄而不用的補天石，慨歎自己「無材補天」，說自己「一事無成，半生潦倒」，並交代創作此書時，正處於「愧則有餘，悔又無益之大無可如何之日」，大概並不僅僅是在仕途功名上無所成就，似乎還經歷過人生重大打擊。書中屢次出現「經歷了一場人生夢幻」，「跌過筋斗」等字句，也充分證明了這一點。可以斷定，《紅樓夢》表達的是一個明末清初的封建正統知識分子的人生悲劇，但這個賈寶玉的原型，絕對不會是曹雪芹！

## 四、一干知識女性的命運悲劇

《紅樓夢》創作的主要目的，是爲了「閨閣昭傳」。作者交代：自己雖然「無能不肖」，但家庭中卻「歷歷有人」，決不能讓她們的事跡與自己「一併湮滅」，所以要把她們的事跡寫出來，以「悅人之耳目」。

《紅樓夢》書中以林黛玉、薛寶釵爲代表的「一干」知識女性，聰明、美麗、善良、有能力，比賈府中的諸多「鬚眉男子」都要強得多！她們不僅能夠詠柳絮、歌海棠、頌桃花，還能「興利除宿弊」、「小惠全大體」。雖然她們沒有做到挽大廈於將傾，但她們爲挽救這個將死的「百足之蟲」盡了力，令這個家族中的所有「鬚眉男子」汗顏。

《紅樓夢》中，這些女子都是來自於「薄命司」中的「冤孽」，她們的下場是「千紅一哭」、「萬豔同悲」。黛玉、寶釵、探春、迎春、惜春、湘雲、妙玉等人，有的淚盡夭亡，有的誤嫁中山狼，有的遠嫁海外，有的長伴青燈古佛，有的青年早寡，都經歷了一段悲慘的命運。對這些女子，作者賦予了極大的同情，用生花妙筆，充分展示了她們的可愛之初，也讓讀者爲她們，灑下一掬哀憐同情的淚水。

作者下最大工夫，描寫的是「金玉良緣」和「木石前盟」的愛情故事。故事中的兩個青年女子，都是主人公的表姐妹，與主人公都是青梅竹馬的關係，最後都落得「水中月、鏡中花」的結果。好多讀者都認爲寶黛愛情是悲劇，但寶玉同寶釵的婚姻何嘗不是悲劇？好多《紅樓夢》讀者都用今天的一夫一妻觀念去看《紅樓夢》中愛情關係的排他性，這是不對的。在那個時代，男人三妻四妾是很正常的，不必要求《紅樓夢》主人公愛情專一。

《紅樓夢》開篇就交代，書中的「百年望族」，是一個「詩禮簪纓」之族，書中的「一干女子」，都是比「鬚眉濁物」寶玉強得多的才女。作者創作《紅樓夢》的主要目的，是爲「姐妹們」作傳，讓她們的事跡可以流傳久遠。由此推斷，《紅樓夢》作者必有一大幫親姐妹和表姐妹，這些姐妹必須是受過良好教育的才女，她們同作者還必須有青梅竹馬的條件，

最後她們的願望都必然是「水中月鏡中花」，統統落得「紅顏薄命」的下場！

問題還是出在曹雪芹身上，沒有任何證據證明曹雪芹有「一干」親姐妹和表姐妹。退一萬步說，即使有，處於借米熬粥、賒酒買醉的生活境況下，怎麼會有《紅樓夢》中那種卿卿我我、鶯鶯燕燕的生活？「賈府裡的焦大，也不愛林妹妹的」，困窘中的曹雪芹，更沒有杜撰自己愛情生活的情緒和參照經歷。《紅樓夢》的真實作者，必然是一個真正經歷過「風月繁華」生活，後期又墜入困頓的封建知識分子，曹雪芹沒有這樣的經歷。

筆者之所以這樣判斷曹雪芹作爲《紅樓夢》作者的不可能性，並不是對曹雪芹有什麼成見，而是因爲只有正確判斷《紅樓夢》作者，才能正確解讀《紅樓夢》主題，才能準確領會《紅樓夢》作品的思想內涵。當前紅學界之所以走進了雍正朝宮廷鬥爭的泥潭，根本原因就是當初胡適先生把《紅樓夢》作者假設錯了。茲事體大，不可以不正視聽。

筆者經過多年的精心考證，推斷《紅樓夢》的初作者是康熙朝的大文豪洪昇。之所以得出這個結論，主要原因就是洪昇所處的時代背景、家庭背景、人生背景和感情生活背景同《紅樓夢》描寫的內容毫無二致！因爲《紅樓夢》作者在書中曾交代，創作此書是「追蹤躡跡」，「不敢稍加穿鑿」，也就是說，說的都是真話實話，沒有半點假話，更沒有胡編亂造。所以，我們必須把《紅樓夢》的作者身分還給洪昇！

其一，洪昇是清初人，有著濃烈的「遺民思想」。他出生於順治二年，這一年正是清兵下江南、南明王朝覆亡的一年。洪昇從小就受到「遺民」思想的薰陶，他的老師陸繁弨、毛先舒、沈謙等，都是「遺民」思想強烈，與清王朝不肯合作的正統知識分子。洪昇好友陸寅的父親陸麗京，是清初「莊史案」的受害者，後來憤而出家、不知所終了；洪昇的表丈錢開宗，在清初江南「科場案」中被砍了腦袋，全家幾百口人被逮捕，長途三千里押解北京。洪昇本人有強烈的「遺民」思想，在他的代表作《長生殿》中，和大量的詩詞作品中，都表現得十分清楚。

其二，洪昇家庭發生了嚴重的「家難」，前後半生的生活經歷了巨大反差。洪昇的家族是個著名的「百年望族」，「宋朝父子公侯三宰相，明季祖孫太保五尚書」，可謂富貴已極。清初，由於改朝換代的原因，正處於「百足之蟲，死而不僵」的境地，康熙前期，由於家庭被朝廷查抄，父母被充軍，落一片白茫茫大地真乾淨。洪家與錢塘黃家、顧家、錢家號稱杭州「四大家族」，確實是聯絡有親，榮損與俱的關係，與《紅樓夢》的描寫完全相同。

其三，洪家家族不幸，發生了「天倫」悲劇。洪昇的前半生生活，肥馬輕裘，富貴已極。成人結婚後，由於別人的挑唆，洪昇和二弟洪昌，都被迫離開了家庭，後半生過著極爲貧窮潦倒的生活。二弟洪昌，在漂泊中英年早逝了，令洪昇終生痛苦不已。康熙二十八年，因爲在佟皇后「國喪期間」，聚演《長生殿》，洪昇被朝廷逮捕下獄，革去了「國子監生」的功名，「可憐一曲長生殿，斷送功名到白頭」，洪昇爲此曾到京東盤山青溝寺（**大荒山青埂峰原型**）逃禪，正是「愧則有餘、悔則無益的大無可如何之時」，雖然沒落髮出家，但一生都對此耿耿於懷。

其四，洪昇的青少年時代，確實有眾多的親姐妹和表姐妹，洪昇與她們青梅竹馬，經常在一起遊玩酬唱，感情甚篤。洪昇的這些姐妹們，在清初確實赫赫有名，她們曾結成「蕉園詩社」，經常在杭州西湖、西溪一帶一起吟詩做畫，燈謎酒令，生活十分瀟灑。洪昇的妻子黃蕙，是他的嫡親表妹，並且是同年同月同日生的「同生夫妻」，洪昇逃離家庭後，過著極爲困苦的生活，這個表妹兼妻子，確實爲洪昇「還」了一輩子眼淚。洪家發生「天倫慘變」後，這些姐妹們陸續嫁人或遠行，下場都十分悲慘，兩個親妹妹（探春、迎春原型）和表妹林以寧（黛玉原型）都年輕夭亡了，表妹錢氏姐妹（寶釵、寶琴原型）、馮又令（湘雲原型）、毛安芳、張槎雲等，也都在痛苦生活中掙扎。洪昇於康熙三十一年回到杭州時，確實是目睹一場「千紅一哭」、「萬豔同悲」的悲慘景象。此時的洪昇，想起昔日與姐妹們在「洪園」中嬉戲酬唱的場景，聯想到自己和家族的悲慘命運，提筆創作《紅樓夢》，大概是對《紅樓夢》作者和創作緣起的最合理解釋！

關於《紅樓夢》作品的主題，紅學界爭論頗多，至今並沒有爲各方均能接受的一種權威說法。之所以產生這種令人困惑的尷尬局面，其原因主要是沒有搞清《紅樓夢》產生的時代背景和作者人生背景，以至於誤讀誤判，各執一端，聚訟不休。

關於《紅樓夢》的作者和創作原型的探討，其重要性不僅在於作者自身，更重要的在於對《紅樓夢》作品內容和主旨的正確理解。胡適先生誤斷曹雪芹爲《紅樓夢》作者，結果就把紅學界領上了對清廷宮廷鬥爭的附會之路。爲什麼呢？因爲曹雪芹所處的時代、家庭和個人人生背景，都無法解釋《紅樓夢》爲什麼要寫這些，爲什麼要這麼寫！無奈之下，拋開《紅樓夢》作品自身，向宮廷爭鬥去索隱、探佚，就是必然的了。但是，這種索隱、探佚，又必然背離《紅樓夢》的創作宗旨，曲解《紅樓夢》的情節內容，實在是紅學的百年悲劇！

親愛的讀者朋友，當你知道了《紅樓夢》的作者是大文豪洪昇，紅樓故事發生的時間是改朝換代的清初，紅樓家族是一個詩禮傳家的江南望族，紅樓姐妹們是「蕉園詩社」那些聰明美麗的女子，紅樓悲劇是一個社會的悲劇，一個民族的悲劇，一個時代的悲劇，對於正確解讀古典文學奇葩《紅樓夢》，是絕對重要的。

相對於胡適先生開創的所謂「新紅學」，《紅樓夢》的創作宗旨之正大，社會背景之廣闊，描寫內容之嚴肅，反映思想之悲壯，之遼遠，都是不可同日而語的，《紅樓夢》絕對不是隱寫宮廷鬥爭的讖緯巫書，所謂「新紅學」尤其是後來興起的「探佚學」，是對《紅樓夢》這部偉大文學作品的褻瀆。紅界同仁們，從「胡家村」「曹家店」中迷途知返吧！雖然百年紅學落得個「又向荒唐演大荒」的悲涼下場，但總比沿著迷途愈走愈遠，陷進泥潭愈陷愈深要好。迷途知返的學者還是學者，迷途不返的學者是癔病患者，明知走錯了路，還辯解自己的正確，就是別有用心了。這還是做學問麼？做這種學問的學者還講學術道德麼？

## 《紅樓夢》詩詞的離愁情結

在中國傳統詩壇詞苑中，不乏擅寫「離愁」的騷人墨客，筆者特別佩服其中兩位，一是南唐後主李煜，一是《紅樓夢》的作者「石兄」。這兩位老兄描寫「離愁」的作品，一樣回腸蕩氣，一樣纏綿婉約，一樣刻骨銘心，一樣流暢清麗。試看李後主的「剪不斷，理還亂，是離愁，別有一番滋味在心頭」，「問君能有幾多愁，恰似一江春水向東流」，與《紅樓夢》的「展不開的眉頭，挨不明的更漏，恰便似遮不住的青山隱隱，流不斷的綠水悠悠」，是否有異曲同工之妙呢？

李後主的「離愁」，是思念故國的愁，「雕欄玉砌應猶在，只是朱顏改」，「故國不堪回首月明中」。《紅樓夢》的「離愁」，表達的是什麼愁呢？是思鄉之愁，是思家之愁，是思親之愁，是思骨肉兄妹親情之愁，是癡男怨女互相思念之愁。可能有的朋友會懷疑：曹雪芹在兒時便因「抄家」離開了南京，對祖籍東北又沒任何印象，一生大多數時間居住北京，鄉愁何來？「抄家」後是舉家回到北京，親人並未骨肉分離、天各一方，思親思家之愁也沒有來由。曹雪芹是遺腹子，無兄弟姐妹，也沒聽說有過什麼纏綿的戀愛，思手足和情人就更是莫名其妙了。他沒有大寫特寫「離愁」的理由啊！是不是你對《紅樓夢》詩詞所表達的意蘊理解有誤呢？那麼，我們就對《紅樓夢》中的詩詞、特別是主人公名下的詩詞，做一番客觀的分析，看一看作者筆下，寫的究竟是不是「離愁」吧。

《紅樓夢》中寫「離愁別怨」的經典之作，莫過於黛玉的〈秋窗風雨夕〉，這是一首在苦風淒雨中，灑淚泣血「悶制」的「風雨詞」。「秋風慘澹秋草黃，耿耿秋燈秋夜長。已覺秋窗秋不盡，那堪風雨助淒涼！」作者首先爲我們描繪了一幅令人淒苦斷腸的畫面：在那花謝草枯的深秋季節，一個苦風淒雨的黃昏，黛玉孤身一人，強忍著病痛的煎熬，耳聽淅淅瀝瀝的秋雨，敲打著陰沈的瀟湘院紗窗，加之滿院深秋殘竹，在風雨中發出的陣陣悲苦之音，「不覺心有所感，亦不禁發於章句，遂成《代別離》一首。」這首「擬〈春江花月夜〉之格」的「風雨詞」，要表達一種什麼樣的情緒呢？「淚燭搖搖短檠，牽愁照恨動離情。」「燈前似伴離人泣」，「已教淚灑紗窗濕」。是因悲秋「牽愁照恨」，引發了「離人」悲戚的「離情」，淒涼的秋風秋雨，在助長了綿綿秋思的同時，更加深了遊子思念故鄉親人的哀哀「離情」！

黛玉表現「離情」的詩作，在《紅樓夢》中可謂俯拾皆是。那首膾炙人口的〈葬花詞〉中，「遊絲軟繫飄春榭」，「紅消香斷有誰憐？」「風刀霜劍嚴相逼」，「一朝飄泊難尋覓」。「愁緒滿懷無釋處」，「杜鵑無雨正黃昏」。都是表達的遊子在漂泊中，無奈無助的哀思。「天盡頭，何處有香丘？」「他年葬儂知是誰？」「花落人亡兩不知！」表達的也正

是背井離鄉、拋家別親境況中，對自己前途渺茫的感天動地的悲歎！在詠柳絮的《唐多令》中，黛玉表達的也是同一心情：「漂泊亦如人命薄」，「歎今生誰拾誰收？嫁與東風春不管，憑爾去，忍淹留。」這些句子同〈葬花詞〉一樣沈痛。在〈題帕三絕〉中，表達「離愁」的情緒更加明顯：「彩線難收面上珠，湘江舊跡已模糊；窗前亦有千竿竹，不識香痕漬也無？」離家已久，腦海中家鄉的形象都已經模糊了，但思鄉思親的情緒如醇酒一樣，隨著時間加長更濃烈了。

「林瀟湘魁奪〈菊花詩〉」，是黛玉表現「離愁」的又一力作。她在〈詠菊〉中寫道：「滿紙自憐題素怨，片言誰解訴秋心？」在〈問菊〉中寫道：「孤標傲世偕誰隱」，「鴻歸蛩病可相思？」在〈菊夢〉中寫道：「睡去依依隨雁斷，驚回故故恐蛩鳴。」「雁斷」、「鴻歸」、「蛩病」、「蛩鳴」等句，都是古人寄託「鄉思」的常用典故；不難看出，每首詩都浸透了「離人」的眼淚，每句話都寄託著無盡的「離愁」！

不僅黛玉如此，《紅樓夢》中的「一干冤孽」、眾多癡男怨女，詩作中都不同程度透露出「離愁別緒」。賈寶玉自不必說，他的〈拋紅豆〉，應屬曲中上品，字字血、聲聲淚，蕩氣回腸，充分表達了戀人遠離久別、吃不下飯，睡不著覺，刻骨銘心的相思之情。在「偶結海棠社」時，寶玉詩中「曉風不散愁千點，宿雨還添淚一痕。獨倚畫欄如有意，清砧怨笛送黃昏。」表達的也是「離人恨重」的心情。在「夜擬菊花題」時，寶釵的〈憶菊〉詩說：「念念心隨歸雁遠，寥寥坐聽晚砧遲，誰憐我為黃花病，慰語重陽會有期。」探春的〈殘菊〉詩說：「半床落月蛩聲病，萬里寒雲雁陣遲。」湘雲的「霜清紙帳來新夢，圃冷斜陽憶舊遊」。表達的都是「離情」。「晚砧」是舊詩中形容丈夫遠遊、婦人思念的代名詞，「晚砧」愈「急」愈「遲」，形容思念愈切；「重陽」是家人團圓的節日，「黃花」是兄弟相聚的象徵。在「偶填柳絮詞」時，探春的「一任東西南北各分離，」寶琴的「江南江北一般同，偏是離人恨重」，表達「離情」，明白如話，無須解釋。

綜上所述，《紅樓夢》詩詞多是表達「離情別緒」之作，應無疑問，問題在於「詩言志」，「言」的應是作者之「志」，詩是詩人心靈的忠實折射，曹雪芹沒有離鄉別親的生活經歷，沒有如此強烈抒發「離情別緒」的理由，決寫不出如此沈痛哀怨的「怨別離」詩。謂予不信，朋友們可以再讀一遍王維、李清照等古代寫「離愁」名家的「怨別離」詩，並想一想，不是其人、其時、其情、其景，能寫得出那些千古絕唱麼？脂批說曹雪芹著此書，「有傳詩之意」，這種說法恐怕有問題。曹雪芹沒有「離愁」，至今也沒發現他有一首、哪怕一句詠「離愁」的詩，《紅樓夢》所傳之詩，不該是曹雪芹的詩。合理的解釋大概只有一個：《紅樓夢》的原作者不是曹雪芹！

筆者經過精心考證，推斷《紅樓夢》的原創者是康熙朝的著名文人洪昇。洪昇有充分的理由，借書中人物之口之手，去狂寫痛吟自己的表達「離情別緒」的詩詞。由於「家難」，洪昇夫婦被迫離開家鄉杭州，長期寄居京師，過著寄人籬下、顛簸困頓的生活，他無時無刻不思念家鄉的父母親人，有許多表達思念骨肉親情的泣血般詩作；洪昇與兄弟姐妹感情極深，「家難」後手足離散、天各一方，一個弟弟、兩個妹妹又不幸英年早逝，因此有大量表達手足深情、寄託錐心思念的詩作；洪昇與妻子黃蕙是表兄妹連理，從小青梅竹馬，婚前就多有纏綿相思之作；婚後由於生活困苦，屢遭磨難，夫婦聚少離多，好多寄託相思的「兩地書」，都記載了夫婦間遙相思念的深情。洪昇在初創《紅樓夢》時，把這些詩作寫入書中人物身上，不是最合理的解釋麼？

不知讀者朋友注意到沒有，《紅樓夢》中好多表達「離情別緒」的詩作，用在某一書中人物身上，並不十分貼切。黛玉從小離家，父母雙亡，思親可以，思鄉無由；寶玉家存親在，暗戀黛玉，相思可以，思家思親無由；寶釵、寶琴、湘雲、探春諸人，思家思親均無由，男女相思更顯勉強。洪昇著書爲傳詩，如此寫來，可以理解。因爲作者急於把一生寄託「離情別緒」的詩作，壓縮在大觀園同一空間和書中人物青春年少同一時間內，難免與書中所表現的時間、地點、人物出現差異，《紅樓夢》畢竟是小說，作者把自己悲劇人生的一條時間線，在書中轉換成「大觀園」一個空間面，文學創作不得不如此。

筆者懷疑，《紅樓夢》中好多透著脂粉氣的詩詞，就是黃蕙與洪昇的諸多親、表姐妹們的作品，少年時，她們在洪家宅邸和後花園（南宋時皇家賜第，極爲豪闊，應是「榮國府」和「大觀園」的原型）中時相酬唱，成年後，又經常互寄表達思念深情的詩作，這些不是憑空猜測，在洪昇流傳到今天的眾多詩歌、辭賦、套曲中有記載，他曾經明確記載昔日姐妹們曾有過關於「桃花」、「黃花」、「柳絮」的酬唱。因此，我們可以推斷，洪昇初創《紅樓夢》的主要目的之一，就是要記錄「當日所有之女子」的「行止見識」，表明自己家「閨閣中歷歷有人」，把她們的音容笑貌連同詩詞曲賦「一併」寫入書中，以「不使其泯滅」。《紅樓夢》詩詞的「離愁」情結，正是作者洪昇與姐妹們「離情別緒」在書中的折射和凝聚。

我們還應注意到，《紅樓夢》的「別離詩」，都十分哀怨，字裡行間透露出一種無奈、無助、無告的濃烈情緒。這與洪昇夫婦一生遭際有關。洪昇的一生，完全是性格的悲劇，張愛玲先生考證出的《紅樓夢》「第一個早本」，寫的就是「性格的悲劇」。實際上今本《紅樓夢》，書中人物也多爲悲劇性的「自戀」性格：寶玉是自謙型自戀，黛玉是自憐型自戀，寶釵是自完型自戀，湘雲是自愛型自戀，妙玉是自高型自戀，探春是自強型自戀，迎春是自卑型自戀，惜春是自僻型自戀。他們的悲劇人生，除了社會和家庭原因，很大程度上都是「自誤」所致，顯然是「性格悲劇」。只有這樣同屬悲劇性格的一群人，才能把「離情別緒」寫得千姿百色、哀婉動人。從洪昇詩詞中可知，洪家兄妹及表兄妹，多是這樣悲劇性格的人，人生經歷也確實多是哀婉的悲劇，故洪昇初創《紅樓夢》的可能性最大。

《紅樓夢》第二十八、三十七、三十八、四十八、四十九回中，都有大段姐妹們「論詩」的內容，這些詩歌創作理論，極顯丘壑，極有見地，誠屬難能可貴，在我國封建社會並不十分重視文藝理論的文壇中，不是誰都能夠發此宏論的。洪昇一生對詩論頗有研究，年輕

時，便寫過一部詩論專著《離騷韻注》，深得他的老師毛先舒、陸繁弨的肯定和當時著名文人的稱道。稍年長時，洪昇曾投到當時詩壇領袖王士禛的門下，學習詩歌理論和詩詞創作，與當時另一著名詩人趙秋谷（就是那個與洪昇一起因「聚演」《長生殿》而「斷送功名到白頭」的趙執信），還曾發生一場關於詩歌創作理論的論爭，在趙秋谷的作品集《談龍錄》中有記載。這應是《紅樓夢》中，借姐妹之口，大寫「詩論」的根由，也是洪昇把《紅樓夢》詩歌，寫得既優美感人，又無不符合賦詩者身分的重要基礎。

洪昇一生，描寫思鄉、思家、思親、男女相思的詩歌、詞賦、套曲甚多，集中表達這種「離情」的作品集爲《幽憂草》和《天涯淚》，可惜都失傳了，今天只能見到關於題目和內容的籠統記載。但在今天流傳下來的洪昇詩詞集、如《稗畦集》、《稗畦續集》、《嘯月樓集》以及友人的眾多作品集中，也殘存下來洪昇大量表達「離愁別怨」的作品，下面開列一二，以饗讀者，也供讀者判斷《紅樓夢》的作者究竟是曹雪芹還是洪昇時參考：

1.《嘯月樓集》卷一〈寄內〉：

去冬子南還，饑渴慰心期。邂逅結大義，情好新相知。爾我非一身，安得無別離？
念當賦歸寧，琅琅敘我思。長歎臥空室，恍惚覿容輝。咫尺不可見，何況隔天涯。

另《嘯月樓集》卷七〈七夕閨中作四首〉有云：

憶昔同巹未有期，逢秋愁說渡河時。從今閨閣長攜手，翻笑雙星慣別離。

（筆者注：《長生殿》寫「眞人」「大士」、牛女「雙星」，《紅樓夢》亦有「白首雙星」。）

2.《嘯月樓集》卷五〈汴梁客夜〉：

獨攜長鋏到天涯，濁酒寒燈夜自嗟。斷雁一聲風忽起，啼烏三匝月將斜。

信陵門外驚哀柝，梁孝台邊悵落花。此地由來傳好客，不妨湖海暫爲家。

3.《嘯月樓集》卷二〈留別沈遹聲〉：

冬十一月將遠行，愁雲不斷悲風生。故人惜別飲我酒，當杯忍涕傷中情。

落月沈沈天未曙，沙頭櫓鳴分手去。數聲斷雁叫寒霜，飛下煙汀最深處。

4.《嘯月樓集》卷三〈蒙山道上〉：

亂石繞東蒙，崎嶇古道通。一身千里外，匹馬萬山中。

芳樹遙遮日，春沙細逐風。思家還有淚，不獨爲途窮。

5.〈稗畦集　一夜〉：

海內半青犢，夢中雙白頭。江城起哀角，風雨宿危樓。

新鬼哭愈痛，老烏啼不休。國殤與家難，一夜百端憂。

（筆者注：「家難」可解，此處「國殤」，弔明亡耶？抑或感傷「三藩之亂」耶？讀者試思之。）

6.〈稗畦集　送父〉之三：

回思去年秋，我父入燕都。走謁蕭寺中，膝下勤慰劬。間關觸熱來，水陸何崎嶇。

面目黧且黑，蒹蒹增白鬚。泣罷跪進酒，寒月照坐隅。天涯骨肉聚，愁中暫歡娛。

倏忽經一載，歸帆欲南徂。嚴霜既墜地，百卉皆凋枯。風景不殊昔，離散傷遺孤。

7.《楓江漁父圖題詞》之〈北中呂粉蝶兒〉：

〈耍孩兒〉：

俺不能含香簪筆金門步，只落得窮途慟哭。山中尚少三間屋，待歸休轉又躊躇。

不能做白鷗江上新漁父，只混著丹鳳城中舊酒徒。幾回把新圖覷，生疏了半篙野水，冷落了十里寒蕪。

8.〈稗畦集　丁卯除日客舍作〉：

江城臘雪換春風，旅鬢偏驚歲又中。涕淚兩行孤燭暗，夢魂三處一宵通。白頭堂上思遊子，黃口天涯憶病翁。底事飄零久離別，每當除夕恨無窮。

（筆者注：「夢魂三處」句勿泛泛看，故鄉父母一處，薊北妻兒一處，客舍遊子一處，三地夢魂相通。寫「離愁別怨」，無過於此。）

9.〈稗畦集　逢惲南田感贈〉：

傷心作客三千里，屈指依人二十秋。歧路忽驚逢故友，暫時歡笑復潸然。貧病參差成白首，交遊強半入黃泉。人生七十由來少，一別誰禁二十年？

10.〈稗畦集　北發有感〉：

非商非宦兩無營，底事飄蓬又北征？妻凍兒饑相促迫，猿驚鶴怨負平生。羞從幕下裾還曳，浪說門前屐倒迎。聚鐵六州難鑄錯，白頭終夜哭縱橫。

11.〈稗畦續集　己卯冬日代嗣子之益營葬仲弟昌及弟婦孫，事竣述哀四首〉節錄：

汝逝十年後，此兒吾始生。不曾承色笑，何幸繼宗祊。哭弟悲無已，重經兩妹亡。糜軀歸烈焰，暴骨在他鄉。降罰天昏醉，招魂地渺茫。爲兄年老大，疊稠遇悲傷。

（筆者注：洪昇一弟兩妹均英年早逝，於此可證。洪昇歌頌弟妹們聰慧美麗的詩詞很多，此不錄。）

12.友人王錫〈嘯竹堂集　讀稗畦集〉：

西泠才子客幽燕，短劍悲歌二十年。烏鳥痛深寒雨夜，鶺鴒音斷白雲天。關山暗灑思鄉淚，花月都成恨別篇。無限聲情幽咽處，燈窗一讀一淒然。

13.友人王著〈輓洪昉思〉：

世傳豔曲調清新，我愛高吟意樸淳。怨艾自傷真孝子，性情不愧古風人。
家從破後常爲客，名到成時轉累身。歸老湖山思閉戶，何期七尺付沈淪。

14.友人曹寅〈讀洪昉思稗畦行卷感贈一首，兼寄趙秋谷贊善〉：

惆悵江關白髮生，斷雲零雁各淒清。稱心歲月荒唐過，垂老文章恐懼成。
禮法誰嘗輕阮籍，窮愁天亦厚虞卿。縱橫擺闔人間世，只此能消萬古情。

（筆者注：曹寅所讀之洪昇「行卷」，似爲《紅樓夢》手稿，與「稱心」、「垂老」二句對照看，可見所測不誣。）

15.友人朱彝尊〈酬洪昇〉：

金台酒坐擘紅箋，雲散星離又十年。海內詩家洪玉父，禁中樂府柳屯田。
梧桐夜雨詞淒絕，薏苡明珠謗偶然。白髮相逢豈容易，津頭且攬下河船。

（筆者注：「梧桐夜雨」當代指《長生殿》傳奇，「薏苡明珠」句殊不可解，疑似代指一部寫洪昇明珠暗

投，因而遭「謗」的作品，聯繫到朱彝尊曾看過《洪上舍傳奇》，耐人尋味。）

16.友人高士奇《獨且集》卷四〈過北墅和稗畦韻〉：

草草林光春又夏，林間非是愛閑行。才看解擇添陰密，靜聽鳴鳩破午聲。
當食最難忘舉案，論交總是貴班荊。孤懷經歲誰能識，手把詩篇更滄情。

詩後附稗畦原詩如下：

匆匆花事都凋謝，重到名園步屐行。芳草白雲迷舊跡，綠陰黃鳥變新聲。單居義重追摩詰，除服詩哀過子荊。一月柏堂來幾度，非關林外寄閑情。

（筆者注：此爲高江村悼亡詩。不由人不想起《紅樓夢》中之「嬌杏」。讀者試思之。）

洪昇思鄉、思親、思骨肉手足親情的詩、詞、曲，不勝枚舉，不一一開列。讀者倘有興趣，可將現存洪昇詩集尋來詳閱。最可惜的是，集洪昇「離情別緒」詩詞的《幽憂草》和《天涯淚》失傳了，如能重見，相信當可更清楚地發現《紅樓夢》詩詞的來蹤去影。萬幸哪位朋友如能發掘出來，千萬勿吝告示爲盼。

## 《紅樓夢》異端思想尋根

作品中反映的思想其實就是作者思想的流露，這是毫無疑義的。紅學界對《紅樓夢》中反映的思想研究得可謂深矣，特別是一些紅學界的老先生，對《紅樓夢》的思想幾乎崇拜得五體投地，以如椽大筆，連篇累牘地讚揚《紅樓夢》思想之博大精深。

愛屋及烏，由《紅樓夢》而曹雪芹，進而把他形容得幾乎成爲古今中外唯一的「高大全」式的思想家、文學家、藝術家、慈善家、社會活動家，再加上幾個「家」也不足以表達他們對曹雪芹的崇拜和熱愛！似乎愛因斯坦沒有他神奇，李自成也沒有他叛逆，孔夫子也沒有他哲理。

曹雪芹爲什麼具有這麼無比神奇的思想呢？紅學界的很多專家認爲，是從天上掉下來的，是頭腦裡固有的，是爹媽或者是祖父給的。理由嘛，就因爲曹雪芹是個天才，是個曠世奇才，什麼異乎尋常的思想不能創造出來？

《紅樓夢》確實是一部偉大的文學作品，其中反映了一些深刻的社會思想，這一點誰都不會懷疑。但問題是，《紅樓夢》的思想確實那麼先進麼？《紅樓夢》的思想是哪個時代、

哪個社會階段的反映？一句話，《紅樓夢》的思想是從哪裡來的？

按照歷史唯物主義原理及現代社會科學理論，任何先進的或落後的思想，都是當時社會思潮的凝聚和折射。同理，《紅樓夢》的思想，也必然是產生她的那個時代、那個社會的思想折射，這種思想是否先進，必須把它還原到當時的社會去比較判斷。

紅學家們博學多才，難道他們還不懂這點淺顯的道理麼？既然懂，爲什麼還要在《紅樓夢》思想研究中出現這種低級的錯誤呢？根本原因在於他們跟隨胡適先生，把《紅樓夢》的時代背景搞錯了！在曹雪芹生活的乾隆朝，哪裡也找不到《紅樓夢》中反映的那樣思想，難怪老權威們驚歎曹雪芹是個超越時代、高出社會的絕對天才！

其實，《紅樓夢》產生的時代，是在康熙中期，它的作者，是當時著名的文學家、戲劇家、詩人洪昇。《紅樓夢》反映的思想，就是明末清初江南知識分子的普遍思想，也是洪昇個人獨特思想經歷的再現，是當時社會思想共性與作者個人思想個性的辯證統一。

## 一、賈寶玉的仕途經濟觀念是異端思想麼？

初看這個問題，可能有的讀者會啞然失笑：這不明擺著麼？《紅樓夢》中的賈寶玉，熱心讀那些雜書，不肯作舉業文章，說「除明明德外無書」，把四書以外的書籍都燒了（大概沒燒小說劇本，只把程朱王陸的解釋孔孟之道的書燒了），見到「世事洞明皆學問，人情練達即文章」的楹聯，便不肯在屋中睡覺；把官場之人，統統罵爲「祿蠹」、「國賊」，賈雨村那樣的大官僚來訪，他拒絕陪著說話；誰要勸他爲求取功名讀書，就和誰翻臉，襲人、寶釵、湘雲因爲這個，都被他立刻翻臉呵斥過，唯獨黛玉不說這些「渾帳話」，所以被他視爲知己。從這些描寫看，《紅樓夢》作者一定是個反對仕途經濟的人，這也是他具有異端思想的鐵證。

且慢，這樣下結論未免太早。《紅樓夢》中以上的描寫確實是事實，但書中還有另一面的描寫，也是絕對不能忽略的。《紅樓夢》一開篇，作者就感歎，女媧煉五色石補天，獨留一塊頑石未用，遺棄在大荒山青埂峰，石頭上的字跡還有「無材可去補蒼天，枉入紅塵若許年」的詩句。什麼是「補天」？在封建社會，走仕途經濟道路，「學成文武藝，貨與帝王家」就是「補天」！那些自負甚高的學生舉子，往往都以「補天手」自命。由此可見，《紅樓夢》作者不僅不反對走仕途經濟道路，還爲沒有走上這條道路而深深苦惱呢。

問題還不止於此，《紅樓夢》作者還很有可能參與追求過功名，似乎因某種原因跌了「筋斗」，終於沒有實現自己的願望。《紅樓夢》書中對此充滿了自憐、自怨、自歎、自悔的描寫。書中賈寶玉一出場，作者就給了他一首充滿這種情緒的〈西江月〉，說這個人是「富貴不知樂業，貧窮難耐淒涼。可憐辜負好韶光，於國於家無望。天下無能第一，古今不肖無雙。寄言紈綺與膏粱，莫效此兒形狀」！

由以上分析可以得出如下結論：《紅樓夢》作者年輕時一定是個紈綺子弟，確實有過拒絕追求功名的經歷；後來追求功名時，卻「經歷了一場夢幻」，對朝廷不用自己耿耿於懷，

心存怨忿；在經歷了富貴與貧窮巨大反差的生活後，晚年非常追悔自己年輕時「潦倒不通庶務，愚頑怕讀文章」的「偏僻乖張」行爲。

以上分析，就是給洪昇畫了一張維妙維肖的「自畫像」！洪昇年輕時，家庭生活優裕，整天「耽擱花箋彩紙」，寫下了大量的香豔詩詞，醉心於創作言情套曲，就是不肯用心讀孔孟之道，無意追求功名。這裡面還有一個重要原因，就是清初剛剛經歷了改朝換代的社會大動蕩，江南知識分子中普遍存在拒絕與新朝合作的情緒，寧願削髮爲僧遁跡空門也不肯出門當官，把熱衷功名利祿的人，斥罵爲「祿蠹」、「國賊」。洪昇的老師沈謙、毛先舒、陸繁弨等，都是這種民族情緒強烈的著名文人，受他們影響，洪昇青少年時產生反對仕途經濟的思想，是必然的。

但是，洪家這個明朝的「百年望族」，在改朝換代後，失去了爵祿，正是一個死而不僵的「百足之蟲」，面臨著巨大危機。家族把復興的希望，完全寄託在洪昇身上，希望他走仕途經濟道路，在新王朝中高官厚祿，重振家族雄風。無奈之下，洪昇離開溫柔富貴的家庭，來到北京國子監讀書，希望從這條道路上求取功名。不幸的是，康熙二十八年，因爲「國喪」期間聚演《長生殿》，洪昇被朝廷革去了國子監生功名，終生斷絕了洪昇走仕途經濟的道路，家族也因此徹底「落了片白茫茫大地真乾淨」！

《紅樓夢》是洪昇晚年作品，回憶自己的一生，對青年時期的「荒唐」難免自怨自悔，對朝廷革去自己的功名也難免恨恨有聲。假如你就是洪昇，你會怎樣寫這段歷史呢？大概也只能像《紅樓夢》開篇那麼寫，表達自己那種「愧則有餘，悔又無益的大無可如何」情緒。這就是《紅樓夢》及其作者對功名利祿態度產生的原因，他不是曹雪芹頭腦中的天才杜撰，而是當時社會現象和洪昇個人遭遇的必然產物。

## 二、賈寶玉的愛情婚姻觀念是叛逆思想麼？

紅學界對《紅樓夢》表達的寶黛愛情評價極高，認爲這兩個人是封建叛逆，反對傳統的封建婚姻制度，擁有現代的、先進的愛情婚姻觀，敢於衝破世俗觀念，大膽追求自己的幸福。雖然後來成了「水中月鏡中花」，但他們的反潮流精神，還是值得充分肯定的。

對這種任意拔高文學作品中人物思想的說法，實在是無話可說，只好苦笑一聲，長歎一聲。實際上，《紅樓夢》作者的愛情婚姻觀是相當複雜的，根本當不起如此高的評價。用現代人的愛情婚姻觀，去比附三百年前的人物，簡直讓人啼笑皆非！

《紅樓夢》中的賈寶玉，確實深愛著表妹黛玉，二人之間的愛情，有著共同的思想基礎，這點誰都承認。但賈寶玉決不是現代愛情純潔專一的思想代表，相反，他是一個「見了姐姐就把妹妹忘了」的愛情很不專一嚴肅的人。他愛著黛玉的同時，還與寶釵、湘雲保持著三角關係，對妙玉、寶琴也有非分之想。

愛情之外，賈寶玉在男女交往方面也很不嚴肅。與丫鬟襲人「初試雲雨情」，同丫鬟晴雯、秋紋、鴛鴦、金釧的關係也不清不白，婚前就有了性生活；除了這些清純的小姐丫鬟之外，還在社會上與妓女、戲子鬼混，與「雲兒」、「琪官」等人一起大唱紅豆曲就是明證。

更值得注意的是，賈寶玉還是一個同性戀者。在學校與「香憐、玉愛」關係曖昧，與朋友秦鍾在鐵檻寺晚上睡覺說不清楚。他之所以挨父親痛打，最主要原因是與王爺爭奪蔣玉函，在城郊紫檀堡買房子包養戲子。中國有爲尊者諱的悠久傳統，紅學家們都文化功底深厚，哪個會看不懂《紅樓夢》中的這些情節呢?但全部顧左右而言他，豈非咄咄怪事!

其實，不止是賈寶玉，書中幾乎所有男性，在兩性關係方面都是不嚴肅的。《紅樓夢》作者在男女問題上並沒有什麼先進思想，似乎經常抱著欣賞的態度，去描寫那些令人作嘔的場面。紅學界大師們一口咬定《紅樓夢》作者在婚姻愛情方面思想先進摩登，真是滑天下之大稽!

《紅樓夢》作者之所以用這種複雜曖昧的男女觀創作，應該有三個方面的原因。一是受明末清初豔情文學的影響。明末清初，在小說、戲劇、詩詞等領域，豔情作品都比比皆是，《金瓶梅》、《牡丹亭》就是其中的典型代表，連《聊齋志異》中，也不乏對香豔情節津津有味的描述。《紅樓夢》是同一時期稍晚的作品，與《聊齋志異》幾乎同時產生，必然打上這個時代文學背景的深深烙印!

二是受《長生殿》的薰染。《長生殿》是洪昇的代表作，宣揚的是唐明皇與楊貴妃的生死愛情，書中的唐明皇，深愛著妃子楊玉環，但也是「見了姐姐就忘了妹妹」，同梅妃和楊玉環的三個姐妹，都保持著曖昧關係，兩人爲此也經常鬧點小彆扭，總是以明皇賠罪了事。

《紅樓夢》中的愛情生活，與《長生殿》幾乎完全相同，人物性格的描寫，也有明顯的剿襲痕跡，就連寶玉、寶釵、黛玉的名字，都明顯是來自《長生殿》中的「玉環」、「金釵」和「鈿盒」。

三是洪昇的個人愛情婚姻經歷決定的。洪昇這個人很奇怪，一方面同妻子青梅竹馬、相濡以沫，終身愛得深沈堅定；另一方面確實與「蕉園詩社」中的好多表姐妹曾產生過愛慕依戀的感情，在洪昇的詩作中多有反映。中年時，洪昇還花費千金，在蘇州買了一個名喚雪兒的小戲子爲妾，家中出現了丈夫作曲，大婦調弦，小婦歌唱的其樂融融景象。

洪昇一生同好多妓女保持著密切關係，晚年還爲杭州名妓朱素月「校書」（**妓女的雅稱**）創作過好多首愛情詩。洪昇似乎也是一個同性戀者，與他的好朋友毛玉斯的關係就很曖昧，在北京期間，經常異乎尋常地頻繁給杭州的毛玉斯寫信，表達思念之情；毛玉斯死後，洪昇的悲痛，也超出朋友的感情。

好多朋友可能會問，洪昇既然是這樣一個齷齪的人，還值得稱讚麼？其實，明末清初的江南知識分子，在男女問題上，幾乎都是這樣，不足爲怪。大詩人錢謙益，納秦淮名妓柳如是爲妾，築「絳雲樓」金屋藏嬌，士大夫們紛紛祝賀；大詩人陳其年，終生愛著一個「龍陽公」，爲其寫長詩〈紫雲曲〉肉麻歌頌，朋友們也都爲他紛紛題詠。當時的社會風氣就是如此，如果一個士大夫階層的人，不逛秦淮河，不納幾個年輕漂亮的妾，不養個把戲子小廝，倒是不正常的。人們對此不以爲恥，反以爲榮。

物。

《紅樓夢》產生於這一時期，必然反映出這一時期愛情婚姻、男女關係方面的思想，書中人物必然帶有這一時期的深刻印記。把以上洪昇個人的婚姻愛情經歷同《紅樓夢》中描寫的賈寶玉的情況比較分析，不難看出，二者驚人地一致。中國歷史上有三個性關係混亂的時期：「髒唐臭漢」和明末清初，《紅樓夢》不會是漢唐時代的作品，必然是明末清初的產物。

## 三、賈寶玉的遁世厭世觀念是消極思想麼？

《紅樓夢》中的賈寶玉，儘管生活極爲優裕，是個典型的紈絝子弟，但他卻經常流露出一種厭世情緒，總說自己要「出家當和尙」。在因爲姐妹們之間的矛盾調停無效的時刻，居然寫了一首充滿厭世思想的「偈語」。親人們怕他「悟了」，都十分擔心，唯獨黛玉說他「悟不了」，一頓詰難，讓寶玉無言以對，以皆大歡喜收場。

對於寶玉最終悟沒悟，是否出家當了和尙，學術界有爭論。有人以書中黛玉「悟不了」的預言和脂硯齋斷定賈寶玉一世「跳不出」的批語，說賈寶玉當不成和尙，結局只能是潦倒以終。也有人根據賈寶玉屢次發狠要「出家當和尙」，以及在家破人亡後的心情，斷定賈寶玉一定一痛決絕，出家當了和尙。兩種觀點似乎都有道理，誰也說服不了誰。

《紅樓夢》中的賈寶玉究竟有沒有消極厭世思想，究竟會不會出家當和尙？續書作者讓他在科場逃走，被皇帝封爲「文妙真人」後，在風雪中對著父親殷殷下拜，然後飄然而去。

《紅樓夢》後半部分究竟是不是作者原創，學術界爭論也十分激烈，迄今沒有定論。

賈寶玉是否遁世出家，還關係到一個大問題，就是《紅樓夢》究竟有沒有「反清弔明」思想？紅學界多數學者斷定沒有，原因就是曹家是清朝皇帝的「包衣」奴才，參與過打天下的戰爭，決不會反對祖先爲之流血犧牲的關外政權。但也有一些學者斷定有，理由是曹雪芹雖然屬於漢軍八旗，祖先畢竟是漢族人，具有反對異族侵略的思想，也是不奇怪的。

其實，紅學界這些爭論是十分無聊的。《紅樓夢》中究竟有沒有「反清弔明」思想，就在書中明明白白寫著，不論曹雪芹是否應該有這種思想，也不能改變書中的白紙黑字！決定《紅樓夢》思想內涵的，還在於作品本身，不能決定於曹雪芹是不是應該具有這種思想，對小說的分析判斷要講邏輯。

江寧織造曹家的人，確實不該有反清弔明思想，因爲他們既是新政權的創始人，也是新王朝的受益者。問題是《紅樓夢》作品中究竟有沒有這種思想。如果有，只能證明《紅樓夢》的作者不是曹雪芹，而不能使《紅樓夢》中的這種思想無端消失。

《紅樓夢》產生於明末清初的社會大動蕩中，書中的描寫，明顯帶有改朝換代的暗示。甄士隱唱的〈好了歌解〉，表現的就是改朝換代時的劇烈動蕩情景，「金滿箱，銀滿箱，轉眼乞丐人皆謗」，「昨嫌破襖寒，今嫌紫蟒長」，正是改朝換代中貴賤易位的情景。「爲官的家業凋零，富貴的金銀散盡，有恩的死裡逃生，無情的分明報應」，說的也正是舊政權垮臺時權貴們被「算總帳」時的無奈下場！毫無疑問，《紅樓夢》中充滿強烈的興亡感歎。

但是，《紅樓夢》中的這種思想，是不完備的，也是不徹底的。作品開篇，作者表示出的「無材補天」感歎，從側面說明作者還有爲新政權服務、追求富貴榮華的願望。《紅樓夢》中反覆交代，當今皇上英明聖賢，「以孝治天下」，恐怕也不完全是「故弄狡獪」的小聰明表現。《紅樓夢》作者應該是一個心中充滿矛盾的封建知識分子。

《紅樓夢》展示的這種思想，在清初江南士大夫階層中是十分普遍的。江山易幟，抱著忠君愛國思想的明朝遺老遺少，不可避免地要產生這種興亡感歎。洪昇的家族是明朝著名的望族，清初處於艱難的境地，終於落一片茫茫白地，洪家的親屬陸圻、錢開宗，在清初的血腥統治下，被殺頭或入獄，家族覆亡，可謂「一損俱損，一榮俱榮」。洪昇的師友，多數都抱有遺民思想，洪昇本人的詩作中，也經常流露這種思想，加之自己又被朝廷革職下獄過，具有一定的「遺民思想」，就是必然的了。

但洪昇的外祖父黃幾，清初最先參加了科舉考試，中進士後，官運亨通，一直做到吏部尚書兼文華殿大學士，可謂新朝顯貴，位高權重。洪昇的父親清初也曾暫短出仕。洪昇自己，在國子監學習期間，曾經作過好多長詩，吹捧皇帝和自己的外祖父。洪昇就是這樣一個集興亡感歎思想和渴望出仕思想於一身的矛盾的人，在《紅樓夢》中體現出這種矛盾思想，就一點也不奇怪了。

洪昇和他的表妹們，年輕時都十分欣賞老莊哲學，林以寧的詩集，就命名《墨莊詩鈔》。《紅樓夢》中描寫寶黛之間以莊子「南華經」對答，寶玉屢次吵嚷要出家，但黛玉斷定他「悟不了」，都應是洪昇根據自己的真實思想過程寫入《紅樓夢》的。

其實，清初江南的封建知識分子，多數同洪昇一樣，同時具有雙重矛盾的思想。錢謙益和吳偉業，都是明朝的大臣，還參加過南明的抗清鬥爭，後來投降了清朝，並做了大官，做官後又後悔，認爲自己失了氣節。這種矛盾心理，在他們的詩作中觸目皆是。他們既歌頌新朝皇帝，又歎息舊朝滅亡，既爲自己仕途順利自鳴得意，又爲自己失足變節自怨自責。《紅樓夢》中反映的就是當時江南封建知識分子的這種矛盾心理，沒有什麼可奇怪的。

## 四、賈寶玉的善惡榮辱觀念是先進思想麼？

《紅樓夢》書中的賈寶玉，看待世界上的許多人物和事物，確實有一些不同樣常人的觀點。譬如，在男女問題上，他認爲「女人是水做的骨肉，男人是泥做的骨肉，我見了女兒就覺得清爽，見了男人就覺得濁臭逼人」。在忠君愛國問題上，他反對傳統的「文死諫、武死戰」，認爲那些大臣們「濁氣上湧」，動輒去死，將「置君父於何地」？

紅學界的大師們，階級鬥爭觀念堅定，政治分析眼光敏銳，一下子就看出賈寶玉應該是先進生產力的代表，或者是先進生產關係的代表，因爲賈寶玉這個人主張男女平等，甚至是女權至上主義的代表，這在男尊女卑了幾千年的中國封建社會裡，是多麼難能可貴！賈寶玉這個人三百年前就反對封建制度，反對封建官僚，反對男尊女卑，反對忠君思想，多麼偉大！

大師們驚歎之下，對曹雪芹崇拜得更五體投地了。曹雪芹他老人家在二百多年前，在那麼艱苦的生活環境中，在那般嚴厲殘酷的文化統治下，敢於冒天下之大不韙，發明出這些振聾發聵、先知先覺的光輝思想，對思想界、哲學界、倫理學界乃至婦女解放運動，是多麼巨大的貢獻！

也難怪紅學大師們崇拜曹雪芹，因爲曹雪芹生活的那個時代，封建正統思想的統治確實是很嚴厲的，乾隆皇帝在焚書坑儒方面，比起秦始皇來，更加心狠手辣。他發明的「修四庫全書」運動，與昨天的「文化大革命」相比，也是有過之而無不及。他把全天下的書籍統統收繳上來，雇傭一批封建文人，逐書審查，把有違禁思想的統統銷毀，把部分有問題的進行「抽毀」或修改，把認爲無問題的編輯在一起，稱謂「四庫全書」。這種文化高壓下，倘若曹雪芹真的創作了《紅樓夢》，那真是個奇蹟！

問題是如此嚴格的文網，如此嚴厲的文化高壓，爲什麼偏偏放了曹雪芹一馬？爲什麼單單讓《紅樓夢》成了漏網之魚？周汝昌大師對此的解釋是，這是乾隆皇帝與和珅合夥搞的一個大陰謀。他們發現《紅樓夢》已經流入社會，害怕造成人心混亂，於是，組織了一批御用文人加以篡改，抽掉了後四十回，把重新改寫的後四十回抄配上，再用宮廷出版機構印刷發行，流傳天下。於是，印行程高本的程偉元和高鶚，成了朝廷的文化特務。這真是一個天方夜譚式的動人故事。可是，可信度又有多大呢？

其實，當你知道了《紅樓夢》作者不是曹雪芹，而是洪昇之後，你就會發現，這個問題就迎刃而解了。《紅樓夢》產生於康熙年間，那時候，乾隆皇帝、和珅、曹雪芹都還沒有出生，當然不會去搞什麼大陰謀。康熙年間流行開來後，乾隆朝是禁絕不光的，最起碼曹雪芹就偷著留了一部手抄本，利用十年時間「披閱增刪」。

《紅樓夢》所反映的賈寶玉這些思想，其實就是康熙年間江南士大夫階層的普遍思想。那種「男泥女水」觀念，乍聽之下似乎是先進思想，深究之下就會發現，原來是一場誤會。清兵下江南後，推行了嚴酷的剃髮易服政策，號稱「留頭不留髮，留髮不留頭」。高壓之下，這些不肯合作的封建知識分子，也只好違心地剃去頭髮。在他們的心中，「身體髮膚，受之父母，不敢毀傷，孝之始也」的觀念根深蒂固，剃髮易服在他們心中，是幹了一件見不得人的醜事，因此極端自慚形穢，認爲自己是「鬚眉濁物」，不如女人。因爲女人是無須剃髮易服的，所以賈寶玉「見了女人就感到清爽」。那麼，他爲什麼又把結了婚的女人視爲「魚眼珠子」呢？結了婚的女人，同剃髮的「鬚眉濁物」生活在一起，自然也不乾淨了，只有沒有出閣的純潔少女，才是最純潔高尚的「水做骨肉」。從以上分析可見，《紅樓夢》中的「男泥女水」思想，實在談不到是什麼先進思想，只不過是當時士大夫們真實心理的記錄而已。

賈寶玉反對「文死諫武死戰」的思想，也是當時江南文人的普遍思想。明朝後期，東林黨人出身的文臣，在朝廷以「敢諫」著稱，海瑞罷官的故事就說明了這一點，敢於擡著棺材上朝，真是「濁氣上湧」的極端表現。明朝皇帝，大概是殺諫臣最多的皇帝，但東林黨人前赴後繼，仍然屢屢苦諫，轟動天下。而武將呢？面對李自成、張獻忠的農民起義軍和關外建州女真鐵騎，一籌莫展，屢戰屢敗，只好用戰死報效朝廷，表示忠貞。明朝滅亡後，在江南士大夫中，普遍對三百年大明何以亡國，進行了深刻反思。他們認為，不是皇帝昏庸，而是文臣武將誤國，他們以死博得虛名，卻把大好江山斷送了，害得崇禎皇帝上了吊，真是像賈寶玉說的那樣：「置君父於何地？」

明末清初的思想界，確實十分活躍，封建知識分子對傳統思想意識進行了全面反思，提出了許多比較先進的思想觀念，集中體現在王夫之、顧炎武、黃宗羲、戴震等大家的著作中。後人把這一時期稱為中國歷史上一次「思想解放運動」。這次「思想解放運動」，對後世的影響是巨大的、深刻的，它的許多觀念為後來康梁變法、孫中山的革命運動和五四運動所接受，開啓了中國近代思想的先河。

《紅樓夢》作為這一時期的作品，作者洪昇又生活在當時思想極其活躍的浙江，在《紅樓夢》中表現出這場「思想解放運動」的痕跡，是必然的。不過，對《紅樓夢》中表現出的這些思想，也不能無限上綱、任意拔高，它們仍然不脫封建正統思想範疇，不是什麼摩登的現代思想。

# 長恨歌・長生殿・紅樓夢

## 一、《長恨歌》及其孿生姊妹《長恨歌傳》

《長恨歌》是我國唐代大詩人白居易的代表作品之一，寫成於唐憲宗元和元年。其時白居易還是一個闖入文壇不久的年輕人，但這篇長詩卻是他藝術成就最高、思想最深刻複雜、傳播最廣、影響最大的作品。

元和元年冬十二月，白居易與陳鴻、王質夫三人攜遊仙遊寺，談及開元、天寶間李楊事跡，相與感歎，在王質夫的倡導下，由白居易作詩，陳鴻作傳，一併「歌之」。這些過程在陳鴻的《長恨歌傳》中有清楚記載。由此可見，《歌》與《傳》是針對同一題材，在相同時間，相約共同創作的作品，是一對孿生姊妹花。

《長恨歌》與《長恨歌傳》的內容，是記載並歌頌唐明皇李隆基與貴妃楊玉環的愛情。關於李楊愛情，歷史記載頗多，新舊《唐書》、《天寶遺事》諸書及數不盡的楊妃本傳、外傳，都記載了這段中國歷史上最著名的愛情逸事。不過，這些記載多數熱衷於楊妃的穢事，宣揚「紅顏禍水」的陳腐觀念。白居易的《歌》與陳鴻的《傳》則與此完全不同。

究竟有哪些不同呢？首先是隱去了一些東西：一是隱去了楊貴妃入宮前曾是壽王妃、即唐明皇兒媳婦的歷史，相應也隱去了從壽王妃向皇妃過渡期間，曾當過一段女道士以避人耳目的歷史，把她寫成了「楊家有女初長成，養在深閨人未識」的、待字閨中的「窈窕淑女」。二是隱去了楊貴妃同安祿山之間的曖昧關係，對「認母」、「浴兒」等淫穢情節俱不予採信，未加錄入。三是隱去了唐明皇與楊氏姊妹「三國夫人」之間的醜行，以及在楊、梅二妃之間依違兩端的故事，相應刪去了楊貴妃爲吃醋曾經兩次被逐出宮的村婦嘴臉。

其次是增加了一些東西：一是根據民間傳說和稗史野史，增加了楊貴妃死後，時已退位爲太上皇的李隆基思念不已，請「臨邛道士鴻都客」來「致魂魄」，結果「上窮碧落下黃泉，兩處茫茫皆不見」的情節。二是增加了「忽聞海上有仙山」，「其中綽約多仙子」，「中有一人字太真」的神話情節，讓太上皇在「海外仙山」找到了思念的情人。三是增加了仙子太真與太上皇重新相會的願望成空，只好以當初的定情物「金釵」、「玉合」各分成兩半，其中一半「寄將去」表達心情的情節，完成了「此恨綿綿無絕期」的千古絕唱！

從《歌》和《傳》掩飾和增加的情節，明顯可以看出作者的感情寄託和取捨傾向。白居易和陳鴻，有意識地對歷史事實進行了篩選、甄別、剪裁和改造，剔除了那些不利於表現李楊愛情的情節，選取了那些最能表現愛情纏綿悱惻、真摯純潔的情節，增加了那些更能表現李楊愛情悲劇性質的情節，使歷史上具有嚴重爭議的李楊愛情具有了合理性和令人同情、歌頌的感情基礎。

## 二、《長恨歌》主題研究勾沈

《長恨歌》與《長恨歌傳》問世後，立即引起了文人的研究興趣，但封建社會的研究，雖然爲數不少，但多數是在「詩話」一類作品中一些零碎瑣屑的片言隻語，多是考訂式的證實、才子式的評點，缺乏深入透徹的研究。二十世紀的《長恨歌》研究，引入了近現代的先進研究方法，各抒己見，百家爭鳴，取得了重要進展。

關於《長恨歌》與《長恨歌傳》的研究是多方面的，這裡主要說一說作品主題的研究。二十世紀對《歌》和《傳》的作品主題，主要有四種論點：

一是「隱事主題」說。以俞平伯爲代表。二十世紀二十年代，俞平伯〈長恨歌及長恨歌傳傳疑〉一文，認爲《長恨歌》記錄了一件皇家秘聞，即「世所不聞」的「隱事」。馬嵬兵變中，由於事起倉促，慌亂之中，楊貴妃得唐明皇和高力士等人的幫助，用宮女偷樑換柱，而自己易服潛逃。後來李隆基從蜀中歸，發現墓中空無一物，隨後派人尋找，終於在「海上仙山」找到了健在的楊貴妃。但此時李隆基已退位，楊妃始終未敢歸來，只好以當年的定情物「金釵」、「玉合」回報太上皇。「隱事主題說」基本是用的「附會」的「索引」手法，多屬想像和臆測之詞，缺乏文獻支持，因而影響力不大。

二是「諷喻主題」說。以陳寅恪先生爲代表。此說沿著「以史證詩」的傳統研究方向，

認爲《長恨歌》的創作目的，是爲了把歷史經驗教訓，用動人的詩歌表現出來，告誡後人尤其是最高統治者，應以此爲戒，避免重蹈覆轍，即《長恨歌傳》中所說的「懲尤物、窒亂階、垂於將來者」。「諷喻主題說」的最大問題在於研究方法，有些詩歌確實能補歷史的缺失，但詩與史畢竟有本質的區別，以史證詩似乎不是文學研究的科學方法，以此來判斷作品的主題，似乎也有些牽強。

三是「愛情主題」說。此說在建國後由於受階級鬥爭思想的影響，並不佔優勢，但近年來影響日益擴大，有後來居上的趨勢。此說從白居易和陳鴻對李楊事跡的剪裁起，斷定創作目的是宣揚真正的愛情，詩中飽含了對李楊愛情的同情，揭示了其愛情悲劇結局的必然性。從白居易把《長恨歌》歸入感傷詩而不是諷喻詩出發，認爲表明了他對這首長詩的宗旨定位。同時認爲陳鴻提出的「懲尤物，窒亂階，垂於將來」的說法，並不能代表白居易的意圖。

四是「雙重主題」說。持此說者認爲，《歌》和《傳》一方面對李楊因爲生活的荒淫招致禍亂，進行了尖銳諷刺，另一方面對楊妃的死和二人對愛情的篤誠，寄予了極大同情。這種主題說貌似公允，實際是和稀泥的產物，在學術研究中有取巧折中之嫌，並非值得倡導的好的研究方法。

五是「感傷主題」說。此說從白居易把此詩歸入「感傷詩」類別出發，認爲《歌》和《傳》不僅反映了李楊的愛情悲劇，也展示了盛唐王朝的社會悲劇，抒發了「黃金時光」

已經逝去，如今「只是近黃昏」的深沈感慨，是一曲感傷繁華時代杳如黃鶴的「無盡的哀歌」。

與「感傷主題」說相近而又有重大區別的是「自傷主題」說。此說認爲《長恨歌》主題是假借李、楊故事，表達對作者自己不幸愛情的感傷。他們考證，白居易年輕時有一個感情甚篤的戀人「湘靈」，二人歷經感情磨難終未結成連理，以致白居易最後與楊夫人結婚時年紀已達三十六歲。所以，《長恨歌》中的李、楊已不是歷史上真實的李、楊，而是白居易根據自己的感情改造的李、楊，表達的是自己與「湘靈」永別離、長相思的綿綿之恨，是爲自己的不幸愛情譜寫的一曲哀婉動人的悲歌。

與「感傷主題」說相近的，還有「美的毀滅」主題說。此說認爲《長恨歌》圍繞著美描寫了六個層次，即「美的追求」、「美的出現」、「美的實現」、「美的毀滅」、「美的悲哀」、「美的懷念」，其核心是「美的毀滅」，這與世界公認的對悲劇的定義是一致的。

## 三、《紅樓夢》與《長生殿》、《長恨歌》主題的一致性

《長生殿》的作者，是清初的文學家、戲曲家、詩人洪昇。《長生殿》是洪昇的代表作，是中國古典戲劇的峰巔，是戲劇界永恒的保留劇目。

《長生殿》直接取材於《長恨歌》與《長恨歌傳》，同《歌》、《傳》一樣，《長生殿》主要描寫的是李、楊愛情。其實，《長生殿》的創作初期並不是這樣的。《長生殿》的

創作歷經十年，前後三易其稿。初稿名《沈香亭》，主旨是寫李白作「清平三絕」，感歎太白一生不幸遭遇；二稿名《舞霓裳》，「去李白，入李泌輔肅宗中興」；「後又念情之所鍾，在帝王家罕有，馬嵬之變，已違夙誓，而唐人有玉妃歸蓬萊仙院、明皇遊月宮之說，因合用之，專寫釵合情緣」，此爲第三稿，即《長生殿》。

同《長恨歌》、《長恨歌傳》一樣，《長生殿》問世三百年來，文學界對於它的創作主題探討，也是眾說紛紜，但令人奇怪的是，文學界對《長生殿》主題的認識，幾乎與對《歌》、《傳》的主題研究基本一致。

首先是「政治主題」說。認爲《長生殿》表達的是「興亡感歎」思想，借安史之亂的歷史題材，寓故國之思於明皇貴妃的濃情蜜意之中。由於作者對故國眷戀之深，所以對降賊二臣刻意諷刺，對異族入侵極端憎恨。對李、楊「占了情場、彌了朝綱」，「逞侈心而窮人欲，禍敗隨之」的封建統治規律，給以深刻揭露和提示，以「垂誡來世」。假借唐代「安史之亂」，總結明王朝滅亡的教訓，抒發對清初社會大動蕩的強烈感歎！

二是「愛情主題」說，認爲《長生殿》作者明確交代：「念情之所鍾，在帝王家罕有」，「借太真外傳譜新詞，情而已」。作者的目的不在於勸懲淫亂，垂誡來世，而在於宣揚「至情」主義，歌頌「精誠不散，終成連理」堅貞愛情。認爲作者表現了進步的、民主的、自由的愛情理想，鼓吹「真心到底」的「兒女情緣」，以「至情」對抗封建禮教。

三是「雙重主題」說。有人認爲《長生殿》的主題既有「勸懲」思想，又有歌頌意圖，二者之間是「矛盾」的，複雜的，作者自己也說不清。也有人認爲作品的雙重主題是主副關係，喚起民族意識爲主，歌頌純真愛情爲副。還有人認爲「雙重主題」是辯證統一的，歌頌愛情悲劇加深了對社會動亂的痛恨，相反，譴責異族入侵，更強化了愛情的悲劇氣氛。

除以上三個主要方面以外，對《長生殿》主題研究還有兩種說法，一是混合主題說，是對以上三個方面和稀泥；二是自傷主題說，認爲作者在劇作中暗隱了自己難以出口的事情，或者是愛情婚姻方面，或者是家庭社會方面，總之，有不得已的事情，假借李楊的故事，顧左右而言他，表達自己心中的隱痛。

從以上分析不難看出，《長生殿》不僅創作主題與《長恨歌》雷同，就連學術界對兩部作品的研究、理解、矛盾、爭論、和稀泥都基本相同。之所以產生這種現象，最根本的原因就在於《長生殿》直接取材於《長恨歌》，洪昇與白居易在創作過程中的思想感受、立意原則、取捨標準都是完全相同的。

據洪昇在《長生殿》「自序」和「例言」中交代，《長生殿》的創作，「止按白居易《長恨歌》、陳鴻《長恨歌傳》爲之」，只寫纏綿誠摯的李、楊愛情，對《天寶遺事》、《楊妃全傳》中記載的故事，適當用於劇中「點染」，但「一涉穢跡，恐妨風教，絕不闌入」。這與《長恨歌》與《長恨歌傳》的創作宗旨是完全一致的。

無獨有偶，不僅《長生殿》主題與《長恨歌》相同，《紅樓夢》的主題思想與研究中的分歧、爭論，也同《長恨歌》如出一轍！迄今爲止，紅學界對《紅樓夢》主題的研究，大致

也可歸結爲三個方面：

一是言「情」主題說。研究者認爲，《紅樓夢》作者創作此書的主要目的，就是通過對寶黛愛情的歌頌以及對愛情毀滅的渲染，宣揚作者心中的「至情」理想。他「試遣」的「愚衷」的目的就是「開闢鴻蒙，誰爲情種？都只爲風月情濃」。《紅樓夢》的這種「至情」理想，是對封建婚姻家庭觀的反動，追求的是一種進步、民主、自由的新型愛情婚姻觀念。

二是言「恨」主題說。研究者認爲，《紅樓夢》作者在作品開篇，就表現出一種滿腔幽恨的情緒。在冗長的故事中，表達了對「金玉良緣」的憤恨，對「無材補天」悔恨，對封建禮教的痛恨。作者在「奈何天、傷懷日、寂寥時」創作小說過程中，看到的是「悲涼之霧，遍佈華林」，心中裝著滿腔悲憤，筆下是對醜惡社會和封建大家庭無情的暴露和鞭笞。

三是言「悔」主題說。研究者認爲，《紅樓夢》是一部「悔書」，作者開篇就講了一大套自己「愧則有餘、悔則無益」的創作心理，說自己「不肖」、「無能」，以至於「一技無成、半生潦倒」，辜負了「天恩祖德」，竟至於「不若彼一干裙釵」。說創作此書的目的，就是將自己之「罪」，「編述一記，以告普天下人」，並非「怨時罵世」。

不論「言情」、「言恨」、還是「言悔」主題，都不脫《長恨歌》「愛情主題」、「隱寓主題」和「諷喻主題」的範疇。紅學界對《紅樓夢》主題的認識，除以上三個方面外，其實還有一些重要觀點。傳統的索隱紅學都認爲，《紅樓夢》的主題「抱著真摯的民族主義感情」，「弔明之亡，揭清之失」，是對興亡更替的強烈感歎！今天的探佚紅學和「經解」紅學則多認爲，《紅樓夢》是一部充滿了隱情的奇書，書中幾乎每一個情節、每一句話，都隱含著當時的陰謀和變故。對《紅樓夢》背後隱藏的這些事情，一般多猜測是雍正與他的兄弟和政敵們爭奪權勢的血淋淋鬥爭。還有一些學者是混合主題、多重主題的倡導者。至於「文革」期間的階級鬥爭主題論，是特定歷史階段的產物，不在此文研究之列。

我們把以上分析同學術界對《長恨歌》、《長生殿》的主題研究加以對照，就會發現，三部作品的主題竟驚人地相似！不僅對作品主題分析得出的思想類別相似，就連對主題爭論的內容和切入角度，主要矛盾和矛盾的主要方面，也基本相同。如果說《長生殿》取材於《長恨歌》，同一題材、同一背景、同一事件、同一人物，前者對後者影響，主題一致可以理解，那麼，《紅樓夢》與《長恨歌》、《長生殿》似乎風馬牛不相及，題材、體裁背景、人物、時間、地點均不同，爲什麼還會出現以上主題重合的怪現象呢？

## 四、《長恨歌》對《紅樓夢》創作的影響

《長恨歌》是敍事長詩，《長恨歌傳》是史記體文章，《長生殿》是劇本，《紅樓夢》是小說，三個方面的四部作品差異很大。但是，只要你認真閱讀這些作品，你就會發現，它們之間確確實實存在著前後相繼關係。《紅樓夢》和《長生殿》，都是受《長恨歌》深刻影響，某種程度上甚至是模仿《長恨歌》創作出來的。

1.在思想境界上，三部作品都宣揚的是「至情」理想，都深刻表達了對「至情」幻滅的

沈痛和無奈。《紅樓夢》和《長生殿》中宣揚的「情種」精神，以及愛情因不可抗拒的原因毀滅後的感傷和哀歎，都是出自於《長恨歌》的「天長地久有盡時，此恨綿綿無絕期」展示出的思想境界。李、楊和寶、黛一樣，同是愛情悲劇的承擔者，又同是悲劇的製造者。如果說《長恨歌》和《長生殿》宣揚「占了情場，彌了朝綱」的矛盾主題，《紅樓夢》中的寶、黛二人，何嘗不是「占了情場，彌了仕途」，否則，在《紅樓夢》卷首，作者那麼痛心疾首地悔恨自己「一技無成，半生潦倒」，辜負「天恩祖德」做什麼？

李、楊和寶、黛本身都在追求情投意合的人間至愛，本意並非想「彌了朝綱」或「仕途」，但客觀上悲劇畢竟都發生了，發生的原因說到底都是性格的悲劇，用《紅樓夢》中形容黛玉的花簽令說，「莫怨東風當自嗟」。

三部作品都沒有把愛情悲劇淺薄化，沒有描寫成一般的生離死別，而是通過對愛情複雜性的解剖，體會到了「情場」與「朝綱」、「仕途」之間兩難選擇的尷尬與困惑。三部作品還有一個極爲特殊的共同點，就是在展示作品主人公命運悲劇的同時，作者不僅沒有譴責和追究主人公造成悲劇命運的自身原因，反而對他們的癡情和悲劇下場給予了最大的惋惜、同情和歌頌，造成了作品主題的內在矛盾。李楊愛情與寶黛愛情的悲劇，不是傳統的善與惡鬥爭的結果，而同屬於善與善、善與美內在矛盾的結果，悲劇的製造者和承受者是同一個人，難道李隆基的朝政不是自己因愛情而「怠」的？難道《紅樓夢》作者的「一世無成、半生潦倒」不是自己沈湎愛情造成的？「果」無法譴責「因」，因此悲劇的主人公無法作出理直氣壯的抗爭，同時又無法自悔自責，因爲愛情畢竟是無限美好的。總之，對這樣的愛情，既不能簡單地譴責，也不能簡單地歌頌，只能採取近乎寫實的手法，加以意識流式的描繪了。在浩如煙海的中國古典文學中，確實找不出三部作品中李楊與寶黛這樣相似的愛情婚姻思想了。

2.在作品結構上，三部作品都按照悲喜兩大階段構建故事框架和悲劇發展過程，並分別採用現實主義和浪漫主義的手法表達。《長恨歌》和《長生殿》的前半部分，描寫了李、楊「芙蓉帳暖度春宵」，「三千寵愛在一身」，「從此君王不早朝」，「七月七日長生殿，夜半無人私語時」的旖旎生活；《紅樓夢》的前半部分也描寫了寶黛在大觀園中風中聽戲、花下讀書，逐步由「見了姐姐就忘了妹妹」的遊移感情，發展到非彼此不娶不嫁的專一感情經歷，描寫了二人互相試探、互訴衷曲、彼此盟誓的曲折過程。三部作品的這些過程描寫，用的都是現實主義手法，基本以白描爲主，其中不攙雜神秘因素。

而在三部作品的後半部分，則都是描寫悲劇的產生、發展和結局，用的又都是浪漫主義手法。《長恨歌》和《長生殿》中，楊妃「婉轉蛾眉馬前死」，死後到了「海上仙山」，再描寫二人的生死戀，這時的故事就並非塵世的事情，使用的基本是浪漫主義手法。《紅樓夢》的後半部分已經遺失，真實情節已經不可知，但從前半部分預設的「太虛幻境」、「放春山遺香洞」等場景看，也似乎應該是浪漫成分大於現實成分，不過已無法確知了。

3.在虛擬世界中，三部作品共用一套子虛烏有的神話系統，構成獨特的神話世界。這三

部作品中的神話世界，迥異於傳統的「天界」、「道教」、「佛教」神話體系，而是作者獨創的玄妙而又美麗的獨特體系。

在《長恨歌》中，「忽聞海上有仙山，山在虛無飄渺間。樓閣玲瓏五雲起，其中綽約多仙子」。在《長生殿》中，海上仙山變成了「蓬萊仙境」和「月宮仙境」，仙子變成了織女大士和牛郎真人，以及蓬萊山和月宮中的一幫仙女。在《紅樓夢》中，他們又變成了「太虛幻境」中「放春山遺香洞」和人間的「大觀園」，其中有「警幻仙姑」、「鍾情大士」、「引愁金女」和「度恨菩提」。《紅樓夢》中的「太虛幻境」，明顯是出自《長恨歌》中的仙山「太真院」，以「太虛」對「太真」，當非偶然。大觀園「樓臺高起五雲中」，就是套用的《長恨歌》的「樓閣玲瓏五雲起」。《紅樓夢》中對警幻仙子的描寫，也明顯受《長恨歌傳》中「冰雪姿，芙蓉冠，露綃披，儼然如在姑射山」的影響。雖然有所變化，不過換湯不換藥，神話體系都是獨特而一致的，與其他神話體系迥然不同。

實際上，三部作品在好多具體情節描寫上，也是相沿一致的。《紅樓夢》中金釵和寶玉，從根本上就是來自《長恨歌》和《長生殿》中李、楊的定情信物「金釵」、「玉合」。《紅樓夢》中寶、黛、釵、湘間三角關係，同《長生殿》中楊貴妃與梅妃、「三國夫人」的關係也完全相同，就是書中人物對愛情的遊移和吃醋性格，也彷彿剿襲而來。《長恨歌》中的「臨邛道士」，在《長生殿》中變成了「楊通幽」，到《紅樓夢》中，又一變而爲「空空道人」，連道士的身分都沒變。

在幻境中，《長生殿》中的唐明皇，曾在睡夢中，夢見一個怪物，把自己扯入水中，大驚之下高喊「高力士何在」？《紅樓夢》中的賈寶玉也在夢中，被夜叉鬼扯進迷津，驚慌中高叫「可卿救我」。《紅樓夢》中寶玉所做的〈姽嫿詞〉，第一句是「恒王好武兼好色」，而《長恨歌》的第一句是「漢皇重色思傾國」，兩首詩的第一節，用韻也完全相同。

好多讀者感到奇怪，《紅樓夢》中出現了「太上皇」的提法，說「當今皇上」以孝治天下。作品的背景是清朝，而清朝只有一個「太上皇」，那就是乾隆六十年退位，讓位給兒子嘉慶，自己做太上皇。乾隆退位時，《紅樓夢》早已成書，所以書中出現「太上皇」是奇怪的。說奇怪也不奇怪，清朝沒有「太上皇」，唐朝卻有「太上皇」，他就是李楊愛情的主體之一唐玄宗李隆基。安史之亂後，由於他的兒子唐肅宗久已在靈武即位，他只好當了「太上皇」。《資治通鑒》中就記載了他退位後，與皇帝兒子的一番談話，要求兒子「使朕得保養餘齒，汝之孝也」。這也大概就是《紅樓夢》中說當今皇帝「以孝治天下」、聽命太上皇允准皇妃省親的來歷。

《紅樓夢》中還有一處頗堪注意，書中交代作品「朝代年紀」「無考」，同時交代，不妨假借「漢唐」。作者爲什麼不假借宋明偏偏假借漢唐呢？原來，《長恨歌》詩中本是唐朝故事，卻假借漢朝敷衍，第一句說的就是「漢皇重色思傾國」，唐朝皇帝在詩中成了漢皇。《紅樓夢》受《長恨歌》影響，自然順手「假借漢唐」了。細心的讀者還會注意到《紅樓夢》中兩次出現「大明宮」的提法，清廷並沒有什麼「大明宮」，「大明宮」是唐朝皇宮最

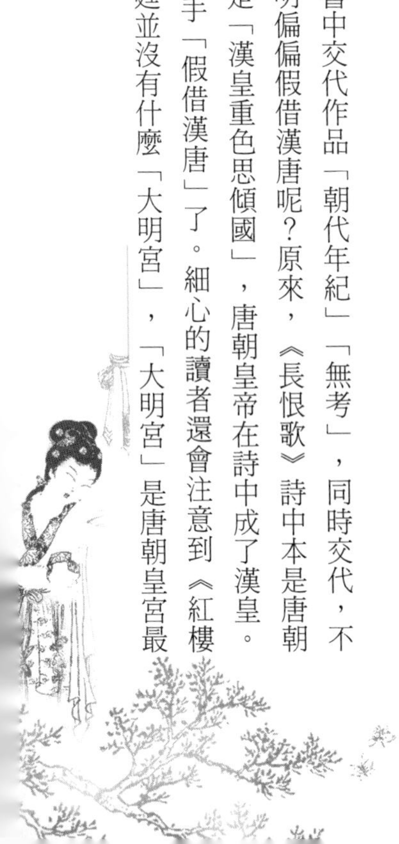

主要的宮殿。

4.在藝術手法上，三部作品也有著極爲相似之處。《長恨歌》是敍事長詩，但它決不是簡單地採用現實主義手法的敍事，而是充滿了浪漫主義的想像和渲染。《長生殿》前半部分採用的是現實主義手法，後半部分採用的則是高超的浪漫主義手法。《紅樓夢》呢？大概所有讀者都承認，它既有「正因寫實，轉成新鮮」的自傳紀實特點，又有虛無縹緲的浪漫渲染藝術風格，與《長恨歌》、《長生殿》的藝術特點是一脈相傳的。

其一，三部作品都具有淡化情節、借敍事而抒情的特點。《長恨歌》流傳久遠，早已證明其藝術的卓絕。前半部分集中概括了李楊長期愛情活動，但其重點並不是具體的愛情活動，而在於這些事件體現的性質和傾向，其高潮在於楊貴妃慘死而李隆基作爲帝王卻無可奈何的心靈震撼。其後半部分敍述得似乎詳盡淋漓了，其實並不然，只是爲人物抒情提供基礎、契機，爲作者的感情尋找噴發點。其結尾實際上是不結而結，用「天長地久有盡時，此恨綿綿無絕期」，爲讀者留下多少感歎、想像的餘地。

《紅樓夢》的藝術特點與此基本相同。作者描寫寶黛的愛情，主要著力點並不在於二人之間卿卿我我的場面，而是著力於詩化情景的展現。讀《西廂》、聽琴、葬花等內容，明顯有詩化傾向，其核心不是敍述故事情節，而是展示人物的微妙情感和情感在生活中的流動、起伏、迴旋。讀者在這裡獲得的不是曲折動人的故事，而是撼人心魄的精神感受。

其二，三部作品都具有敍事者與作品人物話語交錯互滲的特點。《長恨歌》是敍事詩，但作者把楊貴妃由故事中的人物轉化爲抒情詩的第一主人公，把她鏡頭一步步推近，讓敍述者站在人物的角度或立場上，引導讀者按照人物的弦索，去體味敍事者的愛憎，從而並達到強烈共鳴，創造出一種抒情詩的濃郁氣氛。詩中的好多具有強烈震撼力的語言，可以理解爲作者的話，也可以理解爲作品主人公的話，《紅樓夢》更是如此，它雖然是紀實性小說，但作者決不是簡單地寫人狀物，而是創造出詩化的場面，用詩化的語言，描寫詩化的思想。在黛玉葬花一節中，作者由敍事者的角度巧妙地轉到人物的角度和立場，引導讀者按照「一年三百六十日，風刀霜劍嚴相逼」的意識去理解領會，比描寫一百件「風刀霜劍」的故事，更有震撼力！

其三，用複義語言，表現複雜的思想。最先發現這個問題的，是《紅樓夢》的作序者戚蓼生，他敏銳地看出，《紅樓夢》的藝術特點在「一聲兩歌，一手兩牘」。其實《紅樓夢》的這種特殊藝術手法，就直接來源於《長恨歌》。

古代高明詩人往往都十分重視運用漢語言的歧義現象，認爲「以兩解更入三昧」（李光地《榕村語錄》），是詩人盡力追求的一種精妙境界。《長恨歌》的第一句「漢皇重色思傾國」，就是運用複義手法的典範。「傾國」二字，在這裡既可以理解爲「傾國傾城」的美女，也可理解爲不理朝政導致政權傾覆的昏君。

以上分析的目的，不是研究《長恨歌》對《長生殿》的影響，而是研究《長恨歌》和《長生殿》對《紅樓夢》的影響。我們都知道，《長生殿》的作者是洪昇，而洪昇創作《長

生殿》時，坦承自己是完全按照白居易的《長恨歌》和陳鴻的《長恨歌傳》創作的，現在的問題是，與《長恨歌》與《長生殿》主題與創作手法完全一致的《紅樓夢》，究竟是誰創作的？

## 五、《紅樓夢》作者推論

白居易和陳鴻是唐代人，《紅樓夢》的作者自然不可能是他們。而洪昇則是清初人，《紅樓夢》與《長生殿》又是如此驚人的一致，他會不會就是《紅樓夢》的作者呢？會不會是他，在《長恨歌》的影響和啓迪下，先後創作了《長生殿》和《紅樓夢》呢？

首先，他有沒有創作《紅樓夢》的思想基礎？清初江南的士大夫階層，在他們的作品中，往往把明清易代時的社會大動蕩，同唐朝的安史之亂相比。洪昇的家庭的確是顯赫的「百年望族」，「宋朝父子公侯三宰相，明季祖孫太保五尚書」。在清初改朝換代中，先是「外面架子未倒，內囊漸漸盡上來了」，隨後受「三藩之亂」牽累，「落了片白茫茫大地真乾淨」。洪昇既然創作了感歎興亡的《長生殿》，也完全具備發出《紅樓夢》中興亡感歎的時代和家庭基礎。

其次，洪昇自小受具有「遺民」思想的老師毛先舒等人影響，具有強烈的改朝換代、興亡感歎意識。洪昇本人經歷了家庭的「天倫之變」，後半生過著極爲貧困潦倒的生活，與前半生形成了巨大反差，隨後又因爲在「國喪」期間聚演《長生殿》，被永遠革去國子監生籍，「斷送功名到白頭」，對朝廷怨恨情緒更深了。洪昇完全具備發出《紅樓夢》中怨恨語言的思想和人生基礎。

再次，洪昇有創作《紅樓夢》的文化功底，他的家族詩禮傳家、世代簪纓，富有藏書，號稱「書海」，從小受過良好教育，特別是對詩、詞、曲的造詣尤深；一生創作了四十多部傳奇，還評點過小說《隋唐演義》和《女仙外史》，熟悉小說創作；在北京生活了二十多年，熟悉「假語村言」。在《長生殿》序言中自己承認，特別熟悉《長恨歌》和《長恨歌傳》，而這些都是創作《紅樓夢》的必備條件。

最重要的是，洪昇具備創作《紅樓夢》的個人感情生活基礎。洪昇的妻子黃蕙是自己的嫡親表妹，文化教養很好，善於音樂繪畫，但爲洪昇的「無能不肖」還了一輩子眼淚。洪昇的兩個妹妹冰雪聰明，十分美麗，但由於家庭敗落，婚後生活不幸，雙雙年輕夭亡。洪昇的一大群表姐妹，曾在清初組成著名的文學團體「蕉園詩社」，各自都出版過詩集，洪昇與這些姐妹們青梅竹馬，從小感情很好，但這些姐妹們後來都有各自的不幸，正可謂「萬豔同悲」。洪昇的姐妹們，應該就是大觀園姐妹們的生活原型。正像《長恨歌》與《長恨歌傳》是爲楊貴妃作傳一樣，《紅樓夢》的創作目的也是給姐妹們作傳，就是作者在書中交代的「閨閣昭傳」。

很有意思的一點是，洪昇在創作《長生殿》的十年裡，很可能姐妹們與他有共同的愛好，並一起參與過李楊愛情故事的醞釀。如何能證明這一點呢？直接的證據早已淹沒了，但

間接證據還是有的，證據就在這些姐妹們出版的詩集上！

洪昇在創作《長生殿》時，別號為「嘯月樓」，其含義大概同長生殿的「月宮」相關。他的表妹錢鳳綸，詩集名為《天香樓集》，天香者，桂樹也，月宮之別稱也。洪昇友人說洪昇致禍的原因，就有「桂子飄香是禍胎」的說法，可見「天香」與《長生殿》意義相關。倘非錢鳳綸與表哥洪昇有共同愛好，何以取此名號？洪昇的這個表妹，很可能就是《紅樓夢》書中寶釵的原型。

洪昇的另一表妹馮又令，詩集取名《湘靈集》。這個別號有什麼特殊意義呢？原來和白居易《長恨歌》有著深刻關係。「湘靈」是白居易的初戀情人，二人感情甚深，但終於沒有結成連理。白居易對此耿耿終生，撰寫《長恨歌》很大程度上就是因與湘靈的愛情遺恨引發的。《紅樓夢》中為甄士隱丟失的女兒取名「香菱」，（諧音「湘靈」）似乎也有這個原因。試想，如果不與表哥一起讀《長恨歌》，馮又令為何取此室名？洪昇這個「湘靈」表妹，很可能就是《紅樓夢》書中湘雲的原型。

洪昇的一個最親近的表妹，名叫林以寧。林以寧的詩集名《鳳瀟樓集》，鳳者，后妃也，瀟者，瀟湘也，正是《紅樓夢》中「瀟湘妃子」林黛玉的生活原型！《紅樓夢》書中處處把黛玉喻為芙蓉花，其原型林以寧就曾創作過一部傳奇《芙蓉峽》。由於早已失傳，其內容已不可知。但我們可以推測，他們表兄妹的文學創作活動，都是受了白居易《長恨歌》的影響。《長恨歌》中，描寫芙蓉的字句比比皆是，「芙蓉帳暖度春宵」，「芙蓉如面柳如眉」。《芙蓉峽》很有可能與《長生殿》是同一題材的作品。

洪昇創作《長生殿》是在上半生，他的四十多部傳奇和幾千首詩、詞、曲也絕大多數創作於青年時代；以洪昇創作之勤奮，他的下半生幹什麼去了呢？難道只寫了一部四折小小的雜劇《四嬋娟》麼？可以想見，康熙二十八年洪昇被革去國子監生後，沒有了追求功名的牽累，他的創作時間更充裕了。此時的洪昇，心中的憤恨、哀傷情緒更強烈了，憤怒出詩人，洪昇的後半生創作應該更深刻、更成熟。從這個時候到康熙四十三年，大約十五年時間，洪昇懷著「情」、「恨」、「悔」的混合情緒，一直在創作《紅樓夢》，應是合理推測。

康熙四十二年，洪昇曾拿出一部《洪上舍傳奇》給朱彝尊看。「洪上舍」就是別人對洪昇的稱呼，這部傳奇應是以自己事跡寫成的傳奇。我們知道，洪昇創作《紅樓夢》是受《長恨歌》深刻影響的，而《長恨歌》創作之初，就以長詩和古文，寫成了「歌」、「傳」兩個體裁的版本，那麼《紅樓夢》作者是否也仿效於此，以自己的經歷，同時創作了《洪上舍傳奇》和《紅樓夢》小說一對姊妹花呢？有證據麼？記得脂本《紅樓夢》中，脂硯齋有「先生當初決意不作此書，而立意作傳奇，正不知有何新奇詞句可詠」的批語。當初不作此書，此書何來？立意所作的傳奇，乃《洪上舍傳奇》乎？

洪昇與白居易的歷史淵源關係不可不察。白居易是杭州歷史上著名的大文學家，洪昇乃杭州人，自小受白居易文章詩詞的薰陶，用白居易的思想和風格，去創作《長生殿》及《紅樓夢》，是順理成章的事情。《長恨歌》、《長生殿》、《紅樓夢》之一脈相承，在時間和

空間上都具備傳承條件。

本文主要參考書目：

《長恨歌研究》 周相祿著 巴蜀書社 二〇〇三年第一版
《洪昇年譜》章培恒著 上海古籍出版社 一九七九年第一版
《明清傳奇史》郭英德著 江蘇古籍出版社 一九九九年第一版
《清代文學研究》呂薇芬、張燕瑾主編 北京出版社 二〇〇一年第一版
《清代學術思想的變遷與文學》馬積高著 湖南人民出版社 二〇〇二年第二版
《清代小說史》張俊著 浙江古籍出版社 一九九七年第一版
《明末清初文人結社研究》何宗美著 南開大學出版社 二〇〇三年第一版
《清詩流派史》劉世南著 人民文學出版社 二〇〇四年第一版
《明清之際江南詞學思想研究》李康化著 巴署書社 二〇〇一年第一版

# 三秋輓歌

## ——《紅樓夢》是對洪昇「家難」的追蹤躡跡

《紅樓夢》是一篇「秋天的故事」。用脂硯齋的話說：《紅樓夢》「用中秋詩起，用中秋詩收，又用起詩社於秋日。所歎者三春也，卻用三秋作關鍵。」至於爲什麼這樣寫，脂硯齋沒有說，大概也不甚了了。

《紅樓夢》書中借黛玉的詩說：「滿紙自憐題素怨，片言誰解訴秋心？」原來作者寫作「滿紙荒唐言」，記載的就是「自憐」的「素怨」，慨歎的「誰解其中味」，就是書中展現的「訴秋心」。

秋天怎麼了?看見月缺花殘，便潸然淚下，乃文人悲秋的通病。但《紅樓夢》作者的悲秋，卻不是文人一般的悲秋的症狀。作者曾刻意交代說：「風晨月夕，階柳庭花」，「未有傷於我之襟懷筆墨」。可見作者並不是一般的對景傷情、尋愁覓恨，並不是「爲賦新詩強說愁」，而是有重大的隱情隱藏在秋天的故事裡，隱藏在《紅樓夢》這面「風月鑑」的反面。

「三秋」背面隱藏的故事，根據《紅樓夢》「作者自云」歸納起來：一是作者家族「閨

閣中歷歷有人，」「當日所有之女子」「裙釵一二可齊家」，「行止見識」「皆出於我之上」的故事；二是自己「錦衣紈絝」時辜負「天恩祖德」、對不起父母師兄，「以致今日一事無成、半生潦倒，」成爲「孽根禍胎」、家族罪人的故事；三是家族因自己的「無能」、「不肖」、「偏僻」、「乖張」，沒有挽大廈於將傾，最終「落一片白茫茫大地真乾淨」的故事。

作者創作《紅樓夢》，據實記述以上三個故事，目的並非「怨世罵時」，而是「自悔」。這三個令作者悔恨終身的故事，發生的時間一定都是在「中秋」前後。所以，《紅樓夢》記載的故事，應該是作者自己「三秋」的懺悔，作者家族「三秋」的輓歌！

過去紅學界一直認爲，《紅樓夢》的作者是曹雪芹，記載的是「江寧織造」曹家興衰際遇。但遍觀胡適、俞平伯、周汝昌、馮其庸等紅學大師的考證文章，實在看不出曹雪芹和江寧曹家的事跡同「三秋」有什麼關係。筆者經過十餘年的悉心考證，發現《紅樓夢》的原作者是康熙朝的大文人洪昇，書中記載的故事，就是洪家發生在「三秋」的三次「家難」！

洪昇出身於一個江南「望族」家庭，始祖可以追溯到宋朝出使金國，威武不屈的洪皓。他是一個類似於蘇武的英雄人物，受到朝廷的極高褒獎，被封爲「魏國忠宣公」，賜國公府第於錢塘葛嶺，府後還有一個美麗的大園子。園子何名不詳，但考慮到「大觀」是宋徽宗的年號，命名爲「大觀園」的可能性是存在的。洪家在杭州經歷了漫長而輝煌的歷史。洪皓的三個兒子洪遵、洪邁、洪適，號稱「洪門三學士」。洪邁所著《容齋隨筆》，至今仍是古典文學領域一顆璀璨的明珠。

明朝是洪家第二個輝煌時代。洪昇的七世祖洪鐘，以軍功起家，官至刑部尚書、太子太保，可謂極品；六世祖洪澄、洪濤，也都官居顯要；高祖洪椿、曾祖洪瞻祖，兩代任都察院右都御史要職；祖父無考；父洪起鮫，字衛武，清初也曾出仕。從明代算起，洪家可謂赫赫揚揚的百年「望族」，澄濤二公，似乎就是《紅樓夢》中的榮寧二公賈源、賈演，從「澄濤二公」到洪起鮫，歷經五代富貴，正符合「君子之澤，五世而斬」的士大夫家庭興衰規律。

明朝的覆亡，給「世受國恩」的洪家以災難性的打擊，洪昇出世時，洪家正處於「末世光景」，雖然「外面的架子未倒」，但「內囊也漸漸地盡上來了。」康熙年間，洪家連續遭逢三次「家難」，洪家這個「死而不僵」的「百足之蟲」，終於在內外交困中，無可奈何地壽終正寢了，這三次「家難」發生的時間，又恰恰都是在蕭瑟的秋天！難怪洪昇在《紅樓夢》創作中，「以中秋詩起，以中秋詩終」，唱出「三秋」悲涼的輓歌了！

**第一首秋天的輓歌——「天倫之變」**：所謂「天倫之變」，在封建社會，就是父母成仇、兄弟反目、家人離散的意思。《紅樓夢》所描寫的，正是家庭中成員，「不是東風壓倒西風，就是西風壓倒東風」，一個個都像「烏眼雞」、「恨不得你吃了我、我吃了你」故事。洪家這樣的大家族，也正像《紅樓夢》中所說，「從外邊來是一時殺不死的，只有內部自殺自滅起來，才會一敗塗地」。

順治二年，清軍大兵下江南，洪昇的母親黃氏於逃難途中，在杭州郊外一個姓「費」的

農婦家裡，生下了洪昇。洪昇從小生活優裕，錦衣美食，受過良好的教育，多才多藝，風流倜儻，少年時就以詩「鳴錢塘」，青年時就列名「西泠十子」。但洪昇青少年時也犯公子哥的通病，無意「功名」，不思「仕途經濟」，「耽擱花箋彩紙」，爲此屢受父母的責罰和師長的勸誨。

洪昇與表妹黃蕙自小青梅竹馬，洪昇的母親是黃蕙的親姑母。二人成年後親上做親，如願結爲夫妻，「閬苑仙芭」嫁給了「才貌仙郎」，正可謂「金玉良緣」。黃蕙字蘭次，與洪昇同年同月同日生，二人結縭時，友人作〈同生曲〉祝賀。黃蕙的祖父黃幾爲當朝大學士，相當於宰相，位高權重；黃蕙少年時生活並不幸福，雖然受過良好教育，工詩善畫，通曉音律，但因爲自幼喪母，父親在考取進士、做了幾年「庶吉士」之後也英年早逝。可見，黃蕙的才情和幼年時「坎坷形狀」，與《紅樓夢》中寶玉的三個表姐妹都極爲相似。

洪昇兄弟三人，二弟洪昌，與洪昇同母所出；三弟名不詳，字中令，爲洪父婢妾所生。這與《紅樓夢》中寶玉的兄弟行完全相同。洪家家庭長期不合，父親性格古板暴躁，兄弟們常常受到嚴厲責罰。在洪昇的詩中，常常出現對「施橃者」即挑撥離間者的怨恨。這與《紅樓夢》中賈政夫妻、趙姨娘、邢夫人等人，同賈璉夫妻、寶玉、賈環的複雜關係極爲相似。

康熙十年秋天，長期的家庭矛盾終於釀成了大禍——「天倫慘變」發生了！洪昇夫妻、洪昌夫妻被同時逐出了家庭，也可能是主動逃離了家庭。洪昇詩中，常常以「古孝子」自居，所謂「古孝子」，就是按照「小杖則受，大杖則走」的古訓，在有性命之慮的時刻，逃離了父母身邊。「天倫之變」產生的原因，在洪昇詩中屢用「施檄者」典故看，似是逃避家庭中挑撥離間；再從詩中用「伯奇《履霜操》」典故看，似是無罪見斥，滿腹冤屈。逃離家庭後，洪昇夫妻的生活便立刻陷入困頓之中，「金玉良緣」落得個「雲散高唐，水涸湘江」，黃蕙整日眼淚不乾，爲洪昇還著「三生石」上的「孽債」，「木石」般的平民生活，也只有美好的「前盟」可待追憶了。

《紅樓夢》中的寶玉最終有沒有當和尚已不可知，但離家出走的結局是肯定的。賈璉夫妻最終也必然是被逐出家庭的下場，王熙鳳「判詞」「哭向金陵事更哀」就是明證，與洪昇兄弟結局相同。洪昇和二弟拖家帶口，逃出家庭後，第一個落腳地就是武康縣。武康隸屬江寧府，正是所謂的「哭向金陵」。洪昇夫妻在武康生活不下去，又投奔京師，賣文爲活，極爲貧困潦倒，經常處在「八口命如絲」的境地。洪昌夫妻與哥哥分手後，輾轉流浪，年紀輕輕地雙雙客死異鄉，可謂「事更哀」了！洪昇是家庭長子，但《紅樓夢》中賈璉、寶玉兄弟二人卻都被描寫成「二爺」，爲什麼這麼寫，聯想到慘死的洪家「二爺」洪昌，就會恍然大悟了。洪昇同父兄弟三人，家中還剩下一個庶出的三弟中令，正似《紅樓夢》中那個趙姨娘生養的「小燎貓子」賈環！

**第二首秋天的輓歌——「破家之難」**：洪昇的父親洪起鮫，清初曾經出仕，所任何職，已不可考。但從洪昇寄給三弟中令的詩中可以看出，中令經常隨父親在福建往來，似乎父親任職地就在浙江的鄰省福建，所任職務也似是「學政」、「糧道」之類的「主事」銜官職，與《紅樓夢》中賈政彷彿。《紅樓夢》中的那個隱隱約約的「平安州」，似乎同福建有意義關聯，中國人的古訓就認爲「平安是福」嘛。

康熙十三年，「三藩」之一的耿精忠在福建造反，派兵攻掠江西、浙江，「三藩」挑起的戰火燒遍長江以南。清廷的平叛大軍進駐浙江多年，杭州人民遭受了極大的災難。康熙十四年秋天，洪昇的父親洪起鮫「因事獲罪」，被「械送京師」、關押在一個「蕭寺」裡。是否即《紅樓夢》的「獄神廟」，不得而知。獲的是什麼罪，今已無考，但從時間和地點來推斷，似乎是受「三藩之亂」的牽累。在「三藩」佔領地任職的官員，如果沒有「殉國」，沒有「抵抗」，朝廷都視爲「罪臣」，這是毫無疑義的。聯想到《紅樓夢》中賈家的罪名「交結外官」，十分耐人尋味。再聯想到《紅樓夢》中描寫的探春遠嫁，乘著大海船，嫁給「西海沿子」一個「藩王」爲妃，洪家是否因爲與耿逆有姻親關係而獲罪，亦非空穴來風。

洪起鮫的罪案一直拖了五年，「三藩之亂」平定後，朝廷在總清算的時候，於康熙十八年深秋，決定把洪昇的父母一起「發配充軍」，遠流黑龍江寧古塔。洪昇一方面在京師爲父母奔走呼號，求情辯冤，一方面又徒步三千里，趕回家鄉侍奉父母「充軍」。這年的除夕，就是在發配犯官的陰冷潮濕的遣送船上過的。此時何種心情，可想而知。後來遇到朝廷「大赦」，洪昇和父母才免遭「充軍」之苦。

那時凡罪行嚴重到發配充軍的官員，必被「抄家」，財產被抄掠一空，家人被賞賜變賣，百年「望族」洪家，至此落得個「曲終人散」、「食盡鳥投林」悲慘下場。遇赦後發還的府宅，也只能是一個空「園子」了，這與脂批透露的《紅樓夢》中「大觀園」的悲涼結局相同。

洪昇和二弟離家出走後，家中留下的除三弟中令外，還有兩個妹妹。洪昇的兩個妹妹都十分聰明美麗，用洪昇詩的語言表達，就是「霜管花生豔，雲箋玉不如」。洪昇對妹妹感情篤深，總是在詩中慨歎，自己雖爲「堂堂鬚眉」，但比不上身爲「裙釵」卻「齊家」有方的妹妹。但洪昇的妹妹也逃脫不了「紅顏薄命」的規律，出嫁後，可能是所遇非偶，她們都年紀輕輕地就悲慘而死，其下場同《紅樓夢》中的迎春、探春如出一轍。

洪昇終生都刻骨思念兩個可愛、可敬又可憐的妹妹，康熙三十年，洪昇回到家鄉後，把二弟夫妻和兩個妹妹的屍骨都遷葬故鄉父母身旁，並含淚泣血寫了「誄詞」和一系列懷念弟妹的詩章。這些與《紅樓夢》作者在交代創作緣起時，說此書創作的宗旨，就是爲了「記述當日的閨友閨情」，是完全吻合的。

**第三首秋天的輓歌——仕途絕路：**洪昇在離開家庭後，雖然仍不脫紈絝習氣，厭惡走「仕途經濟」道路，但是從當時文人唯一的出路著想，從家族面臨的危機出發，還是無奈在當時的最高學府中，繼續其「國子監生」的生涯，希圖有一天考取功名，重振頹敗的「百年望族」。

江山好改，秉性難移，在京師國子監肄業的洪昇，雖然有求取功名的強烈願望，但大部分時間，還是用在了「傳奇」劇本《長生殿》的創作。這固然有個人愛好的因素，也是謀

生的需要，搬演劇本的劇班和觀演「傳奇」的富貴人家給予的賞賜，是洪昇在京期間的主要生活來源。洪昇創作《長生殿》，始於「天倫之變」前，到康熙二十七年，經過「十年辛苦」、「三易其稿」，終於殺青了。一經傳演，立即轟動京師，平民百姓愛看，官僚富商更是趨之若鶩，就連當朝皇帝康熙爺，也親自觀演，並欽賜了二十兩白銀，成了當時公認的「賞格」。

正當洪昇得意忘形之時，一場更大的災難向他襲來了。康熙二十八年中秋，康熙帝青梅竹馬的表姐、成年後的皇貴妃、臨終前的第三任皇后佟佳氏，剛剛被「冊封」爲皇后的第二天，就嗚呼哀哉了，《紅樓夢》中描寫「元妃」的「一聲震得人方恐，回首相看已化灰」燈謎，正是當朝皇后的真實寫照！這一年是兔年，佟佳氏是兔年封后，而康熙帝是虎年登基，二人以帝后的身分，相逢正是在「虎兔相逢」之時。就是此時，洪昇陷進了一生最絕望境地，所以洪昇對「虎兔相逢」年銜恨刺骨，終生不忘「二十年來辨是非」——洪昇在京師寄居了二十年，「虎兔相逢」後，狼狽逃回了西子湖畔。

皇后薨逝，按規矩臣民必須居二十七天「國喪」，一切娛樂活動都必須停止，但洪昇和他的朋友們卻於此時幹了一件蠢事，受到朝廷的嚴厲處罰。演出《長生殿》大獲成功的京師「內聚班」，爲了答謝劇本作者洪昇，遍請京師名流，「中秋」「國喪」期間，在「生公園」「聚演」《長生殿》，被人告發，朝廷震怒，參與「聚演」的人員都受到了嚴厲處分。洪昇被「逮捕下獄」、「枷號示眾」，並被革去了「國子監生」，徹底斷絕了仕進前途。時人作詩嘲笑說：「可憐一曲《長生殿》，斷送功名到白頭」，可謂深刻。康熙二十八年秋天的悲劇，不僅斷送了洪昇個人的前程，事實上也斷送了洪氏「百年望族」復興的唯一一線希望。

出獄後的洪昇，在萬念俱灰、滿腔憤悲的心境下，騎了一條毛驢，奔赴京東盤山，欲在青溝禪院剃度出家。盤山多巨石，相傳是盤古在混沌中開天闢地創「大荒」之處，又有女媧廟證明是「煉五色石補天」處。洪昇在這裡撫今追昔，其心情正是《紅樓夢》中所說的「愧則有餘，悔則無益之大無可如何之日」。把自己比喻爲「大荒山」、「青埂峰」的一塊棄置不用的頑石，不是再貼切不過了麼？這也正應該是《紅樓夢》的創作緣起。

《紅樓夢》書中交代，作者創作此書，是於「曾經歷過一番夢幻之後」，這「一番夢幻」，正是洪昇人生中發生在秋天三次噩夢！感歎家族的敗亡，感歎姐妹的慘死，感歎自己的坎坷，洪昇創作《紅樓夢》的理由，不是最充分不過了麼？《紅樓夢》的主題和內容，不是與洪昇的真實經歷最吻合麼？可能有人說，這是牽強附會，但請問：胡適先生當初斷定曹雪芹爲作者，不也是如此「考證」的麼？有什麼直接證據能證明曹雪芹是《紅樓夢》的作者？比較起來，包括曹雪芹在內的所有清代文人，誰有洪昇這樣充足的創作《紅樓夢》的理由？

對於發生在洪昇身上的家族悲劇和個人悲劇，當時社會上好多人都歸咎於洪昇的「不肖」，「不肖」惡名是封建社會任何一個文人都難以承受的，但洪昇自己又百口莫辯。創作

《紅樓夢》，「追蹤躡跡」去記載秋天的三場噩夢，為自己的惡名辯白，應是洪昇的本意。但按照封建倫理，洪昇在書中既不敢指責君王，又不能訕謗父母，只好把「真事隱去」，用「假語村言」寫作，巧妙地製造了「風月寶鑑」的正反兩面。洪昇創作此書面臨著兩難選擇，既怕別人看不懂自己的用意，又怕別人知道自己指斥君父的事實，所以一再流露出「誰解其中味」、「誰解訴秋心」的無奈心情。

有關洪昇生平的詳細考證和洪昇著書的直接證據，請參看筆者的〈洪昇初創紅樓夢考證〉、〈紅樓夢創作背景分析〉、〈紅樓夢文學考證〉等系列文章。

本文所涉事實和所引證的洪昇詩文，見《稗畦集》、《稗畦續集》、《洪昇年譜》、《盤山志》等，不另注釋，讀者可自去查閱。

# 《紅樓夢》女性觀探源

《紅樓夢》一書，給人印象最深刻的，大概莫過於書中表現的奇特的女性觀。紅學界的諸多大師，在連篇累牘的考證研究文章中，都把這一奇特的女性觀的產生，歸因於曹雪芹的天才，似乎是作者頭腦裡固有的；也有人歸因於曹家特殊的織造家庭的風月繁華，其實這同天上掉下來也沒有多大差別。

一個時代有一個時代的作品，文學是人類社會的心靈史，任何文學作品，都必然反映其創作時代的社會背景和文學背景，《紅樓夢》當然不會例外。畫鬼容易畫人難，《紅樓夢》刻畫的當然不是鬼，而是一系列生活在那個時代的活生生的人，因此，作者的思想，必然打著深深的時代印記。本文試圖從《紅樓夢》表現的女性觀入手，去剖析其產生的歷史根源和社會根源，從而在一個側面解決目前仍然困惑紅學界的某些類似死結的問題。

## 一、《紅樓夢》奇特的女性觀概說

《紅樓夢》作者曾申明：創作此書的目的，是爲了「閨閣昭傳」，清代學者也曾判定，

此書純屬「扯老婆舌頭」。凡是熟讀《紅樓夢》的讀者，都會承認，該書確實是一部主要描寫家庭中女人生活的書，極其生動地刻畫了女人的痛苦和歡樂，女人的希冀和絕望，女人的成功和失敗，女人的輝煌和黯淡，女人的高雅和庸俗，女人的超脫和魔障，如此等等。

《紅樓夢》書中幾乎每一個女人，都有著鮮明的個性。作者擺脫了傳統文學描寫女性的慣常手法，很少用「沈魚落雁」、「閉月羞花」一類辭彙去刻畫女人的外觀容貌，而是側重描寫女性的內在氣質，從而使女性美達到了從內到外的高度統一。這種重在氣質的創作手法，更加鮮明突出地表達了作者的女性觀。從書中描寫的大量女性生活中，我們可以歸納出作者四個方面的獨特視角：

其一，「女清男濁」說。作者通過男主人公寶玉之口說：「女兒是水做的骨肉，男人是泥做的骨肉；我見了女兒就感到清爽，見了男人就感到濁臭逼人。」書中眾多男女的形象也確實說明了這一點。迎、探、惜賈府三豔，釵、黛、湘三表姐妹，襲、晴、鴛、棋、釧等眾多女婢，一個個形象確實清純可愛；主人公寶玉雖是男性，但有性別倒錯之嫌，愛以女性自居；而賈珍、賈璉、賈蓉、賈瑞、賈芹等哥們爺們，一個個都顯得可憎可厭可憐可笑，就連主人公寶玉的父親，和一眾清客相公，也全部顯得愚腐可笑，委瑣無聊，令人避之不及。

其二，女子勝男說。在封建社會，齊家治國平天下，本來是男兒的責任，可是作者在書中卻沈痛地感歎道：「金紫萬千誰治國？裙釵一二可齊家」！書中在「王熙鳳協理寧國府」、「敏探春興利除宿弊」等篇章中，濃墨重彩地描寫了女性的膽識、韜略、氣魄、手段；就是在平兒、鴛鴦、襲人等女性婢僕身上，也展現了治家理事的高超才能。而書中的敬、赦、政、珍、蓉等應該承擔治家職責的男人，則統統是一派庸碌無能的形象。

其三，「才女有德」說。中國封建社會評價女人的通行標準是「郎才女貌」，是「德容工貌」，是「女子無才便是德」。《紅樓夢》一反傳統觀念，把年輕女子一個個都描寫爲德才兼備的光輝形象。寶釵、黛玉、湘雲等表姐妹，詩做得比寶玉好，字寫得比寶玉強，知識比寶玉淵博，道理比寶玉透徹，就是參禪論道也比寶玉來得深刻。不要說一干才女，連那個從小被拐賣的香菱，也通過「苦吟」成爲一個很不錯的女詩人。這些才女不僅有豐富的個人文化生活，還結桃花社、海棠社，詠菊花、諷螃蟹，品名茶，啖鹿肉，雪晨聯詩，月夜對句，撫琴繪畫，燈謎酒令，一派「是真名士自風流」的形象；頗似現代人的文學沙龍，這在封建社會是絕無僅有的！

其四，「千紅一哭」說。《紅樓夢》中的所有才女，因爲生逢「末世」的同樣原因，下場都十分悲慘凄涼，正所謂「千紅一哭，萬豔同悲」！「金簪雪裡埋」、「冷月葬花魂」、「寒塘渡鶴影」、「終陷泥淖中」、「誤嫁中山狼」、「東風一夢遙」、「青燈古佛旁」、「淫喪天香樓」等等，無一好下場。就連女奴們，金釧投井、晴雯被逐、鴛鴦上吊、司棋撞牆、芳官出家、襲人別嫁、二姐吞金、三姐自刎等等，也無一得善果。

其五，「魚眼睛」說。《紅樓夢》作者不是歌頌所有的女人，而只歌頌閨中的純情少女。對於婚後的女人，則視爲珍珠變成的「魚眼睛」，令人可憎可厭。什麼趙姨娘、邢夫

人、馬道婆、多姑娘、秦顯家的、璜姑奶奶、林之孝老婆、鴛鴦嫂子等等，統統是一堆死魚眼睛形象。就連主人公寶玉的母親王夫人，嫂子兼表姐王熙鳳，作者雖然筆下留情，但其心狠手辣的種種惡行，也令人齒冷。特別值得注意的是，作者對「妒婦」持強烈的批判觀念，在夏金桂虐待香菱、王熙鳳虐待二姐兩件事情上，表現得尤爲突出，以至寶玉去尋什麼「妒婦方」，欲治療婦女嫉妒病。

## 二、《紅樓夢》的女性觀反映了明末清初的社會現實

明末清初的時間界定，大約是從明萬曆後期到清康熙中期，基本上是西元十七世紀的一百年間。這一百年，在中國歷史上是極其不平常的一個世紀！農民戰爭，清兵入關，平定三藩，整整經歷了一個世紀的社會大動蕩！痛苦造文化，憤怒出詩人，明末清初的社會動蕩，帶來了文化界思想上的深刻反思、觀念上的激烈變革和文學上的獨特創新，因而呈現出了一個需要巨人並產生巨人的輝煌局面！《紅樓夢》所反映的女性觀，正是這一時期的客觀現實。

其一，順治二年，清兵下江南，南明小朝廷土崩瓦解。江南廣大人民，特別是士大夫階層，不僅政治上經歷了改朝換代的陣痛，經濟上經受了兵匪雙方的洗劫，在身心上還經受了一次剃髮蓄辮的奇恥大辱！按照當時的通行說法，江南士子被迫接受的是「男降女不降」的屈辱現實。女人可以繼續著「民裝」，裹小腳，插戴傳統釵釧，而男人則必須剃掉前額頭

髮，腦後拖一條豬尾巴辮子，並改穿旗人裝束。

清廷爲了強制推行在江南的剃髮易服措施，實行了殘酷的「留髮不留頭，留頭不留髮」高壓政策。今天的人們看易服剃髮行爲，似乎並非什麼原則問題，但在當時與封建正統觀念卻發生了嚴重衝突，更何況還使亡國滅種之痛更深刻、更表面化了。在這種社會現實面前，堂堂男子漢不可避免地會羨慕女人的傳統裝束，並產生自慚形穢的感覺，從而造成自主人格的缺失。這就是女人「清」而男人「濁」，見了女人「清爽」，見了男人「濁臭逼人」心理的真正起源。在當時文人的筆下，就記載了流行於杭州、蘇州、南京一帶的民間諺語：「男人是泥做的骨肉，女人是水做的骨肉。」《紅樓夢》這樣描寫，不是什麼作者獨出心裁，更不是什麼新創造，而是對當時江南男人、特別是士大夫階層屈辱心態的忠實記錄。

其二，明末清初，江南地區女性的文化生活十分活躍，確實湧現出來一大批女性作家。她們主要由兩類人物組成：一類是士大夫家庭出身的名門閨秀，她們由於家學深厚，所以在文學領域多所建樹。如葉紈紈、葉小紈、葉小鸞三姐妹，她們的母親沈宜修本身就是當時吳江一帶女性作家的盟主；再如清初大學士陳之遴的妻子徐燦，與顧太清、吳藻合稱爲清代閨秀詞三大家。另如方孟式五姐妹、黃媛貞兩姐妹、商景蘭母女、金聖歎之女金法筵、夏允彝之女夏淑吉等，都是轟動一時的著名才女。爲保護全城百姓而英勇獻身的吳絳雪，也是一個著名才女，《桃花雪傳奇》就是根據她的事跡創作的。

另一類才女是出身青樓的歌女或名妓。如馬湘蘭、柳如是、寇白門、顧橫波、卞玉京、

王微等人，她們都是工詩善畫，多才多藝，並與當時的名士如錢謙益、吳偉業、侯方域、冒辟疆等經常酬唱往來。她們的名氣，固然有自身學習礪練的原因，但也不排除名士吹捧揄揚的結果。在這些著名文人的作品中，對她們的事跡多有記載。

其三，女性文人結社、出版作品，是明末清初獨特的文化現象。才女歷代皆有，但女性的文學生涯成爲社會活動，以至於公開結社、出版，則是明末清初獨有的社會現象。

由於女性文學活動數量的增加和質量的提高，女性勝於男子的呼聲也愈來愈高，以至當時出現了「漫道文章千古事，而今已屬女青蓮」，「舊日鳳凰池故在，而今已屬女相如」的說法。女性文學活動的普遍化、公開化，必然帶來結社、出版等社會要求，女詩社、女詩集就應運而生了。

當時最著名的女詩社，就是以顧玉蕊爲首的「蕉園五子」，其成員有徐燦、柴靜儀、林以寧、朱柔則、錢鳳綸等。她們經常聚在一起，互相切磋，考較文藝，在當時傳爲佳話。其中林以寧是當時著名文人洪昇的表妹，也是洪昇表弟錢肇修的妻子。在當時創作的小說《兩交婚》、《女開科傳》等作品中，都有對才女們結詩社情景的描寫，可見已是風靡天下的雅事了。

以上列名的才女，大多數有自己的作品集，其中詩集、詞集、文集、傳奇都有。錢謙益《列朝詩集小傳》、陳維崧《婦人集》、葉紹袁《午夢堂集》中，都收錄記載了許多才女的作品。

其四，明末清初的女才子，大多下場悲慘、英年早逝，可謂「萬豔同悲」。出身於名門貴冑家庭的女才子，很多由於婚姻不良、家庭不幸而鬱鬱以終；有些雖然獲得了郎才女貌、夫唱婦隨的美滿家庭，但由於改朝換代的原因，士大夫階層多屬不合作者，也必然落得悲慘的結局。在夏咸淳的〈九天亦復稱才乏，獨向人間索女郎〉文中，就記載了葉小鸞過人的才華、家庭父母子女間獨特的文學氛圍以及最後三姐妹全部英年早逝的痛苦遭遇。

出身妓女的才女們，命運往往更加悲慘，她們從良後多爲人做妾，在吃人的封建大家庭中，她們的命運是注定不得善終的，董小宛、柳如是便是她們的突出代表。柳如是嫁兩朝名士錢謙益爲妾，當時錢已是高齡，錢死後，受家庭中子侄排擠，不得已自經身亡。

## 三、明末清初文學作品反映的女性觀

《紅樓夢》中在第一回和第五十四回中，借石頭和賈母口吻，批評了「近日」的才子佳人小說，「千部一套」、「涉於淫亂」、「非文即理」、「不近情理」。才子佳人小說濫觴於順康年間，乾隆時代已禁絕殆盡。所以，《紅樓夢》批評的這些現象，必然是明末清初的事情。

其實，《紅樓夢》自身就不是什麼憑空出世的奇葩，她的作者雖然不滿當時豔情小說的濫觴，但作品還是明末清初豔情小說和世情小說的延續，還有同類傳奇作品的影響，在《紅樓夢》中，能明顯看出因襲《金瓶梅》、《牡丹亭》、《長生殿》等同時期稍早的文學作品

的痕跡。反過來說，乾隆朝的道學風氣籠罩下，是不可能產生此類表現獨特女性觀的文學作品的。我們可以從明末清初的文學作品中，找出大量的與《紅樓夢》女性觀相同或近似的作品。

其一，描寫女性崇拜的作品。明末清初以前的文學作品，描寫男女情事，多表現一見鍾情、始亂終棄的負心故事，男女之間的地位並不平等，如《西廂記》、《白蛇傳》等。但到了明末清初創作的才子佳人小說或傳奇，男女地位發生了根本性的變化。作品中不但表現女子同樣有才華和能力，而且勝過男子，男子往往受女子的擺佈，成爲女性的附庸。這是既往的文學作品中不敢想像的。

這一時期的作品，如《平山冷燕》、《玉嬌梨》、《定情人》、《飛花詠》等，表現的女子都遠勝於男子，尤其是才華，男子絕不能望其項背。她們不僅能與男子相抗衡，多數情況下似乎更優越，使男人成爲女子的陪襯。作品創作的目的，似乎根本不是讚揚才子，而是更多地讚美佳人，表現出了一種毫不含糊的女性崇拜傾向。此時期最著名的《聊齋志異》，描寫的雖然是鬼狐故事，但作品吹捧揄揚的，都是化爲女性的鬼狐。在這些女性鬼狐面前，男人都是陪襯，都是受到憐憫照顧的可憐蟲！

其二，描寫「情癡」、「情種」的作品。明末清初的文學作品，有著極爲濃郁的女性化傾向，作品中的「情癡」、「情種」，不再是男性的專利，女子的鍾情則更勝於男子。杜麗娘、楊玉環、馮小青、林四娘、林黛玉以及《聊齋志異》中的眾多女狐女鬼，都表現出這種前人絕不敢形諸筆下的品格。無須諱言，這些鍾情女子，往往表現出一種對淫蕩生活嚮往的縱欲傾向，《紅樓夢》對釵、黛、湘、晴、襲等人的描寫，不過隱晦一些罷了。

這一時期的豔情作品，有明顯的言情化傾向，對女性的認識，不僅要有貌，更要有才，除此之外，還必須有「情」，並特殊強調「情」的碰撞和溝通。《玉嬌梨》中的才子這樣表達自己的佳人觀：「有才無色，算不得佳人；有色無才，算不得佳人；即有才有色，而與我蘇有白無一段脈脈相關之情，亦算不得我蘇有白的佳人」！這同《紅樓夢》的女性觀是完全一致的。寶釵可謂才貌雙全，但與寶玉之間缺乏的，就是這樣一段「脈脈相關之情」，因而，在寶玉心中，她的位置始終不及黛玉。

其三，描寫男女感情夢幻經歷的作品。明末清初，用夢幻手法描寫男女感情生活的作品蔚然成風。其始作俑者，當是湯顯祖，他的《牡丹亭》描寫柳、杜二人的感情，由生到死，再由死復生，可謂歷盡波折、九死不悔。吳偉業刻畫的徐適和黃展娘的愛情，在一個玉杯中，如夢如幻，亟盡纏綿悱惻。洪昇的《長生殿》，描寫的李楊愛情，由天上到地下，由地下再回到天上，夢魂牽掛，生死相依，這同《紅樓夢》中的寶黛愛情，如出一轍。

明末清初之所以出現這種描寫夢幻般愛情的獨特創作方法，與當時特定的時代背景是息息相關的。一方面是商品經濟的發展，小市民生活的需要；另一方面是程朱理學的衰落、王陸心學的興起，文人生活較少拘束的結果。更重要的是，因爲改朝換代，男女感情受特定歷史動亂撥弄，往往事與願違，只好借助夢幻在虛擬中表達。《聊齋志異》中的好多人鬼戀，就是這種現實生活的折射。

其四，描寫才女和妒婦交織的作品。明末清初的才子佳人小說，有一個十分奇特的現象，就是才女往往和妒婦、悍婦交織描寫，造成對女性的讚美和詆毀共存於一部作品的怪現象。《醋葫蘆》、《療妒羹》、《小青傳》、《河東獅吼》等，表現的都是這種獨特的女性觀。就連《聊齋志異》也未能免俗，書中多有丈夫懲治妒婦、悍婦的故事。《紅樓夢》中對夏金桂等悍妒婦人的描寫，不見得比以上作品高明多少。

特別值得注意的是，《紅樓夢》流露出來的對「妾」的鄙視，通過鴛鴦之口，對「小老婆」一頓臭罵，的確震聾發聵。這種對「妾侍」的鄙薄，恰是明末清初「遺民」文人對變節事清文人的最通常指斥方式。

文學作品中這種獨特現象的出現，自有其深刻的社會根源。明末清初，士大夫階層的生活都有其虛僞的兩面性，道貌岸然的同時又極度浮華，男女之間的關係比以往任何時代都腐朽糜爛。正像《紅樓夢》中的賈珍、賈璉、孫紹祖一樣，專門「在女人身上下工夫」，家庭中妻妾成群，對丫鬟僕婦也「將次淫遍」。這種家庭關係，才女和妒婦並存，就是社會現實的必然反映了。

## 四、明末清初的小說評點與女性批書

明末清初，由於波瀾壯闊的思想解放運動的影響，不僅文學創作高潮迭起，文學批評也出現了一個黃金時代。當時不僅是古典小說、傳奇、詩詞、筆記創作出版最多的時代，而且最流行的文學版本，幾乎都是評點本，成爲十七世紀一道亮麗的風景線。

其一，評點大家輩出，經典作品評點將遍。這一時期的評點大家，有李贄、葉晝、毛宗崗、張竹坡、汪象旭、吳儀一等。其他如馮夢龍、李漁等，雖然夠不上評點大家，但其評點作品的影響，也是不可小覷的。尤其是吳山三婦與「蕉園詩社」十二釵，共同評點《牡丹亭》，對後世女性文學活動的影響絕大。

此時期，不僅本時代創作的文學作品被普遍評點，以前流傳下來的文學作品，也幾乎被評點殆盡。這些著名的評點家在評點時，不僅「發作者寓意」，而且還大膽改定原稿，《水滸傳》就是被金聖歎「腰斬」後定稿的。我們今天所能看到的著名古典文學作品如《三國演義》、《水滸傳》、《西遊記》、《西廂記》等，都是這個時期評點重訂後的定稿。

其二，女性評書一時成爲時尚，出現了一批女性評點大家，如吳吳山三婦、洪之則等。她們對《西廂記》、《牡丹亭》等作品的點評，在所有的評點者中，是最受後人稱道的。

其三，評點大家評點文字盡情宣泄內心的情緒。如李贄在評點《水滸傳》時，認爲該書爲「發憤之作」，讀後「胸中有如許無狀可怪之事，其喉間有如許欲吐而不敢吐之物，其口頭又時時有許多欲語而莫可所以告語之處，蓄勢極久，勢不能遏」所以不得不「奪他人之酒杯，澆自己之壘塊」。金聖歎更認爲，《水滸傳》是「一字一哭，一哭一血，至今如聞其聲」；「令人大哭，令人大叫」，「如夜潮之一漲一落」。

張竹坡在分析《金瓶梅》作者創作動因時說：「作者不幸，身遭其難，吐之不能，吞之不可，搔抓不得，悲號無益，借此以自泄」，「乃一腔憤懣而作此書，言身已辱矣，唯存此牢騷不平之言，以爲後有知心當悲我之辱身屈志，而負才淪落於污泥也」。這些評點大家的話，不僅對於理解《紅樓夢》創作緣起，多所啓迪，對於理解脂批，也甚有幫助。

其四，評點的基本形式和方法。明末清初小說評點的基本形式，主要有序跋類、眉評類和回評類。序跋類是爲作品作序、跋、引言、凡例、品題等；眉評類則是在作品中間撰寫批語，其中在每頁上方的批語稱眉批，在作品行中的小字批語稱夾批，在行側的批語稱側批；回評類又分爲回前評與回後評。有回評和眉評的作品稱爲評本，《紅樓夢》脂本即評本，而程高本雖有序跋，但無評語，故不是評點本。

此時期批點小說的常用方法有：「因文生事」和「以文運事」，這是金聖歎提出的；「十年格物」與「一朝物格」，這也是金聖歎首先使用的；「同而不同處有辨」，這是李贄首創的；「善寫妙人者不於有處寫」，這是毛宗崗發端的。

這些大家評點小說的常用術語有：金聖歎提出的「草蛇灰線法」，「綿針刺泥法」，「橫山斷雲法」，「特犯不犯法」，「背面鋪粉法」，「弄引法」，「獺尾法」，毛宗崗提出的「笙簫夾鼓、琴瑟間鍾」法，等等。

我們可以比較一下，《紅樓夢》的脂評，與明末清初的評點大家手法基本一致，而與乾嘉道咸時代的評點，從形式到方法都有很大的區別，只要比較一下「三家評本」和「脂本」

的異同，就會看得很清楚了。

## 五、從對《紅樓夢》女性觀的分析引申幾點結論

1.《紅樓夢》不可能是乾隆年間的作品，她展示的是明末清初那個特定時代的社會生活，反映的是「末世」士大夫文人的特殊心態，與乾隆時代紀曉嵐、袁簡齋、鄭板橋、吳敬梓等文人的生活和心理迥異。從康熙中期到乾隆中期，間隔大約一個甲子，六十年後的文人，寫不出六十年前的生活，就像今天的作家，寫不出曹禺的《雷雨》、《日出》一樣。

2.《紅樓夢》的作者不可能是乾隆年間的曹雪芹。曹雪芹不僅沒有風月繁華的生活基礎，更不可能具備明末清初的那種特殊的女性觀。在明末清初，《紅樓夢》展現的女性觀在文人中很普遍，反映到文學作品中也很正常；而到了乾隆年間，沒有人會再有「女清男濁」的古怪思想，就像今天的人不會再有六十年前日本佔領時期的亡國奴意識一樣。

3.《紅樓夢》的作者，很可能是一個生活在清初順康年間的失意文人，作品完成於康熙中後期的可能性很大。筆者推斷他就是康熙朝的大文豪洪昇，因爲他既有與《紅樓夢》描寫的生活幾乎完全相同的生活經歷，又有與《紅樓夢》透漏出來的完全一致的思想觀念。在《紅樓夢》作品中、脂批中，洪昇自己的詩詞中，以及當時文人的記述中，都有直接和間接的證據可循。洪昇的家庭就是在「自殺自滅」中「落一片白茫茫大地真乾淨」的；洪昇被朝廷革去功名後經常哀歎「無才補天」；洪昇與表妹青梅竹馬，與姐妹們感情深厚，與數不

清的女人發生過感情糾葛；洪昇多才多藝，一生著作等身，並且多是描寫女性生活的作品；《紅樓夢》與洪昇的代表作《長生殿》有明顯的因襲痕跡，等等。總之，洪昇具備創作《紅樓夢》的全部條件。

4. 脂硯齋也不可能是乾隆朝人，更不可能是曹雪芹的什麼叔父或續弦妻子。筆者推斷脂硯齋就是洪昇的妻子黃蕙，而那個畸笏叟則是洪昇的小妾鄧氏雪兒。她們同丈夫一起經歷了國難和家難，一起過著貧窮而又浪漫的生活，故批語「不從臆度」，表現出「事皆親歷」。洪昇夫婦與吳儀一夫婦終生交往密切，「吳吳山三婦」是著名的評書家，洪昇的妻妾受「三婦」影響而批書順理成章，有證據表明，洪昇的長女洪之則，就同「三婦」一起評點過《西廂記》。脂批中的「芹溪」似乎不是曹雪芹，而是洪昇的別號，洪昇在康熙十年評點《天寶曲史》時，確曾使用過「芹溪處士」的化名。曹雪芹因爲讀《紅樓夢》後產生共鳴，崇拜作者，故用脂批透漏的「芹溪」爲自己取號。

5. 對中國文學史研究者進一言：文學史研究不能只見樹木，不見森林，明明知道《紅樓夢》表現的是清初的生活和思想，卻跟著胡適跑，硬往乾隆朝的曹雪芹頭上套，這違背了文學研究及社會科學理論的一般原則。文史工作者們承認中國古典詩歌、傳奇、短篇小說，都是在明末清初即十七世紀達到了高峰，唯獨認爲長篇小說在乾隆中期即十八世紀方達到了高峰，證據就是《紅樓夢》此時方問世，這是因果倒置、削足適履！同時文史工作者們又明明知道，雍乾以降，中國古典文學普遍滑坡，何以唯獨長篇小說反而爬坡？史學研究是忌諱自相矛盾的。唯一合理的解釋是，《紅樓夢》同《金瓶梅》、《聊齋志異》一起，構成了十七世紀豔情與世情小說的高峰，同時又與此時評點修訂的《三國演義》、《水滸傳》、《西遊記》一起，構成了中國古典長篇小說的高峰！在某種意義上可以說，我們今天所能看到的中國五部經典長篇小說，都直接來自於明末清初即十七世紀，中國文學史上，還有比這更高的高峰麼！

# 八、《紅樓夢》江南民俗勘察

# 《紅樓夢》民俗考辯

《紅樓夢》展示的民風民俗，閃爍其詞，撲朔迷離，滿乎，漢乎？南乎，北乎？紅學界歷來爲此聚訟不休，莫衷一是。筆者認爲，對此不能僅憑字面上分析，過去那種「大腳、小腳」式的爭論，再爭一百年也沒有用；只有把《紅樓夢》展示的民風民俗，放在清初特定的歷史環境中，透過作品的紙面，剖析背後顯示出的社會制度，方可得出正確的結論。

1.家族制度。《紅樓夢》反映的榮寧二府，在當地可謂一個大家族。除榮府的赦、政二支，寧府的賈珍一支外，聚居於此的遠支家族甚多，如西廊下善於曲意巴結奉承的賈芸一支，與賈蓉父子過從甚密有「聚」之誚的賈薔一支，結交匪類聚賭包娼無惡不作的賈芹一支，巴結討好秦可卿低三下四的賈璜一支，正照「風月寶鑑」慘死的賈瑞一支，還有沒有明表的賈荇、賈芷、賈菖、賈菱等等。從輩分上看，年高位尊的賈母，還有「兩三個老妯娌」健在，可以推想，其孫子、曾孫、玄孫輩，會分出多少小門小戶來。據「護官符」中交代，「寧國、榮國二公之後，共二十房分，除寧榮親派八房在都外，現原籍住者十二房」，可見賈家在當地確實是個大家族。

這樣的大家族的形成，沒有幾百年的歷史是不可能的。這個家族不會是江寧織造曹氏家族。曹家從曹璽被派往江南任職起，歷經曹寅、曹顒、曹頫三代四個織造，前後不過五十年左右，無論如何在金陵也形不成《紅樓夢》中那樣的大家族。按輩分算，紅學界通常把賈母視爲曹寅之妻，但曹寅之妻在金陵何來「三四個」七老八十的「老妯娌」？從曹璽到曹雪芹，曹家在金陵不滿四代（嚴格說僅三代），當地也不會有「出五服」的「本家」。從家族生活情況看，曹璽到金陵上任，不會帶一幫窮親戚同往，曹家在金陵不會有那麼多窮困的「本家」和親屬。

2.宗祠制度。《紅樓夢》中詳細地描寫了「寧國府除夕祭宗祠」的場面，給讀者留下了深刻印象。但書中那「五間大廳，三間抱廈，內外廊簷，兩邊丹墀」的宗祠，是否是江寧織造曹家的宗祠，卻大可懷疑。

首先，建宗祠是「民人」（清代指旗人之外的漢人）的制度，世居白山黑水間的滿人以及後來由滿洲八旗、蒙古八旗、漢軍八旗組成的「旗人」，並無此制度。當時的滿人及其「包衣」奴隸，信仰喇嘛教和巫教（端公），年節期間懷念祖先，不過是簡單的「燒包袱」儀式而已。曹家不是滿人，但確是「旗人」，是滿人的「包衣」奴才，其祭祀「規矩」必須按「旗人」風俗辦。曹家祖上是戰爭中被俘爲奴的，當時東北此類被俘的漢人很多，查東北歷史，未見被俘爲奴後有建宗祠的「包衣」；入關前旗人的「包衣奴隸」，每逢年節，必須拜主子，拜佛爺，未聞有祭宗祠的，也無宗祠可拜。事實上，在東北，不論哪個民族，不論身分貴賤，很少見到有修建宗祠之舉。古往今來，東北的黑土地上，根本就不曾有過宗祠建築。

那麼，是否有可能在入關之後，受漢族文化薰染，旗人開始建宗祠、修家譜了呢？確有這種情況，曹家的「五慶堂」家譜就是入關後修的。但《紅樓夢》中的宗祠還不可能是曹家的。一個大家族的祠堂，不是誰想建就建，想建在哪裡就建在哪裡的。曹家「從龍入關」後，隨其主子定居北京，歸宗人府管理；曹家的房屋、田產、當鋪也都在北京。到南京、蘇州任織造，是「外放」，根還在北京。事實上抄家之後就是舉家返京的。織造職務是經常變動的，並不固定一地；織造衙門和府邸也是官產，不是私產。曹氏家族倘若公議建宗祠，只能建在北京，而不能建在「外放」任職地金陵，更不可能在織造官署裡建宗祠。那麼，是否曹雪芹寫的是北京宗祠呢？也不可能。一則曹家風月繁華生活在南京，不在北京，《紅樓夢》寫的是鼎盛時期，不是衰敗後；二則曹家抄家的清單中，詳細開列了北京的房產，沒有關於宗祠的記載。

3.喪葬制度。《紅樓夢》寫送葬的場面很多，如秦可卿大出殯，賈敬死「獨豔理親喪」等。從書中描寫我們知道，賈家的祖上墳地在「南省」，都中賈家死了人，都暫厝鐵檻寺，日後再歸葬祖塋。《紅樓夢》所表現的喪葬習俗，似乎也不是金陵曹家的事情。

首先，曹家的祖塋不可能在「南省」。入關前和定鼎北京後的前八十年，旗人實行的是火葬制度，到了康熙晚期，才由皇帝下旨，改行土葬制度。從《紅樓夢》中晴雯死時，京

郊還有「化人場」可見一斑。曹家是旗人「包衣」，喪葬習俗也必須從旗人規矩，不會從民人規矩。曹家抄家是在雍正二年，曹雪芹所經歷的祖父、父親之喪，均在康熙年間，應是火葬，此前曹家應無祖塋。

其次，雍正朝以後，曹家即使有了家族墳地，也只能在北京，不會在「南省」。紅學界一般推斷曹雪芹葬在通州張家灣，便說明了這一點。假如曹璽、曹寅死後歸葬，也只能歸葬於此，不能葬在南京。

再次，清初旗人，篤信喇嘛教。喇嘛教寺廟，沒有「家廟」性質，可以在廟裡火化死人，但不能寄放棺槨。旗人也沒有在寺廟長期寄存屍體的陋習。《紅樓夢》中的鐵檻寺，不會是喇嘛廟。喇嘛教各民族，都崇尚白色，曹家隸屬的正白旗，屬皇帝親自統領的上三旗，以白色作標誌，怎麼可能是喪葬顏色。皇太極、順治、康熙、雍正四代皇帝，他們的母親和皇后都是蒙古族人，最典型的代表就是孝莊，蒙古族更視白色爲吉祥顏色，氈包、銀碗、奶子、哈達都是白色，因此當時旗人服喪的顏色決不可能是白色的。《紅樓夢》中「壓地銀山一般」的出殯場面，只能是民人風俗，不是當時旗人習慣。

4.婚姻制度。《紅樓夢》中的婚姻，多數是姑舅、兩姨等近親結婚，如賈璉和鳳姐，寶玉和黛玉、寶釵、湘雲等。清初，滿漢不通婚。滿漢民族都有近親結婚的壞習慣。但滿族曾加以控制，康熙皇帝就曾頒旨禁止姑舅、兩姨結親，雖然執行得不太好，但也確實起了一定作用。民人的近親結婚，似乎除同姓不婚外沒什麼限制，但旗人有「姑血不倒流」的嚴格規矩，舅舅的女兒，可以嫁給姑姑的兒子，俗稱「姑做婆」；但姑姑的女兒，卻不能嫁給舅舅的兒子。按旗人規矩，《紅樓夢》中的賈璉鳳姐可以結親，但寶玉黛玉結婚卻不可。對滿族貴族青年男女，由皇帝、皇后、王爺指婚的現象很多，不僅自己，連父母說了也不算；旗人女子，還有選「秀女」的義務，被選之前，沒有談婚論嫁的權利。因此，大觀園中那種青年男女的愛情生活，似乎不像旗人家庭的事情。

同民人一樣，旗人也有納妾的陋俗，但不稱姨太太，而稱「側福晉」。似乎旗人的「側福晉」在家庭中的地位較民人的「姨太太」要高些，大婦悍妒異常的事情也少些。旗人子女，「正出」和「庶出」的身分差別也沒有民人大。《紅樓夢》中描寫的陪嫁丫頭，像「平兒」、「寶蟾」那樣身分低於妾的「通房大丫頭」，似乎也是民人的習俗。

5.宗教制度。旗人信仰喇嘛教和巫教，入關前和入關後的前百年，都是如此。雍正當皇帝前居住的「雍王府」，後來改爲供奉喇嘛教神佛的雍和宮，就是明證。至於旗人後期受漢族影響，佛道儒逢神便拜，是嘉道以後特別是晚清的事情，《紅樓夢》的時代，並非如此。

《紅樓夢》中的寧榮二府，似乎和喇嘛教不沾邊。「鐵檻寺」、「水月庵」和「饅頭庵」，都是中土的佛教場所，東嶽廟、「清虛觀」是道教場所。那個當日榮國公的「替身」張真人，是個地道的老道。旗人貴族也有選替身出家的習俗，但這個替身只能當喇嘛，決無可能做道士。《紅樓夢》書中鳳姐戲說，老祖宗死後，寶玉要「頂著」上「五臺山」。在藏傳佛教各民族中，五臺山是喇嘛教聖地，故有此說。

《紅樓夢》中的巫婆神漢，是地道的民人民間信仰。東北的巫教「跳端公」，有「大神」、「二神」，儀式上有「搬秤子」、「上刀山」、「下油鍋」等，邊歌邊舞，十分熱鬧，與《紅樓夢》中馬道婆那種鉸紙人、扎針等習俗，迥然不同。今天的東北也有馬道婆之流，那是後來從關內傳入的，清初沒有。

6. 蓄奴制度。紅學界推定《紅樓夢》寫曹家事，最重要的一條根據就是書中表現的奴隸制。認爲中原的封建社會已延續一千多年，不應有這些奴隸，這種大批蓄奴的制度應是關外少數民族帶來的落後制度。實際這種看法是最靠不住的。

滿族入關前，確實實行的是奴隸制度。這種奴隸制度有其獨特的特點。一是相對於皇帝來說，所有旗人都自稱「奴才」；二是八旗實行軍政合一制度，相對於旗主的下屬要自稱奴才；三是大量的「包衣下賤」，他們是真正的最底層的奴才。他們多數是戰爭中的俘虜，也有一些是貧困旗人投靠爲奴的。曹家是「包衣」出身，雖然因同「老主子」康熙的特殊關係，富貴已極，但身分還是低下的，並未改變奴才的地位。

《紅樓夢》中表現的賈家，無論如何也看不出奴才的地位身分。在「元妃省親」時，賈政伏地稱「臣」，而不稱「奴才」；秦可卿出殯路遇北靜王時，稱賈政爲「老世翁」。這在那個時代的娘娘、王爺和「包衣」奴才之間對話，是絕對不可以的。今天曹家三代織造給皇帝的奏摺都已發現，比較一下奏摺的語氣，便可清楚。

清朝初年，蓄奴不僅盛行於旗人中間，江南世族此風更盛。實際上，中國歷史上，奴隸制從來就沒有絕跡。特別是明朝後期，由於土地兼併的原因和戰亂的原因，賣身投靠和主動依附地主豪紳充當奴隸的行爲，在江南十分盛行。大家都知道的「唐伯虎點秋香」，賣身爲奴的故事，雖屬子虛，但反映的是明代江南實情。清兵下江南時，這些大批蓄奴的「望族」，多數投靠南明小朝廷，對清兵抵禦十分激烈。清初「三大案」，對江南世族打擊也最重，此時他們正處於「百足之蟲，死而不僵」的困難境地。

《紅樓夢》中描寫的賈府風俗習慣，表面打著旗人貴族的幌子，實質上展示的是江南世族的生活。上述家族制度、宗祠制度、婚姻制度、宗教制度、喪葬制度，都不是北俗是南俗，不是旗俗是民俗。曹家雖在江南生活五十年，但受織造職務和包衣身分的雙重限制，不可能盡染江南貴族風氣，特別在宗教、祭祀、喪葬等敏感問題上，曹家既不能、也不敢改宗南俗，否則，被當地督撫上一本，還要腦袋不？曹家被抄時，曹雪芹年紀尚少，對江南習俗也不會有多少印象，寫《紅樓夢》那種刻畫入微的生活，難以得心應手，從這個意義上看，曹雪芹創作《紅樓夢》的可能性似乎不大。

《紅樓夢》的作者，最有可能是一位出身江南望族的失意文人，此人最可能是康熙朝的大文人洪昇，《紅樓夢》實際就是「洪家夢」。

# 《紅樓夢》宗教背景分析

在中國歷史上，宗教雖然不似西方乃至中東歷史上那樣強烈地干涉政治、干涉社會、干涉家庭婚姻，但宗教的影響也無時不在。宗教與傳統的儒家思想之間，互相滲透，互相制約，互相糾葛，在每一歷史時期的社會中都留下了深深的痕跡。

中國歷史上最主要的宗教是佛教和道教。佛道兩教本身在不斷地發展變化中，每個封建王朝乃至每個封建皇帝，對佛道兩教的倡導或抑制政策也往往不同，因此，每一歷史時期社會上展示出來的宗教現象，也往往是不同的，有著區別於其他時期的獨特色彩。

文學作爲人學，每部作品中都不可避免地打著創作當時社會、政治、文化背景的印記，宗教背景往往又是這些背景中最鮮明、最獨特、最不易隱藏的痕跡。筆者試圖通過對《紅樓夢》宗教背景的分析，去印證它的創作時期以及創作思想，藉以解開紅學研究中的一些謎團。

## 一、《紅樓夢》書中展示的宗教背景

《紅樓夢》書中描寫的宗教場合與宗教活動很多，書中幾乎每個人物都同宗教有著一定的聯繫，都曾參與過某項宗教活動。綜合書中描寫的諸多宗教活動，我們可以看出四個明顯特點：

其一，在多數場合，出場的出家人往往僧道不分，亦僧亦道。《紅樓夢》書中開篇就出現的「茫茫大士、渺渺真人」，就是一個和尚，一個道士。「大士」是佛家的稱謂，譬如「觀音大士」；「真人」是道家的稱謂，譬如「紫陽真人」。在《紅樓夢》故事中，「茫茫大士」和「渺渺真人」往往幻化爲「癩頭和尚」和「跛足道人」，並經常結伴而行，在故事的關鍵之處不期然出現；「一僧一道」其實成了書中故事的幕後組織者，成爲紅樓故事發展演變的導航人。《紅樓夢》交代故事來源時，出現了一個「抄閱問世」者「空空道人」，奇怪的是，這個道人在閱讀了「石兄」的故事後，竟然「因空見色，由色生情，傳情入色，自色悟空」，奇奇怪怪地易名爲「情僧」。他究竟是和尚還是道士，《紅樓夢》問世以來，誰能說得清？

《紅樓夢》描寫的主角「金陵十二釵」中，有個「帶髮修行」的妙玉。這個妙玉修行的究竟是佛教還是道教，大概也是一筆糊塗賬，說是女尼卻一身道姑裝束，說是道姑卻經常誦經拜佛；她寄身的「櫳翠庵」，大概也無人能說清究竟是尼庵還是道觀。那個被尤三姐自刎震撼得迷迷茫茫的柳湘蓮，急憤中跟著一個「道士」出家了。奇怪的是，走前竟把滿頭「煩

惱絲」、也就是頭髮一揮而盡。和尚剃髮並不奇怪，但他跟的是道士啊，而道教從來就沒有剃髮的教規！

其二，書中那些身分明確的和尚與道士，卻往往不是好人。水月庵（饅頭庵）的那個老尼姑，為了弄幾兩骯髒銀子，竟然行賄王熙鳳，硬生生拆散了張金哥的姻緣，致使兩個年輕的戀人雙雙自殺。須知，在我國封建社會，有著「寧拆十座廟，不拆一個婚」的傳統道德觀，顯然，這個可惡的老尼姑，是個喪心病狂的惡魔！她的弟子智慧，長期跟著秦鍾做「風月勾當」，也是個典型的不守清規者。後來，她又把大觀園中的「小戲子」芳官拐來使喚，《紅樓夢》作者明確交代了她的拐人動機，那種惡毒的心理，與佛家度人的心理是絕對不相容的！

書中的僧尼可惡，道人的行為也是半斤八兩。寶玉的那個「寄名乾娘」馬道婆，竟然主動勾引趙姨娘，對自己的乾兒子實行「魘魔法」，幾乎要了寶玉和鳳姐兩條小命！清虛觀的張道人，在教中的身分是很高的，又是國公爺的「替身」，從他在「打醮」中的言談舉止看，一副趨炎附勢、見風使舵的老世故、老滑頭嘴臉暴露無遺。天齊廟的王道士，不僅給寶玉出了那個令人可氣又可笑的「妒婦方」，並且還懷疑寶玉在「房事」方面有什麼問題，主動提出要給寶玉配「滋助」的藥，拿今天的話來說，就是壯陽藥。一個出家人，在「房事」方面深有研究，其德行如何，也就可想而知了。

其三，書中表現的宗教活動和宗教思想，有著三教合流的深刻印記，特別是「莊禪」思想的影響十分深刻。佛教本來是外來宗教，但在中國的傳播發展中，逐步融入了一些儒家思想和道家思想，特別是老莊的玄學思想。所謂的「莊禪」，就是這樣一種佛家禪宗思想與老莊玄學思想雜交的獨特宗教教義。

在《紅樓夢》中，寶玉、寶釵、黛玉等年輕男女，雖然涉世未深，但卻對這種「莊禪」十分熟悉。讀者印象最深的情節，大概要數「寶玉參禪」那一段。寶玉本意要在姐妹之間左右逢源，但結果卻是各方都不討好。心灰意冷之餘，下意識地去「剿襲南華《莊子因》」，大寫了一段「無我原非你，從他不解伊，……回頭試想真無趣」。寶釵爲此大講了一通禪宗「五祖慧能」的故事，並擔心寶玉「悟了」，黛玉卻斷然說他「悟不了」，一頓「爾有何貴，爾有何堅？」問得寶玉無言以對。可見，釵黛兩個女子，莊禪知識似乎比寶玉還深厚。莊禪思想在當時深入人心的狀況，就可想而知了。

其四，書中反映出來的非宗教人員如果想加入宗教隊伍，似乎是非常容易的，無須什麼批准手續，隨時隨地都可以「出家做和尚」或者當道士。《紅樓夢》開篇那個甄士隱，在窮途末路時，與跛足道人對上一段「好了歌」後，大徹大悟，搶過道人的褡褳背上，便跟著道人「飄然而去」了。柳湘蓮在三姐自刎後，急痛攻心，迷迷茫茫中，便跟著道人不知往哪裡去了。水月庵老尼姑，可以隨隨便便就把芳官這樣的女孩子拐到庵裡；貴族小姐惜春，在看破紅塵之後，也可以自由地穿起僧尼服裝，當起「出家人」來。其實，在我國封建社會，不論僧道，收錄弟子門徒，都是有嚴格規矩的，也不是隨便就可以實行的，關於這點，後文再論。

## 二、明清兩代宗教歷史勾沈

《紅樓夢》反映的宗教生活，是清朝初期的現實反映。由於清朝是關外滿族入關建立的政權，其宗教政策，除了受滿族帶來的喇嘛教和薩滿教影響外，還必然對從明朝沿襲下來的中原佛教、道教進行調整規範。因此，要想研究清楚《紅樓夢》展示的宗教生活，必須對明清兩代的宗教沿革，作以簡要的回顧分析。

明太祖朱元璋小時曾出家當過和尚，大概對佛家廟宇中的生活比較熟悉，對其中的一些黑暗之處也不會陌生。雖然在他爭奪江山的戎馬生涯中，非常注意利用宗教的影響，大膽使用一些宗教人士，如周顛、鐵觀道人等。但他當了皇帝之後，出於加強世俗統治的需要，卻對宗教採取了嚴格的規範限制政策。據《明史》記載，他建立的主要宗教制度有：一是對天下的僧道人員從嚴管理，若「犯與軍民相干者，從有司懲治」。二是對寺廟宮觀等宗教場所的裝飾以及僧道人員的服色器物，由禮部統一規定，嚴禁逾制。三是嚴禁僧道人員生活奢侈，如果在「齋醮」中「恣飲食，有司嚴治之」。四是減少寺廟道觀，限制出家。各府州縣只許保留一所寬大的寺觀，每三年方許發一次度牒，對發行數量嚴加限制。嚴禁男四十歲以下、女五十歲以下出家。原有的僧尼道人允許自由還俗，與僧道雜處的人員一律清理還家。僧道「遊方問道」，必須自備路費，不得向百姓索取。對邪教和不正規的宗教信徒嚴加打擊，等等。

明太祖制定的這一整套宗教法規，在我國漫長的封建社會中，是最完備的宗教行爲準則和管理制度。以後的明成祖、宣宗、英宗、孝宗等朝，基本是遵照執行的。但代宗、憲宗以降，名器斯濫，制度廢弛，社會宗教生活開始出現混亂。明憲宗既佞佛又篤道，牛鬼蛇神紛紛出籠，可謂社會澆漓、箕裘頽墮了！特別是昏庸皇帝嘉靖，狂熱地崇奉道教，他讓太子「監國」，自己整天蹲在道觀裡同道士們鬼混，煉丹服砂，參罡拜鬥，虔誠荒謬到了極點。最後，他可能是因爲吞食丹砂出了問題，竟暴死於道觀之中。聯想到《紅樓夢》中的「賈敬」（與嘉靖同音），不管家事，整天在道觀中胡羼，最後吞食丹砂漲死，同嘉靖皇帝如出一轍，似有所隱，並非偶合。

從嘉靖皇帝到萬曆、天啓、崇禎皇帝，明朝最高統治者在宗教問題上統統昏庸固執，以至宮廷中連續出現「紅丸」、「梃擊」大案，朝臣中出現日甚一日的「黨爭」，社會上民不聊生，盜賊蜂起，終於把三百年基業斷送了事。造成這個悲劇結局的原因，雖然有政治、軍事、民生等多方面，但都與這一時期混亂荒謬的宗教政策有著千絲萬縷的關係。直到崇禎十六年，明朝滅亡前夕，崇禎皇帝在焦頭爛額之餘，還請張天師在北京搞了一場「護國羅天大醮」，乞求「國家綿久，萬子萬孫」。可笑的是，這個張真人，剛剛從北京跑回江西龍虎山，就不得不爲下江南的清朝大軍準備符瑞了。

清政權建立後，對宗教一度採取了比較寬鬆的政策。滿族的原始宗教是薩滿教，入關前，又信奉了喇嘛教（藏傳佛教），所以對中原宗教採取了一種既不排斥、也不信仰的放任政策。當道教張天師爲多爾袞「進符瑞」時，就遭到了冷遇。順治皇帝似乎對喇嘛教、中原佛教、道教，甚至天主教都有興趣，民間傳說他到五臺山當了和尚，似乎沒有道理，如果他當了喇嘛，似乎還說得通。五臺山在北方信奉藏傳佛教各民族心目中，主要是個喇嘛教聖地，直到現在仍然如此。

康熙大帝對各種宗教都「俳優蓄之」，並不排斥，但他的興趣似乎更集中在儒學精神和文章詩詞上，他曾經有這樣一首御制詩：「頹波日下豈能回，二氏於今更可哀。何必辟邪猶泥古，留資畫景與詩才。」「二氏」即釋道兩教，他認爲其「頹波」已經不可逆轉了，不必要泥古不化，何如多研究點吟詩繪畫。他的兒子雍正皇帝，對宗教採取了與社會一樣的嚴峻政策，曾殺過幾個和尚道士，但對於佛道二教，總的說還能優容。從他把自己的「潛邸」雍和宮改爲喇嘛廟一事看，似乎他最崇奉的，仍然是藏傳佛教。

清朝宗教政策發生重大變化的年代是在乾隆朝。據《會典》記載，乾隆四年，他就下旨「永行禁止」道人「往各省開壇傳度」，一經發現，嚴厲治罪。並把「正一真人」由正一品降爲正五品，道教的社會地位一落千丈。乾隆皇帝是清代皇帝中最信仰並推行「理學」的最高統治者，從他打擊宗教，倡導理學、大興文字獄、借修纂《四庫全書》摧毀異端學說等行爲綜合看，這些舉措都是強化封建正統思想的不同側面。道光以後，中國逐步淪爲半殖民地、半封建社會，宗教事務更趨混亂，那是近代史的事情，與《紅樓夢》無關，就不再涉及了。

## 三、《紅樓夢》展示的是明末清初的特殊宗教背景

從以上分析我們不難看出，《紅樓夢》中展示的宗教背景，不可能是明朝嘉靖以前的事情，也不可能是清朝乾隆以後的事情，只能是從明朝嘉靖到清朝康熙年間的事情。而這一時期，在歷史分期上，正是廣義的明末清初。廣義的明末清初，在明清大約都延續一百年左右，在這二百年的漫長時期內，《紅樓夢》又是展示的哪一階段的事情呢？我們需要進行進一步分析研究。

我們回過頭來再看本文前面歸納的《紅樓夢》宗教背景的四個特點，第一點就是僧道不分，亦僧亦道。在嘉靖以前和乾隆以後，由於宗教管理嚴格，一般很少有這種事情。廣義的明末清初，僧道不分的現象都不同程度地存在，但最嚴重、最風行的年代，是在狹義的明末清初。所謂狹義的明末清初，就是指明清兩朝的改朝換代時期，也就是清軍席捲大江南北、南明四個小朝廷先後苟延殘喘的二十年左右時間。

這一時期，明王朝大廈傾覆，以忠君愛國爲基本人生理念的封建正統知識分子，以殺身取義爲榮，以變節事敵爲恥，多數對新王朝採取不合作態度。加之異族統治者在軍事上和社會管理上都採取了嚴厲甚至殘酷的政策，「揚州十日」、「嘉定三屠」令人談虎色變；「剃髮易服」的推行又使這些正統文人感到莫大恥辱。無奈之下，多數正統文人採取了消極避世

的態度，就是向宗教尋求庇護和對抗辦法。

朋友們不妨去翻閱一下這一時期文人的作品，他們拒絕出仕爲新朝服務，也拒絕剃髮易服，而拒絕的最好理由，就是「入道」。他們中有相當多的人「出家」當了和尙、道士，沒有出家的也多數以「居士」自居。正像明朝大文學家張岱記敍的那樣，這些人不分佛道，有妻有子，喝酒吃肉，不宣佛號，根本不讀佛道教義，更不遵守宗教戒律。他們把奉佛和奉道統統稱爲「入道」，其實際目的僅在於避世，說到底是不分佛道，亦僧亦道，不僧不道，與佛道二教都沒有什麼關係。

當時的著名文人錢謙益、吳梅村、朱彝尊等，都是這樣「入道」的。最著名的「入道」例子是杭州的陸圻，他的同鄉洪昇這樣記載他的「入道」經歷：「君問西泠陸講山，瓶缽漂泊竟忘還。乘雲或化孤飛鶴，來往天臺雁蕩間。」「瓶缽漂泊」是和尙的行爲，「化鶴乘雲」是道家的說法，「天臺雁蕩」則僧道皆有，你說他入的是什麼道，當了和尙還是道士？

在這些封建正統知識分子的影響下，社會其他各界的人士也紛紛效仿，就連秦樓楚館的妓女也都紛紛「入道」。著名的「秦淮八豔」，後來基本上都走上了這條路：卞玉京、黃皆令、陳圓圓、李香君，都成了僧道不分的「女道士」。特別是那個柳如是，按照佛經「如是我聞」的意思，爲自己取名「如是」，爲居所取名「我聞室」，應該是個女尼身分吧？可她偏偏一身道人裝束，自稱也是「道人」，同《紅樓夢》中的妙玉，真有異曲同工之妙。

《紅樓夢》中展示的「莊禪」思想，嚴格說並非宗教教義，而是一種消極的處世哲學思想，「悟」與「不悟」，並沒多大關係。這種思想，在明清改朝換代期間非常流行。他的起源，在於「王陸心學」。明代嘉靖朝以後，明代士大夫中開始流行「王陸心學」。所謂「心學」，就是披著儒學外衣，攙雜了佛家禪宗思想、道家清淨無爲思想和老莊哲學的一種封建儒學的變種思想。到了改朝換代、天崩地裂時期，這種哲學思想恰好成了人們消極避世的最好口實。此一時期，「談禪」成爲一種時髦，不僅士大夫階層談禪，一般文人學子談禪，就連平頭百姓，也不時打幾句禪語，以示自己大徹大悟。究竟悟沒悟，只有天知道，就像《紅樓夢》中的賈寶玉和他的姐妹們那樣。這就是《紅樓夢》中宗教背景第三個特點的真實來源。

清軍入關後，雖然在軍事上採取高壓態勢，但對宗教、哲學、文學等領域，政策卻是相當寬鬆的。實話說，也不一定是有意如此，而是剛剛入關的異族統治者，還不完全明白這些，也沒有規範這方面的典章制度。因此，當時所謂「入道」，即當和尚道士，是絕對寬鬆隨便的，只要你自己宣佈「入道」了，管你什麼「阿彌陀佛」還是「無量壽佛」，都沒人提出異議。你想跟著和尚走還是跟著道士走，你跟著道士走卻剃掉滿頭「煩惱絲」，也絕對無人干涉。這不正是《紅樓夢》宗教背景的第四個特點麼？

至於《紅樓夢》宗教背景的第二個特點，就是真正的僧尼道士多不是好人，其來源說來也不奇怪，是以上三個方面派生的。我國古代正統知識分子，受儒學影響根深蒂固，「子不語怪力亂神」，「敬鬼神而遠之」，「未知生，焉知死；未知人，焉知鬼」的觀念打得很牢。在當時的特定社會環境下，他們被迫「入道」、「談禪」，但他們何嘗真的信仰了佛道宗教？他們的心目中，還是以儒家爲正宗，以佛道爲「外道」的。加之中國歷史上，民間就有「三姑六婆」都不是好人的傳統觀念，大家不妨看看《三言兩拍》諸多故事中的「三姑六婆」，就明白了。並不信教的這些假「入道」者，對真正的宗教中的一些低俗人士，採取排斥的態度，是很自然的；《紅樓夢》中把尼姑、道士描寫得多不是好人，也就毫不奇怪了。

在清朝早期，滿族統治者從關外帶來的薩滿教、喇嘛教，在《紅樓夢》中也有間接反映。王熙鳳說「老祖宗」百年之後，寶玉要頂著她的靈牌「上五臺山」，歷史上漢族無此風俗；而信仰喇嘛教的滿族、蒙古族，此風俗由來已久。薩滿教的痕跡，在「太虛幻境」、「祭餞花神」、「馬道婆巫蠱」中，似乎也有蛛絲馬跡。清初，這些習俗在入關的滿族人中還很普遍，乾隆以後，由於民族同化的原因，也漸漸淡漠了。不過，在東北內蒙古的少數民族中，一直保持到二十世紀中葉。

根據以上分析，我們不難看出，《紅樓夢》故事的宗教背景，只能是明末清初，不能是以前，也不能是以後。紅學界認爲曹雪芹是《紅樓夢》作者，是無論如何也說不通的。曹雪芹是乾隆時期人，距離明末清初已經一百多年了；曹雪芹是漢軍旗人，那種強烈的遺民思想絕對不會具有。就像今天的非洲作家，無論如何也寫不出上世紀初歐洲的故事一樣。筆者考據康熙朝的洪昇，是《紅樓夢》的初作者，他的人生經歷、思想傾向，都與上文的分析吻合，他能夠寫出《紅樓夢》的宗教背景，而曹雪芹卻不能。本文也算是旁證吧。

# 《紅樓夢》故事原型考辯

《紅樓夢》作者在創作過程中，借鑒和吸收了好多當時頗爲流行的故事，把這些故事改頭換面後，巧妙地溶入了《紅樓夢》的情節中，豐富了作品的內容，增加了作品的可讀性。這些故事的原型，今天有據可考的有：補天石和三生石的故事，馮小青的故事，唐寅葬花的故事，林四娘的故事，《長生殿》的故事等。

## 一、補天石的故事

《紅樓夢》又名《石頭記》，本身就是寫的「石頭」的故事。作者開篇就交代，《石頭記》是「大荒山無稽崖青埂峰」那塊女媧遺棄的頑石，記載的「到人間去享一享這榮華富貴」，偏又「美中不足，好事多磨」，「樂極悲生，人非物換」，「到頭一夢，萬境歸空」的故事。女媧煉五色石以補天的故事，是中國傳統神話，古已有之，當日共工頭觸不周山，致使天傾西北、地陷東南，是「媧皇」鍛煉了三萬六千五百塊五色石補上了殘破的天空。但《紅樓夢》所說的「只單單的剩了一塊未用」，「棄在大荒山無稽崖青埂峰下」的故事，只存在於天津薊縣的盤山，《盤山志》對此有詳細的記載。

盤山位於京東四十里，是一處著名的風景區，也是一處宗教活動集中的名山。今天盤山的名氣似乎無法同五岳或佛教四大名山相提並論，但在清初卻是與它們齊名的。乾隆皇帝就說過，「早知有盤山，何必下江南？」盤山相傳是盤古氏開天闢地的地方。傳說遠古的世界一片混沌，是盤古氏從混沌狀態中開闢了「大荒」，清者上升爲天，濁者下沈爲地，才有了後來的洪荒世界。故此盤山又稱「大荒山」。盤山在明末清初就有盤古寺，據《盤山志》記載，此寺由來已久，可證實此傳說的悠久。由此可見，京東的盤山應是《紅樓夢》中「大荒山」的原型。

盤山最大的特點是滿山大石，其中不乏「高經十二丈、方經二十四丈」的巨石。這些大石中最出名的是「搖動石」，顧名思義，此石雖形體巨大，但經風一吹，或人多一搖，便搖動不止。明代學者曹能使所作《名勝志》記載，此石遊人「以指搖動輒動」。傳說這塊「搖動石」便是女媧補天棄置未用的「補天石」。「搖動石」附近，明末清初有一女媧廟，可見女媧在「大荒山」煉石補天也是盤山流傳久遠的故事。《紅樓夢》中那塊「自怨自艾」的石頭原型，應是盤山的「搖動石」。

「搖動石」南有砂嶺，曹能使的《名勝志》說砂嶺懸崖「高二百餘仞，陡絕難行」。據《盤山志》記載，康熙二十九年，大文學家洪昇到盤山「逃禪」時，曾作文《駁名勝志》，指出「砂嶺爲入山孔道，亦不甚高」，說曹能使關於懸崖的記載荒誕無稽，「何以多謬如此？」此「無稽」的砂嶺懸崖應是《紅樓夢》中「無稽崖」的來歷。

洪昇在盤山「逃禪」時，就住在「搖動石」旁的「青溝禪院」。「青溝禪院」在明末清初名氣很大，有智樸、德風等高僧駐錫，這些大和尙自身的佛學修養和文學修養都很好，與京中官僚和學者多有往來。此「青溝禪院」應是《紅樓夢》中「青埂峰」的來歷。

《紅樓夢》中的「大荒山」、「無稽崖」、「青埂峰」以及媧皇棄置未用的「補天石」，都集中在盤山一地，且《盤山志》和《盤山志補遺》中記載明確，在我國的其他名山中，再無可能考證出《紅樓夢》與「石頭」有關的四個假託名稱聚於一處的地方，《紅樓夢》中「石頭」故事的原型在盤山，應無疑問。

## 二、「三生石」的故事

《紅樓夢》書中交代，女主人公林黛玉本是「西方靈河岸上三生石畔」的一株「絳珠草」，因受「赤瑕宮神瑛侍者」的「灌溉」之恩，欲到人間以「眼淚」報答，因此與「一干風流冤家」到「花柳繁華地，溫柔富貴鄉」來「造歷幻緣」。「赤瑕宮神瑛侍者」、「絳珠草」顯係作者杜撰，但「三生石」的故事卻有明確的來源。「三生石」並非位於古天竺的「西方靈河岸上」，而是位於「花柳繁華」的杭州。杭州西湖岸邊有上、中、下三天竺，有傳說從西方古印度飛來的「飛來峰」，《紅樓夢》稱此地爲「西方靈河岸上」是有根據和淵源關係的。「三生石」的故事在很多以西湖爲題材的小說中均有記載。署名「古吳墨浪子搜輯」的短篇小說集《西湖佳話》，卷十三記載的「三生石跡」較爲詳細。《西湖佳話》的作者今已無考，約成書於康熙年間。

據《西湖佳話》記載，西湖岸上的下天竺溪回山靜，下天竺有個天竺寺，寺後有一塊十分「潔淨可愛」的石頭，被人稱爲「三生石」。相傳唐朝時，有個法名圓澤的高僧，「日復一日、年復一年」地倚著這塊石頭沈思，不言不語，從不厭倦。別人也猜不透他的心思，「有的說他要煉石補天，有的說他要使頑石點頭，有的說他要點石成金」。

在「安史之亂」中殺身成仁的虎將李愷，有個兒子李源，「是一個烈性奇男子」。悲痛於父親戰死，拒絕入朝當官，立志出世逍遙。當他遊歷到西湖天竺寺後，與圓澤和尚同坐在寺後石頭上，「語語投機，字字合拍」，就像「兩個泥塑木雕的活佛」。那塊石頭「就像遇著兩個知己提拔」，通了靈氣一般，「也就煙潤起來了」。圓澤和李源「在這石前訂了三生之約」，兩個人，一塊石，「做了三個生死不離的朋友，後人就叫這石爲三生石」。

後來兩人相伴入蜀遊歷，在南浦地方，圓澤自知「大數已定」，告訴李源，將托生於此地一農婦爲子，相約十三年後，再踐「三生之約」。十三年後，李源果然與圓澤再世的牧童相見。於是，已通了靈性的「三生石」便將二人這段故事記錄在石上。根據這個故事，後人便將忠貞不渝的「信友」、依違莫逆的「石交」，稱爲「三生石上舊精魂」。

《紅樓夢》套用「三生石」典故，是十分恰當的。一方面，表達了寶黛二人間忠貞不二、生死不渝的愛情；另一方面，也暗示了作者自己是生於「亂世」的「奇男子」；同時，

也間接交代了《紅樓夢》故事發生的地點，就是「花柳繁華」的杭州。

## 三、馮小青的故事

馮小青的故事在杭州幾乎家喻戶曉。《小青傳》、《療妒羹》等作品，在明末清初刊刻的《西湖志餘》、《西湖佳話》、《西泠恨跡》等小說集中，均有記載。

馮小青是一個美麗聰明的女子，生於維揚，幼年跟隨母親學習「斯文技藝」，得以工詩善畫、多才多藝。年十六被「西湖富貴公子」馮雲將聘爲側室。馮雲將的夫人錢氏悍妒異常，淩虐小青無所不用其極。因爲不堪挫辱，小青被迫居於孤山別墅，終年不得與夫君見面，「一個是畫兒中的愛寵，一個是影兒裡的情郎」。僅兩年時間，十八歲的小青，便在孤苦伶仃中悲慘地死去了。

《紅樓夢》中對林黛玉的描寫，好多地方都是直接從《小青傳》套用來的。如對黛玉體態身段的描寫，「身體面龐雖弱不勝衣，卻有一段風流態度」，與小青完全相同。黛玉小時「癩和尚」說「不可見人」；小青小時也有個「怪尼姑」說「勿令識字」。黛玉愛看「移性情」的書籍，曾經茶飯不思，挑燈夜看《牡丹亭》；小青也愛看情詩情話，曾經物我兩忘，踏月靜聽《還魂記》。黛玉愛瀟湘館「那竿竹子，隱著一道曲欄，比別處幽靜」；小青獨居的孤山別墅四面臨水，萬竹簇擁，也是幽靜之處。黛玉經常對鏡自憐，「只管呆呆地自看」，「那淚珠兒斷斷連連早已濕透了羅帕」；小青也經常照水絮語，吟出「卿須憐我我憐卿」的詩句，這詩句又直接被《紅樓夢》引用爲描寫黛玉對鏡自憐的場面。黛玉在苦風淒雨中孤苦無告地病逝，身邊只有一個紫鵑，死前焚稿斷情，自云身子乾淨；小青也是在形影相弔中悲悲切切地病逝，身邊只有一個老嫗，死前整飾得「容光藻逸」，死後詩稿也遭焚毀。《紅樓夢》中對黛玉「判詞」的描寫，「一個枉自嗟呀，一個空勞牽掛，一個是水中月，一個是鏡中花」，幾乎就是《小青傳》原文的翻版。

《紅樓夢》借用馮小青的故事，不是機械照搬，而是進行了成功的再加工創造。小青的故事僅止悽楚感人而已，小青與馮生之間並無多少感情可言；而林黛玉的故事不僅催人淚下，黛玉和寶玉的愛情更是感天動地。

## 四、唐寅葬花的故事

《紅樓夢》中黛玉葬花一章，極其哀豔感人，那首〈葬花詞〉，寫得悽楚斷腸，令人不忍終讀。細考原典，《紅樓夢》這段寫得最成功的故事，竟是模仿明代大才子唐寅真實生活中的故事。

唐寅，字伯虎，號六如，爲明代著名的風流才子。唐寅確曾幹過葬花一類風流雅事。據《六如居士外集》卷二記載：「唐子畏居桃花庵，軒前庭半畝，多種牡丹花，開時，文徵仲、祝枝山賦詩浮白其下，彌朝浹夕，有時大叫痛哭，至落花，遣小廝一一細拾，盛以錦囊，葬於藥欄東畔，作落花詩送之。」這應是《紅樓夢》中黛玉葬花情節的由來。

《紅樓夢》中的〈葬花詞〉很大程度上是借用了唐寅的〈花下酌酒歌〉。〈花下酌酒歌〉中說，「昨朝花勝今朝好，今朝花落成秋草。花前人是去年身，去年來比今年老。今日花開又一枝，明日來看知是誰？明年今日花開否，今日明年誰得知。」把唐寅詩的這些句子同《紅樓夢》中〈葬花詞〉比較，不難看出因襲的痕跡。

不僅黛玉的葬花詞，模仿自唐寅的〈花下酌酒歌〉，黛玉的〈桃花行〉，也是模仿的唐寅的〈桃花庵歌〉。「桃花塢裡桃花庵，桃花庵裡桃花仙，桃花仙人種桃樹，又摘桃花換酒錢。」「桃花簾外東風軟，桃花簾內晨妝懶，簾外桃花簾內人，人與桃花隔不遠。」比較以上句子，也不難看出模仿的痕跡。

《紅樓夢》的作者襲用唐寅葬花的故事來刻畫書中女主人公，並直接套用這位風流才子的詩句寫黛玉詩，說明作者著書時的心境與唐寅葬花時的心境息息相通，唐寅的行爲和作品，最能表達《紅樓夢》作者的創作意圖。

## 五、林四娘的故事

林四娘的故事，是明末清初戰亂年代的事情，在康熙朝流傳很廣。除《紅樓夢》的記載外，在蒲松齡的《聊齋志異》、王漁洋的《池北偶談》和林西仲的《林四娘記》中，都有大同小異的記載。

《聊齋志異》中的林四娘，是青州道台陳寶鑰於旅途中夜逢的美麗女鬼，原爲衡王的宮嬪，性格十分文弱。二人結成琴瑟之好，林四娘夜夜必至，或談論音律唱淒咽的曲子，或評判陳公的詩詞，過了三年美滿的生活。不圖三年後，林四娘轉生，二人在纏綿淒婉中相別。

《池北偶談》中的林四娘，卻是一個儀從很盛的女鬼，也是衡府宮嬪，夜來和陳寶鑰相見，只是借地宴客，不曾有什麼兒女之私。這個林四娘不是文弱女子，卻是勇武性格，打扮得「蠻髻朱衣，繡半臂，鳳嘴靴，腰配雙劍」。臨別也爲陳公贈詩一首，其內容與《聊齋志異》所記大同小異。

林西仲所記的林四娘生前卻不是衡府宮嬪，只是一個平民女子。因爲父親下獄，爲營救父親，與表兄同臥處半載而不及於私，父親出獄後疑而不釋，因而投繯自盡，以表清白。此林四娘是個女才子，能夠爲陳寶鑰清理案牘，判冤決獄，觀風試士，解決宿欠，使陳公聲名大振，但始終與陳公不及於亂。

三個版本的林四娘，共同之處都死於明末，都以女鬼的形象與陳寶鑰交往，但處事性格卻有迥然不同。《紅樓夢》中的林四娘故事，似與《池北偶談》的版本接近，都是愛武的衡府宮嬪；但又有很大的差別，《紅樓夢》的林四娘是在衡王戰死後，爲報仇在戰場上被殺的，而《池北偶談》的林四娘，卻是「不幸早死」的，死因不詳，死後「不數年」方才「國破」，所以並未親赴沙場。

《紅樓夢》中的林四娘，借的是衡府宮嬪軀殼，內容卻與明末清初戰亂中英勇戰死的南明永寧王世子妃相同。據清代李岳端所著《春冰室野乘》記載，永寧王世子妃彭氏，奉賢

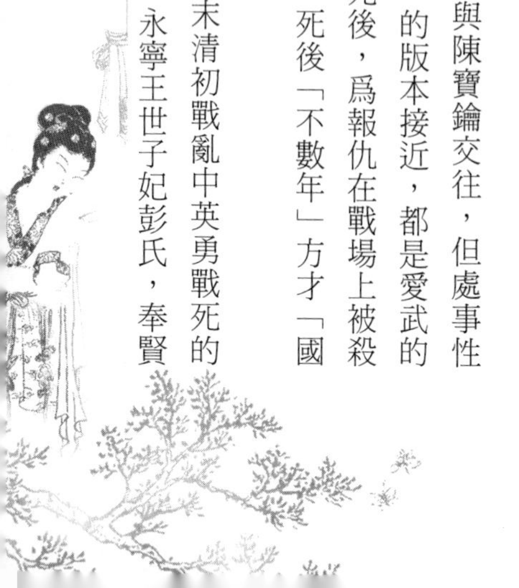

人，生有國色，驍勇多智，力敵萬夫。清軍攻入江西，永寧王父子皆殉國，彭妃率家丁數十人，進入福建汀州，結義軍抗清，自號大將軍，攻下閩省十幾座城池，「大清兵極畏之」，談起「鄧小腳」便如談虎色變。順治五年，彭妃爲叛將所敗，被執不屈，被清軍絞殺。其從婢二人，俱有勇力，善騎射，兵敗時竄山谷間，兵退後竊妃屍葬之，後不知所終。

如果《紅樓夢》中的林四娘故事的原型是彭妃，就足以說明作者的立場了。清初，林四娘的故事可以歌詠，記入書中，但永寧王戰死、彭妃抗清的事跡，卻是觸犯朝廷的故事，無人敢公然寫入書中。借林四娘的軀殼，寫彭妃事跡，是一種比較巧妙的創作方法。曹雪芹的祖上是皇帝包衣，爲大清屢立戰功，所以不可能持反清立場，故不會去歌頌這樣一個抗清女傑林四娘。

## 六、《長生殿》的故事

《長生殿》是大文學家洪昇，歷經十餘年，三易其稿，於康熙二十七年寫就的傳奇作品，《長生殿》的文學成就很高，代表著中國古典戲劇的高峰。《長生殿》描寫的是李隆基和楊玉環的愛情故事，史載楊妃多汙亂事，洪昇作此劇，「止按白居易《長恨歌》、陳鴻《長恨歌傳》爲之」，「若一涉穢跡」，「絕不闌入」，所以《長生殿》的主旨情而不淫，與《紅樓夢》的「意淫」意境相同。《紅樓夢》創作中並沒有直接採用《長生殿》的故事內容，但卻明顯套用了《長生殿》的故事形式。首先，套用了《長生殿》的「夢幻」結構。

《紅樓夢》的「太虛幻境」就是套用《長生殿》的「蓬萊仙境」，「茫茫大士、渺渺真人」套用的是「牛、女」大士、真人，「神瑛侍者、絳珠仙子」套用的是「孔升真人、蓬萊仙子」，「十二釵冊子」套用的是「歷朝宮嬪冊」，整個《紅樓夢》的故事架構，「幻境」與塵世的對應關係，與《長生殿》基本相同。

其次，《紅樓夢》套用了《長生殿》的人物角色和性格。寶玉、黛玉、寶釵的三角戀愛關係與明皇、楊妃、梅妃的愛情關係相同；寶玉和明皇都是「見了姐姐就忘了妹妹」的情種，黛玉經常爲了維護愛情而與寶玉疙疙瘩瘩，楊妃也經常爲了保住愛情而與明皇彆彆扭扭；寶黛間因「訴衷曲」而堅定了愛情，李楊間也是「密誓」後願生生世世爲夫妻；李楊的愛情結局與寶黛同爲悲劇，黛玉的「淚盡而逝」與楊妃「婉轉馬前蛾眉死」，同樣具有撼人心魄的魅力。李楊從天上愛到人間，又從人間愛到天上；寶黛從幻境愛到紅塵，由於《紅樓夢》沒完，焉知作者會不會讓二人再愛到「靈河岸上三生石畔」？

再次，《紅樓夢》直接套用了《長生殿》的好多故事情節。《紅樓夢》隔水嗚嗚咽咽聞笛與《長生殿》隔牆淒淒清清聽蕭意境完全相似；《紅樓夢》「風雨夕悶制風雨詞」與《長生殿》淋漓夜苦譜淋鈴曲意境亦復相同；《紅樓夢》寶玉夢中被夜叉拖下水去，恐懼大喊，被襲人喚醒，《長生殿》明皇也是夢中被怪物拖下水去，恐懼大喊，被高力士喚醒。對比兩部作品，此類明顯因襲模仿之處甚多，不一一例舉。

《紅樓夢》不是那種抄襲模仿的庸劣作品，作者的文學修養和創作能力是極高的，出現

這種因襲現象是十分耐人尋味的，除非兩部作品的作者是同一人，否則不好解釋。

## 七、這些故事的背後

《紅樓夢》創作中借用了以上六個方面的故事，在這些故事的背後，隱藏著這樣一個事實，就是作者必須有條件接觸熟悉這些故事，並對這些故事心領神會、心靈相通。如果不具備接觸這些故事的條件，或者接觸了也不會產生心理共鳴，這個人肯定不是《紅樓夢》的作者。那麼，這個《紅樓夢》的最初作者是誰呢？他應是康熙朝的大文學家洪昇。

首先，洪昇完全有條件接觸這些故事。洪昇出生在花柳繁華的杭州，前半生過著非常優裕的紈絝生活，中年時由於「家難」，被迫離開了家庭，在北京過了二十年「一技無成，半生潦倒」的困苦生活。康熙二十八年，由於「國喪」期間聚演《長生殿》，被革去了國子監生籍，徹底斷絕了仕進前程。悲憤之下，他跑到京東盤山去「逃禪」，接觸了「大荒山」「補天石」的故事。

在京期間，洪昇曾拜王漁洋爲師，往來密切；王漁洋在《池北偶談》中記載的「林四娘」的故事，師生間很可能一起歌詠過。

康熙三十一年，洪昇回到故鄉杭州，在孤山築「稗畦草堂」居住；孤山就是馮小青故事的發生地。洪氏家族的府邸位於葛嶺，天竺寺是洪昇經常去遊玩、談禪之處，當然會清楚「三生石」的故事。

康熙三十三年，洪昇曾專門去了一趟蘇州，拜謁桃花塢的唐寅墓，並賦詩四首以志此行，感慨自己和唐寅「後先境地頗相似」，因此更實地體會了唐寅葬花的故事。《長生殿》本身就是洪昇自己青年時期的作品，因襲自己的作品，套用《長生殿》故事，爲文學創作常情。

其次，洪昇完全具備同這些故事產生共鳴的思想基礎。洪昇自負甚高，自詡補天手，洪家對洪昇求取功名期望甚殷，但洪昇年輕時無志功名，年長後又因「荒唐」行爲被革去功名，終身仕進無望，這正是自比「補天石」，因「媧皇」棄置不用而「自怨自歎」的思想基礎。

洪家是東南「望族」，在明朝「赫赫揚揚，已歷百年」，洪昇的父輩和師長，都有強烈的遺民思想；洪昇的父親，曾因「三藩之亂」的牽連下獄，被發配充軍，洪家也因此而徹底敗落；洪昇自己也有「白頭遺老在，指點十三陵」這樣蒼涼的詩作，這應是洪昇寫林四娘故事，歌頌抗清義女的思想基礎。

洪昇與妻子黃蕙是表兄妹結親，婚前長期戀愛相思，婚後卻因「家難」過著極爲痛苦的生活，終日以淚洗面；洪昇有兩個美麗聰明的妹妹，卻因婚姻不幸，都年紀輕輕地悲慘死去了；洪昇終生都強烈思念「霜管花生豔，雲箋玉不如」的妹妹，終生都感激出身名門、才華橫溢、與自己在困苦中相濡以沫的妻子，這應是洪昇借鑒「三生石」故事和馮小青故事的思想基礎。

洪昇性格狂放不羈，滿肚皮不合時宜，一生醉心言情，以詩酒風流自負；在憑弔唐寅墓時，曾寫出「不知他日西陵路，誰弔春風柳七郎」的詩句，這應是洪昇模仿唐寅葬花故事，寫出〈葬花詞〉的思想基礎。

# 論紅樓女子的腳及其他

清末民初的徐珂於一九一六年編撰成書的《清稗類鈔》中，記載了明清改朝換代時期特有的「四降四不降」現象：「國初，人民相傳，有生降死不降、老降少不降、男降女不降、妓降優不降之說。故生必從時服，死雖古服無禁；成童以上皆時服，而幼孩古服亦無禁；男子從時服，女子猶襲明服；蓋自順治至宣統，皆然也。」

《清稗類鈔》雖然是野史，但其記載的「四降四不降」卻是史實。甲申（一六四四）年清軍入關後，特別是乙酉（一六四五）年清軍下江南後，在所有被征服的地方，嚴厲推行「剃髮易服」制度，要求所有成年男性一律剃掉半個腦袋的頭髮，在身後梳起「豬尾巴」辮子，並改穿那種帶「馬蹄袖」的清服。爲了強制推行這種制度，清軍實行了極爲殘暴的政策，當時社會上廣泛流傳的「留頭不留髮，留髮不留頭」的說法，便是明證。

清初江南反抗清軍的民眾起義是十分慘烈的，其原因除了封建士大夫的正統觀念和民族氣節以外，反抗「剃髮易服」政策也是重要因素。因爲漢族群眾幾千年來受孔子「身體髮膚，受之父母，不敢毀傷，孝之始也」的觀念薰陶，把「剃髮易服」視爲「不孝」的行爲，

滋事體大，故激烈反抗。

所謂「四降」是絕對的史實，但「四不降」卻並非清初異族統治者的明確規定，更不是什麼人同清朝統治者談判的結果，而是後人對當年客觀事實的巧妙總結。事實上，清廷只對漢族成年男子推行「剃髮易服」政策，對女人、兒童，並未推行，因爲旗人的女子和兒童也是不剃髮的，服飾也無法統一規定。至於優伶，由於舞臺上演出古代戲的特殊需要，可以容許不剃髮，並在演出時穿著古裝。死人的服飾裝束從便，也是常理中的事情。「四不降」雖然並非當時清廷的明確政策，但這種特殊的現象，確實是清初的客觀現實。

朋友們可以仔細回憶一下《紅樓夢》書中對人物服裝裝束的描寫，不難看出，表達的正是這樣一個「四降四不降」的形象。《紅樓夢》書中一般避免對成年男子服裝頭髮的正面描寫，使讀者心目中對這些人的裝束無從判斷，但讀者一般不會對這些成年人產生穿著「馬蹄袖」、拖著「豬尾巴」辮子的印象判斷，是因爲作者巧妙地利用了對婦女、兒童的服飾描寫，使讀者發生了成年人也並非清朝裝束的錯誤判斷。

《紅樓夢》中最詳細地描寫男人的裝束，是對賈寶玉和北靜王的描寫。書中寫寶玉一出場，「頭上戴著束髮嵌寶紫金冠，齊眉勒著二龍搶珠金抹額，穿一件二色百蝶穿花大紅箭袖，束著五彩絲攢花結長穗宮絛，外罩石青起花八團倭緞排穗褂，登著青緞粉底小朝靴。」這個裝束，既非清朝「剃髮易服」的裝束，也非明朝時紈絝公子的裝束，嚴格說來，哪一朝的常人裝束也不是，而是地地道道的舞臺演員裝束！按照「四降四不降」的說法，寶玉此時既是兒童，可以不按清廷規定裝束；按照舞臺演員的裝束描寫，更不會觸犯清廷的禁忌。

書中對北靜王的裝束描寫，也純粹是舞臺裝束：「話說寶玉舉目見北靜王世榮頭上戴著淨白簪纓銀翅王帽，穿著江牙海水五爪坐龍白蟒袍，繫著碧玉紅鞓帶，面如美玉，目似明星。」這當然不是朋友們熟悉的清朝「王爺」裝束，但也不是明朝或其他任何王朝的「王爺」形象，而是典型的戲劇舞臺上的「王爺」行頭！按戲劇行頭寫王爺裝束，也不會觸犯清廷禁忌。

《紅樓夢》中最有意思、也是最具爭議的，是關於女人的腳的描寫，紅學界至今還爲紅樓姐妹究竟是大腳小腳而爭論不休。說女兒是小腳，大概有三個證據：一是描寫晴雯「捉迷屏後，蓮瓣無聲」，「蓮瓣」當然是小腳；二是描寫賈母看尤二姐時，「掀起裙子看腳」，只有對小腳女人才這麼看；三是描寫尤三姐痛罵賈珍時，「一雙金蓮」的動作十分不雅觀。說女兒是大腳，證據就多了，紅樓女兒在園中行走，一般都行動方便，寶釵撲蝶亦未見扭扭捏捏；紅樓丫鬟僕婦們，在園中幾乎各個健步如飛，根本沒有小腳女人的步態！

紅樓女兒究竟是大腳還是小腳呢？至今紅學專家意見並不一致。考證派一般認爲是大腳，理由是曹雪芹是旗人，旗人家都是大腳，《紅樓夢》作者曹雪芹既然是按照自己家事跡創作的，當然要寫大腳。索隱派一般認爲是小腳，《紅樓夢》的創作宗旨在「反清復明」，當然要按照明朝的民俗，寫成小腳。二者就像盲人摸象，各執一偏，誰也說服不了誰，各自也都有解釋不清的死結。

其實，《紅樓夢》描寫的女兒，有大腳也有小腳，《紅樓夢》作者只是如實描寫，並未刻意隱瞞什麼。晴雯和二尤當然是小腳，因爲書中明明白白就這樣寫著；十二釵姐妹卻都是大腳！書中雖然沒有明寫十二釵的腳，但從她們每天走路的姿勢完全可以判斷出來。有的朋友可能要問：你這不是和稀泥麼？有什麼證據這麼判斷呢？朋友們且慢著急，聽在下慢慢道來——

關於清初女人的腳，其實是一個很有意思的問題，也是中國女人裹腳史上最糊裡糊塗的一段歷史。清軍入關後，對女人的服裝頭飾雖然相對寬容，但對女人的腳，則不那麼寬容了。所謂「男降女不降」政策，在頭上和身子上可以落實，在腳上則不肯實行！順治二年（一六四五），清朝皇帝頒發聖旨，嚴禁女子纏足，滿漢女子概不例外，對違令者的父兄施以嚴厲的懲罰。其後又多次重申禁止女子纏足的法令。然而，這項禁令受到漢族婦女們明裡暗裡地強烈抵制，執行得並不徹底。在大城市和官僚士大夫階層，執行得好一些，因爲他們怕新政權的官府，有所顧忌；在窮鄉僻壤和黎民百姓家庭，女子則纏足如故，因爲他們窮得一無所有，所以也無所顧忌，再加上法不責眾，不擔心被官府懲罰。直到康熙七年（一六六八），都察院左都御史王熙，看到這項禁令礙難執行，奏疏請求皇帝放寬禁止纏足的禁令，康熙皇帝才廢止了禁止纏足的禁令，漢族婦女纏足從此才成爲合法行爲，直到清朝滅亡。

從順治二年到康熙七年，整整二十三年時間，在中國大地上，特別是在長江以南，漢族婦女中出現了天足與纏足並存的特殊現象。官宦人家的女子，執行禁纏令相對嚴格一些，因此「小姐」身分的女子多天足；平頭百姓不管這一套，照纏如故，所以「大姐」身分的女子多纏足；還有些原來纏足的女子因朝廷明令禁止纏足，放開小腳成爲所謂的「解放腳」。朋友們可以仔細分析一下紅樓女子的腳：二尤和晴雯出身卑賤，所以纏成了三寸金蓮；十二釵姐妹的父兄都是官僚，可沒這個膽量對抗纏足令，所以都是天足。林黛玉的腳有點特殊，說大不大，說小不小，說是大腳吧，走路卻像小腳女人一樣「搖搖的」；說是小腳吧，又穿著一雙「麂皮小靴」，小腳女人都穿繡花鞋，沒有穿靴子的。由此判斷，這個可愛可憐可敬的林妹妹，大概是一雙「解放腳」吧。

宋朝以來的近千年中，中國漢族女人的腳，只有清初這二十三年是最特殊的。《紅樓夢》描寫的這種大腳、小腳並存的社會現象，只有這一特殊時期才存在。由此亦可間接判斷，《紅樓夢》的故事，是清初的故事，並非乾隆年間的故事；《紅樓夢》的作者，不是「旗人」曹雪芹，而是「民人」洪昇。

洪昇出生於順治二年，他的那些「蕉園詩社」的姐妹，都出生於順治年間，康熙七年解禁前她們已經成年，過了裹腳期，女孩子大了無法裹腳，只好終生天足。由於她們家族的貴族身分，父兄絕不敢公然對抗皇帝，在禁裹令中嚴禁爲女兒纏足，已經纏的，也要被迫放開；她們作爲《紅樓夢》「十二釵」的原型，當然是天足或「解放腳」。根據史籍記載，她們成年後，經常結伴一起遊山玩水，遠足踏青，如果她們不是天足，這種集體活動是很難想

像的。而她們家族中的僕婦、丫鬟和窮親戚，則沒有這麼多顧慮，所以多數纏足，《紅樓夢》以她們爲原型描寫的下層婦女，也必然如實寫成小腳。但也有不纏足的，比如襲人、秋紋等，平時健步如飛，根本就沒纏過小腳。

由女人的腳說到明清易代慘烈歷史中的所謂「男降女不降」，進而說到女性在家庭中和社會上的地位問題。一般說來，婦女解放程度是人類解放程度的天然尺度，婦女在家庭和社會中的地位，是由其所處的經濟地位決定的。但也有特殊情況，因爲某種特殊的政治軍事原因，婦女的家庭、社會地位在某一時期突然提高，甚至高於男子。明末清初就是這樣一個極爲特殊的時期。

「大王城頭樹降旗，妾在深宮哪得知？四十萬人齊解甲，竟無一個是男兒！」明清易代中的封建士大夫階層，基本上就是這樣一種情況，他們「食盡鳥投林」，有的投降了大順政權，有的投降了滿清新主，雖然堅持正統觀念和民族氣節的也不乏其人，但絕大多數人還是低眉順目做了降臣。與男子的懦弱適成鮮明對比的，是婦女對異族的反抗卻異常慘烈，湧現出無數的抗清女英雄，即使沒有直接武力對抗的，也在清軍到來之際，紛紛跳井投繯，以死抗爭，表現出了至爲感人的高尚氣節！《紅樓夢》中表達的「女人是水做的骨肉，男人是泥做的骨肉，見了女人就覺得清爽，見了男人就覺得濁臭逼人」，正是這個特殊時期的普遍扭曲心態。這種描述不是什麼《紅樓夢》作者的獨創，明清易代時很多封建知識分子都做過與此大同小異的表述。

改朝換代以後，男人們被迫穿上滑稽可笑的清裝，腦袋後邊拖著一根豬尾巴辮子，令天下幾乎所有的鬚眉男子都感到自慚形穢，自己的形象「濁臭逼人」，在人前擡不起頭來。易代中那麼多人「出家」、「入道」，其原因除了與新朝統治者不合作的態度外，更多的是爲了逃避「剃髮易服」，因爲僧人要剃光頭髮不留辮子，道士可以不剃頭，僧道都穿宗教服裝，無須換旗裝。而這一時期的女子，卻沒有這些煩惱，釵紅黛綠，裝束依舊。在那個裝束代表著一個人身分地位的時代，裝束代表著一個人忠孝觀念的時代，「剃髮易服」是投降的標誌，是爲「不忠」，也是違背聖人孝道的標誌，是爲「不孝」。「不忠不孝」之人，有什麼臉面在天地間立足？《紅樓夢》中的寶玉，在女兒面前常常自稱「濁玉」，也應該是這種特殊心理的扭曲反映。

改朝換代之後，好多富貴人家遭受了兵燹，以至突然間一貧如洗。好多昔日的貧賤小人，卻一步登天或一夜暴富，這種驟富驟貧，驟貴驟賤的社會現象，同《紅樓夢》中的〈好了歌解〉描寫的一模一樣！多數前朝封建官僚失去了官職爵位，他們不事生產，一無所長，只好坐吃山空，正如《紅樓夢》中描寫的那樣，「外面上架子未倒，內囊卻漸漸盡上來了」。在這種特殊的情況下，家庭日常開支往往靠變賣女人殘存的那點兒首飾維持，家庭生活秩序也往往靠女人來支撐門面，一籌莫展的男人在家庭中的地位必然下降，而辛苦操勞的女人在家庭中的地位必然上升。《紅樓夢》中賈府的「老祖宗」賈母高高在上，王夫人暗中裁決大事，日常經濟大權完全掌握在少婦王熙鳳手裡，一度還曾爲探春、李紈、寶釵三個女

性代理，而賈赦、賈政、賈璉三個大男人基本上無所作爲，可憐的賈璉作爲名義上的當家人，居然還要偷著積攢一點「私房錢」。《紅樓夢》描寫的這種家庭大權男女易位的情況，正是這一時期沒落貴族家庭生活的真實描述。

對《紅樓夢》中這種「女清男濁」、「抑男揚女」的思想傾向，好多紅學家認爲是什麼曹雪芹的「超前意識」，「民主思想」，這都是沒有正確解讀《紅樓夢》基礎上的癡人說夢！把《紅樓夢》的著作權交給曹雪芹，把《紅樓夢》的時代背景放在乾隆中葉，書中這些關於「女清男濁」的描寫，當然變成了無法理解的「超前」思想了。但把《紅樓夢》的時代背景還原爲明末清初，把《紅樓夢》的著作權交還給洪昇，就可以清楚地看出，《紅樓夢》中的這種特殊的關於男女地位名譽的描寫，是當時社會意識的真實記錄，是當時人們普遍心態的忠實反映。這種心態不是什麼「民主思想」，更不是作者有什麼「超前意識」，只不過是改朝換代陣痛中形成的一種扭曲的社會心理罷了。《紅樓夢》作品是偉大的，但也沒必要人爲拔高。社會存在決定社會意識，《紅樓夢》當然也反映了作者所處的社會情境。

# 九、《紅樓夢》南明底色研究

# 《紅樓夢》「雙懸日月照乾坤」正解

## ——兼與周汝昌先生商榷

近讀周汝昌先生《紅樓奪目紅》大作，感慨良多。原以爲一個浸淫《紅樓夢》長達半個世紀以上的知名學者，其研究文章，一定是舉證認真，分析嚴肅之科學力作，但拜讀之後，卻得不出以上結論。本文不打算對《紅樓奪目紅》的一百五十五篇文章逐一「爭鳴」，只想就其中一篇〈牙牌令奇文〉，談一談自己的不同看法，以就教於周先生，並供紅學同仁做練箭之靶。

《紅樓夢》第四十回「史太君兩宴大觀園，金鴛鴦三宣牙牌令」中，令主說一句牙牌副的形狀比喻，接令者就要接續一句詩文、俗語或戲劇唱詞。周汝昌先生發現，這裡的描寫很奇：黛玉完令的句子是「雙瞻御座引朝儀」，湘雲完令的句子是「雙懸日月照乾坤」。周先生認爲，黛玉的句子「這就奇了」，「可是湘雲的更奇」。奇在哪裡呢？周先生認爲，「兩位姑娘滿口裡冒出一派『皇家』、『朝廷』的詞句，這與她們素日的風格迥異，令人觸目而生疑，披文而莫解」。

如果周先生真的僅止於「生疑」而「未解」，這就罷了。問題是，周先生不僅「解」了，而且「解」得比《紅樓夢》中的描寫更奇！周先生認爲，《紅樓夢》在這裡暗藏著一個天大的秘密，就是在乾隆朝初期，皇帝的伯父、當年的「廢太子」，有個兒子弘晳，曾發動一場宮廷政變，妄圖推翻乾隆皇帝，自立爲帝，奪回父親丟掉的皇帝寶座。曹雪芹和他的家庭，是「廢太子」的死黨，參與了這場未遂政變。政變失敗後，曹家二次被「抄家」，才最終落了個白茫茫大地真乾淨。

周先生認爲，《紅樓夢》中的這些奇怪的「牙牌令」，就隱寫這段歷史。「雙懸日月」就是出了兩個皇帝，「照乾坤」的「乾」字代表乾隆，「朝儀」、「御座」都代表「坤」，就是企圖「坤代」的另一個皇帝弘晳。周先生認爲，「湘雲是這場變故中的重要遭難者，似乎黛玉也有關係，尚不可盡明」。說到這裡，周先生還使用了一個類似「皇帝新衣服」的典故，說對這些隱寓，只有「智者可悟」，反過來說，「悟」不出來周先生意思的人，統統不是「智者」。是什麼呢？周先生沒說，但中國古來就有「唯上智與下愚不移」的經典論斷，其意圖不是不言自明了麼？

本人就像「皇帝新衣」中的看出皇帝光屁股的那個孩子，當然不入周先生圈定的智者之列，所以總是看不出周先生編織的這件「兩個皇帝」的「新衣服」！且不說周先生關於曹家「二次復興」、「二次抄家」的「新證」於史無征，有清一代所有文章詩詞中也未見乾隆初年有什麼「雙懸日月」的記載，即使真的有什麼曹家參與弘晳政變的事情，政變迅速失敗，弘晳也不可能登極加冕，怎能形成連閨閣女子都隨口說出來的「雙懸日月」照乾坤的局面呢？再說，翻遍周先生的所有著作，也找不到湘雲因「兩個皇帝」而「遭難」，黛玉與「兩個皇帝」「似乎有關係」的任何證據，不明先生的結論從哪裡得出。

不僅如此，似乎周先生在《紅樓奪目紅》中使用的分析方法也令人不敢恭維。如果「乾坤」兩字的「乾」就代表乾隆，那麼今天的任何一本漢語字典詞典中都有乾坤一詞，不是都成了「妖書」了麼？再說，「乾坤」在這裡是一個詞，代指天下，似乎也不可拆開理解；即使允許拆開，乾爲天，坤爲地，乾爲西北，坤爲東南，乾爲陽，坤爲陰，乾爲男，坤爲女，怎麼也看不出乾隆與弘晳哥倆是「乾」與「坤」的關係，看不出「坤」能代表弘晳來「坤代」乾隆皇帝啊？筆者不入周先生的「智者」行列，望先生有以教誨。

筆者經過十幾年的考證分析，得出一個新的結論，《紅樓夢》的作者不是曹雪芹，而是康熙朝的著名文學家洪昇。洪昇創作《紅樓夢》分爲兩個階段：第一階段是「家難」前，洪昇從一個「百年望族」出身的封建正統文人的觀念出發，類似孔尚任（其實不止他二人，當時很多知識分子都在研究這段歷史），以明末清初的柳如是、陳子龍、錢謙益之間的「木石前盟」和「金玉良緣」爲基本素材，描寫改朝換代中的民族主義傷痛；第二階段是「家難」後，時間已到康熙後期，江南知識分子的不合作情緒已經緩解，恰好洪昇又遭遇了人生的慘痛打擊，於是把書中主角改寫成自己和「蕉園詩社」的姐妹，轉而表達自己「無材補天」與「蕉園姐妹」們「千紅一哭，萬豔同悲」的命運。

在洪昇創作《紅樓夢》前一階段的史實中，我們不難發現周汝昌先生津津樂道的「日月雙懸照乾坤」的史料，足可證實，《紅樓夢》隱寫的絕不是什麼「弘皙政變」，與乾隆皇帝「雙懸日月」，而是明末清初的一段真實的「反清復明」歷史！當時的風塵才女兼俠女柳如是，與民族志士陳子龍，曾在嘉興的「小紅樓」（南樓）中，經歷了一場刻骨銘心的「木石前盟」同居生活。陳子龍號稱才子和「神童」，柳如是號稱才女兼「神女」，二人的結合，在當時的江南傳爲美談。陳子龍後來回憶這段美好的生活，曾寫下「始知昨夜紅樓夢，身在桃花萬樹中」的詩句，此詩所說的「紅樓夢」，不僅在形式上是《紅樓夢》書名的來源，詩中所表達的內容，也正是《紅樓夢》「木石前盟」、「懷金悼玉」主體故事框架的來源。

陳子龍在抗清的戰鬥生活中，曾寫下一首題爲〈九日登一覽樓〉的七律：

危樓樽酒賦蒹葭，南望瀟湘水一涯。
雲麓半含青海霧，岸楓遙映赤城崖。
雙飛日月驅神駿，半缺河山待女媧。
學得屠龍空縮手，劍鋒騰踏繞霜花。

這是一首登臨縱目時的即興之作。詩人登臨的「一覽樓」，是陳子龍家鄉松江的名勝，唐代所建，明朝後期很興旺。今天的人們讀這首詩，如果不知道當時的特殊歷史，是很難理解詩人的用意的。

順治二年（弘光元年，一六四五年），清兵下江南，南明小朝廷的首都南京失守，陳子龍聯合一批抗清志士，在閏六月發動了一場聲勢浩蕩的江南抗清起義，起義失敗後，陳子龍僥倖逃脫，躲在嘉善的「水月庵」中避難。其時，明「唐王」在黃道周、鄭成功父子的擁戴下，在福州繼皇帝位，改元隆武。明魯王在張國維等的擁戴下，也在浙江紹興「監國」。在東南一隅，同時出現了兩個明朝皇帝，對於忠於朱明王朝的江南士大夫階層來說，此時的局面恰是「雙飛日月」。陳子龍詩中的「雙飛日月」，指的就是殘明出了兩個朝廷，兩個皇帝的局面。

雖然兩個明政權爲誰是正統鬧得不可開交，但陳子龍從抗清大局出發，對兩個政權都採取擁護的態度。兩個政權也都曾封陳子龍「統領」江南義軍的職務。從「雙飛日月驅神駿，半缺河山待女媧」的詩句中，可以看出，陳子龍期望爲「雙飛日月」率領兵馬「神駿」，收復故國河山的氣概，也體現了他盼望出來一個「補天」的女媧，補好「半缺河山」的願望。《紅樓夢》中湘雲酒令的「日月雙懸照乾坤」，說的正是兩個明政權同時「照乾坤」的這段史實；黛玉酒令的「雙瞻玉座引朝儀」，說的也正是陳子龍曾經先後拜見兩個小朝廷皇帝，同時接受「唐王」和「魯王」封賞的事實。

詩中說的「南望瀟湘」，也並非指湖南，因爲從江南松江望湖南，無論如何也不會是

「南望」！這裡說的「瀟湘」，當指「唐王」和「魯王」盤踞的浙江、福建。在清代詩人的筆下，經常把江南大好河山稱爲「瀟湘」之地，這個「瀟湘」與湖南無關。聯想到《紅樓夢》中，黛玉並非湖南人，卻稱黛玉爲「瀟湘妃子」，也就不難理解了。《紅樓夢》初期，黛玉的原型是江南風塵才女、一代「花王」柳如是。柳如是自小被賣入風塵，長大後不知道自己家鄉何處，父母何人，是別人聽她說話的口音，猜測她原籍是浙江嘉興，正是文人筆下的「瀟湘」之地。《紅樓夢》書中，開始說香菱對自己的家鄉和父母都「不記得了」，繼之讓黛玉說自己「湘江舊跡已模糊」，說的正是柳如是的事情。否則，黛玉來賈府時已經記事了，中間又因父親去世回去一次，離開家鄉時間並不長，怎麼家鄉的形象就模糊了呢？

在陳子龍寫出「雙飛日月」詩稍後，康熙三年（一六六四），陳子龍的好朋友和並肩抗清的名將張煌言被捕，囚繫杭州，大義凜然。九月初七日押赴刑場，直立不跪，對面受刑。張煌言死前一個月，曾寫了一首〈甲辰八月辭故里〉詩：

國破家亡欲何之，西子湖頭有我師。
日月雙懸于氏墓，乾坤半壁岳家祠。
慚將素手分三席，擬爲丹心借一枝。
他日素車東浙路，怒濤豈必屬鴟夷。

詩中的「日月雙懸」明顯指明朝，「乾坤半壁」指南宋。詩人的意思是要學習明朝的于謙和南宋的岳飛，爲國家慷慨赴死。張煌言的就義地點就在杭州，康熙三年洪昇已二十歲，正在家鄉學習。張煌言就義如此大事，洪昇應該熟悉其中故事。

可能有的朋友還不信：陳子龍所說的「雙飛日月」與《紅樓夢》的「日月雙懸」雖然意思相同，但文字不同；張煌言的「日月雙懸」雖然與《紅樓夢》文字相同，但明顯是指明朝的「明」字，似乎沒有兩個皇帝的意思。那麼，我們再來看一個文字與意義完全相同的例證：陳子龍的學生、少年抗清英雄夏完淳，在《土室餘論》中明確說：「江東嶺表，日月雙懸」，並在《大哀賦》中進一步說：所謂日月雙懸，就是「天南鼎定，浙右龍驚」，分別指福建的隆武政權和浙東的魯王政權。由此可見，《紅樓夢》中的「日月雙懸照乾坤」，完全是套用的陳子龍、夏完淳和張煌言的詩，與什麼所謂「弘皙政變」完全沒有關係，更談不到「乾坤」二字代表什麼乾隆和弘皙。

還有一件事情特別值得注意，就是陳子龍的學生，少年英雄夏完淳，曾經寫過一首著名的古風〈青樓篇〉，詩中尖刻地諷刺了南明小朝廷在大敵當前的危難時刻，征歌逐舞、醉生夢死的腐敗場景，也爲驚醒江南文人如復社中人，紛紛熱衷同風塵女子卿卿我我的萎靡不振狀態而大聲疾呼。學界把這首詩視爲「風流蘊藉的警世之作」，可以說是一篇「風月寶鑑」！這首詩很長，恕不全文照錄，僅舉其中四句，供紅學界同仁研究：

二十年來事已非，不開畫閣鎖芳菲。
那堪兩院無人到，獨對三春有燕飛。

不知朋友們是否有似曾相識的感覺？《紅樓夢》中元妃的「判詞」是：「二十年來辨是非，榴花開處照宮幃，三春爭及初春景，虎兕相逢大夢歸。」

這兩首詩從內容和形式上如此契合，似乎用偶然是難以解釋的。夏完淳的詩，是諷刺復社諸君子，從崇禎初年到弘光敗亡，「二十年來」迷戀「芳菲」，不顧大業，造成國破家亡的悲慘後果。那麼，《紅樓夢》創作初期，書中的元妃也應該是以南明朝廷的「童妃案」爲原型，表達的也應是與夏完淳詩中的同一思想，否則不會套用夏完淳的詩句。

《紅樓夢》中的「虎兕相逢大夢歸」一句，有爭議，有的版本作「虎兔相逢」，好多紅學家認爲是「虎」年與「兔」年之間的時間概念，意思是隱含元妃死亡的時間。筆者原來也這麼研究過，但無論如何也難以自圓其說。現在看，「虎兕相逢」比較有道理。這句很特殊的話，來自吳兆騫的詩。清初發生「江南科場案」後，吳兆騫蒙冤發配關外的寧古塔，就是今天黑龍江省寧安縣。吳兆騫在詩中形容當地的荒涼和壯闊，曾使用了一句「前有猛虎後蒼兕」的詩句，猛虎當指東北虎，「蒼兕」應指一種名「海東青」的兇猛的鷹。

「虎兕相逢」的真實含義，應該是與兇猛的老虎蒼鷹相逢了。江南人碰到關外的老虎和蒼鷹暗示的什麼呢？就是清兵下江南！寧古塔是滿人的故鄉，那裡的虎和鷹，不正暗示著如狼似虎的清兵麼？爲什麼在「虎兕相逢」後就要「大夢歸」呢？江南半壁河山遭遇了「揚州十日」，「嘉定三屠」等殘暴兵禍之後，四個南明小朝廷已經先後灰飛煙滅，江南士大夫們國破家亡，昔日的繁華都成了過眼雲煙，不正是一場南柯夢醒來後的「大夢歸」麼！

由以上分析我們不難看出，《紅樓夢》創作初期，應該是一部與《桃花扇》、《長生殿》一樣的，抒發江南知識分子興亡感歎的作品。後來，洪昇由於人生遭遇重大打擊，他所鍾愛的「蕉園姐妹」們也命運悲慘，轉而把《紅樓夢》改寫成感歎自己與姐妹們人生悲劇的作品。但原著中有關興亡感歎的基調和部分內容還是保留了下來。由於改寫的緣故，造成了《紅樓夢》中諸多難以理解的謎語。只要你熟悉清初的改朝換代史，知道洪昇及其姐妹們的人生悲劇，這些《紅樓夢》之謎，都會迎刃而解。這些同什麼「弘皙」與乾隆「日月雙懸」根本沒什麼關係。

其實，周汝昌先生在《紅海微瀾錄》一文中，已經清楚地感覺到了《紅樓夢》與《長生殿》之間的特殊關係，並斷言決不是簡單的文字上的關係。周先生也覺察出來洪昇與《紅樓夢》作者的契合之處，斷言曹寅贈洪昇的那首七律，形容《紅樓夢》作者正合適。但周先生恐怕還缺少將所主張之理論貫徹到底的氣魄，沒有勇敢地同過去自己的紅學之路決裂，雖然看見了紅學新途徑的曙光，可是仍舊徘徊在舊日的充滿荊棘的崎嶇道路上，仍舊沈浸在昔日胡適紅學集大成者的光環中。須知，如果道路選錯了，愈努力離真理愈遠，南轅北轍是不能到達光輝頂點的。

# 《紅樓夢》與南明小朝廷

## 一、還是從對「雙懸日月照乾坤」的爭論說起吧——

前幾天，我寫了一篇考證《紅樓夢》中湘雲酒令中說的「雙懸日月照乾坤」出處與確切內涵的文章，與周汝昌老先生商榷。周汝昌老先生曾經在《紅樓奪目紅》專集中，撰文論述對湘雲酒令的獨到見解，我不太同意他的看法，所以寫了這篇爭鳴文章。周老先生也許是因爲年高體衰的原因，沒有看到這篇文章；或者是高人雅致，不屑於同一個無名之輩爭論。總之，周先生沒有回應我的商榷，但卻引來一位叫隋邦森的先生同我商榷，也算有意栽花花不發，無心插柳柳成蔭吧。

關於《紅樓夢》中「雙懸日月照乾坤」一句酒令的詮釋，目前大概有三種理解了：一是周汝昌老先生的解釋，認爲是曹雪芹暗指乾隆朝初期，在正統朝廷之外，還有一個由「廢太子」的兒子發動宮廷政變產生的政權，兩個朝廷並列，所以稱爲「雙懸日月」；二是隋邦森先生的解釋，認爲是大清定鼎北京之時，南明政權尚存，是明清兩個政權「雙懸日月」；三是我這個「小字輩」的說法，弘光政權滅亡後，陳子龍等抗清義士依違在南明唐王、魯王兩

個政權之間，稱這兩個南明小朝廷為「雙懸日月」。

這三種說法究竟孰是孰非，最好的辦法是讓史料說話，讓證據說話。周汝昌先生、隋邦森先生所理解的「雙懸日月」，是兩位老先生自己的理解，是兩位老先生首先各自列舉出同時存在的兩個政權，然後自己說：「這就是雙懸日月！」並沒有舉出一個與曹雪芹同時的其他人說過「雙懸日月」的佐證。這麼研究學問大概不成，違反考據學的基本原則。中國歷史上兩個政權並存的事例多矣，南唐和北宋政權，南宋和金政權，都是兩個政權同時並存，哪個能稱為「雙懸日月」呢？

所謂「雙懸日月」的說法，不是周汝昌與隋邦森先生發明的，是《紅樓夢》作者在書中明晃晃寫著的，也是《紅樓夢》產生的那個時代封建文人經常使用的。如果問「雙懸日月」的真實含義，只能去考證當時文人為什麼這麼說，這麼說的意義目的究竟是什麼，這才是正統的樸學方法，是做學問的正確態度和方法。

我在同周汝昌老先生商榷的文章中早已對此做過比較精要的考證。所謂「雙懸日月」，在明末清初有兩重含義：一是明朝的「明」字，明字本身是由一個日字、一個月字並列構成的；另一重含義是並列的唐王和魯王兩個政權、兩個皇帝。正因為這兩個政權都是扛的明朝旗號，所以能稱為「雙懸日月」；其他任何並列的兩個政權，都不能稱為「雙懸日月」。周汝昌老先生列舉的兩個政權，不是由一個明字構成，應該是兩個清字並列，這個字我不認識。隋先生列舉的兩個政權，是「單懸日月」，另一個是清字，這個字我也不認識。

按照孤證不立的原則，我在文章中分別詳細列舉了陳子龍、張煌言、夏完淳三個人使用「日月雙飛」、「日月雙懸」一語的出處和真實含義，朋友們不妨一讀。有的朋友可能要問我：南明時期還有福王政權、桂王政權、潞王政權存在，再加上唐王、魯王政權，爲什麼不叫「三懸日月」、「四懸日月」乃至「五懸日月」？說句不講理的話，這要問南明時期的那些反清文人義士，比如陳子龍，張煌言，夏完淳等人，他們在文章詩詞中爲什麼不用「三四五懸日月」，偏偏要用什麼勞什子「雙懸日月」呢？其實也不難理解，陳子龍、夏完淳、張煌言在文章詩詞中說「雙懸日月」的時候，福王、潞王政權已經滅亡，不復存在。桂王政權遠在大西南的廣西貴州，東南文人一般不知道；即使知道，因爲封建正統的爭論，也不承認這個政權的合法性。在東南江蘇、浙江、福建一帶的反清文人義士，他們心中只有唐王的隆武朝廷和魯王的監國政權，這兩個明政權，就當然是所謂的「雙懸日月照乾坤」！

我喋喋不休地辯論這麼一大通「雙懸日月」，目的是什麼呢？並非同周、隋兩位老先生鬧意氣，予豈好辯哉？予不得已也！根本目的還在於探討《紅樓夢》故事的歷史背景和文學背景，正確解讀《紅樓夢》。既然《紅樓夢》中那個美麗天真、爽朗正直的史湘雲，行酒令時嘴裡說出了「雙懸日月照乾坤」，而這句話是南明唐王、魯王時期的專有名詞，那麼，這個史湘雲的生活原型，是否應該斷定爲南明時期的人物呢？進而，整個《紅樓夢》作品的時代背景，是否應判斷爲南明時期的故事呢？只有一句「雙懸日月」來支持是不夠的，讓我們做進一步考證分析。

## 二、書中姐妹們吟詠的詩詞並非《紅樓夢》作者原創

紅學界中人無不交口稱讚《紅樓夢》作者的詩詞水平和能力，一致認爲書中每個人所做的詩詞都酷肖本人身分口吻，整個《紅樓夢》中的詩詞風騷雅致，花團錦簇，讀後餘音繞梁，大概能達到十年八年不知肉味的程度，似乎對作者的詩詞水平怎麼稱賞都不過分。特別是著名的紅學家蔡義江教授，幾乎傾畢生精力專攻《紅樓夢》詩詞研究，連續出版了好幾部大部頭專著，據說銷路一直不錯，可謂名利雙收。一部《紅樓夢》，養活了多少後來的著名文人，這大概是作者始料不及的；因爲作者自己生前從來就沒有獲得著名詩人、當紅詩人、詩壇巨子、詩社領袖等稱謂，一個子兒稿費也沒撈著，窮得連稀粥也喝不飽。

我實在無意褒貶《紅樓夢》書中的詩詞，違心地胡亂誇上一通吧，以文人的生花妙筆，自然不難言之成理，也會博得幾個追隨者的喝彩和吹捧，就像《天龍八部》中的丁春秋和他的徒弟那樣，但那麼做顯得多麼下作呀，有良心的文人即使犯了渾病，一般也不會用違心文字賣錢。秉筆直言挑毛病吧，當今的鐵杆「紅學保皇派」又是那麼多，很可能招來一頓鋪天蓋地的臭罵，我老人家好歹也熬過古稀之年了，又不經意騙來幾塊教授專家學者的招牌，犯得上麼？還是不痛不癢、客客氣氣地顧左右而言它吧。

實際上，早就有專家學者指出，《紅樓夢》中好多姐妹的詩詞，與本人的身分角色並不吻合，聽起來很彆扭。比如，什麼「蕭疏籬畔科頭坐」，「清冷香中抱膝吟」，「喃喃負手扣東籬」，「孤標傲世偕誰隱」，「彭澤先生是酒狂」，「高情不入時人眼」，「憶舊還尋陶令盟」，等等，都是男性口吻，並且是像陶淵明一樣的隱士口吻，與《紅樓夢》中這些天真爛漫的少女，不僅身分不符，而且心情也不對路。詩言志，詩爲心苗，哪個待字閨中的少女，會光著腦袋，蓬頭垢面，倒背著雙手，嘴裡還念念有詞，跑到像陶淵明所說的「東籬」旁，去發狂一樣地大喊：「我同誰一起隱居呀」？這哪裡是什麼清純少女，不是整個兒一個女瘋子麼！

一般說來，一部小說中的詩詞，如果是作者原創，似乎不該出現這樣的問題；即使在那些「千部一腔、千人一面」的才子佳人小說中，吟詩的男女一般也不會搞錯自己的性別身分。只有生吞活剝別人的詩詞，寫入自己的小說中，才會出現《紅樓夢》中姐妹詩詞男性化、隱士化的怪現象。

那麼，我們自然會問，《紅樓夢》中姐妹們的詩詞，是《紅樓夢》作者的原創麼？或者說，《紅樓夢》作者是從哪裡套用來的這些詩詞？過去的紅學專家，都本著對曹雪芹的盲目崇拜，爲了說明曹雪芹的詩才如何高明，曲意強行辯解《紅樓夢》詩詞的高明、高古、高深，無須什麼根據就主觀斷定是曹雪芹原創，說曹雪芹創作《紅樓夢》是爲了傳詩；從來就沒有人敢於懷疑這一點。其實，如果認真考證，《紅樓夢》詩詞大有奧妙！

大家都知道，《紅樓夢》中的「葬花詞」，是套用的明朝詩人唐伯虎的「一年歌」，《紅樓夢》中的「紅豆曲」，是套用的流行於明朝末年的「馬頭調」。但大家是否知道，《紅樓夢》中姐妹們詠海棠、菊花的好多詩詞，也是套用的南明時期那些著名的妓女「秦淮八豔」的酬唱詩呢？下面試舉幾例：

大家都耳熟能詳的林黛玉的〈題帕三絕〉詩，第一首是「眼空蓄淚淚空垂，暗灑閑拋卻爲誰？尺幅鮫綃勞解贈，教人焉得不傷悲！」這首詩明顯是套用李香君的〈訣別口占〉詩：「眼空蓄淚淚空流，苦苦相思卻爲誰？自詡豪情今變節，轉眼無目更添悲！」李香君與侯方域的悲歡離合故事，被孔尚任寫成了《桃花扇》傳奇。李香君的詩，是表達國破家亡時的興亡感慨的，歌頌的是民族大義、民族氣節，《紅樓夢》套用這樣的詩，實堪注意作者的思想傾向。

《紅樓夢》中姐妹們賦詩最集中的是「菊花社」。其中怡紅公子寶玉「種菊」詩的前四句是：「攜鋤秋圃自移來，籬畔庭前故故栽。昨夜不期經雨活，今朝尤喜帶霜開。」這首詩更明顯是套用了董小宛的〈和冒辟疆詠菊詩〉，原詩是：「小鋤秋圃試移來，籬畔庭菊手自栽。前日應是經雨活，今朝竟喜帶霜開。」紅學界對董小宛和冒辟疆的故事當不陌生，紅學界對《紅樓夢》的第一次索隱，就是猜測《紅樓夢》是描寫順治董小宛的故事，當非完全空穴來風。

董小宛所和的冒辟疆的原詩是：「玉手移栽霜露經，一叢淺淡一叢深。數此卻無卿傲世，看來唯有我知音。」這首詩在《紅樓夢》中化成了誰的詩？竟然是那個枕霞舊友史湘雲！史湘雲的「對菊」詩是：「別圃移來貴比金，一叢淺淡一叢深。蕭疏籬畔科頭坐，清冷香中抱膝吟。數去更無君傲世，看來唯有我知音。秋光荏苒休辜負，相對原宜惜寸陰。」湘雲詩的首聯和頸聯，幾乎就是抄襲的冒辟疆詩。

看過《桃花扇》的朋友，都知道劇中有一個與冒董交往密切的楊龍友，這個人也是有生活原型的。董冒酬唱菊花詩時，他也附和了一首：「尙有秋情眾莫知，聯袂負手扣東籬。孤標傲世偕卿隱，一樣花開故故遲。」楊龍友的詩，在《紅樓夢》中，卻變成了瀟湘妃子林黛玉的詩：「欲訊秋情眾莫知，喃喃負手扣東籬。孤標傲世偕誰隱，一樣花開爲底遲？」看，詩才那麼出類拔萃的瀟湘妃子，居然拿著楊龍友的詩冒充自己的作品！

從以上考證分析中我們不難看出，《紅樓夢》中的好多詩詞，並非作者原創，而是套用的明朝著名人物的作品。可惜的是，南明時期著名的「秦淮八豔」和「江南四公子」的詩詞，多數都失傳了，否則我們還可以找到更多的《紅樓夢》詩詞的原版。但僅就以上所舉例證，我們也不難看出，《紅樓夢》中姐妹們的詩詞，基本上是來自南明和明朝詩人的詩詞，而不是其後清朝詩人的作品。黛玉、湘雲的詠菊詩，套用的是冒辟疆、楊龍友的作品，難怪其中充滿男性隱士的味道了。脂批說《紅樓夢》作者作此書有傳詩之意，傳的是誰的詩呀？

## 三、「木石前盟」和「金玉良緣」是用誰做生活原型描寫的？

中國古代三角戀愛的故事不多，以三角戀愛故事做基本素材寫小說更是鳳毛麟角；即使寫一男多女的幾角戀愛，一般也都處理成令人噁心的一夫多妻結局，而不會處理成排他的兩組婚姻關係。《紅樓夢》小說確實是個例外，它以「木石前盟」和「金玉良緣」爲主線，圍繞著寶玉、寶釵、黛玉三個主角，譜寫了一部十分摩登現代的三角戀愛淒婉頌歌。

但是，故事美則美矣，哀則哀矣，卻總給人一種說不出來的彆扭感覺。書中的寶、釵、黛三個少男少女，都是十五六歲的年紀，一朵花剛剛含苞待放，但總給人一種過度成熟的味道：寶釵待人處世是那麼圓滑老到，腹中的知識又是那麼豐富淵博，簡直就是一個成熟過度的女夫子形象。寶玉平素給人一種情竇初開的翩翩佳公子形象，但與薛蟠、馮紫英、琪官和妓女雲兒大唱〈紅豆曲〉時，給人的是一個遊戲於青樓楚館的情場老手的過度成熟形象。

黛玉的形象總應該是一個清純少女吧？事實也不然。請看她的代表作品《葬花詞》：「三月香巢已壘成，樑間燕子太無情！明年花發雖可啄，卻不道人去樑空巢也傾。」詩中以燕喻人，難道剛剛十四五歲的黛玉，以前就曾經與人組建過「香巢」？由於「燕子無情」，導致了「人去樑空巢也傾」的愛情悲劇？

「桃李明年能再發，明年閨中知有誰？」「爾今死去儂收葬，未卜儂身何日喪」，「儂今葬花人笑癡，他年葬儂知是誰？」「試看春殘花漸落，便是紅顏老死時。」絕對的一副哀歎美人遲暮、歸依無人悲愴情緒和急不可待在「紅顏老死」前擇偶的形象！須知，此時的黛玉剛進榮府不久，只有十四五歲年紀，也就像今天剛上初中的女孩子吧，何至於產生這樣一種急不可待的「紅顏老死」恐懼啊？

「青燈照壁人初睡，冷雨敲窗被未溫」，「怪奴底事備傷神，半爲憐春半惱春」，「昨宵庭外悲歌發，知是花魂與鳥魂？」「一朝春盡紅顏老，花落人亡兩不知」。小小的黛玉，難道會產生期盼情人「溫被」以禦寒冷的念頭麼？難道會在一個漆黑的夜裡，睡夢中去諦聽情人在庭外所發的「悲歌」麼？難道會因爲情人不能如約而至，產生「花落人亡」的感歎麼？

「一年三百六十日，風刀霜劍嚴相逼」，「獨倚花鋤淚暗灑，灑上空枝見血痕」，「質本潔來還潔去，強於汙淖陷渠溝」，「未若錦囊收豔骨，一抔淨土掩風流」。黛玉雖然寄人籬下，但有外祖母的寵愛，寶玉哥哥的呵護，鳳姐等人的關心，丫頭們的尊敬，姐妹們的融洽嬉戲，無論如何也不會產生「風刀霜劍」的感覺，更不會產生潔身自好而死，勝於落入污穢溝渠的感覺。

從「葬花詞」中我們可以推測，《紅樓夢》中黛玉這個人物的原型，進入大觀園前，曾經與心愛的情人組成過一個「香巢」，後來由於「燕子無情」，結果「人去巢空」了。離開「香巢」後，過著一種漂泊無依的生活。由於社會上的黑惡勢力逼迫，使她產生一種「風刀霜劍嚴相逼」的感覺。由於年齡漸大，沒有歸屬，「美人遲暮」的心情愈來愈嚴重，以致於產生何處「淨土掩風流」的悲愴感。

《紅樓夢》中林黛玉的原型究竟是誰？我勸朋友們認真閱讀一下國學大師陳寅恪先生撰寫的《柳如是別傳》。林黛玉在〈葬花詞〉中表達的心情，絕對就是秦淮八豔之首柳如是在離別情人陳子龍後，漂泊在杭州西溪時心境的真實寫照！不信的話，朋友們可以把由陳子龍作序的柳如是詩集《戊寅草》、由林天素作小引的《柳如是尺牘》尋來一讀，從中體味一下陳柳分手後的哀怨情緒，然後同黛玉的〈葬花詞〉加以比較，方信予言不謬。

此前，柳如是曾與陳子龍在嘉興「小紅樓」中構築了「香巢」，過了一段雙飛雙宿的幸福生活。後來由於陳家家庭的干預，柳如是迫不得已離開「小紅樓」，造成了「人去巢空」的悲劇結局，爲此她連續以「望江南」詞牌寫了二十首題爲「人去也」、「人何在」的哀豔詩詞。柳如是帶著對情人的無盡思念，在江南各地淒苦漂泊，受盡了謝三賓等惡勢力「風刀霜劍」的逼迫。在杭州西溪漂泊時的柳如是，大概是二十二歲，美人遲暮的心情十分沈重，在她此時的詩詞中每每流露。《紅樓夢》中的〈葬花詞〉，應該是作者根據柳如是的這段人生經歷，按照柳如是在杭州西溪時的心情創作的。

柳如是是個著名妓女，少小時被賣入青樓，根本不知道自己家鄉何處，父母是誰。鴇母開始給她取名「楊影憐」，後來自己取名柳如是。朋友們可以聯想到《紅樓夢》中的「甄英蓮」，「英蓮」與「影憐」同音，似非偶合。英蓮被拐子拐賣後，被迫爲人做妾，不知自己的家鄉和父母，與柳如是的經歷相同。作者讓她的面目長得同「東府蓉大奶奶」相似，而這個「東府蓉大奶奶」秦可卿又「鮮豔嫵媚有似乎寶釵，風流嫋娜則又如黛玉」。這樣聯繫起來，「英蓮」就是「兼美」，就是「釵黛」，她們的生活原型，都取自柳如是。紅學界關於「釵黛合一」的推論，從這個角度看，是很有道理的。

柳如是一生有很多雅號，例如「楊柳」、「蘼蕪君」、「瀟湘妃子」、「柳儒士」、「柳隱」、「女史」、「河東君」、「美人」、「桃花」等等。多數都被《紅樓夢》作者原封不動用到了寶釵、黛玉身上。寶釵的號是「蘅蕪君」，「蘅蕪」就是「蘼蕪」；河東既是柳姓的郡望，也是薛姓的郡望，所以，寶釵的雅號「蘅蕪君」，也可稱爲「河東君」。

「桃花」、「瀟湘」同是黛玉與柳如是的象徵。《紅樓夢》書中，表現黛玉總是面帶潮紅，鮮豔壓倒桃花，並說黛玉之病由此而起。生活中的柳如是，確實是經常豔如桃花，曾有「桃花得氣美人中」的名句，意思是：不是美人因桃花而美麗，反倒是桃花因美人而豔麗。朋友們可以把林黛玉的〈桃花行〉同柳如是的詠桃花詩對比來讀，相信會有體會的。據說柳如是那個時期的妓女爲了保持面部鮮豔，經常服用一種類似砒霜一類的藥品，服用時間久了，往往引起內臟的病變，而導致吐血；柳如是就是因此而「多愁善病」，在小紅樓和絳雲樓生活期間都曾經吐過血，陳寅恪先生在《柳如是別傳》中對此有詳細闡述。今天的讀者往往根據現代醫學，推斷黛玉得了什麼肺結核，其實《紅樓夢》作者是根據柳如是的真實生活描寫的，他判斷黛玉的病根源在於「面如桃花」，說的是當時妓女美容方法，並非什麼肺結核。

《紅樓夢》故事的主線是「木石前盟」和「金玉良緣」，正是根據柳如是的「三角戀

愛」經歷創作的。柳如是先前與幾社名士陳子龍在嘉興小紅樓中由戀愛而同居，過了一段十分幸福美滿的日子，陳子龍回憶這段生活時，曾賦詩說：「始知昨夜紅樓夢，身在桃花萬樹中」，這應該是《紅樓夢》書名的真實來歷。

柳如是曾有過「楊絳子」的別稱，自然是「閬苑仙葩」，是絳珠仙子；陳子龍就是「美玉無瑕」，是神瑛侍者。爲什麼這麼推斷？因爲陳子龍確有「無瑕詞客」的別號，並曾用這個別號署名，與柳如是多次酬唱。「無瑕」就是玉，就是瑛；小紅樓中的陳子龍，就是「赤瑕宮神瑛侍者」。陳柳後來無奈分手了，「心事終虛化」，但舊情不斷，兩地相思之情更加濃烈，見兩人的詩作。這種分手後的相思，不正是《紅樓夢》中的「木石前盟」麼？何謂「前盟」，情人分手以前的海誓山盟也。柳如是在分手後所拋灑的無盡淚水，不也正是《紅樓夢》中的「絳珠還淚」麼！

「金玉良緣」的故事，應該是取材於柳如是同錢謙益的婚姻生活。陳柳分手後，柳如是在「風刀霜劍」的逼迫下，無奈嫁給了江南老名士錢謙益。錢柳二人雖然年齡相差很大，但由於對知識的共同愛好，夫妻之間酬唱切磋，感情還是很好的，時人也很豔慕，譽之爲「金玉良緣」。錢謙益家中正堂名爲「榮木堂」，《紅樓夢》中是「榮禧堂」；錢謙益爲了迎娶柳如是，特意修建了「絳雲樓」，《紅樓夢》中表現爲「絳雲軒」；錢柳二人後期，曾長期生活在「紅豆莊」，莊中確實有一棵江淮一帶難得一見的紅豆樹，夫妻二人以紅豆爲題作了很多詩；《紅樓夢》中的寶玉就大唱其「滴不盡相思血淚拋紅豆」。這麼多的雷同之處，用偶合是不能解釋的。合理的解釋只能是，《紅樓夢》的愛情生活，取材於柳如是親身經歷的「木石前盟」和「金玉良緣」！

再扯遠一點，《紅樓夢》中那些愛情悲劇的「撮合山」是「警幻仙姑」，書中「警幻」一出場，作者就以騷體寫了一篇讚頌警幻的賦。賦雖然寫得不怎麼著，但讀後總有一種似曾相識的感覺。近日翻了一下柳如是的《東山酬和集》，集前的「東山酬和賦」中寫道：「攬人間之儷傀」，「望北渚兮帝子」，「列屋兮粉黛，滿堂兮羅綺」，「乍離乍合，若信若疑」，「來朱鳥於窗前，情綢結以泮奐」，等等，不一一照錄了，朋友們可以自己找來看。這篇賦的作者是孫永祚，乃錢柳夫妻的門人。《紅樓夢》的「警幻賦」，似乎就是在此剿襲來的。這也從一個側面間接證實了林黛玉的原型就是柳如是。

再舉一例：據《陶風樓藏書畫目》記載，有一首出自河東君手筆的賦，「吐屬清妙」，「以爲紅樓佳話」。賦中有云：「玉樓催促，學士英年；金谷飄零，佳人薄命。恨綿綿其無已，意鬱鬱而欲伸。」「屈子離騷，咽殘湘水。珠沈淵而有淚，花落地以無聲。千古寸心，寂然滅矣。所以多情佛子，發無限慈悲；好事神仙，做絕大遊戲。欲訂盟於今古，爰撮合夫幽明。返魂之香一燒，補天之石重煉。珠璣錯落，滿盤皆夢幻之沙；錦綺繽紛，寸木即生花之筆。」「於是花間月下，酒半茶初，偶有遐思，遂成幽契。燕斜飛而似識，月直上而無猜。喚出真真，書來咄咄。則有詞宗閨彥，羽士高僧。世有未名之人，人有未傳之作，咸得留姓名於身後，寄衷曲於人間。」「蘇小情深，托同心於松柏；麻姑年少，感浩劫於滄

桑。」「落花爲美人小影，芳草乃王孫斷魂。」「塵心未盡，勿登四大禪林；綺語紛來，又是一重公案。」如果說這首賦說的就是《紅樓夢》創作，確實十分形象傳神；但柳如是不可能是《紅樓夢》作者，只能理解爲《紅樓夢》創作本身，受柳如是影響絕大！

《紅樓夢》中與黛玉關係比較密切的有兩個人：妙玉和湘雲。湘雲從小曾和黛玉住在一個房間內，這個房間門上寶玉題寫的門額是「絳雲軒」三個字。這個湘雲的生活原型應是南明時期著名妓女黃皆令。黃皆令才藝雙絕，性格光明闊大，確實是從未把兒女私情略縈心上。柳如是嫁給錢謙益後，黃皆令也嫁了人，似乎是一個身體不怎麼好的「才貌仙郎」，二人婚後生育兩個孩子。後來柳如是在杭州再見到黃皆令後，她的丈夫早死了，生活極端拮据，兩個孩子啼饑號寒，但黃皆令自己卻不以爲意，依舊談笑自若。柳如是把黃皆令接到自己家，一起住在「絳雲樓」中，共同切磋才藝。後來黃皆令的去向和最終結局，由於史料局限，我沒有考證清楚。

《紅樓夢》書中那個性格孤僻並有潔癖的妙玉，生活原型應該是林天素。林天素原來也是一個著名妓女，中年後帶髮出家，寄住在杭州西溪汪然明家的「隨喜庵」中，一身縞素，性格孤傲，絕不結交權貴與富家公子，正是「王孫公子歎無緣」。柳如是遊歷杭州時，也住在汪然明家，與林天素性格相投。林天素應汪然明之請，曾爲《柳如是尺牘》做序，文字寫得十分清高優美。後來林天素似乎爲社會豪強所迫，無奈離開杭州，前往福建，在戰亂中被辱而死，也正是「無瑕白璧遭泥陷」。

杭州西溪是洪昇的老家，也是柳如是、黃皆令、林天素三人邂逅交往的地方，洪昇對這些才女的故事應當耳熟能詳。還有一個有趣的事情，晚明時受大婦虐待而死的馮小青，其丈夫馮雲將也住在西溪，並與柳如是、黃皆令、林天素等人有過密切交往。《紅樓夢》中描寫林黛玉，曾使用了馮小青的詩句：「瘦影自臨春水照，卿須憐我我憐卿」。判斷洪昇爲《紅樓夢》作者，此亦爲旁證。

## 四、賈府「三春」、「四豔」身上的諸多謎團解讀

《紅樓夢》中的好多謎語至今無解，譬如榮國府中，寶玉的親姐妹和堂姐妹一共四個：元春、迎春、探春和惜春，諧音爲「原應歎息」，意爲紅顏薄命。但是，明明四個姐妹的名字都用春字，作者爲什麼屢次使用「三春」的概念？什麼「三春爭及初春景」，「三春去後諸芳盡」，「勘破三春景不長」，難道還有一個「景長」的另外一春麼？

《紅樓夢》書中的元春是寶玉長姊，比寶玉年長二十多歲，名爲姊弟，感情如同母子。王夫人的肚子確實神奇，居然能生出如此兩個長女幼子，實在罕見。對《紅樓夢》中元春的判詞，至今無人能解：「二十年來辨是非，榴花開處照宮闈。三春爭及初春景，虎兕相逢大夢歸」。「二十年」指的是什麼時間？其中有什麼是非？難道「三春」都要進宮當娘娘去「爭即初春景」麼？從書中看探春似有可能，迎春、惜春決沒有這個跡象啊？究竟是「虎兔相逢」還是「虎兕相逢」？這是表示的時間概念麼？

迎春號稱「二木頭」，爲人軟弱善良。她的判詞也很奇怪：「子系中山狼，得志便猖狂。金閨花柳質，一載赴黃粱。」用迎春婚後被孫紹祖虐待而死似乎能解釋得過去，但「子系」兩字著實有點奇怪，說的是迎春還是孫紹祖？孫紹組在虐死迎春前，未聞有什麼「得志」的事，娶個媳婦稀鬆平常，也談不到「得志」啊，更不是因爲「得志」才虐待迎春的啊？

探春是朵帶刺的玫瑰，有才能，也有志氣、骨氣。她的判詞是「才自清明志自高，生於末世運偏消。清明涕送江邊望，千里東風一夢遙」。紅學界都解釋爲探春遠嫁，但也有說不通的地方。這個「末世」是家族的末世還是國家朝廷的末世？坐著大船遠嫁「三千里」，這是什麼地方啊？「從今分兩地，各自保平安」，難道永無見面之可能了麼？

惜春的性格既老實又固執，後來的結果是出家，這一點沒有疑問。但惜春的判詞卻大有疑問：「勘破三春景不長，緇衣頓改昔年裝。可憐繡戶侯門女，獨臥青燈古佛旁。」不是「三春爭及初春景」麼，怎麼又「勘破三春景不長」了？究竟什麼是「三春景不長」？「三春」是她的親姐妹麼？其中的探春之「景」不是挺長的麼？

《紅樓夢》中好多女兒的事跡命運，用判詞、曲子的說法都無法解釋，不止是榮府四春，就連釵、黛、湘、可卿、鳳姐、妙玉等人的判詞、曲子，都有說不通的地方。紅學家們不明就裡，研究中也只好葫蘆提應付了事。怎麼樣能解釋通呢？看來僅從書中字面是難以解釋通的，必須搞清楚《紅樓夢》的時代背景和作者創作意圖，才能得出合理的解釋。

正如前面所分析的，《紅樓夢》作品的社會背景是南明時代，作品故事取材是選取的表現南明小朝廷「風雲氣少，兒女情多」的人和事，那麼，榮府中「三春」、「四豔」所影射的，未必是什麼弱女子，而是最有背景意義的重要人和事。當時最重要的人和事，大概莫過於南明小朝廷的「三帝一監國」了，正是所謂的「三春」、「四豔」！

所謂「三春」，代表的正是「三帝」，也就是福王政權的弘光帝，桂王政權的永曆帝，唐王政權的隆武帝。再加一個監國的魯王，恰恰組成了紅樓「四豔」！「紅樓」的紅字，可以指代朱明的「朱」字，「紅樓」既可以指富室閨閣，也可以代指青樓楚館，還可以代指大內皇宮。碧瓦紅牆的皇宮，在古代文人筆下，往往用紅樓表示。

元春影射的是南明福王組建的弘光政權。最有力的證據就是抗清義士夏完淳諷喻弘光政權的詩：「二十年來事已非，不開畫閣鎖芳菲。哪堪兩院無人到，獨對三春有燕飛。」朋友們看出來沒有？《紅樓夢》中元春的判詞，應該就是根據這首詩幻化出來的。這首詩是指斥南明政權在大敵當前之際，還醉生夢死、歌舞昇平的。「二十年來事已非」說的是南明三帝延續了二十來年，至今已面目全非，不可收拾了；什麼原因造成的呢？「不開畫閣鎖芳菲」，就像陳後主和南唐二帝一樣，沈溺於風月情場中；致使南京的歌舞酒樓和紅樓妓館一時繁榮。那句「獨對三春有燕飛」很有隱曲，「三春」顯然是借指南明三帝，「燕飛」又是什麼呢？是用漢代的趙飛燕代指皇妃麼？顯然不是。

朋友們可以回憶一下，《紅樓夢》中姐妹們詠柳絮時，黛玉的〈唐多令〉起句是「粉墮百花洲，香殘燕子樓」。對此紅學界一般都解釋爲蘇州的「百花洲」和徐州北部的「燕子樓」，白居易曾有〈燕子樓三首並序〉歌頌之。表面上看似乎不無道理，但《紅樓夢》寫的是金陵舊事，其典還應該出自南京爲是。南京過去確有「百花洲」，地處鈔庫街小西湖附近，是文人仕女經常遊玩的地方。傳奇《桃花扇》中，李香君就曾「燕子樓中人臥病，燈昏被冷有誰知」？可見南京亦有燕子樓。林黛玉「葬花詞」中「青燈照壁人初睡，冷雨敲窗被未溫」詩句的出處也似乎在這裡。扯了這麼遠，無非是解釋夏完淳的詩，事實上是指斥南明君臣在南京「百花洲」、「燕子樓」一類地方歌舞昇平，以致國事不可收拾。南明時君臣最流行觀看的傳奇是阮大鋮所創作的《春燈謎》、《燕子箋》，夏詩所說的「燕飛」，似乎與此也不無關係。

再回到《紅樓夢》中元妃的判詞，「二十年來辨是非」，顯然是辯的南明三帝「二十年」的「是非」；「三春爭及初春景」是說三個小朝廷「爭」當南明小皇帝，「初春」即「元春」，即第一個當上小皇帝的弘光帝；「虎兕相逢大夢歸」，說的是清軍下江南後，南明三個政權先後都迅速垮臺，復興明朝變成了一場清秋大夢！「虎兕相逢」來源於吳梅村的詩句「前有猛虎後蒼兕」，吳詩指的是寧古塔地方景象；寧古塔位於今天黑龍江省寧安市，是清朝滿族的發祥地和故都，用「虎兕相逢」代指兇惡的滿清軍隊，是十分貼切的。

說到元春，不能不提《紅樓夢》書中最重要的情節「元妃省親」。紅學家們都跟著胡適先生亂嚷，一致認爲省親就是暗寫康熙南巡。其實這才是典型的「猜笨謎」呢！從《紅樓夢》的描寫看，元春與榮府住在一個城市，從皇宮出發，一會兒就到了，怎麼能是康熙迢迢三千里南巡呢？其實最簡單的解釋就是弘光皇帝駕臨馬士英府。弘光帝是馬士英擁立的，當上皇帝後，確實到馬府「探親」過。書中描寫代表史家的老祖宗、代表王家的王夫人和鳳姐、代表錢家的薛姨媽、薛寶釵，在元妃省親時都出面了，四大家族在這裡湊全了，這不正是弘光朝的史實麼？

有的朋友可能要問，那麼《紅樓夢》作者交代的「甄家接駕四次」又怎麼解釋？其實更好解釋。這個弘光皇帝，平生最大的嗜好就是看戲。你看，《紅樓夢》中不是特意買辦了一個小戲班子，為元妃唱戲麼？弘光朝那個投靠馬士英的無行官僚兼文人阮大鋮，一生最大的成就就是寫戲演戲。他家自備的家班所演之戲，在當時是南京最好的。弘光皇帝最熱衷到阮家看戲，前後到阮家去了大概不止四次。就是到了清軍兵臨城下的危機時刻，這個荒淫的皇帝，還在為近日內看不到阮大鋮的《燕子箋》戲而長吁短歎呢！

《紅樓夢》中的迎春，影射的應該是桂王建立的永曆政權。「子系中山狼」的「子系」是一個繁體的孫字，代指永曆政權中野心勃勃、大權獨攬的孫可望。孫可望原來是張獻忠的部將，張獻忠失敗後，他又籠絡永曆皇帝，扯起反清復明的旗號。永曆帝無兵無將，確實受了孫可望許多折磨，正所謂遭遇了「中山狼」行徑。後來孫可望又投降了清軍，導致永曆帝被吳三桂擒拿在緬甸，勒死在昆明，一命嗚呼赴黃粱了。

《紅樓夢》中的探春，影射的應該是唐王建立的隆武政權。隆武帝是個頗思有所作為的皇帝，他同其他南明小皇帝不同，有點臥薪嘗膽、壯志恢復的志氣，正所謂「才自清明志自高」。他曾經對明朝延續了近百年的「黨爭」痛加整頓；他自己比較注意刻苦節儉地生活，也比較關心民眾的生活疾苦；他曾經親率軍隊出征浙閩清軍。但由於受制於鄭芝龍父子，壯志難酬，最後在長汀被清軍俘獲，全家一起壯烈殉國了，也正所謂「生於末世運偏消」。

《紅樓夢》中說探春遠嫁海外，「清明涕送江邊望」，是有真實根據的。隆武政權依託的是鄭芝龍的軍隊，鄭芝龍降清後，這支軍隊由鄭成功統領，盤踞在金門、廈門一帶，進而收復了台灣。在此期間，還曾聯絡魯王政權張煌言的水師，幾次打進長江，兵臨南京城下，一度曾嚇得順治皇帝要逃回東北老家。

江南遺民對鄭氏水師的盼望，正所謂「清明涕送江邊望，千里東風一夢遙」。《紅樓夢》中寶琴所說的「真真國」，應該暗指的台灣；女孩子詩中「島雲蒸大海，巒氣接叢林」就是典型的台灣景色；「漢南春歷歷，焉得不關心」，說的也是江南和台灣抗清力量聲氣相求的實情。柳如是和她的丈夫錢謙益，晚年之所以長住「紅豆莊」，原因就是這裡臨江近海，便於同義軍水師聯絡。柳如是曾經親往崇明勞師，同張煌言水師中的娘子軍很是親熱。後來這些娘子軍全部戰死在崇明，這似乎就是《紅樓夢》中描寫「林四娘」和她的女兵的根據之一。當然山東青州發生的林四娘的故事也有史料支持，此事發生的時間是順治二年，也正是南明弘光元年；不過這個林四娘只是一個死於戰亂的宮女，並沒有那些馳騁沙場的英勇事跡。《紅樓夢》作者用兩個故事合成一個全新的林四娘形象，是小說創作常見的伎倆。

《紅樓夢》中以濃墨重彩描寫了「敏探春興利除宿弊」的故事，所謂「除宿弊」，應該是影射唐王打擊「黨爭」，消除內部紛爭，團結抗清的事跡；所謂「興利」，也似乎是影射唐王關心民眾生活，節儉朝廷開支，注意積累抗清所需財富的事跡。探春理家時，幫助她的是寶釵。如前所述，寶釵的原型也是柳如是。柳如是曾把自己一生積攢的首飾，慷慨捐贈給義軍，用於裝備「八百羅漢軍」。《紅樓夢》中的「賢寶釵小惠全大體」，大概就是影射的這件事情。

《紅樓夢》中的惜春，影射的似乎是魯王監國政權。魯王始終沒有稱帝，一直是監國身分，所以《紅樓夢》中沒有讓惜春進入「三春」的行列。《紅樓夢》作者爲什麼要以「春」字代指皇帝？應該是從《春秋》的「春王正月」而來。魯王後期，三個南明皇帝接連失敗被殺了，正所謂「勘破三春景不長」。魯王自己的軍隊也大部被清軍消滅，只率殘部逃到福建沿海苟延殘喘，最後幾乎只剩下孤家寡人，每天只好在海島上孤獨地以拜佛念經爲事了，這也正是「獨臥青燈古佛旁」的結果。魯王一直沒有被俘，最後孤獨淒慘地病死在金門島（**就是今天台灣統治下的金門島**）上，至今墳墓猶在，可惜幾乎無人憑弔了。

## 五、賈史王薛「四大家族」與「甄賈寶玉」的真實來歷

紅學專家們幾乎異口同聲地斷定《紅樓夢》中的「四大家族」，就是以清朝時期江寧、

蘇州、杭州三大織造爲原型創作的。其實一點根據也沒有，完全是附會式的「猜笨謎」。三大織造是三家，也不是「四大家族」；三個織造府，分佈在兩個省的三個城市，也不能統稱爲金陵的「四大家族」；三個織造府，明朝時就是如此設置，也並非只有清朝才有。清朝的織造府官員雖然有時可以向皇帝打點小報告，但畢竟是內務府管轄的奴才身分，對朝政影響有限，也絕對爬不到「國公」、「一等將軍」的高位。

如果把《紅樓夢》的社會背景放回到南明那個極端特殊的時代去研究，「四大家族」馬上就露出了原型！「賈不假，白玉爲堂金做馬」，就是權傾朝野的馬士英家族。「護官符」第一句前邊的「賈」，就是後邊的「馬」，「賈就是馬，馬就是賈」，作者告訴的很清楚，我們沒有看出來罷了。「阿房宮，三百里，住不下金陵一個史」，就是位高權重的史可法家族，作者在「護官符」第二句的結尾已經告訴了我們，這一家本來就姓史。「東海缺少白玉床，龍王來請金陵王」，依此類推，這一家族應該姓王，並且是金陵王。他是誰呢？就是朝中高居相位的不倒翁王鐸家族。「豐年好大雪，珍珠如土金如鐵」，對「護官符」中的這個尾句，再按上述規律推斷不靈了，這家不姓鐵，而姓錢，鐵錢兩字不僅都是金旁，句中的「珍珠」、「金」字，也都是錢的象徵。這個家族就是南明最著名的學者、東林黨領袖、當朝禮部尙書錢謙益家族。

南明政權建立之初，在擁戴福王還是潞王當皇帝這個重大問題上，朝廷中是有矛盾的。錢謙益以及復社成員出身的文員主張擁立潞王；馬士英以及江北四鎮的軍閥們主張擁立福王；當時官位最高，也最有權威的兵部尚書史可法，在這個重大問題上表現舉棋不定，最後提出一個擁立遠在廣西的桂王的折中方案。

就在爭吵不息的過程中，時任鳳陽總督的馬士英，強行用軍隊保護福王進入南京，坐上了皇帝的龍椅。馬士英也因此當上了最有權勢的東閣大學士兼兵部尚書，總攬了朝廷軍政大權。史可法、錢謙益由於在擁立問題上進退失據，在朝中大受排擠。史可法雖然名義上仍然是南明官位最高的人，但已經從權利中樞退出，不得已主動提出到揚州督師，遠離了首都金陵。錢謙益無奈之下只好向馬士英靠攏，喪失了東林黨人的氣節。

《紅樓夢》中把福王的替身元妃寫成賈家的長女，放在「金做馬」的榮國府背景下，無非是影射這個皇帝是馬家擁立的。書中讓史可法以「老祖宗」的面目出現，受到全家的尊重，但沒有什麼實權，只好靠玩樂打發日子，頂多發點小脾氣，吵嚷要「回南」，被賈政夫妻哄一哄就乖乖兒借坡下驢。實權落在了王夫人和王熙鳳手裡，這就是「龍王來請金陵王」的王家，王鐸在弘光朝政爭中始終官居東閣大學士巍然不倒，朝廷的日常工作一般都由他來處理，同《紅樓夢》中的王熙鳳完全相似。錢謙益家族在《紅樓夢》中是以薛家的面目出現的，投靠巴結賈家，也正是錢謙益投靠巴結馬士英醜陋行爲的真實反映。

《紅樓夢》中的四大家族結成的「一損俱損，一榮俱榮」的關係，似乎並非紅學界通常理解的那種織造府之間的關係，而是改朝換代時的「命運共同體」的關係。南明政權若存

在，四大家族都有安身立命的去處；南明政權若滅亡，四大家族都是覆巢下的累卵，誰也不會有好下場。《紅樓夢》作者之所以把四大家族的人都放在「大觀園」背景下，是作品創作「三一律」的需要。大觀園的原型，宏觀上是江南大好河山，中觀上是南京金陵，微觀上是作者的家鄉杭州西溪。這一點我曾做過詳細考證，此不贅述。

《紅樓夢》中的第一主角賈寶玉，他的原型是誰，歷來是紅學研究最重要的問題。這個賈寶玉，出生時口中便含著一塊玉，玉上鐫刻的文字是「莫失莫忘，仙壽恒昌」，同秦始皇御墨上的「受命於天，即壽永昌」文字和意義都十分相似，使人不得不懷疑他的「太子」身分。更爲奇怪的是，寶玉在南方的金陵和北方的大都，居然有甄賈兩個。對這個謎團的唯一解釋，就是發生在順治二年（弘光元年）的「真假太子」事件！

一六四五年，在清朝的首都北京和南明的首都南京，各發生了一起「真假太子」事件。北京出現的這個「崇禎太子」，還沒有搞清真假，就被清廷砍了腦袋。南京冒出來的這個不知真假的「崇禎太子」，搞得熱鬧極了！先是經過六部九卿會審，斷定他是「假太子」，真名是「王之明」；明眼人一下子就能看出來，這次會審有問題，按弘光皇帝之意志，必須把太子斷定爲假；但也有人不服，有意捏造出來「王之明」這個怪名字，反過來不就是「明之王」麼？他很有可能是真太子。《紅樓夢》中「假做真時真亦假」的感慨，似乎應是對此而發。

真假太子案尚未審理清楚，弘光政權就垮臺了。就在福王逃出南京，清軍尚未進入南京的三天時間裡，南京的老百姓，把這個不知真假的太子，從監獄中弄出來，擁入皇宮，把福王的龍袍穿在他的身上，居然擁戴他當了三天南明皇帝！這個不知真假的皇帝，龍袍加身後做的第一件事，就是跑回監獄中，加封「獄神」爲保佑平安的一路神仙；聯想到《紅樓夢》脂批中透露的「獄神廟」情節，的確發人深省！

這個不知真假的崇禎太子，到最後南明滅亡也沒有辨明真假。領兵進入南京的清朝多鐸親王，進入南京後所辦的第一件事情，就是把這個不知真假的「太子」請出來，親口告訴南明投降的官僚們，這是真的太子，是清朝故意放回南明擾亂人心的。豫親王多鐸的話是否可信，至今也無法證實，只好存疑了。

《紅樓夢》作者之所以把這個不知真假的太子化身寶玉，寫成甄賈兩個一模一樣的人，其隱喻是不言自明的。把這個寶玉放在賈家，也就是馬家的背景下，無疑是交代表現南明福王政權的背景。《紅樓夢》中寫寶玉「不肖種種大受笞撻」，似乎是影射這個太子在南明宮廷中不被承認，吃盡了苦頭，幾乎被殺頭的史實。《紅樓夢》書中說賈政要拿繩子勒死他，無非是影射弘光皇帝要置這個太子於死地。賈母保護寶玉，是影射史可法不同意處死太子，以老資格干預此事的經歷。左良玉發兵南京，東林黨人鬧事起哄，目的也是爲了保護太子。不過，這個不知真假的太子即使是真太子，與福王的關係也是叔侄關係，不會是兄弟關係。但考慮到有的紅學家考證《紅樓夢》早期稿本中，寶玉同元春是姑侄關係，似乎又比較好解釋了。

《紅樓夢》中的元春，莫名其妙地見不得一個「玉」字，寶玉是她的愛弟，可她偏偏把愛弟所題寫的「紅香綠玉」改成「怡紅快綠」，把「香玉」二字去掉了事。氣得寶玉在元妃省親後，立即鑽進瀟湘館，同黛玉大講了一通小耗子偷「香芋」——香玉的故事，明顯把這個皇妃大姐比喻成了小耗子，似乎並不恭敬。《紅樓夢》為什麼這麼寫呢？因為南京發生的「真假太子」案，嚴重影響著福王當皇帝的正統合法性，所以福王無論如何也不會承認這個太子是真的。元妃是福王的化身，她當然要偷走寶玉的「玉」字了。我們知道，寶玉所佩之玉，事實上是玉璽的化身；偷走了玉字，不正是竊取了皇位麼？

有的朋友可能要問，你說寶玉的原型是太子，《紅樓夢》中為什麼讓他成了「二爺」，太子應該是「大爺」啊？問得著啊！崇禎皇帝一共有三個兒子：太子、永王和定王。但在當時的特定動亂社會中，不僅民間，就是官場，也把崇禎皇帝的兒子統統稱為「太子」，因為不管哪個能活下來，都是繼承皇位的不二人選。真的太子在清軍與闖王交戰時確實死掉了，流落到南京的可能是二皇子永王，自然是「二爺」了。朋友們看「玉」上的「仙壽恒昌」，「金鎖」上的「芳齡永繼」，說的不都是一個「永」字麼？《紅樓夢》中讓寶玉也是弟兄三人，老大賈珠死了，還有一個「小燎貓子」老三賈環。這與崇禎皇帝的三個「太子」難道是隨便的巧合嗎？

很有意思的是，《紅樓夢》中還有那個貧困的「廊下」賈芸，曾認寶玉為「父親大人」，進大觀園種過花，與小紅還談了一段戀愛。除此另有賈璜、賈芹等遠方親支。他們有生活原型麼？北京的明政權覆亡後，絕大多數皇族都逃難到江浙一代，他們中有的還帶著財寶奴僕，有的可就是純粹的難民了。福王的南明政權成立後，他們都想依附新朝廷，繼續做皇族。但當時一來身分甄別困難，二來「小朝廷」也沒那個能力，所以他們很多人在江南生活拮据。這些皇族很多，《紅樓夢》中賈芸等人的原型是誰，不好一一指實了。

《紅樓夢》作者交代，創作此書用的是「假語村言」，書中又描寫了一個形象可憎的賈雨村，這又是怎麼回事呢？紅學界無人能解這個謎語。其實，《紅樓夢》中的這個賈雨村，是有真實原型的。他就是南明時代臭名昭著的阮大鋮。阮大鋮在天啓朝原來屬於「閹黨」隊伍中人，後來被崇禎皇帝撤了職。撤職的理由就是《紅樓夢》中所說的爲官「貪酷」並「暗結虎狼之屬」；加入魏忠賢的「閹黨」行列，在當時不正是「暗結虎狼之屬」麼！

阮大鋮被撤職後，一直在南京優遊，居住地址在「褲襠巷」，聯想到《紅樓夢》中的「葫蘆廟」，不是發人深省麼？南明政權建立，他又投靠馬士英，當上了南京的城防官員，後來一直做到兵部尚書高位。《紅樓夢》中說他投靠賈府，正是投靠馬家；讓他先當「金陵應天府尹」，後來當上的「大司馬」，正是兵部尚書，與阮大鋮的經歷完全相同。

奇怪的是，《紅樓夢》中，作者讓賈雨村去當林黛玉的老師，難道阮大鋮當過柳如是的老師麼？事實確實如此。阮大鋮這個人，當官確實不怎麼樣，但有一個長處，就是傳奇劇本寫得好。他創作的《春燈謎》、《燕子箋》劇目，在南明時期是最暢演的劇目。柳如是乃一代名妓，當時的妓女都以演唱傳奇曲子爲本能。阮大鋮當權後，錢謙益有心巴結，曾經讓柳如是爲阮大鋮奉酒拜師，學習傳奇，正式結成了師生關係。阮大鋮江上閱兵時，仿照戲臺上的服裝，穿戴「素蟒玉帶」，柳如是跟著打扮成戲臺上的刀馬旦形象，在閱兵場身穿戰袍，頭插雉尾，在當時傳爲笑談。《紅樓夢》中寶玉把芳官打扮成「小騷韃子」形象的描寫，似乎應該是從這個故事取材的。阮大鋮這個人是編寫傳奇的專家，在《紅樓夢》中他的化身是賈雨村，《紅樓夢》作者要讓自己的故事「問世傳奇」，正是用「假語村（賈雨村）言」敷衍故事。

## 六、骯髒的東府與王熙鳳協理寧國府的由來

《紅樓夢》中對東府的描寫確實不留情面，祖孫三代「扒灰的扒灰，養小叔子的養小叔子」，「除了門前那兩個石頭獅子，再沒有一處乾淨的地方」！《紅樓夢》作者在書中寫人狀物，一般都能夠心存忠厚，不說絕對話；如果不是對東府懷有深仇大恨，應該不會這麼秉筆直書的。

《紅樓夢》中西府的原型是南明小朝廷，那麼這個東府的原型又是誰？考慮到當時對東北地方的習慣稱呼是「東省」，這個東府的原型，最大可能就是剛剛建立的滿清政權！《紅樓夢》中說東府有「兩三個莊子」，西府有「八九個莊子」，正是對「東北三省」和「江南九省」的真實描寫；賈珍父子議論近幾年西府莊子收成不好，也是寫實，明清之際，「江南九省」的年景確實不好，連續遭災歉收。書中關於「烏進孝進租」的描寫更是發人深省，

租單上羅列的都是東北的特產供品，全國其他地方都沒有，正說明東府的老家在東北，烏進孝繳納的是東北皇莊的貢品，查故宮博物院清朝內務府的貢單，與烏進孝的租單幾乎一模一樣。

書中描寫的那個十分引人注目的焦大，當年曾經跟「老太爺出過幾次兵」，「從死人堆裡把老太爺背出來」，「得了水給主人喝，自己喝馬溺」。這麼一個老功臣，對年輕主子十分看不慣，喝醉了酒，經常對主子一頓痛罵，把什麼醜事都抖落出來，結果被關進馬棚，塞了滿嘴馬糞。這個焦大的原型，很有可能就是洪承疇一類早期投降滿清的漢族軍官，雖然戰功累累，但在清政權下卻不得重用，滿腹牢騷，不時表功，酒後也經常漫罵。這方面史料記載很多，無須詳細考證。

關於東府「扒灰」，「養小叔子」的說法，《紅樓夢》書中並未實指。但在明末清初，關於清廷這方面穢事的流言卻滿天飛。多爾袞娶侄兒媳婦做「側福晉」，正是所謂的「扒灰」；「太后下嫁攝政王」，也正是「養小叔子」的行爲。

關於秦可卿大出殯的描寫，是《紅樓夢》中的重頭戲，它的影射意義，值得深究。《紅樓夢》中讓東府的賈蓉，成爲西府寶玉的侄兒；讓寶玉睡在侄兒媳婦的床上，大做其「旖旎繾綣，難解難分」的淫蕩大夢，內中必有很深刻的原因。南明政權存在時，曾經給北京的清政權發過一份國書，要求兩個政權並存，希望兩國成爲「叔侄之國」；《紅樓夢》中寶玉爲叔，賈蓉爲侄的來歷，似乎就在於此。

秦可卿之死故事的原型，應該是來源於「順治董小宛」的傳說。有的紅學家考證說，董小宛年齡比順治大得多，決無可能成爲順治的皇妃。這個考證結論無疑是正確的。但問題是，《紅樓夢》是小說，不是史書；小說的作者可以根據傳聞去添油加醋敷衍故事，而不必拘泥於故事的真實性。清朝初期，關於「順治董小宛」和「太后攝政王」的流言滿天飛，確實是不爭的事實。《紅樓夢》作者根據流言寫入書中，有什麼奇怪麼？

順治朝董鄂妃死後，確實有過大出殯事實，我們有什麼理由，要求《紅樓夢》作者，一定要考證清楚董鄂妃不是董小宛？事實上，終清一代，民間從來就沒有搞清過兩個董妃的關係，一直混爲一談。寶玉在可卿床上，做與「兼美」幹「兒女之事」的夢，正說明「兼美」是董小宛的化身。董小宛這樣的名妓，方可能「鮮豔嫵媚」如寶釵，「風流嫋娜」似黛玉。《紅樓夢》作者和她發生「意淫」，在當時社會不爲過吧！

《紅樓夢》對秦可卿的判詞中有「箕裘頹墮皆從敬，造釁開端實在寧」的句子，無人能解開其中深意。其實，我們看一看清廷討伐南明政權的檄文，就什麼都明白了。檄文中指責南明政權荒淫腐敗，箕裘頹墮，說南明政權來路不正，造釁開端。《紅樓夢》中的這句判詞，正是針鋒相對清廷的檄文，說箕裘頹墮你們更甚，造釁開端是你們起始。其中深意，不是一目了然了麼？

《紅樓夢》中最有意思的故事，是「王熙鳳協理寧國府」。如前所述，金陵王家的原型是南明王鐸家族。就是這個王鐸，在清軍兵臨南京城下的時候，率領錢謙益等南明官僚，冒著大雨，跪伏在大街前，流著眼淚向清軍統帥豫親王多鐸遞上降書順表。「太虛幻境」判詞說王熙鳳的下場是「一從二令三人木，哭向金陵事更哀」，根據王鐸的經歷很好理解。南明政權成立之初，他順從了馬士英，這是「一從」；南明政權中後期，他大權在握，頤指氣使，正是所謂的「二令」；南明政權覆亡時，他屈膝投降，正是「三人木」，「人木」合起來是個「休」字，也就是完蛋了。流著眼淚遞降書，正是「哭向金陵事更哀」！

王鐸投降後，開始幫助清政權做事，此後正是「順治董小宛」故事傳揚時期。鳳姐「協理寧國府」辦大出殯，似乎就是影射王鐸協理清政權的史實；至於是否真的幫助清廷辦過董鄂妃大出殯事宜，只有天知道了！當時的社會流言，不可能原原本本都流傳至今，流言蜚語是無從考證的。

## 七、女媧補天與頑石「無材補天」暗示的社會背景

《紅樓夢》一開始，作者就交代了一個「女媧煉五色石補天」的故事。這個故事的神話背景是，由於「共工頭觸不周山」，導致天傾西北，地陷東南；女媧煉「五色石」補上了天塌地陷，才有了後來的花花世界。天塌地陷才需要補，天高地闊女媧補什麼？何謂天塌地陷？在中國古典文學中，一般都是代指一代王朝的滅亡，發生了改朝換代的大事。《紅樓夢》那個時代的改朝換代大事，只能是明清兩朝更迭的時期，而不會是其他所指。

《紅樓夢》作者反覆交代作品隱去了時間地點，「朝代年紀、地域邦國都失落無考」。

其實，作者在書中交代得明明白白，故事發生的時間是「末世」，「凡鳥偏從末世來」，「生於末世運偏消」，這些姐妹們的生活時代都是「末世」；故事發生的地點是金陵，榮府的老宅子在金陵，姐妹們的合稱是「金陵十二釵」。金陵，就是南京，就是石頭城。在「金陵」城裡上演的「末世」故事，不是南明政權是什麼？作者交代的再明白不過了，可惜紅學專家們被胡適蒙蔽了雙眼，楞是看不出來！

《紅樓夢》作者對故事發生的時間地點的交代，其實不僅在於這些暗示，還通過〈好了歌解〉、〈飛鳥各投林〉等曲子，大肆加以渲染：你看，昨天「破襖寒」的窮光蛋，今天在嫌「紫蟒長」；昨天所「擇」的「膏粱」，誰承望今天流落在「煙花巷」；昨天達官貴人的府邸，今天換了新主人「臥鴛鴦」；昨天「金銀滿箱」的富豪，今天成了一文不名的乞丐「強梁」。這不正是改朝換代時期特有的景象麼！「爲官的家業凋零，富貴的金銀散盡，有恩的死裡逃生，無情的分明報應，欠債的債已還，欠淚的淚已盡」，不正是改朝換代時期社會大清算的真實寫照麼？那個末世的小朝廷又哪裡去了呢？「三春過後諸芳盡，各自須尋各自門」，三帝一監國先後滅亡了，「好一似食盡鳥投林，落一片白茫茫大地真乾淨」！

關於《紅樓夢》作者問題，我實在不願與當今紅學界陷入無謂的爭論。我推斷《紅樓夢》的作者是康熙朝的洪昇，有同時代孔尚任的《桃花扇》可以佐證。《紅樓夢》和《桃花扇》，都是以秦淮八豔的愛情生活做主線，感歎南明興亡的作品。康熙朝前中期，文人們熱衷於以南明故事爲素材，創作文學作品，當時此類題材內容的小說戲劇確實很多，朋友們可以看看《中國文學史》的記載。及至雍乾以後，一方面由於文網嚴峻，另一方面也由於時間漸遠，文人幾乎沒有創作以南明做素材的作品了。所以，我們說《紅樓夢》只會產生在順康年代，不會創作於雍乾年代，決不是無由妄斷。

可能有的朋友要說，曹雪芹爲什麼就不能以南明故事爲素材創作小說？他家曾在金陵居住六十年，祖父曹寅又收集了好多明末清初的書籍，曹雪芹自己也曾經去金陵實地探訪過織造府舊址，完全有條件寫作《紅樓夢》啊！朋友們想一想，曹雪芹作爲乾隆時期的人，距離南明時期已經一百多年了，同時作爲一個八旗出身的人，滿清征服中原的受益者，他會發出《紅樓夢》中這些感慨南明興亡的歎息麼？再加上文網等客觀條件限制，遍觀乾隆時期的小說戲劇作品，根本沒有以南明爲題材的作品，曹雪芹怎麼可能去寫悲悼南明的作品呢？再說，曹雪芹長期生活在北京，僅僅跑了一趟南京，就能寫出《紅樓夢》中那些南方的景物、習俗麼？我長期生活在東北，但一生去了南方不知幾十次，比曹雪芹多得多。此刻讓我寫南方景物、習俗，我肯定仍然寫不出，沒有生活積累嘛！

我的一個學生曾跟我說了一段很有意思的見解，雖然荒唐，但也不無道理。他說，這個曹雪芹大概有精神病，或者是自虐狂！你看，他自己的字或者號叫做「雪芹」，作品中自然不應該用這兩個字罵自己吧？問題恰恰出在這裡，書中那個狗男女賈芹，偏偏用「芹」字爲名；賈雨村的「雨」字，恰是「雪之頭」，賈瑞的「山」頭，又恰是「雪之尾」。不僅如此，還讓薛大傻子用「庚黃」二字來嘲笑自己的祖父曹寅。在《紅樓夢》書中這些人都不是好人，曹家人偏偏與壞人搭文字關係，這個曹雪芹不是有毛病麼？此高論當不得真，一笑。

《紅樓夢》「一手二牘，一聲兩歌」，表裡兩面皆有喻。洪昇在《紅樓夢》正面，明寫「家難」，在反面暗寫「國仇」。洪昇的家族是明朝的「百年望族」，世受國恩，改朝換代時的政治態度，不問可知；洪昇本人，又親身經歷過「家難」和自身被革職下獄的雙重打擊，創作《紅樓夢》的動機是沒有疑問的。洪昇是清初著名的文學家，其代表作《長生殿》至今仍爲崑曲界壓卷之作，享譽世界；《長生殿》表面上寫唐朝的「安史之亂」，骨子裡也是暗寫明清兩朝改朝換代之社會動亂。

有的朋友可能要問，《紅樓夢》中的語言，多數是地道的北京方言；《紅樓夢》中的景物，好多也是北京的景物。洪昇是江南杭州人，他能夠寫得出來麼？我不否認《紅樓夢》中好多背景都取自北京，書中人物的口語多數是「京片子」。須知，洪昇雖然是江南人，但他在北京國子監就學，前後長達二十多年！他的整個青壯年時期，幾乎都是在北京度過的。朋友們可能知道，今天在北大清華上學的江南籍大學生，畢業後留在北京工作，要不了幾年，就操一口流利的「京片子」，洪昇居京時間更長，爲什麼不能呢？

其實，《紅樓夢》中的景物，並不是純粹的北京景物，而是亦南亦北，忽南忽北，紅學界早有定評。爲什麼出現這種問題？大概也和《紅樓夢》的特定背景和特定作者有關。如果是曹雪芹寫《紅樓夢》，他必然寫乾隆時期北京的景物，反而不會出現上述問題。只有以南明時期爲背景，由洪昇任作者，才會出現《紅樓夢》中那種晚上睡炕、白天觀賞白雪紅梅的特殊問題。洪昇曾賦詩說自己「醒聽北人語，夢聽南人歌」，似乎正是創作《紅樓夢》時心情的寫照。其實，《紅樓夢》中大觀園景色，多數還是江南景色，其中蘆雪庵、藕香榭、怡紅院、瀟湘館、蘅蕪苑等，其原型就是直接取自洪昇的家鄉。杭州西溪的秋雪庵、藕香榭、洪園、竹窗、花塢等，就是它們的真實原型。這也是洪昇作爲《紅樓夢》作者的力證之一！

《紅樓夢》書中關於姐妹們命運的判詞曲子，之所以不好理解，很大程度上是由於我們過去往往根據曹雪芹的生活年代去加以解讀判斷的結果。如果放在明清兩朝改朝換代的大背景下，特別是放在南明小朝廷的特定背景下去判讀，一切都迎刃而解了。什麼「二十年來辨是非」、「虎兕相逢大夢歸」、「一從二令三人木」、「清明涕送江邊望」、「造釁開端實在寧」，都有了實實在在的、令人信服的解釋。

由此我們不難看出，《紅樓夢》初稿，確實是一部以「金玉良緣」和「木石前盟」愛情生活爲主線，以南明小朝廷興亡爲背景的文學作品。與同時代產生的《桃花扇》、《長生殿》屬於同一背景、同一主題、幾乎也是同一內容的作品。

## 八、為什麼《紅樓夢》研究了二百多年至今不得要領

由於《紅樓夢》小說出現在清朝乾隆中葉，所以不論新舊紅學家，對《紅樓夢》的背

景研究，都不出清朝前中期範圍。索隱派諸說紛呈，什麼「順治、董小宛說」，「張侯家事說」，「明珠家事說」，「康熙朝政治說」等，基本上都局限在清代的順、康兩朝時間內。考證派提出的「曹雪芹自敍傳」說，更明確肯定是發生在康雍乾三朝中江寧織造府的事情。

《紅樓夢》研究按照清朝背景已經探索二百多年了，但毋庸諱言，迄今仍然是一團亂麻，不得要領。索隱派舊紅學，從蔡胡論戰起，就已經千瘡百孔，成了一堆垃圾了；即使今天仍不時出現幾個新索隱愛好者，拋出什麼「隱王說」、「滿漢大一統說」、「竺香玉說」等，但把蔡胡論戰的文章再認真讀一遍，不難發現，這些新索隱諸說雖然外包裝不盡相同，但臀部都打著「猜笨謎」的紋章，人們只會哈哈大笑，一哄而散。

新紅學考證派的命運似乎也好不到哪裡，至今留有三大「死結」無法解開，「芹係誰子」，「脂硯何人」，「續書何人」，似乎是永遠解不開的謎了。其實何止這三大死結，把《紅樓夢》中色彩紛呈的故事和人物，往曹雪芹家的故事上一套，便不難發現，就猶如豐腴美麗的楊貴妃穿上了一件嬰兒的套裙，是如此的捉襟見肘，千穿百孔。曹家哪來那麼多聰明美麗的女兒？曹家哪來的四大家族？曹家哪來的東西兩府？曹家哪來的甄賈寶玉？曹家哪來的「金玉良緣」和「木石前盟」？

多少紅學家在哀歎，多少紅迷在扼腕，《紅樓夢》研究，似乎墜入了一座永無出口的迷宮，似乎鑽進一條永無盡頭的隧道！是研究方法出了問題麼？其實完全不必去爭論「考證」和「索隱」的方法誰科學誰謬誤，他們都是研究中國古典文學的常用方法，考證中有索隱，索隱中也有考證，誰也離不開誰。譬如，研究《儒林外史》，就主要使用索隱方法，當然也包含對作者吳敬梓的考證；而研究《水滸傳》、《三國演義》，則主要是對作者羅貫中、施耐庵的考證，當然也有對作者背景與書中故事的索隱。這些研究都是成功的，爲什麼到了《紅樓夢》研究，這些方法就不管用、這些研究就不成功了呢？

是否有一種可能，就是我們幹了南轅北轍的蠢事，從一開始就把《紅樓夢》的故事背景搞錯了？如果是這樣的話，不論你使用的方法如何現代、如何科學、如何摩登，都只會走得愈快，離目標愈遠！《紅樓夢》研究難道需要重新設定研究方向，重新開闢研究道路麼？事實確實如此，我們把《紅樓夢》的大背景放在南明「末世」的金陵研究，也就是放在南明小朝廷興亡沈淪的背景下研究，一切都順理成章了。

可能有的朋友要指責我這篇文章是「索隱派」死灰復燃。我不願加以辯駁。「索隱」方法有什麼不好？從宋代起，中國文人已經使用好幾百年了，何至於因爲胡適先生一句「猜笨謎」，就把索隱方法徹底拋棄了？其實，索隱方法也不盡相同，像舊紅學那樣，把一大堆不相干的史料堆砌在一起，互相之間自相矛盾，當然是「笨伯」所爲了。如果這些史料存在有機的互相聯繫，互相支持，互相制約，構成一座堅實穩定的大廈，何嘗不能透徹地說明問題？

我的上述所謂「索隱」都是集中在南明時代和金陵地域的同一背景上，所使用的史料都是圍繞這一背景收集整理的，史料間互相聯繫，緊密結合，自成體系，與傳統的索隱方法

截然不同。更何況索隱中大量使用了考證方法，使索隱和考證相得益彰。誰能說我對《紅樓夢》中姐妹們詩詞的研究，不是使用的考證方法呢？我佔有的資料有限，熱切盼望朋友們能夠沿著這條思路，繼續進行考證索隱，徹底解開《紅樓夢》中的諸多疑團！

# 《紅樓夢》與南明小朝廷關係之考證

筆者論斷《紅樓夢》的作品背景是「末世」的南明小朝廷，而不是清朝中期的乾隆朝「盛世」；《紅樓夢》作者是清初的著名文人洪昇，而不是清朝中葉的曹雪芹。爲了進一步說明筆者的論點，本文擬對《紅樓夢》書中反映的南明背景再作詳細的考證，以證明以往紅學對《紅樓夢》所作的「曹家店」的附會，均屬子虛烏有的「猜笨謎」。感興趣的讀者，不妨隨筆者的文字一遊，看一看以下考證是否足以推翻「胡家店」傳統紅學的穿鑿理論。

## （一）《紅樓夢》歷史背景考證

《紅樓夢》書中交代，故事的時間地點均「湮沒無考」，作者又不肯「假借漢唐」，只好讓故事的時間地點朦朦朧朧，完全憑讀者自己去體會，你認爲是什麼時代的故事都行。其實，這是絕對不可能的，根據文學史及社會科學常識，任何一部文學作品，都必然打著創作時期的深深印記，時代背景都不可能完全「湮沒無考」，《紅樓夢》也是如此。即使作者刻意隱藏作品的背景，但背景就像一幅畫的底色，怎樣隱藏也要或隱或現地透露出來。下面，

我們不妨根據書中的交代，嘗試一下對作品歷史背景的考證。

## 一、關於「末世」

《紅樓夢》書中明確交代，故事發生的時間是在一個「末世」。鳳姐是「凡鳥偏從末世來」，探春是「生於末世運偏消」，冷子興演說榮國府時，也明確說當時的賈府是處在末世環境。

這個所謂的末世究竟是家族的末世還是社會的末世呢？有人說是指寧榮二府百年望族的末世，這是不準確、不全面的。書中賈氏家族確實是末世光景，但書中所說的末世，卻決不僅僅指一個家族，而是指整個社會；或者說家族的末世與社會的末世是同時的處境，社會的沒落直接決定著家族的沒落。

在封建社會，所謂末世，實際上就是一個封建王朝的沒落時期，或者說，就是改朝換代的社會大動蕩時期。證明這一點，最好的證據就是書中的〈好了歌〉與〈好了歌解〉，朋友們不妨再仔細品讀一遍：「金滿箱銀滿箱」的貴族，轉眼之間變成了「人皆謗」的乞丐；「訓有方」的公子哥兒，誰能想到落草爲寇，居然做了「強梁」；「擇膏粱」的千斤小姐，誰承望「流落在煙花巷」；「正歎他人命不長，哪知自己歸來喪」；「昨日黃土隴頭埋白骨，今宵紅綃帳底臥鴛鴦」，等等，這些驟貴驟賤、暴富暴貧的場面，只有改朝換代時期才會集中出現，這種天翻地覆的景象，不正是典型的封建王朝滅亡史麼？

「紅樓夢曲子——飛鳥各投林」中說得更爲典型：「爲官的，家業凋零；富貴的，金銀散盡；有恩的，死裡逃生；無情的，分明報應。欠命的，命已還；欠淚的，淚已盡。」改朝換代時期是社會算總賬的時期，這首曲子所描述的，就是一幅活生生的社會算總賬情景！「好一似食盡鳥投林，落一片白茫茫大地真乾淨！」如果只是一個家族、或者一個地方的殘破，都不會被稱爲「茫茫白地」，只有一個王朝徹底覆滅了，方才會出現食盡鳥飛、茫茫白地的「乾淨」局面。

問題是，《紅樓夢》的末世背景，是指哪個末世？其實這根本是一個不成問題的問題。《紅樓夢》與秦漢唐宋諸朝代無關，有關係的，只有明清兩個時代。明清兩個朝代，只有兩個末世：一個是清朝的末世，一個是明朝的末世，非此即彼，二者必居其一。清朝末世就是宣統皇帝退位，中華民國建立時期。《紅樓夢》的誕生，比這個末世要早二百年，所以《紅樓夢》書中的末世不可能是指清朝末世。那麼，只有一種可能，《紅樓夢》作品的社會背景，是大明王朝的末世！

《紅樓夢》書中交代，這個社會末世，是處在一個「百足之蟲，死而不僵」的時代。這又具體指什麼時代呢？大家知道，李自成進北京，大明王朝被推翻後，確實有一個「死而不僵」的時期，這就是「南明小朝廷」。這個小朝廷，還扛的是明朝正統旗號，前後經歷了福王政權、桂王政權、唐王政權和魯王政權，「三帝一監國」一共延續了二十年時間。《紅樓夢》書中所說的「二十年來辨是非」，辨的就是這段是非。南明小朝廷滅亡之後，江南知

識分子中普遍熱衷辯論這一段時間的是是非非，王夫之、顧炎武、黃宗羲、孔尚任等大學問家，以此爲題寫過好多政論或文學作品。

《紅樓夢》書中反覆交代：「好像有幾百年熬煎似的」，「千里搭涼棚，沒有不散的宴席」，其實也是說南明時期，人們早已預見到小朝廷短命的結果。最後「呼啦啦似大廈傾，昏慘慘似燈將盡」，正是南明小朝廷覆滅場景的真實寫照！

## 二、關於「金陵」、「石頭城」和「老宅子」

當你知道了《紅樓夢》作品的「末世」背景，書中交代的「金陵」、「石頭城」地名，便十分清楚其正確含義了。朱元璋推翻元朝政權後，定都地點是在南京。南京古稱金陵，別名石頭城。朱元璋死後，他的四兒子燕王朱棣，發動「靖難之變」，奪取了侄兒朱允汶的政權，登上了皇帝寶座，是爲明成祖。登基後把明朝的首都遷往北京，但仍保留了南京的「陪都」地位，保留了南京「六部」建制。後來南明小朝廷的建立，就是以南京「六部」爲基礎建立的。

《紅樓夢》書中交代，冷子興從「石頭城」「老宅子」旁邊經過，看見的仍然是一派蔥郁繁華的景象，其實這並非是交代一個官僚家族的「老宅子」景象，實際上是交代大明王朝的「老宅子」——南京故宮的景象！末世的福王政權就建立在這裡。當時的南明小朝廷，正所謂「英雄氣少，兒女情多」，大清軍隊與李自成殘軍兩支大兵壓境，依舊過著歌舞昇平的太平日子。《紅樓夢》書中交代的富貴人家在大廈將傾的危難時刻，依然晝夜不停地沈溺在燈紅酒綠之中，正是對這段歷史的真實刻畫！

賈雨村走賈政的後門，被實授「金陵應天府」，聰明的讀者，千萬不要錯過這個官職！南京稱「應天府」，是只有大明王朝獨一無二的稱呼。明朝滅亡以後，清廷定都北京，南京不再保留陪都地位，撤消了「應天府」，改設「江寧府」。清朝初年，民間對南京的稱呼十分混亂，有的稱「南省」、「南直隸」，有的稱南京、「江寧」，有的仍然稱「應天府」，不過，到了清朝中葉，稱呼便逐漸規範了。《紅樓夢》中，「應天府」、「江寧縣」、「南省」、「南直」、「金陵」、「南京」、「石頭城」等稱呼同時都出現過，可見是典型的清初民間稱呼法，這種稱呼法只存在於清朝順治、康熙兩代，乾隆朝時期的人們，絕對不這麼稱呼。從這一點看，曹雪芹生存的年代，絕對不會如此稱呼南京的。

《紅樓夢》書中特意交代「金陵」、「石頭城」，其實還有一個用意，就是交代「金陵十二釵」的背景。南京的秦淮河畔，從六朝以後，就一直是全國青樓楚館最集中、最發達的地方。明朝末年，包括南明時期，這裡湧現出「秦淮八豔」等一大批著名的高級妓女，如柳如是、陳圓圓、董小宛、李香君、卞玉京、顧橫波、寇白門、王修微等。她們與「江南四公子」等文人政客，在秦淮河畔演出了一幕幕英雄美人的淒婉故事。這些妓女不僅貌美，而且多才，並且具有強烈的愛國情懷，比起莫泊桑筆下的羊脂球來，要高尚得多。她們的故事，在明末清初，是文人筆下創作最多的題材。《紅樓夢》同《桃花扇》一樣，也應是以「秦淮

八豔」的生活實際爲基本素材創作的。其實，《紅樓夢》、《情僧錄》、《風月寶鑑》、《金陵十二釵》等書名，都非常清楚地表達了該書是記載金陵城「風月」故事的。何謂「風月」？說得雅一點，不過是青樓楚館這個風月場中發生的故事罷了，如此而已，豈有他哉！

## 三、關於「國初」的「四王」「八公」

《紅樓夢》第十四回秦可卿大出殯場面描寫中，親來送殯的有「八公」，即鎭國公牛清，理國公柳彪，齊國公陳翼，治國公馬魁，修國公侯曉明，繕國公名字未表，加上寧榮二公，即「當日所稱的八公便是」。路祭的有「四王」，即東平王，南安王，西寧王，北靜王。並且交代，四王中「當日唯北靜王公高」。

紅學界關於「四王」、「八公」的考證，眞難壞了諸多紅學大師。按照曹雪芹是《紅樓夢》的作者推論，這「四王」、「八公」必然是清朝的王公，可是在大清王朝建立之初，無論如何也找不到什麼「四王」、「八公」，只好葫蘆提了事。但是，當你否定了曹雪芹的作者地位，把考證目光由清朝轉向明朝時，「國初」的「四王」、「八公」便清晰地呈現在眼前。

明太祖朱元璋共有二十六個兒子，俱封爲王，其中四個嫡生兒子被封爲四大親王，就是秦王朱樉，晉王朱棡，周王朱橚和燕王朱棣。燕王朱棣封地在今天的北京，所謂「北靜王」，指的應該是他的子孫；朱棣後來當上了皇帝，所以功勞在四王中當然最高。

所謂「國初八公」，指的是朱元璋平定天下之後，於洪武三年大封功臣，當時被封爲「國公」的有魏國公徐達，鄂國公常遇春，韓國公李善長，曹國公李文忠，宋國公馮勝，衛國公鄧愈，信國公湯和，共七個公爵。其中鄂國公常遇春已於洪武二年卒於軍中，當時封公的實爲六人，加上寧榮二公，共八人，是爲「八公」。

這麼說，「寧榮二公」難道真的有生活原型麼？是的！不過不是國初洪武三年封的公爵，而是明成祖朱棣奪取政權後封的公爵。寧國公王真是朱棣「靖難」起兵的大將，後死於戰陣，生前被封爲金鄉侯，洪熙三年被追封爲「寧國公」。榮國公張玉是追隨朱棣起兵的另一員大將，「靖難」之役中在東昌戰死，被追封爲「榮國公」，他的兒子張輔也因軍功被封爲英國公。張玉和王真，都是戰功赫赫的猛將，是朱棣奪取天下的大功臣。《紅樓夢》中借用「寧榮二公」的名分，主要目的似乎就是爲了交代明朝的特殊背景。

如果《紅樓夢》描寫的是南明末世的南京故事，那麼，「四王」與「八公」此時有可能齊集南京麼？是的。朱元璋封的「六公」，本來就是在南京封的，明成祖遷都北京後，他們也沒有隨同進北京。直到南明政權向清軍豫親王多鐸投降時，魏國公徐達的十二世孫徐延齡就是領銜投降的重臣之一。

所謂「四王」，其中燕王的直系子孫南明監國的福王，當時是從洛陽逃往南京的，秦王、晉王、周王的子孫，在他們的封地被李自成起義軍佔領之後，也紛紛逃來南京。南明時期的金陵，可謂冠蓋雲集，不止「四王」、「八公」。這麼多王公齊集南京，也是南明時期的特有現象，是《紅樓夢》作品歷史背景和社會背景的鐵證！

## 四、關於「日月雙懸」

《紅樓夢》書中姐妹們行酒令時，那個英豪闊大、心直口快的史湘雲，居然順口說出了一句「雙懸日月照乾坤」；瀟湘妃子林黛玉，也順口說了一句「雙瞻御座引朝儀」。周汝昌大師見到這兩句奇怪的「酒令」後，忽發奇想，說什麼乾隆朝初期，曹家參與了弘皙發動的政變，當時朝廷出現了兩個「皇帝」，所以曹雪芹寫這句酒令，實際上是隱寫曹家二次被朝廷抄家的歷史。

且不說乾隆朝兩個「皇帝」並存、曹家參與宮廷政變等事情子虛烏有，於史無征，就是從字面上也說不過去！「雙懸日月」本身隱寫的就是一個「明」字，無論如何與清朝乾隆年間挨不上邊。所以，周老先生這次的學問確實是做走眼了，犯了「猜笨謎」的大忌。

其實，「雙懸日月」這個詞，在南明小朝廷時期，是江南士大夫階層常用的一句話！抗清志士陳子龍詩中曾說：「日月雙飛驅神駿，半壁河山待女媧」，抗清明將張煌言詩中說：「日月雙懸于氏墓，乾坤半壁岳家祠」，抗清義士夏完淳詩中也曾說：「日月雙懸」就是「天南定鼎，浙右龍騰」。當時這些著名文人交口說「日月雙懸」，究竟是什麼意思呢？

當時文人說「雙懸日月」有兩重意思：一是代表故國情懷，表示不忘大明王朝，誓死捍衛大明江山；從字面上講，「日月雙懸」就是代表一個「明」字！二是代表對兩個並存的南明政權的承認，所謂「天南定鼎」，代表的是在福建登基的唐王政權；所謂「浙右龍騰」，代表的是在浙江紹興盤踞的魯王監國政權。南京的福王政權滅亡後，唐王、魯王二個政權都繼續扛著明朝的旗號，在東南一隅堅持抗清鬥爭，當時江南的士大夫階層，對這兩個殘存的南明政權，往往用「雙懸日月」來指代稱呼。

分析至此，「雙瞻御座引朝儀」便很好理解了。張煌言、陳子龍等抗清義士，當時爲了顧全抗清大局，對同時存在的兩個南明政權都採取承認的態度，並且經常奔走於兩個朝廷之間，在兩個「御座」面前都曾經痛陳抗清復國大計。

由此看來，《紅樓夢》書中出現「雙懸日月照乾坤」、「雙瞻御座引朝儀」酒令，正是該書以南明時期爲時代背景的鐵證！我們的紅學家們，研究《紅樓夢》往往先入爲主，心目中先執定一個曹雪芹，然後帶著結論到乾隆朝去搜尋證據，這是歷史考據學的大忌，同文革中「帶著問題學毛著」的方法差不多，看來文革遺風在紅學界還有廓清之必要。

## 五、關於「林四娘」

《紅樓夢》中最能代表時代背景的典型人物，就是那個「姽嫿將軍」林四娘！林四娘的故事，與乾隆朝和曹雪芹可是一點兒關係也沒有，這是個發生在山東青州的真實故事，在明末清初曾廣爲流傳。《紅樓夢》書中交代，賈政和他的清客們，得了一個「新題目」，就是林四娘的事跡，然後把寶玉、賈環、賈蘭找來作詩。賈蘭寫了一首七絕，賈環寫了一首五律，寶玉獨出心裁，寫下一首長篇古風〈姽嫿詞〉，對林四娘讚頌備至。

所謂「新題目」，應該就是剛剛發生的可資歌詠的新故事。既然是新發生的事情，只能是近年發生的、剛剛傳到賈政耳朵裡的故事，總不能一百多年後傳到曹雪芹耳朵裡，還是「新題目」吧？事實上，清朝初年的蒲松齡和王士禛，就分別在《聊齋志異》和《池北偶談》中，分別記述了林四娘的故事，也確實是按照「新題目」來歌頌的。僅僅根據這一點，我們也完全有理由推斷《紅樓夢》與《聊齋志異》是同一時期的文學作品。

順治二年，也就是南明弘光元年，當時清軍佔領了北京，但勢力尚未向南發展；南明政權自顧不暇，也沒有北進的願望，山東一帶，成了四不管的地方。進入北京的李自成軍隊被吳三桂和清軍聯合擊敗後，大隊伍向西潰退，其中一支農民軍脫離了大部隊，退向山東。

山東青州，是明朝衡王的封地。這支農民軍佔領青州後，衡王落入了農民軍手中。農民軍此時正處於孤立無依的狀態，於是便欲擁戴衡王登基，繼續與清軍對抗。哪知這個衡王是個扶不上壁的爛泥，究竟是否順從農民軍，已不可考，反正無所作爲就是了。後來，清軍進入山東，在交戰中，衡王不知是被農民軍殺死了，還是被清軍處決了，反正是不明不白地死了。衡王死後，據說衡府舊址經常發生妃嬪或宮娥冤魂出沒的事情。

衡王與林四娘的故事，在當時南明的首都南京流傳很廣，南明君臣曾經爲衡王的遭遇歎息不止。《紅樓夢》、《聊齋志異》、《池北偶談》等作品，都是根據這一傳說寫成的林四娘故事，由於傳聞的差異，所以記載也大同小異。《紅樓夢》中寫這個衡王，用的是「恒王」二字，這個「恒王」並非另有其人，只是衡王的同音訛傳罷了；林四娘三個字，在所有記述中都是一致的，沒有異議。

## 六、關於「真真國女孩子」

《紅樓夢》中寶琴向姐妹們說，有一個「真真國女孩子」，金髮碧眼，能用漢語作詩，詩中有「島雲蒸大海，嵐氣接叢林」字樣。紅學界好多專家推斷這個「真真國」是隱指台灣，這個「真真國女孩子」是在台灣的荷蘭人。這是很有道理的。問題是這個「真真國」究竟代指的是什麼時期的台灣。

大家知道，明朝後期，台灣被荷蘭殖民者佔領；南明時期，鄭成功收復了台灣，作爲抗清基地；清朝康熙中葉，施琅收復了台灣，從此正式將台灣納入清朝版圖。直到甲午戰爭清朝割讓台灣，一九四五年台灣再次回到祖國懷抱。

鄭成功驅逐荷蘭殖民者時，盤踞台灣的荷蘭人投降後，便乘船離開了台灣，從此再沒有返回。從《紅樓夢》中描寫的「真真國女孩子」形象看，金髮碧眼，熟悉漢語，只能是曾經長期居住在台灣的荷蘭人。台灣有荷蘭人，也只能是鄭成功收復台灣前後一段時間的事情，其他時期台灣都不會有西方白人形象的女孩子。曹雪芹所處的乾隆中葉，台灣根本就不會有什麼「真真國女孩子」，只有南明時期，才會有對「漢南春歷歷，焉得不關心」的「真真國女孩子」。從這一點看，《紅樓夢》作品的南明背景也是不容置疑的！

發泄獸慾的工具。

## 七、關於「選淑女」

《紅樓夢》中的薛寶釵，是爲了應徵「選淑女」才進京的。什麼是「選淑女」？就是封建社會爲皇帝征選民間女孩子，充斥後宮，或者爲妃嬪，或者做宮娥，總之，是做那個皇帝發泄獸慾的工具。

不知朋友們注意沒有，《紅樓夢》中描寫的「選淑女」，一個最明顯的特點，就是不了了之。寶釵爲「選淑女」而進京，進京後卻從來沒人再提起這件事情，照常談情說愛，談婚論嫁，這是絕對不可想像的事情！在封建社會，爲皇帝備選的女人，絕對是禁臠，哪個父母敢遣嫁？哪個男人敢迎娶？

對《紅樓夢》中這種不了了之的「選淑女」現象，紅學界迄今沒有人能說得清。好多紅學專家根據曹雪芹是《紅樓夢》作者推斷，書中的寶釵是什麼「上三旗小妞妞」，因爲清朝只有上三旗出身的女孩子，才有備位後宮的資格。但是，即使是「上三旗小妞妞」，難道「選淑女」就可以不了了之麼？就可以在備選期間談婚論嫁麼？絕對是不可以的！

出現這種「選淑女」不了了之現象，只有一種情況才有可能，就是這個「選淑女」的朝廷在「選淑女」過程中滅亡了，這個「選淑女」的皇帝在「選淑女」過程中嗚呼哀哉尙饗了！出現這種情況的，在明清兩朝六百年間只有一次，就是南明小朝廷爲福王「選淑女」！

李自成軍隊攻陷洛陽後，老福王被農民軍雜合鹿肉煮了肉粥，被三軍吃掉了。小福王孤身一人逃出洛陽，妃嬪宮娥都陷身亂軍中。小福王在南京登基後，金陵禮部衙門便忙著爲新皇帝征選「淑女」，備位後宮。當時操持這件事情的是禮部尚書錢謙益和宮中田姓李姓兩個太監。「選淑女」令一經公佈，在民間引起了極大恐慌，凡是家中有待嫁女兒的家庭，不論貧富貴賤，都忙著把女兒嫁出去，在蘇州、杭州等地甚至出現一些貧苦無力嫁女的家庭，全家上吊自殺的慘劇！

據南明史料記載，征選到的淑女前後共兩批：第一批只選到三名，弘光皇帝大怒，命令繼續征選，第二批又選到六名，皇帝仍不滿意，繼續在民間搜羅。不知朋友們注意到沒有，《紅樓夢》大觀園中，第一次進來的姐妹是寶釵、黛玉、湘雲三人，第二次進來的是李紋、李綺、邢岫煙等六人，難道僅僅是數量上的偶合麼？

另據明末名士陸圻（字麗京，號講山，杭州人，洪昇師執）所著《纖言》記載：「弘光元年，錢謙益選到淑女，著於十五日進元暉殿，貢院選七十人，中選元姓一人，田成浙選五人，中選王姓一人，周書辦自獻女一人。」請朋友們注意這個「元暉殿」和中選的「元」姓女子，不正是《紅樓夢》中「元妃」的出處麼？

南明小朝廷的「選淑女」鬧劇還沒有收場，清朝大軍便兵臨南京城下了。弘光皇帝逃跑前夜，親自宣佈把選來的「淑女」放歸，讓父母前來認領。「選淑女」就這樣不了了之了。後來，沒等這些可憐的女孩子回家，清軍就進入了南京。這些「淑女」，都被投降的南明官僚奉獻給了清軍將帥，其下場之悲慘不言可知。

《紅樓夢》作者隱隱約約地用不了了之的「選淑女」情節，來隱寫南明這一特定歷史時期的作品背景，是有獨到眼光的。因爲任何正常的封建王朝，「選淑女」也不會不了了之；只有此時此地發生的「選淑女」，才會出現這種奇特的不了了之現象。《紅樓夢》雖然表面隱去了「朝代年紀」，實際上交代得清清楚楚，只不過我們的紅學家們心中執定一個曹雪芹，看不出來作品的南明背景而已。

## 八、關於「護官符」和「葫蘆廟」

《紅樓夢》中「葫蘆廟」的小「門子」，向剛剛當上知府的賈雨村，介紹了著名的「護官符」。符上寫道：

賈不假，白玉爲堂金做馬；
阿房宮，三百里，住不下金陵一個史；
東海缺少白玉床，龍王來請金陵王；
豐年好大雪，珍珠如土金如鐵。

我們的紅學家，心中認定一個曹雪芹，便異口同聲說「護官符」是隱寫江南三大織造。其實，這是絕對說不通的。其一，江南三大織造是三個家族，不能稱爲「四大家族」；其二，三大織造分別居住在南京、蘇州、杭州三地，也不能說是「金陵」的四大家族。

我勸朋友們再認真品讀一下「護官符」，最好是翻過來倒過去地讀。請朋友們注意一下這四句話的最後四個字是什麼？是「馬、史、王、鐵」四個大字！什麼是「馬史王鐵」？就是南明小朝廷的四個權臣：馬士英，史可法，王鐸，錢謙益！

馬士英擁立福王有功，當時權傾朝野；史可法是原來南京六部的兵部尚書，資格最老，位置最尊；王鐸號稱不倒翁，左右逢源，掌握著朝廷實權；錢謙益是東林黨領袖，名氣最大。這四個大臣，在南明政權中都身居大學士（宰相）高位，互相之間確實是沆瀣一氣、狼狽爲奸、一損俱損、一榮俱榮的關係。他們勾結起來，賣官鬻爵，把南明政權搞得烏煙瘴氣！當時如果誰想當官，不走這四個人的門路是絕對不成的，所以《紅樓夢》中的「護官符」要寫這四個姓氏。其中「馬、史、王」三人，都是直接寫的本姓，只有那個「鐵」，寫的不是本姓，而是錢姓，但「珍珠如土金如鐵」的表述，也清楚地表示出該家族之「錢」大氣粗！

由「四大家族」聯想到「葫蘆廟」，廟者，廟堂也，朝廷也。《紅樓夢》中明確交代，葫蘆廟是因爲地方狹小而得名，地方狹小的廟堂，就是南明小朝廷的代指。北方丟了，中原丟了，西北丟了，西南丟了，只剩東南一隅苟延殘喘，正是葫蘆那麼一點的廟堂！「好防佳節元宵後，便是煙消火滅時」，葫蘆廟失火，被燒成一片白地，也正是清朝大軍下江南，南明政權土崩瓦解、頃刻覆亡的代名詞！

《紅樓夢》書中，描寫這個葫蘆廟一樣的地方狹窄的小朝廷覆亡後，甄士隱出家了。「甄士隱」者，「真仕隱」也，這正是隱寫南明小朝廷覆亡後，具有強烈遺民思想的真正士大夫紛紛出家入道的現實！這個甄士隱出家前口中唱的〈好了歌解〉，正是悼念明朝「到頭來都是爲他人做嫁衣裳」，從此「落一片白茫茫大地真乾淨」！

## 九、關於「以金代玉」

《紅樓夢》一書作者，在「金玉」二字上做足了文章，寶釵代表著金，黛玉象徵著玉，在「金玉姻緣」上，以「金」代替「玉」，主人公寶玉雖然念念不忘心中的「玉」，但又不得不面對「金」的現實。作者如此不吝惜筆墨描寫「金玉」二字，難道有什麼良苦用心麼？是的，如果你認爲《紅樓夢》的歷史背景是清代乾隆朝，你當然看不出「金玉」背景；當你把《紅樓夢》的歷史背景轉向南明時期的金陵，《紅樓夢》作者的良苦用心，一下子便昭然若揭了。

崇禎政權在北京滅亡後，大明王朝的傳國玉璽落入了李自成義軍手中。南明政權建立時，是沒有傳國玉璽的。爲了政權的合法性，必須重新刻一方代表皇權的玉璽。南明政權建立倉促，一時很難找到合適的玉料，於是，南明君臣便首先刻了一方「金璽」，暫時代替玉璽；後來找到玉料後，方重新刻成一方玉璽，將金璽取代下來。這段有趣的史實，在《南渡錄》、《甲乙事案》等史料中都有明確記載。

不知朋友們注意沒有，《紅樓夢》中寶玉「奇緣識金鎖」一節中，作者不厭其煩地描寫了玉和鎖的形狀，並且勾畫了玉和鎖的圖案。其真實用意，應該就是影射這段奇特的「金璽代玉璽」的史實。「莫失莫忘，仙壽恒昌」、「不離不棄，芳齡永繼」的刻詞，都明顯是在影射「受命於天，即受永昌」的傳國玉璽的刻詞！

## 十、關於「三春去後諸芳盡」

《紅樓夢》中多次使用「三春」的提法，什麼「三春爭及初春景」，「三春去後諸芳盡」，很少有紅學家對此提出異議。其實，這裡面還是有好多奧妙的。

首先，「三春」的提法本身就有問題，賈府中元春、迎春、探春、惜春四姐妹，合稱賈府「四豔」，應該是「四春」，作者爲什麼偏偏要說成「三春」？

其次，「初春」是元春，是皇妃，探春預示可能做王妃，說她「爭即初春景」還可以理解，可是迎春、惜春決沒有「爭即初春景」啊，作者爲什麼把「三春」一網打盡啊？要搞清這個問題，在曹雪芹身上恐怕還是找不到答案，作者的真實意圖恐怕還必須到南明歷史背景中去搜尋才行。

讀過《春秋》的學者都知道，孔夫子是用「春王正月」來表示王族的正統身分的，《紅樓夢》作者讓元春取名用「春」字，並且說她生在「正月初一」，「命大」，目的不外乎暗示她代表著正統王朝。

南明時期的江南，先後出現了福王政權、唐王政權、桂王政權，這三個政權都先後稱帝，可以影射爲「三春」。除掉「三春」外，當時還有一個魯王監國政權。所謂「監國」，就是以太子的身分管理國家大事，並未當皇帝，所以名字雖然也有春字，但不入「三春」之列。

《紅樓夢》中的元春，影射的是福王政權。元春的判詞是「二十年來辨是非，榴花開處照宮闈，三春爭及初春景，虎兕相逢大夢歸」。南明時期的抗清英雄夏完淳有這樣一首詩：「二十年來事已非，不開畫閣鎖芳菲，那堪兩院無人到，獨對三春有燕飛。」看了夏詩，你自然就知道元春判詞的出處了。

《紅樓夢》書中迎春影射的是桂王政權，「子系中山狼，得志便倡狂」，影射的是桂王政權的猖狂權臣孫可望；「子系」二字合起來便是孫字。孫可望原來是張獻忠的部將，後來擁立桂王，但極其驕橫跋扈，桂王在孫可望營中的身分地位，還不如一個受氣的小媳婦。

《紅樓夢》中的老三探春，影射的應是福建的唐王政權。當時福建的交通極其不便，進入福建的最便捷通道，就是在海上航行奔福州廈門，所以《紅樓夢》作者讓探春「清明涕泣江邊望，千里東風一夢遙」。唐王是個立志有一番作爲的皇帝，在富國強兵上很想有一番作爲。但受制於鄭芝龍、鄭成功父子，「才自清明志自高，生於末世運偏消」，根本不可能挽回南明政權覆亡的命運。加之他在帝王譜系中，血緣關係較遠，受封建正統觀念影響，威望有限，所以《紅樓夢》中讓她的身分是「庶出」，自己必須時時爲改變庶出地位而痛苦掙扎。

《紅樓夢》中的老四惜春影射的是魯王監國政權。魯王在浙東的抗清事業失敗後，不得不南下投奔鄭成功，又受到鄭氏軍事集團的排擠，最後孤家寡人流落到金門島上，整天以吃齋念佛消磨時光，直至病死在金門島，至今墳墓仍然在這裡。《紅樓夢》中讓惜春「勘破」三春命運，最後「獨臥青燈古佛旁」，正是魯王命運的真實寫照。

關於「三春」「四豔」的命運解讀至此，《紅樓夢》中所說的「三春去後諸芳盡，各自須尋各自門」的含義，就不難理解了。南明三帝一監國政權先後滅亡之後，江南抗清勢力基本土崩瓦解，煙消雲散了。南明四個政權先後延續了二十年，《紅樓夢》所說的「二十年來辨是非」，辯的就是這段歷史是非！

## （二）《紅樓夢》人物背景考證

《紅樓夢》書中描寫了二百多個人物，這些人物絕大多數都栩栩如生，性格特點十分鮮明。《紅樓夢》是原創型小說，同《水滸傳》、《三國演義》等世代累積型小說不同，不會寫出那些程式化人物面孔，因此書中主要人物必然有生活原型爲參照，方可寫出這一系列鮮活的人物。過去，我們紅學界的大師們，在乾隆朝的曹雪芹身邊，找不到《紅樓夢》人物的原型，於是就用《紅樓夢》是小說、不是信史來自圓其說。豈不知，愈是獨創型小說，愈必須有人物原型，《安娜·卡列尼娜》、《老人與海》、《青春之歌》中的人物，沒有原型，

作者寫得出來麼？在曹雪芹身邊找不到生活原型，只能說明胡適先生當初的「大膽假設」有問題，圍繞曹雪芹所做的考證統統是南轅北轍之舉。當你把考證的目光對準南明時期，《紅樓夢》人物的原型便一個個清楚地閃現出來。

## 一、關於「元妃」和「女史」

《紅樓夢》中的元春，生在大年初一，命大，長成後，先被選入宮中做「女史」，後來又被冊封為皇貴妃。書中有時稱她為「賈妃」，有時又稱她為「元妃」。

什麼是「女史」？這是明朝特有的宮中所設的職務。據《明史》記載，宮中設六局，即尚宮、尚儀、尚服、尚食、尚寢、尚功，每局均設女史，分掌宮中事務，正八品。清初順治年間曾沿襲明朝女史制度，但很快就廢除了，終清一代，再沒有設置女史。從《紅樓夢》中元春進宮做女史這件事看，作者實際上是隱約告訴讀者：這是明朝的事情。

元春後來被晉封為貴妃，稱為「元妃」。從「元妃」這個稱呼來看，《紅樓夢》作者可謂煞費苦心！什麼叫「元妃」？表面上看，就是元春的元字加上貴妃的妃字，並無深意；但仔細想來，任何朝代對貴妃也沒有這種稱呼法，並且絕對不允許這樣稱呼！

「元妃」一詞在皇宮中是個專用稱呼，只能用於對「太子妃」的稱呼。太子是皇帝的儲君，登基前，太子的大妃稱為「元妃」，意思就是將來皇后的繼承人！皇宮中其他任何皇妃，均不得稱為「元妃」！

《紅樓夢》中的「元妃」，身分似乎更特殊一些。書中如果稱元春爲元妃，其丈夫似乎應該是太子，但書中有「太上皇」的稱呼，元春的丈夫似乎又應該是當今皇帝！既然是皇帝，其妻子應該稱皇后，而不是元妃；既然稱元妃，其丈夫應該是太子而不是皇帝！這種矛盾只有在一種特定情況下方可以成立，就是皇帝因特殊原因不在了，太子以「監國」的身分執掌朝政，雖然尚無皇帝的名分，但事實上已經稱孤道寡。此時他的妻子，雖然有皇后的事實身分，但又只能暫時稱爲元妃！

這種特定的情況在明清兩代只有一個時期存在，就是明末清初的南明小朝廷時期。崇禎皇帝吊死在北京煤山後，馬士英等權臣擁戴福王在南京即位，是爲弘光朝。這個弘光即位之初，並沒有稱皇帝，而是稱「監國」，也就是以太子身分即位。

弘光的妃嬪在洛陽城破時，均死於亂兵之中，到南京時是真正的孤家寡人。弘光元年三月十三日，突然有一個姓童的女子從河南來到南京，自稱是弘光的「元妃」。自己說「年三十六歲，十七歲入宮」，並云崇禎十四年生育一子，名字叫做「玉哥」。整個過程言之鑿鑿。但弘光卻絕對不承認這個「元妃」，並將她下獄審問。後來清兵進入南京，弘光逃跑，這個「元妃」不知下落。

南明時期，不止弘光朝廷出了這個轟動朝野的「童妃」案，唐王和魯王兩個小朝廷成立之初，也都曾經冊封原來的王妃爲「元妃」。這在《南渡錄》、《甲乙事案》、《弘光朝實錄》等文獻中均有明確記載。唐魯二王爲什麼也把妻子冊封爲「元妃」？道理一個樣，就是小朝廷建立之初，都只是「監國」身分，所以只能給妻子「元妃」的名譽。

在封建社會，哪個朝代都有太子，也必然有元妃，並不罕見；但太子「監國」臨朝，冊封元妃，卻只有南明時期連續發生三次，並且出了轟動朝野的「童妃」案。《紅樓夢》作者特意在書中寫這個「元妃」，其用意大概也是爲了交代故事的南明背景。否則，故意讓「元」字與「妃」字搭配在一起，不合情理地稱爲「元妃」，是很難解釋清楚的。

## 二、關於「甄賈寶玉」

《紅樓夢》中，在主人公賈寶玉之外，作者又特意安排了一個「甄寶玉」，甄賈兩個寶玉一個在北，一個在南，並且年齡、長相、性情、愛好都一模一樣。作者爲什麼要這麼寫？寫「真假」兩個「寶玉」究竟有什麼用意？按照曹雪芹創作《紅樓夢》的傳統思路是無法解釋的，我們的紅學家們事實上也沒有解釋，都葫蘆提含糊了事。

世界上決沒有無緣無故的事情，任何小說的作者，也不會無緣無故去杜撰兩個一模一樣的書中人物。《紅樓夢》之所以這麼寫，自有他的道理，我們解釋不通，只能說明我們沒有讀懂《紅樓夢》，沒有解開「其中味」。

《紅樓夢》之所以寫真假兩個寶玉，並非憑空杜撰，信手拈來，而是以南明時期發生的重大歷史事件爲原型創作的。據史料記載，南明時期，在清政權控制的北京和南明政權控制的南京，確實發生過兩起「真假太子案」。

甲申（一六四四）年李自成進北京，崇禎皇帝吊死，他的三個兒子太子和永王、定王皆下落不明。南明政權派往北京的特使左懋第，曾發回一道密書，書中云，在北京發現一個崇禎皇帝的「太子」，當時清廷曾派人驗證太子真僞，崇禎的長公主認爲是真，並與太子抱頭痛哭，崇禎的西宮袁妃卻指認太子是假冒，大臣和太監們也都說真假不一，最終也沒有搞清真假，就被糊裡糊塗地砍了頭。

無獨有偶，弘光元年（順治二年，一六四五），在南京又發生一件「真假太子案」。三月，有一自稱太子的年輕人從北方來到紹興，南明政權聽到消息後馬上派人接來南京。爲了辨別這個太子的真僞，南明朝廷曾派「百官」三次「會審」太子，並嚴訊帶領太子南來的穆虎、高成等人，五毒備至，通過刑訊逼供要他們承認太子是假冒的。在酷刑逼迫下，得出一個荒謬的結論，說這個太子是一個名叫「王之明」的人所假冒，太子當場反問，你們何必說我是「王之明」，爲什麼不說我是「明之王」？

這一句反問說到了問題的要害，假如太子是真的，南明政權的皇帝就將處於十分尷尬的境地，皇位的合法性成了問題。所以不論太子真假，都必須通過逼供鍛煉成假。就像當時領頭會審的大學士王鐸說的那樣：「千假萬假，總是一假。」百官會審後，朝中大臣們異口同聲說太子是假，而軍隊將領和居民百姓又異口同聲說太子是真。由太子的真假之爭，引發了左良玉兵發南京「救太子」，江北四鎮又調兵南京救朝廷；南明政權忙於打內戰，清兵南下，幾乎沒遇到什麼像樣的抵抗，南京就失守了。

非常有意思的是，弘光皇帝逃出南京後，南京的老百姓居然把這個太子從監獄放出來，把皇帝的龍袍披在他身上，簇擁到皇宮，居然當了三天皇帝！這個皇帝上任的第一件事，就是跑回監獄，宣佈敕封獄神的「聖旨」！聯想到《紅樓夢》後四十回中的「獄神廟」情節，難道不發人深省麼？

清軍統帥多鐸進入南京後，弘光皇帝也被清軍捉住，青衣小帽押回南京。當太子與弘光皇帝在多鐸面前見面時，多鐸居然讓這個太子坐在自己身邊，讓弘光皇帝坐在太子下手，對南明皇帝和投降的百官說，太子的確是真的！你們南明政權不承認合法的太子，弘光登基本身就是不合法的。隨後，多鐸將弘光皇帝、太后和太子以及百官，押往北京，後來一起遇害了。

前面在「以金代玉」中說過，「寶玉」實際影射的是皇帝的玉璽，《紅樓夢》書中描寫南京和北京真假兩個寶玉，可以清楚地看出，就是影射南明時期發生在北京和南京兩個「真假太子案」！《紅樓夢》作者之所以要這麼寫，目的不外仍然是要交代作品的歷史背景。我們的紅學家們，不去考證這段信史，卻熱衷於到乾隆朝的曹雪芹身上去「猜笨謎」，學問做到這個份上，可悲也夫！

## 三、關於「賈雨村」

《紅樓夢》中與甄士隱這個人物相對的，是賈雨村。賈雨村這個人，原來是一介窮儒，寄住在葫蘆廟中。後來得甄士隱資助，進京應考，居然中舉，被外放爲「本府知府」。這個人雖然「才幹優長」，但有「貪酷之弊」，做官「不上一年」，被上司奏本參他：「生性狡猾，擅篡禮儀，且沽清正之名，而暗結虎狼之屬，致使地方多事，民命不堪。」皇帝見本「龍顏大怒，即批革職」。後來走「護官符」中「賈不假，白玉爲堂金做馬」的門路，居然起復，「輕輕謀了」「金陵應天府缺」，後來愈幹愈得心應手，直到官升「大司馬」之職。

這個賈雨村究竟有沒有生活原型，他的原型是誰?也是紅學界長時期沒有解決的問題之一。之所以沒有解決，主要原因還是把考據的目光局限在曹雪芹生活的乾隆朝轉圈子，因此必然不得要領；倘若我們把《紅樓夢》作品放回到南明背景中，這個問題就迎刃而解了。

前面我們分析過，《紅樓夢》「護官符」中所說的「四大家族」，是以南明時期「馬、史、王、錢」爲原型的，所謂「賈不假，白玉爲堂金做馬」，影射的是南明小朝廷的權臣馬士英。南明時期依靠馬士英而青雲直上的大奸臣，就是那個臭名昭著的阮大鋮!

阮大鋮原來確實是一介窮儒，原籍湖北，所以書中說他是「湖州人氏」。他爲人品行不端，中舉後一方面投靠閹黨魏忠賢，一方面又鑽營東林黨人，崇禎登基，閹黨失勢後，被東林黨人參奏爲「生性狡猾，擅篡禮儀」，「沽清正之名，結虎狼之屬」，所謂「虎狼之屬」，指的就是閹黨。於是，崇禎皇帝把他歸入閹黨成員，雖然保住了腦袋，但被御批革職，狼狽逃往金陵去做寓公，居住地點在「褲襠巷」。

南明小朝廷成立後，阮大鋮不甘寂寞，走了馬士英的門路，居然輕輕謀得一個「金陵江防」長官的肥缺，也就是《紅樓夢》中所說的「金陵應天府」吧。後來，又當上了兵部侍郎，晉升兵部尙書，也就是《紅樓夢》中所說的「大司馬」之職。他與馬士英沆瀣一氣，把持朝政，賣官鬻爵，殘酷迫害朝中東林黨人，又縱容引誘弘光皇帝荒淫腐敗，導致南明政權朝政腐敗，迅速潰敗滅亡。

《紅樓夢》作者用簡潔洗練的筆墨，描寫了賈雨村「結虎狼之屬」，謀「金陵應天府缺」，晉升「大司馬」的人生三部曲，清晰地展示了其原型阮大鋮惡毒骯髒的一生，所以，斷定南明時期的阮大鋮是《紅樓夢》中賈雨村的原型，是可信的。反過來，也間接證實了《紅樓夢》作品的南明背景。

## 四、關於「一僧一道」

《紅樓夢》中虛無縹緲地描寫了「一僧一道」，每個關鍵人物、關鍵故事，幾乎都用「一僧一道」引出，在作品中雖然不是關鍵角色，但卻是個不可或缺的串場人物。這「一僧一道」，一個是「癩頭和尙」，一個是「跛足道士」，經常結伴而行，時常判人命運，有時還救急「解冤孽」。實在說，小說中出現這樣的人物，一般不需要有生活原型，作者完全可以根據中國傳統文化杜撰出來。但在研究南明史的過程中，還真的發現了「一僧一道」原型的線索，這就是著名的「大悲和尙案」。

北京的崇禎朝廷覆滅後，當時在南京朝廷中，大臣們爲擁立福王還是擁立潞王爭執嚴重，東林黨人多數主張擁立潞王，而馬士英等軍閥多數主張擁立福王。最後，在軍隊的護擁下，福王終於坐上了金殿。

正在這個微妙的時刻，甲申年十二月，在金陵城內，出現了一個十分招搖的「大悲和尙」，自稱姓朱，是皇族，曾被崇禎皇帝封爲「齊王」，三十五歲就成了「活佛」，是天下第一「聖僧」。並且宣稱與潞王認爲一家，潞王曾爲他「披紅」，委託他來南京「探聽消息」，聯絡重臣，保潞王登基。這個「大悲和尙」，經常住在「挑水張道人」家中，與「挑水道人」一起活動，「一僧一道」招搖過市，十分令人矚目。

這個「大悲和尙」，精神似乎有點不正常，但舊社會民間也經常出現此類人物，本不足爲奇。但他的時候趕得好，正值馬士英、阮大鋮輩羅織罪名，向東林黨人發難之時，「大悲和尙」的出現，正中下懷，於是，馬阮等人以此爲契機，揑造了「十八羅漢，五十三參」的反對福王、擁戴潞王的陰謀集團，妄圖把史可法、黃道周、陳子龍等朝中正直之士一網打盡！後來由於福王不敢驟興大獄，此陰謀才不了了之。

「大悲和尙」和「挑水道人」本非什麼重要人物，但捲入了南明政爭之中，在南明時期成了轟動全國的著名人物。《紅樓夢》隱寫南明背景，以這個「一僧一道」的形象穿針引線，是十分巧妙、也十分妥帖的。

## 五、關於「鹽課林老爺」

「鹽課林老爺」是誰？在《紅樓夢》中，他是第一女主角林黛玉的父親，第一男主角賈寶玉的姑夫林如海。所謂「鹽課」，就是皇帝欽派的「巡鹽御史」的簡稱。在封建社會，鹽稅是朝廷的主要收入來源，皇帝自然對管理鹽務的官員格外重視。明清兩代，朝廷設兩淮、兩浙、長蘆等鹽課，皆是肥缺，其中尤其是兩淮鹽課，更是肥得流油的美差，是官員們趨之若鶩的角色。

據紅學家們考證，曹雪芹的爺爺曹寅，和蘇州織造李煦，曾輪流擔任兩淮鹽課十幾年時間，期間搜刮了大量民脂民膏，過著極端窮奢極欲的生活。所以，紅學專家們推斷，這是曹雪芹創作《紅樓夢》的間接證據之一。

此說表面上看似有理，但細細思考起來，卻又大謬不然！為什麼呢？兩淮鹽課確是美差，曹寅、李煦當的也是美差，可是《紅樓夢》中，「鹽課林老爺」當的似乎並非美差，簡直就是個苦差、窮差、濫差！

朋友們如若不信，可細細品味書中的描寫：堂堂鹽課老爺，只有一個妻子賈敏，並無三妻四妾，這在封建士大夫階層是極不正常的；妻子病死後，連續弦的能力也沒有，父女二人苦苦度命；家裡不要說沒有田產美宅，恐怕制錢也沒有幾文，連幾個像樣的丫鬟都養活不起，心愛的獨生女兒林黛玉去依附外祖母家生活，只可憐兮兮地帶一個不懂事的小丫鬟雪雁，隨身也沒有為女兒帶一點零用銀子，在賈府中受盡勢利小人的白眼，與寶釵的闊綽形成鮮明的反差。父親死後，黛玉回去奔喪，回來時沒見到帶回一點兒遺產，只買了一點兒不值錢的土特產送禮。生病吃一點兒燕窩，還得靠寶釵施捨。與寶玉盤算結婚時的嫁妝，林家是一點兒也沒有，完全靠賈家的錢財。

天底下果真有這樣的窮鹽課麼？整個大明王朝沒有，整個大清王朝也沒有！紅學家們找不到生活原型，便毫無來由地說是《紅樓夢》作者筆下疏忽。如果《紅樓夢》作者的文筆疏忽到了這分天地，還稱得上偉大的文學家麼？真不知這些紅學家是在讚美《紅樓夢》還是在醜詆《紅樓夢》！

這樣的窮鹽課不是沒有，而是我們的紅學家考證錯了地方！明清兩代確實沒有窮光蛋鹽課，但明末清初的南明小朝廷期間，兩淮鹽課卻真的是個既窮得叮噹響又苦不堪言的糟糕差事！之所以這樣，主要原因有三：

一是南明小朝廷賣官鬻爵，名器廝濫，兩淮鹽課本是個美差，但朝廷一放就是好幾個，誰也不是專差，誰也沒有真正的權利，結果一個美差變成了一堆濫差！

二是當時兩淮地盤上爲軍閥「江北四鎮」盤踞，這些軍閥不僅每年向朝廷逼索大量軍費，還視駐地爲禁臠，自己設關收稅，朝廷派去的官員根本無法執行公務，當然也收不到鹽稅。

三是當時兩淮地區是軍事上的割據區，南明軍隊、李自成殘餘軍隊、清朝軍隊，「你方唱罷我登場」，「江北四鎮」之間又經常打內戰，地方幾乎沒有一天寧靜！什麼朝廷的錢糧

鹽稅，根本無法徵收。

這樣一個「兩淮巡鹽御史」，你說是不是一個苦不堪言的差事！林黛玉的父親，當的就是這樣一個鹽課！林如海之所以甘願忍受父女骨肉分離之痛，把心愛的女兒送往外祖母家去「寄養」，很大程度上是爲了讓女兒躲避戰亂，反正自己也沒有妻室、沒有家產、沒有奴僕，一個人在戰亂的揚州苦熬吧！封建社會的官員，是絕對不可以擅自逃離職守的，林如海除此還有什麼辦法？

《紅樓夢》作者之所以要描寫這樣一個「鹽課林老爺」，其目的不外是要交代作品的南明背景。不知朋友們注意到沒有，《紅樓夢》書中描寫林如海的死期有矛盾，有的紅學家考證，書中原來交代林如海死的日子，就是清軍攻克揚州、開始「揚州十日」大屠殺的日子，這難道僅僅是偶合麼？

## 六、關於「甄英蓮」

《紅樓夢》中那個可憐的小女孩子「甄英蓮」，其命運確實是「真應憐」！小時候就被拐子拐賣，連家鄉父母都不記得；長成後又被薛大傻子霸佔爲妾，受盡這個「呆霸王」的折磨；年輕輕就被薛蟠與妻子夏金桂折磨成「乾血癆」，凄慘地病死。

細心的讀者可能會注意這一點，這個「甄英蓮」似乎與《紅樓夢》故事主線並沒有多大關係，書中假如沒有這個人物，並不影響故事的完整性。那麼，惜墨如金的《紅樓夢》作者，爲什麼要在書中創作這樣一個人物呢？

要明白這一點，必須首先搞清《紅樓夢》作品的社會背景和人物原型，方可了然不惑。我們說，《紅樓夢》是以南明小朝廷時期爲背景的，那麼，「甄英蓮」這個人物的原型，就應該是南明時期一個比較有影響的重要人物，把她寫入書中，可以更清晰地展示出《紅樓夢》故事的時代背景。

南明時期果真有「甄英蓮」這樣一個重要女性麼？有，確實有！她的生活原型，就是「秦淮八豔」之首，大名鼎鼎的柳如是！柳如是最早的名字叫什麼？就叫「楊影憐」！「影憐」和「英蓮」的諧音關係，還用筆者饒舌麼？

這個「楊影憐」，確實是從小被拐子拐賣的，其家鄉父母全都不記得了。開始拐子把她賣給一個姓周的退休老官僚爲妾，後來不容於大婦，被逐出家庭，被迫淪落風塵，成爲雛妓。長成後，由於容貌嬌媚，又鍛煉得多才多藝，詩書畫在當時可稱三絕，結果名滿天下，大紅大紫。

楊影憐年輕時，曾與當時著名文人、復社骨幹、幾社領袖、著名民族義士陳子龍鬧過幾年自由戀愛，並曾在嘉興「小紅樓」中同居一段時間。後來由於陳家的干涉，二人不得不痛苦分手了。分手後，楊影憐終生都在思念陳子龍這個昔日的戀人，尤其是陳子龍爲國捐軀後，楊影憐幾乎終生流不盡思念的淚水。《紅樓夢》中「絳珠還淚」、「木石前盟」的故事，就是以陳楊戀情爲原型創作的。

二十六歲時，已經不再年輕的楊影憐，幾經選擇，最終嫁給了老名士、東林黨領袖錢謙益，並改名柳如是，號河東君。柳如是別號很多，如蘼蕪、美人、芙蓉、瀟湘等，《紅樓夢》中的「金玉良緣」，也應是根據錢柳姻緣爲原型創作的。《紅樓夢》中的寶釵姓薛，柳二姓都是河東郡望，所以「河東君」也是「蘅蕪君」！

「河東君」柳如是，確實是個值得歌頌的女中豪傑，其原因不僅在於她的才藝出類拔萃，更在於她的高尙的民族氣節！南明小朝廷覆滅之際，她的丈夫錢謙益身爲當朝禮部尙書，柳如是沈痛地勸丈夫自殺殉國，錢不肯，柳如是又親自爲丈夫做出樣子，奮身投水，由於解救及時，方沒有死成。柳如是愛國獻身的故事，三百年來一直爲世人所讚美！

《紅樓夢》用「甄英蓮」這個形象來引出故事，不僅巧妙地交代出了作品的時代背景，也清晰地勾勒出來「絳珠還淚」、「金玉良緣」的故事框架，作者的創作技巧，不可謂不高明！

## 七、關於「秦可卿」

《紅樓夢》中最說不清的人物是秦可卿，這個在「享強壽」之年就上吊自殺的大少奶奶，引起多少紅學大家的奇思妙想。其實，秦可卿這個人物，也是以柳如是爲原型寫成的，目的是爲了交代柳如是最終上吊自殺的悲慘下場！

前面我們說過，「甄英蓮」的生活原型就是柳如是，「絳珠還淚」和「金玉良緣」都是按柳如是的愛情婚姻生活寫成的。不知朋友們注意到沒有，《紅樓夢》書中特意交代，這個香菱（甄英蓮）的「眉眼兒」，長得就像「東府蓉大奶奶」似的；而在「太虛幻境」中的「可卿」，又名「兼美」。什麼叫「兼美」？就是兼釵黛之美，「鮮豔嫵媚，有似乎寶釵，風流嫋娜，則又如黛玉」。看！《紅樓夢》作者把甄英蓮、秦可卿、林黛玉、薛寶釵四人，就是這樣巧妙地串在一起了！

柳如是確實是上吊自殺身亡的。柳如是嫁入錢家後，雖然是偏房，但一直按嫡妻對待，家中財產一直由她當家管事。康熙三年，錢謙益病死後，家族中惡勢力聯合起來，奪占家產，長子錢孫愛懦弱無能，幾乎破家。就在這關鍵時刻，柳如是挺身而出，寫下遺書，毅然吊死在靈堂上。家族惡勢力因此受到官府懲處，錢氏家庭子女因此得到保全。

柳如是自殺時，年僅四十六歲，正所謂《紅樓夢》中交代的「享強壽」之年！柳氏的死亡，激起了錢氏門生故舊、社會正直人士的極大憤慨，他們聯合起來，不僅爲柳如是向官府討回公道，還確實風光地爲柳如是搞了一次震驚四方的「大出殯」！柳如是的墳墓，至今仍在常熟錢氏祖墳中，與錢謙益墓相伴，接受著後人的弔唁追思！

## 八、關於史湘雲

《紅樓夢》中史湘雲這個人物很有意思，她主要有四個特點：一是從小父母雙亡，出身孤苦；二是性格「英豪闊大寬宏量，從未將兒女私情略縈心上」；三是詩思敏捷，詩中有

「喃喃負手扣東籬」等出世思想；四是婚姻不幸，丈夫早亡，「雲散高唐，水涸湘江」。

當我們知道了《紅樓夢》中寶釵、黛玉的原型是柳如是時，湘雲的生活原型就不難考證了。她就是以柳如是最要好的「手帕姐妹」黃皆令爲原型創作的。

黃皆令幼年生活坎坷，父母早逝，不幸被賣入青樓，逐漸成長爲一名走紅的名妓，與柳如是一生交往甚厚。黃皆令的詩畫才能在南明時期的名氣很大，其詩中有濃郁的出世思想，柳如是曾經編輯過她的詩，評價爲「皆令詩近僧」。黃皆令的性格確實是「英豪闊大」一類，早年並未像柳如是等「手帕姐妹」一樣，急於出嫁從良，似乎缺少「兒女私情」。後來嫁給一個姓楊的窮秀才，連續生育了三個孩子，但丈夫又不幸早死，一個人拖著三個可憐的孩子，以賣畫爲生，生活十分窘迫。

錢柳結成「金玉良緣」後，應「手帕姐妹」邀請，黃皆令曾經到錢柳居住的「絳雲軒」居住一個時期，與錢謙益、柳如是夫婦詩酒唱和，傳下了一段佳話。後來錢柳死後，黃皆令便不知所終了。《紅樓夢》描寫的「金陵十二釵」，最初的原型本來就是南明時期的名妓，《紅樓夢》最初確實是一部寫妓女的書，這在袁枚的《隨園詩話》中有明確記載，無須懷疑。

## 九、關於妙玉

《紅樓夢》中的妙玉，是個十分奇怪的人物，她是個出家人，但卻不僧不道；她自幼出家，卻不容於家鄉豪族，被迫流亡在外；她沒有什麼收入來源，但卻似乎很有點家底，拿出的貴重茶具，連堂堂榮府也找不出幾件來；她性格孤僻，只與林黛玉、邢岫煙還合得來；她的詩才不在釵黛之下，但很少參與大觀園活動，只在凹晶館爲黛湘聯詩做了一次收尾。

妙玉的生活原型，應該是寄居在杭州西溪的名妓林天素。柳如是在同陳子龍分手後，一段時間曾寄住在杭州西溪的「黃衫豪客」汪然明家裡，既承受著感情上的巨大痛苦，又接受著身體上的痛苦折磨，曾經連續長時間吐血。其間柳如是與汪然明之間信件往來頻繁，柳如是手書的信函，深得魏晉風骨，受到汪然明的賞識。汪然明將柳如是的三十一篇書信彙集起來，整理成《柳如是尺牘》出版；出版前，就是請林天素爲該書做的序。

林天素本是福建名妓，性格孤僻耿直，詩才著名當時。因家鄉豪紳迫害，不容當地，憤而出家，先是流浪到蘇州玄墓居住，後來又輾轉到杭州西溪，依附汪然明，寄住在西溪的「隨喜庵」。林天素由妓女而出家，確實是不僧不道的形象，而性格更加孤僻，不喜與當紅「手帕姐妹」往來，也封筆不再作詩寫文章，但卻不過汪然明的情面，很不情願地爲《柳如是尺牘》寫了序言。

今天，林天素的這篇序言，與《柳如是尺牘》一起流傳下來，從中不難看出林天素的孤僻性格，也不難看出她的行文特色風格。

## 十、關於馮小青

《紅樓夢》中並沒有直接出現馮小青的形象，但在描寫黛玉孤苦無依的生活場景時，卻直接引用了馮小青的詩：「瘦影自臨春水照，卿須憐我我憐卿。」馮小青最著名的詩是：「冷雨敲窗不可聽，挑燈閑看《牡丹亭》，人間亦有癡於我，豈獨傷心是小青。」從《紅樓夢》中描寫的林黛玉形象看，明顯是受了馮小青故事的影響。

馮小青的故事，是發生在杭州西溪的真實故事。她原來是揚州的「瘦馬」，被杭州紈綺公子馮雲將買來做妾。馮雲將的父親馮夢楨是明朝後期著名權臣，馮氏家族在杭州是著名「望族」。馮雲將的妻子是個冷血「妒婦」，馮小青進門後，被她隔離在西湖孤山居住，不僅與丈夫不得見面，除了一個老婆子，其他人也絕對無法見面。在這種孤寂的生活中，馮小青整天以讀《西廂記》、《牡丹亭》打發日子，整日以淚洗面，不久就在抑鬱中孤淒地死去了。臨死前，把自己梳洗得整潔乾淨，焚燒了多年的詩稿，平靜地離開了人世。

馮雲將與柳如是、汪然明是同時代人，柳如是在汪然明家寄住時，與馮雲將也有較爲密切的詩畫往來。《紅樓夢》作者在搜集柳如是事跡，創作《紅樓夢》時，必然同時接觸馮小青的事跡，並用於《紅樓夢》人物的刻畫，這是小說創作的必然。更何況，《紅樓夢》作者本身就是杭州西溪人，對馮小青的故事，本來就應該熟悉。這是後話，下文再提。

## （二）《紅樓夢》文學背景考證

任何文學作品，都必然打著創作時期文學背景的深刻印記，《紅樓夢》雖然是一部偉大的文學作品，但也不能脫離這個規律，古今中外，概莫例外。有些紅學大師拚命宣揚曹雪芹是「天才」，《紅樓夢》是「超越時代」的作品，這種說法不足爲訓。

任何作家創作小說，都必然習慣性地使用當時的習慣語言、流行詩詞，完全獨創的文章是沒有的。其實，如果小說的語言完全是作者杜撰的，與時代語言完全脫離關係，這樣的小說大概是天書，是誰也看不懂的。愈是民族的，就愈是世界的；愈是時代的，就愈是永久的。《紅樓夢》之所以流傳到今天仍然有旺盛的生命力，有眾多的讀者群，就愈說明《紅樓夢》創作當初是民族的、時代的作品。我們爲了搞清《紅樓夢》的成書過程，不妨從對《紅樓夢》的文學背景入手，去考證創作當時的蛛絲馬跡。

### 一、關於「紅樓夢」出處

關於《紅樓夢》三個字出處的考證，我們的紅學大師可謂煞費苦心，在乾隆朝的曹雪芹身邊找不到，就漫天撒網，一直考證到唐朝，結果發現唐朝有個詩人叫蔡京（與宋朝的奸臣蔡京同名，但不是一個人），詩中有一句「驚破紅樓夢裡心」，便如獲至寶，硬是說曹雪芹受了蔡京的影響，方才爲作品取名《紅樓夢》的。

蔡京這個詩人並不是一個名詩人，其作品影響很有限。我們沒有任何證據可以證明曹

雪芹讀過蔡京的詩，更無法解釋蔡京所說的「紅樓夢」與小說《紅樓夢》有什麼意義關聯之處。所以，紅學大師們這種所謂的「考證」在方法上是不科學的，在結論上也是不可信的，絕對屬於胡適先生醜詆的「猜笨謎」範疇！

我們說《紅樓夢》是以南明小朝廷爲背景，以柳如是與錢謙益、陳子龍的愛情婚姻生活爲主線創作的，《紅樓夢》三個字的出處，就必須與南明時代、與柳陳錢三人有直接關係。在這個範圍內果真能搜尋到「紅樓夢」三個字麼？還真的讓筆者不小心找到了——

柳如是與陳子龍在嘉興「小紅樓」同居期間，曾寫下一首記敘二人幸福感覺的詩，題目是〈春日早起〉：「獨起憑欄對曉風，滿溪春水小橋東。始知昨夜紅樓夢，身在桃花萬樹中。」詩的大意是，在春天的一個早晨，我一個人早早起身（她還在甜蜜的夢鄉），看見小溪的春水越過小橋流向東方，發現昨天夜裡千萬樹桃花怒放，我們就像睡在桃花叢中一樣。

陳子龍的詩意境很美，充分表達了陳柳二人同居的幸福感受。詩中出現的「紅樓夢」三個字，不僅與小說《紅樓夢》在意思上直接關聯，而且意境息息相通！我們說，這是《紅樓夢》書名的直接出處，不僅有字面意義的關聯，而且陳柳故事本身就是《紅樓夢》作品中「絳珠還淚」故事的原型！由此，我們可以毫不猶豫地說，這才是《紅樓夢》三個字的真正來源！

## 二、關於〈題帕三絕〉

《紅樓夢》中寶玉挨打，黛玉紅著眼睛去探望，寶玉贈送黛玉一方舊帕子表示愛情的堅定，黛玉在帕子上題寫了〈題帕三絕〉。且不說這三首七絕詩寫得如何，人們不僅要問：這詩是《紅樓夢》作者原創的麼？我們的紅學大師們不加考證，便寫了多少文章，讚揚曹雪芹的詩寫得如何高明。豈不知，這詩根本不是《紅樓夢》作者原創的，而是剿襲的南明時期「秦淮八豔」的詩！

看過《桃花扇》的朋友，都知道李香君與侯方域的愛情故事。清軍下江南時，李香君曾懷疑侯方域變節事敵，表示要和他斷絕關係，寫下一首〈訣別口占〉：「眼空蓄淚淚空流，苦苦相思卻爲誰？自詡豪情今變節，轉眼無目更傷悲！」

回過頭來我們看黛玉的〈題帕三絕〉第一首詩：「眼空蓄淚淚空垂，暗灑閑拋卻爲誰？尺幅鮫綃勞解贈，叫人焉得不傷悲。」二者的剿襲關係一目了然！李香君不可能剿襲《紅樓夢》，只能是《紅樓夢》作者剿襲了李香君！

我們做此考證，並非說《紅樓夢》是描寫的李香君、侯方域愛情故事。李香君與柳如是同屬南明時期名妓，《紅樓夢》雖然是以柳如是愛情故事爲主線的小說，但作者在創作過程中，把同時代的李香君的詩信手拈來，寫入書中，是十分自然的事。而一百多年後的曹雪芹，卻絕沒有引用南明時期妓女詩的道理，就像今天的作家，絕不會引用一百多年前北京「八大胡同」的妓女詩，冒充自己的作品一樣！

## 三、關於〈菊花詩〉

《紅樓夢》中姐妹們在大觀園賽詩，規模最大的一次大概要數分題做〈菊花詩〉了。其中寶玉做了〈種菊〉，湘雲做了〈對菊〉，黛玉做了〈問菊〉，其他姐妹們還做了〈憶菊〉、〈訪菊〉、〈對菊〉、〈供菊〉、〈詠菊〉、〈畫菊〉等題目。

這些姐妹們的菊花詩，是《紅樓夢》作者原創的，還是從什麼地方引用的？我們的紅學大師們，也從來沒有認真地加以考證，便異口同聲地鼓噪曹雪芹的詩才如何了不起。

南明時期董小宛與冒辟疆的愛情故事，紅學界諸君當不陌生。有一年秋天，冒辟疆不知從哪裡弄來一叢菊花，與董小宛一起種在房前地裡，晚上下了一場小雨，菊花不僅成活，而且頂著霜花開放了。夫妻二人十分高興，於是各自做了一首詠菊詩。

冒辟疆的詩是：「攜鋤別圃試移來，籬畔亭前手自栽。前夜不期經雨活，今朝竟喜戴霜開。」董小宛的和詩是：「玉手移來霜露經，一叢淺淡一叢深。數去卻無君傲世，看來唯有我知音。」

夫妻二人還有一個共同的朋友楊龍友，他也湊趣和了一首：「尚有秋情眾莫知，聯袂負手扣東籬。孤標傲世偕卿隱，一樣花開故故遲。」

另有兩個友人梁湛至、鄭超宗也各和了一首。梁湛至的和詩是：「閑趁霜晴試一遊，舊杯茶盞未淹留。霜前月下誰家種，欄外籬邊何處秋？」

鄭超宗的和詩是：「秋光疊疊復重重，玉女偷移三徑中。齋隔疏窗花遠近，籬間破月鎖玲瓏。」

回過頭來我們再來看《紅樓夢》中姐妹們的菊花詩：怡紅公子的〈種菊〉詩是：「攜鋤秋圃自移來，籬畔亭前故故栽，昨夜不期經雨活，今朝猶喜戴霜開。」這是剿襲的冒辟疆詩！

枕霞舊友的〈對菊〉詩是：「別圃移來貴比金，一叢淺淡一叢深。數去更無君傲世，看來唯有我知音」。這是剿襲的董小宛詩。

瀟湘妃子的〈問菊〉詩是：「欲訊秋情衆莫知，喃喃負手叩東籬。孤標傲世偕誰隱，一樣花開爲底遲？」這是剿襲的楊龍友的詩！

怡紅公子的〈訪菊〉詩是：「閑稱霜晴試一遊，酒杯藥盞莫淹留。霜前月下誰家種，檻外籬邊何處秋？」與梁湛至的詩幾乎一模一樣，只不過把「茶盞」改成了「藥盞」，把「欄外」改成了「檻外」罷了。

再看枕霞舊友的〈菊影〉詩：「秋光疊疊負重重，潛度偷移三徑中。窗隔疏燈描遠近，籬篩破月鎖玲瓏。」這也完全是照抄照搬鄭超宗的詩，改動幾個字不多，意思完全沒有變。

當然，《紅樓夢》作者在書中所寫的菊花詩，每首都從七言四句改造成了七言八句，增加了一些新的內容，但其從董冒的菊花詩幻化而來這一點，是毫無疑義的！這組菊花詩，是南京曹雪芹研究所的嚴中教授考證出來的，是《紅樓夢》作品南明背景的鐵證！

## 四、關於〈海棠詩〉

《紅樓夢》中姐妹們第一次起詩社是詠白海棠，限韻「門盆魂痕昏」。我們可以推斷，姐妹們的這些詠海棠詩也是從南明時期柳如是的詩友那裡剿襲來的。不過，由於年代久遠，原詩已經失傳了，但仍然有蛛絲馬跡可循。

柳如是嫁給錢謙益前，有一次與謝三賓、程松圓等老名士聚會，大家就曾經賦〈海棠詩〉，有當時詩人汪豈〈題湖上草〉詩爲證。《湖上草》是柳如是的作品集。汪豈說：「靈山湖上鬥修眉，風雨西泠十首詩。卻笑松圓老居士，但叫人和海棠詞。」可見當時確實有詠海棠的十首詩。可惜的是這些詩今天都失傳了。

但應該慶幸的是，謝三賓的《一笑堂詩集》中卻僥倖保留下一首：「春歸何處最銷魂，飛絮閑庭晝掩門。幽緒只應歸燕覺，愁懷難供落花論。天涯人遠音書斷，斗室香消笑語存。無限情懷消折盡，不堪風雨又黃昏。」

我們拿《紅樓夢》中寶姐姐的詩來比較一下：「珍重芳姿晝掩門，自攜手甕灌苔盆。胭脂洗出秋階影，冰雪招來露砌魂。淡極始知花正豔，愁多焉得玉無痕？欲償白帝憑清潔，不語婷婷日又昏。」

兩首詩不僅韻腳相同，意境相近，而且「晝掩門」等特殊用語完全是剿襲關係。由此，我們推斷《紅樓夢》中姐妹們詠白海棠的四首以「門盆魂痕昏」限韻的詩，是從「松圓老居士」與柳如是等人所做的十首海棠詩幻化而來，不是沒有根據吧？

## 五、關於〈紅豆曲〉

《紅樓夢》中描寫寶玉與馮紫英、蔣玉函、薛蟠等人與妓女雲兒相聚時，寶玉詠了一首情深意切的〈紅豆曲〉：「滴不盡相思血淚拋紅豆，開不完春柳春花滿畫樓，……」關於這首曲子的出處，至今紅學界所有大師們無一人考證清楚，有人說這首曲子與乾嘉年間流行的〈馬頭調〉相似，但〈馬頭調〉的流行在《紅樓夢》問世後，說明不了什麼問題。

紅豆又名相思豆，產於我國南方熱帶地區。王維詩說：「紅豆生南國，春來發幾枝。勸君多採擷，此物最相思。」是迄今爲止最有名的詠紅豆詩。《紅樓夢》的作者是否見過紅豆，《紅樓夢》故事的主人公是否與紅豆有聯繫，是需要認真考據清楚的事情。一個根本不知紅豆爲何物的人，是寫不出《紅樓夢》中那迴腸蕩氣的〈紅豆曲〉的！

紅豆這種植物，不僅我國北方不能生長，長江流域歷史上也沒有自然生長的，可以說，我國古代絕大多數文人，口中都說紅豆，卻未必見過紅豆。很有意思的是，筆者考證的《紅樓夢》原型人物柳如是，卻有幸親自栽種過紅豆，並與友人寫下了大量歌詠紅豆的詩詞！

柳如是與錢謙益締結「金玉良緣」後，爲了繼承昔日「木石前盟」情人陳子龍的遺志，竭力慫恿錢謙益聯絡抗清力量，爭取恢復明朝江山。爲了與東南海上義軍聯絡方便，他們夫妻二人從常熟城裡搬到距海很近的「芙蓉莊園」居住。「芙蓉莊園」是錢謙益繼承舅父的一

處別業，雕樑畫棟之外，還有一個很漂亮的園子。

很巧的是，在「芙蓉莊園」中，居然生長著一棵百年樹齡的紅豆樹！枝繁葉茂，但從來不結果實。就在錢謙益八十大壽這一年，奇蹟出現了——百年老紅豆樹綻開了滿樹繁花，居然結下了一顆紅豆，而且僅僅只結了一顆！在錢謙益壽誕之日，親友們送來了數不清的貴重禮物，但錢老先生最珍視的禮物，還是相濡以沫的妻子柳如是贈送的禮物——唯一的一顆鮮豔的紅豆！

錢謙益陶醉了，柳如是陶醉了，親友們也陶醉了！他們趁著酒興，唱和了幾十首歌詠紅豆的詩詞。柳如是在紅豆詩中，不僅歌頌了自己與錢翁深沈的愛情，也隱約表達了對昔日戀人陳子龍的深沈懷念，說自己的思緒像「青山綿綿，流水潺潺」，說自己「爲伊消得人憔悴」。詩中意境，與《紅樓夢》中之〈紅豆曲〉完全相同。我們說，《紅樓夢》之〈紅豆曲〉，就是從錢柳的紅豆詩中幻化而來，不爲無因吧？

## 六、關於〈芙蓉誄〉

《紅樓夢》中最奇特的一篇文字，大概非〈芙蓉誄〉莫屬了。晴雯是一個丫頭，當不起如此鄭重之誄文。紅學家們都知道，〈芙蓉誄〉明誄晴雯，實誄黛玉。「茜紗帳下，我本無緣；黃土壟中，卿何薄命？」搞得黛玉滿腹疑惑，心中充滿了不祥之感。

但仔細想來，《紅樓夢》中的林黛玉，也當不起〈芙蓉誄〉文。爲什麼？因爲文中有

「閨闈恨比長沙，巾幗慘於羽野」字樣！何謂「長沙」？就是漢朝的長沙王太傅賈誼，爲了王朝的統一，含恨死於吳楚七王之亂！什麼是「羽野」？就是大禹的父親鯀，因在天下治水的重大問題上剛直自用，被舜殛於羽山。這兩個題目太重大了，如果不是爲國爲民爲天下冤死的仁人志士，無論如何是當不起這樣的比方的。

晴雯當不起，黛玉也當不起，但她們的生活原型卻完全當得起！我們知道，《紅樓夢》中的黛玉，生活原型有一半是南明時期的秦淮名妓柳如是。柳如是雖然是卑賤的妓女，但確實位卑未敢忘憂國。南明小朝廷覆亡時，她勸時任禮部尚書的丈夫錢謙益自殺殉國，錢謙益不肯，托辭怕水涼，她急怒之下，自己奮身投水，由於搶救及時，方未殞命。

其後，她又一力鼓動丈夫投身反清復明軍事活動，與丈夫居住在臨海的芙蓉莊中，策應海上抗清武裝，並策劃了東南沿海與西南桂王武裝在長江會師的重大軍事計劃。她曾把自己一生積蓄的全部首飾捐獻出來，武裝抗清的「八百羅漢軍」，還曾經親自到崇明島去慰勞義軍。

柳如是最後上吊自殺了，她自殺的直接原因，是丈夫死後發生了家難，爲了維護家族的利益，勇敢地死了。其實，她自殺的原因遠不止這樣簡單，更大程度上是因爲各路抗清力量相繼失敗，抗清義士相繼殉國，情人陳子龍投水了，丈夫錢謙益病死了，朋友張煌言就義了，海上「娘子軍」全體戰死了，此時的她，已經了無生趣，一死是最好的歸宿。

柳如是自殺後，當時的文人寫了很多誄文，弔唁這位亂世奇女子。這些誄文中，不乏把她比喻為憂國憂民的長沙賈太傅和羽野之鯀的。柳如是生前以「芙蓉」為號，又居住在「芙蓉莊」，《紅樓夢》中的「芙蓉誄」，本來就是誄這個憂國憂民的末世奇女子的，誄文中表達的是她內心的恨，內心的憂，同長沙的賈誼，羽野的鯀去類比，這位「芙蓉」是否當得起呢？相信讀者自有公論。

## 七、關於〈葬花詞〉

《紅樓夢》中黛玉的形象應該是一個清純少女吧？事實也不然。請看她的代表作品〈葬花詞〉，從「葬花詞」中我們可以推測，《紅樓夢》中黛玉這個人物的原型，進入大觀園前，曾經與心愛的情人組成過一個「香巢」，後來由於「燕子無情」，結果「人去巢空」了。離開「香巢」後，過著一種漂泊無依的生活。由於社會上的黑惡勢力逼迫，使她產生一種「風刀霜劍嚴相逼」的感覺。由於年齡漸大，沒有歸屬，「美人遲暮」的心情愈來愈嚴重，以致於產生何處「淨土掩風流」的悲愴感。

《紅樓夢》中林黛玉的原型究竟是誰？我勸朋友們認真閱讀一下國學大師陳寅恪先生撰寫的《柳如是別傳》。林黛玉在〈葬花詞〉中表達的心情，絕對就是秦淮八豔之首柳如是在離別情人陳子龍後，漂泊在杭州西湖西溪時心境的真實寫照！

此前，柳如是曾與陳子龍在「小紅樓」構築了「香巢」，過了一段雙飛雙棲的幸福生活。後來由於陳家家庭的干預，柳如是不得已離開「小紅樓」，造成了「人去巢空」的悲劇結局，爲此連續以〈望江南〉詞牌寫了二十首題爲「人去也」的豔詞。柳如是帶著對情人的無盡思念，在江南各地淒苦漂泊，受盡了謝三賓等惡勢力「風刀霜劍」的逼迫。在西湖西溪漂泊時的柳如是，大概是二十二歲，美人遲暮的心情十分沈重，在她此時的詩詞中每每流露。《紅樓夢》中的「葬花詞」，應該是作者根據柳如是的這段人生經歷，按照柳如是在杭州時的心情創作的。

柳如是一生有很多雅號，例如「楊柳」、「蘼蕪君」、「瀟湘妃子」、「柳儒士」、「女史」、「河東君」、「美人」、「桃花」等等。多數都被《紅樓夢》作者原封不動用到了寶釵、黛玉身上。寶釵的號是「蘅蕪君」，「蘅蕪」就是「蘼蕪」；河東既是柳姓的郡望，也是薛姓的郡望。「桃花」、「瀟湘」同是黛玉與柳如是的象徵。

## 八、關於「閬苑仙葩」和「美玉無瑕」

《紅樓夢》故事的主線是「木石前盟」和「金玉良緣」，這正是根據柳如是的「三角戀愛」經歷創作的。柳如是先前與幾社名士陳子龍在嘉興小紅樓中由戀愛而同居，過了一段十分幸福美滿的日子。柳如是自然是「閬苑仙葩」，是絳珠仙子；陳子龍就是「美玉無瑕」，是神瑛侍者。爲什麼這麼推斷，因爲陳子龍確有「無瑕詞客」的別號，並曾用這個別號署名，與柳如是多次酬唱。「無瑕」就是玉，就是瑛，就是「赤瑕宮神瑛侍者」。陳柳後來無奈分手了，「心事終虛化」，但舊情不斷，兩地相思之情更加濃烈，見兩人的詩作。這種分

手後的相思，不正是《紅樓夢》中的「木石前盟」麼？而柳如是在分手後所拋灑的無盡淚水，不正是《紅樓夢》中的「絳珠還淚」麼？

「金玉良緣」的故事，應該是取材於柳如是同錢謙益的婚姻生活。陳柳分手後，柳如是在「風刀霜劍」的逼迫下，無奈嫁給了江南老名士錢謙益。錢柳二人雖然年齡相差很大，但由於對知識的共同愛好，夫妻之間酬唱切磋，感情還是很好的，時人也很豔慕，譽之爲「金玉良緣」。錢謙益家中正堂名爲「榮木堂」，《紅樓夢》中是「榮禧堂」；錢謙益爲了迎娶柳如是，特意修建了「絳雲樓」，《紅樓夢》中表現爲「絳雲軒」；錢柳二人後期，曾長期生活在「紅豆莊」，莊中確實有一棵江淮一帶難得一見的紅豆樹，《紅樓夢》中的寶玉就大唱其「滴不盡相思血淚拋紅豆」。這麼多的雷同之處，用偶合是不能解釋的。合理的解釋只能是，《紅樓夢》的愛情生活，初始取材於柳如是親身經歷的「木石前盟」和「金玉良緣」！

## 九、關於「東山雅事」

《紅樓夢》中大觀園姐妹們起「海棠社」的發起人是「帶刺的玫瑰」探春，發起的方法是由探春給姐妹們逐一發「邀請函」。書中沒有描寫探春發給別人的「邀請函」，只寫了她發給二哥寶玉的「邀請函」。

這份「邀請函」寫得很別致，文縐縐的，總的說，是打算效仿「東山之雅事」，邀請姐妹們聚在一起作詩。姐妹們都愉快地接受了邀請，於是，「海棠社」誕生了，隨後，又陸續結了「菊花社」和「桃花社」，大觀園中的「雅事」極一時之盛。問題來了：

探春「邀請函」中提到的「東山雅事」，究竟是什麼意思？紅學界好多患了考據病的學者，考據出來一大堆「東山」的證據，但是都同《紅樓夢》本身不搭邊。中國國土可謂大矣，可稱作「東山」的地方何止成千累萬！中國歷史可謂長矣，發生在「東山」的事情大概不勝枚舉。這麼漫天撒網式的考證可以休矣。

我們研究一部文學作品，單純考證「東山」兩個字恐怕不成，還必須同這兩個字的前後文字聯繫起來，綜合考慮。對探春所說的「東山雅事」，不僅要考慮「東山」這個地點，還必須考慮「雅事」這個事件。文人的「雅事」很多，琴棋書畫都是雅事，探春說的是什麼雅事呢？這一點不難搞清。因爲探春是邀請姐妹們聚會作詩，是提議姐妹們結成女子詩社，所以，這個「東山雅事」必然與結社作詩有關。

經過這樣分析，這個「東山雅事」的典故就很清楚了。它既非魏晉雅事，也非漢唐雅事，同清朝的曹雪芹也不搭界，而是發生在明朝末年的一件著名「雅事」！

前面說過，明朝末年，柳如是與錢謙益結成「金玉良緣」後，錢謙益的門生故舊都趕來祝賀。錢是東林領袖，海內人望，門生故舊滿天下，並且均爲飽學之士。錢柳結縭後，兩大詩人之間經常唱和，就是必然的事情了。在錢柳唱和的基礎上，錢的十一個門生故舊，紛紛附和。錢柳把這些詩彙集起來，編輯出版了一本詩集，名字就叫《東山酬和集》。

爲什麼要取名《東山酬和集》呢？因爲錢柳與門生故舊酬和作詩的地點就在東山。東山是常熟城東一座並不著名的土山，錢謙益的別業就在這裡，酬唱的地點就是這裡，所以詩集如此命名。《東山酬和集》在當時詩壇名聲很大，對後世詩風影響也很大，至今猶存，感興趣的朋友，不妨到圖書館找來一讀。

《紅樓夢》中探春的請柬中說的姐妹們要仿效「東山雅事」，就是仿效錢柳與親朋們一起盡情酬唱的雅事，這個典用得是十分恰當的。從《紅樓夢》作者信筆使用「東山雅事」這個典故來看，作者當然應該十分熟悉錢柳之間的「金玉良緣」，再從「東山雅事」和「紅樓夢」這些典故的出處綜合考慮，《紅樓夢》中的「金玉良緣」和「木石前盟」，是以陳楊（楊影憐，其時尚未取柳如是之名）愛情和錢柳姻緣爲原型，是有可靠根據的。

《紅樓夢》中那些愛情悲劇的「撮合山」是「警幻仙姑」一出場，作者就以騷體寫了一篇讚頌警幻的賦。這首賦與柳如是的《東山酬和集》前錢謙益門生孫永祚所作之賦雷同。「東山酬和賦」中寫道：「攬人間之儷傀」，「望北渚兮帝子」，「列屋兮粉黛，滿堂兮羅綺」，「乍離乍合，若信若疑」，「來朱鳥於窗前，情綢結以泮奐」，等等，不一一照錄了，朋友們可以自己找來看。

據《陶風樓藏書畫目》記載，有一首出自河東君手筆的賦，「吐屬清妙」，「以爲紅樓佳話」。賦中有云：「玉樓催促，學士英年；金谷飄零，佳人薄命。恨綿綿其無已，意鬱鬱而欲伸。」「屈子離騷，咽殘湘水。珠沈淵而有淚，花落地以無聲。千古寸心，寂然滅矣。

所以多情佛子，發無限慈悲；好事神仙，做絕大遊戲。欲訂盟於今古，爰撮合夫幽明。返魂之香一燒，補天之石重煉。珠璣錯落，滿盤皆夢幻之沙；錦綺繽紛，寸木即生花之筆。」「於是花間月下，酒半茶初，偶有遐思，遂成幽契。燕斜飛而似識，月直上而無猜。喚出真真，書來咄咄。則有詞宗閨彥，羽士高僧。世有未名之人，人有未傳之作，咸得留姓名於身後，寄衷曲於人間。」「蘇小情深，托同心於松柏；麻姑年少，感浩劫於滄桑。」「落花爲美人小影，芳草乃王孫斷魂。」「塵心未盡，勿登四大禪林；綺語紛來，又是一重公案。」如果說這首賦說的就是《紅樓夢》創作，確實十分形象傳神；但柳如是不可能是《紅樓夢》作者，只能理解爲《紅樓夢》創作本身，受柳如是影響絕大！

## 十、關於螃蟹詠

《紅樓夢》第三十八回，姐妹們詠菊花詩後，持螯賞桂，寶玉倡導作螃蟹詠，並自己率先作了一首：

持螯更喜桂陰涼，潑醋擂薑興欲狂。
饕餮王孫應有酒，橫行公子卻無腸。
臍間積冷饞忘記，指上沾腥洗尚香。
原爲世人美口福，坡仙曾笑一生忙。

隨後黛玉也作了一首：

鐵甲長戈死未忘，堆盤色相喜先嘗。
螯封嫩玉雙雙滿，殼凸紅脂塊塊香。
多肉更憐卿八足，助情誰勸我千觴。
對斯佳品酬佳節，桂拂清風菊帶霜。

寶黛二人的詩作得不好，這時寶釵「諷和」了一首：

桂靄桐陰坐舉觴，長安涎口盼重陽。
眼前道路無經緯，皮裡春秋空黑黃。
酒未敵腥還用菊，性防積冷定須薑。
於今落釜成何益，月浦空餘禾黍香。

「眾人看畢，都說這是食螃蟹的絕唱」，並說，「這些小題目，原要寓大意，才算是大才。」但是，也認爲此詩「諷刺世人太毒了些」。

《紅樓夢》書中這裡的描寫有些奇怪，首先，交代薛寶釵作此詩的風格是「諷和」，「諷」的是誰？顯然不是園中姐妹，而是「世人」。這人「世人」恐怕不是指所有人，那就樹敵太多了，而是有特指的人。其次，「小題目」要「寓大意」，這個「大意」是什麼？似乎主要在「眼前道路無經緯，皮裡春秋空黑黃」，「於今落釜成何益，月浦空餘禾黍香」兩聯上，什麼樣的「世人」是「無經緯」、「空黑黃」呢？什麼人又「落釜」無益呢？其中大有文章。

再次，說這首詩的意思「太毒了些」，「毒」在哪裡呢？也值得很好思量。要想搞清這些問題，恐怕首先要搞清這首詩的來源和時代背景。

古今文人詠蟹詩不少，但如此「毒」的詩卻不多。《明季北略、卷廿三》，卻載有李自成所寫的一首很「毒」的螃蟹詩：李自成十六歲時，他在私塾的老師出一上聯：「雨過月明，頃刻頓分境界」，李白成對道：「煙迷霧起，須臾難辨江山」。老師認爲有匪氣。秋日進蟹，師命詠螃蟹詩，自成賦云：

一身甲胄自橫行，滿腹玄黃未易評。
慣向秋畦私竊殼，偏於夜斷暗偷香。
雙螯恰似鋼叉舉，八股渾如寶劍擎。
只怕鈎螯人設餌，捉將沸鼎送殘生。

他的老師評論說：「異時雖有好日，終是亂臣賊子。」

李自成未必作過什麼螃蟹詩，《明季北略》是一部十分仇視農民起義軍的書，作者寫此詩的目的，就在於渲染李自成的「匪氣」和「捉將沸鼎送殘生」的悲劇下場。從《紅樓夢》螃蟹詠中，我們不難看出的模仿李自成螃蟹詩的痕跡。「鐵甲長戈死未忘」、「橫行公子卻無腸」與「一身甲胄自橫行」；「眼前道路無經緯」、「皮裡春秋空黑黃」與「滿腹玄黃未易評」；「於今落釜成何益」與「捉將沸鼎送殘生」；「月浦空餘禾黍者」與「殿向秋畦私竊殼，偏於夜斷暗偷香」，等詩句，不僅語言明顯有模仿痕跡，意思也有先後承接關係。這恐怕不是巧合所能解釋的。

我們研究《紅樓夢》，恐怕不宜用階級鬥爭觀點去非議作者對農民起義軍的政治態度，而要客觀地、歷史地看問題。《紅樓夢》產生於明清鼎革之後，此時抱亡國之痛的封建正統知識分子，對推翻大明王朝的李自成、張獻忠等農民起義軍領袖，普遍持敵對態度，這在當時封建文人的著作中是一個普遍現象。

《紅樓夢》作者洪昇是一個典型的具有明朝遺民思想的封建知識分子，他仿照《明季北略》的記載，在書中創作了這組「諷刺世人太毒些」的螃蟹詠，是很自然的事情。這樣寫的主要目的，倒不在於「污蔑」農民起義軍領袖，更重要的目的是抒發內心的興亡感歎和遺民意識。

## （四）《紅樓夢》地理背景考證

《紅樓夢》作者宣稱隱去了作品的「地域邦國」，其實，任何文學作品的地域邦國都是無法隱去的，因爲時間、地點、人物是作品的三大要素，其中任何一個要素的缺失，作品都將不成其爲作品了。作者狀物寫景，一般要按照他所熟悉的景物去寫，按照作品故事發生的地點背景去寫，比如作品需要「杏花春雨江南」景色，決不會寫成「大漠西風塞外」的場面的。仔細想想，《紅樓夢》作者的文筆還不是十分狡猾，比如書中寫「長安大都」，明清五百年中，文人都知道是北京的代稱，詩文中也都這麼用，沒有異議；再如「金陵應天府」，人們也知道是南京的特指，決不會弄混淆的。我們通過對《紅樓夢》作品地理背景的進一步考證，有助於更好地理解《紅樓夢》，對於搞清紅學研究中目前存在的一些懸案，應該也有幫助。

### 一、關於「西方靈河岸上三生石畔」

在胡適先生開創的新紅學體系中，最明顯的一個缺失就是沒有對「花柳繁華地、溫柔富貴鄉」進行考證。他們或者把目光盯緊南京，或者把目光盯緊北京，從來沒有人認真思考過，這個「西方靈河岸上三生石畔」究竟是什麼地方。須知，「絳珠仙子」與「神瑛侍者」的來源地是「西方靈河岸上三生石畔」，托生地是「花柳繁華地、溫柔富貴鄉」，不考證清楚這兩個地方，能算讀懂了《紅樓夢》麼？

有的朋友可能認爲，「西方靈河岸上」指的是佛祖如來的出生地古天竺，也就是今天的印度吧。如果把《紅樓夢》主人公的來源搞到了印度，把《紅樓夢》搞成宣揚佛法的著作，那真是滑天下之大稽了！請不要忘記，《紅樓夢》中在「西方靈河岸上」後邊還有四個字，就是「三生石畔」，把前後文放在一起研究，才能得出正確的結論。

在中國五千年歷史和九百六十萬平方公里土地上，只有一塊「三生石」，那就是杭州天竺寺的「三生石」！杭州的靈隱寺飛來峰，傳說是從古天竺「飛來」的，杭州西湖岸邊有上中下三天竺，天竺寺中從唐代起，就有一塊「三生石」。把這些聯繫起來分析，《紅樓夢》中所說的「西方靈河岸上三生石畔」，指的只能是中國的杭州，而決不可能是古印度，古印度也絕對沒有什麼「三生石」，更何談「三生石畔」，也就是「三生石」的旁邊！

再聯繫到「絳珠仙子」和「神瑛侍者」托生的「花柳繁華地、溫柔富貴鄉」，《紅樓夢》的所指就更加清楚了。「東南形勝，三吳都會，錢塘自古繁華」。人傑地靈的杭州，號稱人間天堂，在中國諸多城市中自古就是「花柳繁華地、溫柔富貴鄉」，絕對沒有第二個城市能與杭州比美「花柳繁華」的！

因此，我們可以毫不猶豫地斷言，《紅樓夢》中的「西方靈河岸上三生石畔」和「花柳繁華地、溫柔富貴鄉」，所指的地點都是一個地方，就是杭州！至於《紅樓夢》作者爲什麼把作品主人公寶玉和黛玉的「托生」地安排在杭州，是因爲《紅樓夢》作者本來就是杭州人。這是後話，容當緩議。

## 二、關於「大荒山無稽崖青埂峰」

我們那麼多學貫古今的紅學家，考證了幾十年，就是沒有考證清楚《紅樓夢》中的「大荒山無稽崖青埂峰」究竟是否有原型，原型在哪裡？他們在無奈之下，只好根據自己的判斷去隨意附會，說什麼「大荒山」就是荒唐、荒誕的意思，「無稽崖」就是無根據、無可考究的地方，「青埂峰」就是「情根」的意思。

更有甚者，從曹雪芹祖籍是旗人出發，認爲「大荒山」就是今天的長白山，「無稽崖」就是指滿州人的祖先「勿吉人」，「青埂峰」就是指清朝的「根」之所在。這些說法之荒誕其實是用不著批駁的，「肅愼」、「勿吉」人是滿族的祖先，是近現代民族學的研究成果，曹雪芹那個時代，不要說「漢軍旗人」曹雪芹，就是地地道道的滿族人，也是根本不懂什麼「勿吉人」的。長白山的概念，中國古代確實有，但在清朝的康熙、乾隆年間，皇帝派使臣祭拜長白山，還只能走到今天的吉林市地方，面對長白山方向遙祭，根本就沒見過長白山什麼樣！

那麼，《紅樓夢》中的「大荒山無稽崖青埂峰」究竟有沒有原型呢？有，肯定有！只是我們的紅學家們，心中先有了一個曹雪芹，圍繞曹雪芹去組織考證，找不到真正的原型而已！當你把曹雪芹這個人與《紅樓夢》脫鈎後，這個地名的原型，便不難尋找了。

《紅樓夢》中所說的「大荒山無稽崖青埂峰」的原型，踏破鐵鞋無覓處，得來全不費工夫，它就在北京的東郊，今天隸屬於天津薊縣，地名叫做「盤山」！盤山的名氣今天不算很大，但在明朝到清朝中期，卻是「天下十大名山」之一，乾隆皇帝遊歷盤山後，曾說「早知有盤山，何必下江南？」可見，盤山當時的景色最起碼可以同江南媲美！

盤山在明清兩代確實有「大荒山」的俗稱，因爲傳說這裡是盤古開天闢地的地方，盤古是在「大荒」中開闢天地的，所以又稱「大荒山」。盤山以石聞名，上中下三盤滿布巨大的石塊，山上當時有女媧廟，傳說是女媧煉石補天的地方。所以，《紅樓夢》中就出現了「媧皇」煉石補天，獨留一塊未用的說法。

青埂峰的來歷說來更有趣，清初，盤山有個青溝寺，寺廟的住持是個叫作拙庵的和尙，又叫智樸，人稱「拙和尙」，他同時還有道人的身分，當時京城的達官貴人都習慣稱呼他爲「拙道人」，王士禛的著作中就曾多次記載過與這個拙道人交往的事情。這個拙道人應該就是《紅樓夢》中的「空空道人」、又稱爲「情僧」的原型。

青溝寺諧音「青埂」，可以理解，但爲什麼又要稱爲「青埂峰」呢？原來，康熙皇帝遊歷盤山，曾經到過青溝寺，與拙和尙相談甚歡，高興之下，御筆親題「戶外一峰」四個大字，賜給青溝寺。從此，京師來此遊歷的人，都稱呼這裡爲「青溝峰」！《紅樓夢》作者按諧音改寫爲「青埂峰」，就是順理成章的事情了。

《紅樓夢》作者與青溝寺的拙和尙是老朋友，創作《紅樓夢》前，正經受了人生的重大打擊，處在「愧則有餘，悔又無益」的無可奈何心情下，到青溝寺來「逃禪」。創作《紅樓夢》的決心，就是在這裡下的，所以書中一開始，就交代「大荒山青埂峰」的一塊「石頭」與「空空道人」之間的對話。後文對此再做詳細交代。

## 三、關於「大觀園」

大觀園的話題，在紅學界討論得最爲熱烈。學者們大致分爲兩大流派，一派是有原型論陣營，一派是無原型論陣營。有原型論陣營又分爲幾大分支，一支是「恭王府」原型說，一支是「水西莊」原型說，一支是「江寧織造府西花園」原型說，還有一支是皇家「圓明園」原型說。百家爭鳴，目前誰也說服不了誰，但誰的證據也都存在嚴重漏洞，不足以自圓其說。至於無原型陣營的高論，外人就無從置喙了，只好憑那些自稱懂得「文學創作規律」的專家們任意高談闊論了。

筆者以爲，《紅樓夢》中的大觀園是有原型的，否則作者絕對不可能憑空寫出那麼優美的園中景物；但大觀園的原型又不會是以一個古典園林爲藍本寫成的，一方面古代任何私家園林都不會有大觀園那麼廣闊，另一方面從探春邀請姐妹們到秋雪庵來作詩的請柬看，竟請二哥寶玉「棹雪而來」，就是划著船，穿過蘆葦蕩，要走很遠一段路而來（這裡的雪是秋雪，並非指冬天的雪，而是秋天的蘆花），任何一個私家園林也不會養蘆葦玩，在園林中穿行，也不會如此費周折。

《紅樓夢》中的這個大觀園的原型，就在「西方靈河岸上三生石畔」，就在「花柳繁華地、溫柔富貴鄉」杭州！《紅樓夢》描寫的這三個地名是同一地方。具體地說，大觀園的原型就在杭州西溪。這一點幾乎無須考證，只要把西溪的古地名同《紅樓夢》中大觀園的景點加以對照比較就可以了。

杭州西溪又稱「副西湖」，今天的西溪，杭州市政府已開闢爲「濕地保護區」了，同時也是著名的旅遊景區。西溪古稱「留下」，名稱來源是，康王南渡，建立偏安的南宋政權時，曾經打算把皇城建在西溪，後來發現了鳳凰山麓，於是宋高宗趙構說：「西溪且留下」，留下由此得名。杭州的西湖猶如一個妖豔的少婦，而西溪則是一個莊雅的村姑。從南宋以來，西溪一直是政客文人避世消閒的去處。特別是在明代，江南眾多的著名文人都在西溪建有別業，或者乾脆居家西溪。許多有文化修養的僧人道士，也願意在西溪結廬修行。因此造成了西溪的兩多現象，一是官僚文人的別業多，二是僧人道士的廟庵多。

西溪的景色有三勝，一是以梅勝，老梅新枝，遍地皆是，特別是綠萼梅，獨此一處，名聞天下；二是竹多，綠陰夾道，觸目修篁，更增幽雅氣氛；三是蘆葦多，每到秋季，蘆花勝雪，是文人探幽攬勝的好去處。加之曲折悠長的水道盤繞其中，真是杭州天堂鬧市旁邊的一塊天外勝景！今天的西溪面積已經不及昔日的三分之一，但仍然不失秀美幽靜的特色，真的應該感謝杭州人，在大城市的近旁，爲後人保存下來這樣一方淨土！

西溪的核心景區在「秋雪庵」，這裡應該就是《紅樓夢》中的「蘆雪庵」的原型，蘆雪庵在大觀園中又叫秋爽齋，探春在這裡居住，是姐妹們結社吃鹿肉、做菊花詩的地方。西溪秋雪庵旁邊，現存「藕香橋」，傳說過去確實有個建在水中的「藕香榭」，今已無存，這應該是《紅樓夢》中惜春居住的藕香榭原型，《紅樓夢》的大觀園中也有關於藕香橋的描寫，湘黛聯詩前，就曾從藕香橋上走過。藕香橋旁邊，水中生長著茂盛的紅菱和蓮藕，今天已經沒有什麼建築了，傳說過去這裡稱爲「紫菱洲」，這正是《紅樓夢》中迎春居住的地方。

除了這些著名的自然景觀外，西溪歷史上還有很多著名的人文景觀。康熙年間著名文人高士奇，爲了接待康熙皇帝南巡，曾在這裡建設一處著名的西溪山莊，山莊以竹著名，綠陰遍地。康熙皇帝來到這裡，大爲高興，爲山莊御筆親題「竹窗」二字。朋友們仔細想一想，所謂「竹窗」，不正是《紅樓夢》中黛玉居住的瀟湘館麼？西溪歷史上有個著名的花塢，這裡鮮花香草遍地，面積很大，今天花塢地名尚存，不過早已被一個軍事單位佔用，香花大概是不會太多了；《紅樓夢》中寶釵居住的「蘅蕪苑」，應該就是以花塢爲原型描寫的，所謂「蘅蕪」，就是古人對香花香草的稱呼。至於寶玉居住的「怡紅院」原型，後文再談。

總之，《紅樓夢》中的大觀園，與杭州西溪的景色及景觀名稱有這麼多相似的地方，用偶合是難以解釋的。西溪這些景觀很古老，宋明兩代就有了，所以，不能是西溪景觀命名抄襲了《紅樓夢》，只能是《紅樓夢》作者以西溪爲原型，創作了《紅樓夢》大觀園！

感興趣的讀者，不妨親臨今天的西溪去看一看，親自品味一下《紅樓夢》中大觀園原型的味道，同時思考一下，《紅樓夢》作者爲什麼要以西溪爲大觀園原型呢？一方面作者對這裡應該相當熟悉，很可能就是杭州西溪人，故鄉的山水，自然最容易入畫；另一方面，《紅樓夢》何以要用「大觀」二字爲園子命名？難道僅僅是因爲景物堪稱大觀麼？請不要忘記，杭州是南宋的首都，南宋是個偏安的朝代，而「大觀」二字，則是北宋徽宗的年號，在南宋首都談「大觀」，不正是表示不忘故國的意思麼？如前所述，《紅樓夢》是以南明爲背景的，南宋南明，同屬偏安之小朝廷，《紅樓夢》作者偏要寫大觀園，其中故國之情，故國之思，躍然紙上。「都云作者癡，誰解其中味？」

## 四、關於「怡紅院」

西溪歷史上有個著名的「洪府」，洪府後面就是私家的「洪園」。洪府與洪園的最初修建者，是明朝成化年間的重臣太子太保、兵部尚書洪鐘。洪家在杭州確實是一個著名的「百年望族」，家廟楹聯上號稱「宋朝父子公侯三宰相，明季祖孫太保五尚書」！所謂宋朝的父子公侯三宰相，指的是宋朝的魏國公洪皓和他的三個當過宰相的兒子洪遵、洪適、洪邁；所謂明朝的祖孫太保五尚書，指的是洪鐘和他的兒子洪澄、洪濤，俱身居尚書之職，並被加封爲太子太保，再加上被追封的祖代，正是祖孫三代的五個太保尚書！

洪鐘晚年「致仕」（退休）後，回到故鄉杭州，修建了洪府洪園，以爲暮年養靜的場所。此後的一百多年中，洪家五世子孫世代有人出仕，赫赫揚揚，富貴流傳。直到明朝末年，由於改朝換代的原因，洪家「百年望族」連同大明王朝一起，經歷了南明二十年「死而不僵」的苦苦支撐後，終於落一片白茫茫大地真乾淨！

洪鐘的六世孫洪昇，就出生在改朝換代的一六四五年，出生便值兵荒馬亂，由於清朝軍隊兵臨杭州，洪昇是出生在逃難的荒野；青年時代又遭逢「家難」，父母被清廷發配充軍，家業被官府抄沒，從富貴陷入貧困；壯年時又因爲在「國喪」期間「聚演」《長生殿》，被朝廷革去國子監生功名，永遠斷絕了仕進道路，重振家庭聲望成了泡影。洪昇是我國歷史上著名的文學家，一生著作等身，曾創作四十多部傳奇作品和大量詩詞作品，結爲《稗畦集》等三本詩集。

洪昇在我國古代文學家中，是個著名的「情種」，他的代表作《長生殿》，是我國古典文學中愛情題材作品的經典之作。《長生殿》與《紅樓夢》，主題思想一致，故事結構一致，虛實結合手法一致，明顯存在前後繼承關係。我們完全有理由推測，兩部作品都出自洪昇一人之手。

洪府洪園以及附近的蘆雪庵、藕香榭、紫菱洲和花塢，是洪昇兒時的天堂，高士奇是洪昇終生的老鄉加朋友，洪昇是高士奇西溪山莊的常客。《紅樓夢》中的「鐵檻寺」，原型就是洪家的祖墳，地點就在西溪的西墓塢，尚書墓今天仍在；《紅樓夢》中的「水月庵」，當時是杭州著名的一處尼庵，今已無存，但有現名「水月街道」爲證；《紅樓夢》中的「清虛觀」，當時是西溪香火最鼎盛的道觀，今已無存，但仍遺留一棵古槐樹，默默地證明著當年的繁華；《紅樓夢》中的「桂花夏家」，直到今天西溪仍有以桂花爲業的農家，每到深秋，

桂花落了，滿地金黃一片，好多農家把桂花掃起來，拿到集市上出售，收穫仍然不菲。洪昇創作《紅樓夢》，以從小印象最深刻的故鄉西溪爲地理背景，創作大觀園，應是最順理成章的事情。

## 五、關於大觀園詩社

《紅樓夢》中那些聰明美麗的女子，曾先後結成「海棠社」和「桃花社」，聚眾作詩，每個人都取一個別號，還推選了社長和裁判，很是正規。這種女子詩社的生活，沒有原型，是任何作者杜撰不出來的。我國古代著名女詩人不少，但女子結詩社的卻鳳毛麟角！明代以前，從來沒有女子結詩社的記載；明末清初，開始出現女子詩社，但多數屬於家庭中姐妹、妯娌之間結成的詩社，活動只在家庭中進行，外界無從知曉。真正帶有社會性質的女子詩社，這一時期只有兩個：一個是杭州的「蕉園詩社」，一個是南京的「吳中十子詩社」。「吳中十子」結社的時間，在《紅樓夢》問世之後，當然不會是「大觀園詩社」的原型，那麼，結論只有一個，「大觀園詩社」的生活原型，就是杭州的「蕉園詩社」！

「蕉園詩社」前期的發起人是顧玉蕊，稱「蕉園五子」；後期的發起人是林以寧，稱「蕉園七子」。成員先後有徐燦、錢鳳綸兩姐妹、柴靜儀、馮又令、顧長任、李淑等。她們同《紅樓夢》中描寫的一樣，每個人都爲自己取一個別號，如馮又令稱「湘雲樓」，錢鳳綸稱「天香樓」，柴靜儀稱「凝香室」等，前期社長是顧玉蕊，後期社長是林以寧。《紅樓夢》中「林黛玉重建桃花社」的情節，應該就是按照「蕉園後七子」結社的真實經歷創作的。

請朋友們注意「蕉園詩社」姐妹們與《紅樓夢》創作的關係：她們都是杭州人，都是「西方靈河岸上三生石畔」托生的「一干冤孽」！她們與洪昇都是同時代人，並且都是洪昇的姐妹，有的是姨表姐妹，有的是姑表姐妹，有的是表嫂或表弟媳，洪昇從小就與這些姐妹一起在西溪遊戲，聯詩，繪畫，彈琴，與《紅樓夢》中描寫的情節完全一致。她們最後的下場都很悲慘，可以說「千紅一哭，萬豔同悲」，都是「薄命司」的女子，有的年輕輕就病死了，有的因爲婚姻不幸夭亡了，有的因爲家庭蒙難慘死了，《紅樓夢》書中把她們都歸入薄命司，不是沒有根據的杜撰。

這裡特殊研究一下「蕉園詩社」的名稱問題，何謂「蕉園」？「蕉園」原來是北京中南海中的一個園子名稱，這個園子原來是用於存放明朝修撰的史書的。李自成退出北京時，「蕉園」毀於戰火，令多少有志修史的文人扼腕長歎！「蕉園」姐妹們把自己的詩社如此命名，其真實含義不外是爲明史歎息，爲先朝歎息。可見，這些女子都是一些具有遺民思想的女才子。

再聯想到《紅樓夢》中爲寶玉居住的場所所命的名字，原來叫作「絳雲軒」。顯然，「絳雲軒」是根據柳如是與錢謙益居住的「絳雲樓」取名的。「絳雲樓」又是什麼意思？原來錢謙益一生最大的志向是修明史，他撰修的明史都存放在「絳雲樓」中，沒想到一場大火，把他終身撰寫的著作都化為灰燼，使錢柳夫婦痛心疾首！錢謙益在後來的詩中，屢次把「蕉園」和「絳雲」並提，意思就是兩大史書都毀於火！《紅樓夢》中特意交代「絳雲軒」這個名稱，並且以「蕉園姐妹」們為原型描寫故事，其中用心，如果不是熟讀這段歷史的人，還真的不容易體會到。

但話說回來，在清朝初年，人們應該是不難體會《紅樓夢》作者用心的，因為人們都熟知這段歷史，熟悉其中掌故；但乾隆朝修《四庫全書》，把南明及清初史料幾乎一網打盡，後人就不那麼清楚了，所以才造成了今天《紅樓夢》的「不好讀」。筆者前期主要研究清初的「蕉園詩社」史，後期主要研究南明史，有的朋友說筆者前後研究《紅樓夢》的思路不一致，其實是完全一致的。當你看到《紅樓夢》中有「蕉園」姐妹的身影，又體會到寶玉的住所何以命名「絳雲軒」時，你就明白筆者的研究思路了！

## （五）考證後的幾點推論

可能有的朋友注意到了，本文前三個部分關於《紅樓夢》時代背景、人物背景和文學背景的考證，主要是對南明時代的考證，考證的地點主要在南京，而第四部分關於地理背景的考證，則轉向了對清朝初年的考證，考證地點則轉向了杭州和北京。這不是自相矛盾麼？這四個部分能夠自圓其說麼？且慢，請朋友們耐心，聽筆者為您綜合分析。

1.《紅樓夢》作者的出生地在杭州，因爲他自覺不自覺地把大觀園按照杭州西溪的景色去描寫，他有意讓「薄命司」中「一干冤孽」和「神瑛侍者」都托生到「花柳繁華地、溫柔富貴鄉」，有意讓「絳珠還淚」的故事發生在「西方靈河岸上三生石畔」，而這些地名明顯是指杭州。

但他的筆觸接觸到那塊「無材補天」的頑石後，筆觸馬上從杭州移開，而是轉向了「大荒山無稽崖青埂峰」，轉向了「長安大都」。顯然石頭的故事發生地並非杭州，而是在「長安都中」。《紅樓夢》中的好多景物描寫，也是北京的事情，例如人們住的「炕」，在南方是絕對沒有的，有些關於冰雪的描寫，也只能發生在北京。

除北京與杭州以暗寫的方式出現在《紅樓夢》書中外，書中明寫的地名就是「南京」、「金陵」、「石頭城」、「應天府」，這些地名都是南京一地。可以想見，作者暗寫的地名，意思是要「隱去」的地方，而明寫的地名，顯然並不想隱去，而是讓讀者把目光集中在南京。

《紅樓夢》作者應該是個兼具杭州、南京、北京背景的人。也就是說，他一生對這三個地方極其熟悉，這三個地方都能勾起他內心的痛苦和愉悅。洪昇出生地和青少年時期在杭州，中年的二十年居住在北京。不論在北京期間還是在杭州期間，他都經常到南京活動。一生幾乎就是在杭州、南京、北京這三點一線中度過的，他的死，就是死於從南京返回杭州的途中。我們說洪昇是《紅樓夢》的作者，這是重要的根據。

2.《紅樓夢》作者應該是清朝初年的人，因爲南明時期的人，不可能寫出以南明爲背景的作品；就好像解放戰爭期間的人，寫不出以解放戰爭爲題材的小說，這些小說都是建國後的五六十年代創作的一樣。南明滅亡之後，清初的幾十年裡，文人們都熱衷於以南明爲題材創作，政治家思想家在寫，如王夫之、黃宗羲、顧炎武等；明朝的遺老遺少在寫，如冒辟疆、張宗子等；新成長起來的文人也在寫，如蒲松齡、孔尚任等。《紅樓夢》本來是一部以南明爲背景的小說，小說作者應該是蒲松齡、孔尚任同代人。

但《紅樓夢》不僅寫了南明覆滅後的迷茫，也寫了清朝社會的痛苦。《紅樓夢》的創作似乎經歷了兩個階段，前一階段集中寫南明，後一階段則轉而寫當代。書中女子的原型，原來是「秦淮八豔」等妓女，後來改寫成大觀園中的「蕉園姐妹」；《紅樓夢》中的那個主人公寶玉，原來以「真假太子」爲原型，後來改成了自譬石頭的作者之「我」。由於改寫的原因，書中矛盾之處在所難免，造成了今天《紅樓夢》中的種種難解之處。

孔尚任的《桃花扇》和蒲松齡的《聊齋志異》，都寫了改朝換代時期的大社會背景，但沒有涉及個人和家庭的經歷。《紅樓夢》則既寫了「國仇」，又寫了「家難」，國仇發生的時間在南明，而家難發生的時間卻在清初，攪合在一起寫，難免出現這種「金陵應天府」、「長安大都」、「花柳繁華地」等夾纏不清的問題。

3.《紅樓夢》作者，必然出身「百年望族」，其家族又在改朝換代中成了茫茫白地。曹雪芹的家族也算「望族」吧，但改朝換代時期，他的家族剛剛興起，不會出現「好就是了，了就是好」的問題。《紅樓夢》作者的家族，百年興旺時期應該在前朝明代，而不是清代。

除了家族的苦難之外，《紅樓夢》作者本人也一定遭受過人生重大打擊，否則不會出現那種「愧則有餘，悔又無益之大無可如何」心情。曹雪芹出生時，家就破了，家族敗落與他本人沒有關係，他不應該把自己辜負「天恩祖德」的事跡「編述一記，普告天下人」。

在封建社會中，知識分子慨歎「媧皇」煉五色石「補天」，獨留一石未用，一般都是指在仕途上出現了問題。封建知識分子抱著「學成文武藝，貨予帝王家」的思想，往往把自己出仕比喻爲「補天」，自負甚高的人，往往以「補天手」自況。曹雪芹沒有證據參加過科舉，所以無法產生「補天」思想。而洪昇在北京國子監苦熬了二十多年，未得一官半職，最後還落得斥革下獄的下場。康熙二十九年，洪昇剛剛出獄，就跑到盤山去「逃禪」，與拙和尚一起探討人生，研究佛法。《紅樓夢》中「大荒山青埂峰」上石頭的獨白，正是洪昇在盤山盤桓期間真實的心理表述；石頭與「空空道人」的對話，也正是洪昇與老友拙道人探討創作《紅樓夢》的對話記錄。

4.《紅樓夢》作者必然是個具有強烈情癡情種性格的人，否則絕對寫不出《紅樓夢》中的言情思想、意淫理論。很多資料證明，曹雪芹是個具有魏晉風度的人，這種性格與言情思想是格格不入的，所以他寫不出《紅樓夢》，而洪昇則是著名的情癡情種，有《長生殿》作品爲證。

《紅樓夢》的作者，必須有親身經歷的眾多姐妹爲生活原型，否則絕對寫不出大觀園中

鶯鶯燕燕的一大堆姐妹和丫頭。曹雪芹青少年時期，既沒有許多姐妹，也沒有諸多婢女，更沒有與姐妹們一起度過的風雅生活爲素材，如何寫得出？洪昇有「蕉園」姐妹爲原型，自然寫來得心應手。

5.《紅樓夢》作品展現的浪漫主義與現實主義高度統一，是如此成熟，如此高明，如此耐讀，決非一個作家青少年時期的作品，也不會是處女作，就是天才也不行，因爲青少年時期，不可能有如此豐富的生活，也不可能有如此老練的文筆。據說曹雪芹創作《紅樓夢》時只有二十來歲，這不是笑話嗎？誰若不信，就給我舉出一個青少年時期處女作如《紅樓夢》般偉大的例證來。

洪昇一生經歷豐富，著述等身。他開始創作《紅樓夢》時，是在康熙三十一年，已經四十多歲。此前有豐富的生活積累，經歷過無數生活的酸甜苦辣，又有《長生殿》等文學作品的創作基礎，幾乎百煉成鋼，自然寫起來得心應手。從洪昇現存的詩文來看，他年輕時確實曾大量收集過南明史料，似乎要以此爲題材進行文學創作。例如，他的《錢塘秋感》中說：「秋水荒灣悲太子，寒雲孤塔弔王妃，山川滿目南朝恨，短褐長竿任釣磯。」詩中所弔的「太子」、「王妃」，正是「南朝」的「太子」、「王妃」，「南朝」也就是南明小朝廷。前面筆者考證的「真假太子」、「真假元妃」，不正是洪昇通過《紅樓夢》來弔南朝「太子王妃」的最好證據麼？

以上這些考證分析初看起來都是孤立的，隨便找點證據似乎都可以駁倒。但是，把這些內容穿起來看，卻是很難駁倒的。南明的社會背景——秦淮八豔的文學背景——「元妃」、「真假寶玉」的人物背景——杭州、北京、南京的地理背景——杭州西溪的景觀背景——「百年望族」的家族背景——個人遭遇的「頑石」背景——情癡情種的性格背景——「蕉園詩社」的親族背景——著作等身的文學素養背景，等等，聯繫在一起，就只能指向一個人，這個人就是洪昇！也只能是洪昇！絕對沒有第二個人像洪昇這樣，具有創作《紅樓夢》的所有要件！

看過以上推論的朋友，可能要問：先生，你說的這些都是推論，缺乏直接證據支持啊！說的不錯。所謂推論，並非憑空想像，而是建立在以上對《紅樓夢》歷史背景、人物背景、文學背景、地理背景考證的基礎之上的，應該說是有充分根據的推論。比如，南明時期「秦淮八豔」的詩被改頭換面寫進了《紅樓夢》，能說這不是證據嗎？另外，筆者過去曾發表的一系列考證文章，如〈洪昇初創《紅樓夢》考證〉、〈大觀園詩社與蕉園詩社〉、〈蕉園絳雲紅香綠玉〉、〈紅樓夢與南明小朝廷〉等，都有大量證據展示，比如曹寅贈洪昇的詩證明他「垂老著書恐懼成」，朱彝尊的詩證明洪昇確實創作過《洪上舍傳奇》等，這裡不願再重複了。

為了滿足朋友們對直接證據的渴望，這裡打算再為朋友們拋出兩條直接證據，一條內證，一條外證。先說一條內證，請朋友們把《紅樓夢》翻到第十四回，看秦可卿大出殯時「銘旌」上「大書」的文字：「奉天洪建兆年不易之朝誥封一等寧國公冢孫婦防衛內廷紫禁道御前侍衛龍禁尉享強壽賈門秦氏恭人之靈柩」。這句話很長，只不過封建社會寫靈位那老一套，不必認真去研究，但其中有四個字，卻必須格外注意，這就是「奉天洪建」四個大字！讀過古文的朋友，一定看見過什麼「奉天承運」、「奉天承命」等字樣，但誰看見過「奉天洪建」這麼奇特的四個字？

那麼這四個字是什麼意思呢？完全是作者洪昇的遊戲筆墨。朋友們知道，《紅樓夢》作者創作時隱去了作品的「朝代年紀」，書中所說的「兆年不易之朝」完全是子虛烏有的朝代；另外，《紅樓夢》故事以南明時代爲背景，《紅樓夢》創作時，南明朝廷早已灰飛煙滅，談何「兆年不易之朝」？但是，寫靈牌又不能不交代朝代，作者怎樣交代這個朝代呢？於是，作者巧妙地杜撰了「奉天洪建」四個大字，「奉天」是「奉天承運」的老套子，「洪建」的「兆年不易之朝」，一方面表示是「朱洪武」建立的，另一方面表示是我作者洪昇筆下建立的，虛構的。如此而已，豈有它哉？

再說說外證。前蘇聯列寧格勒圖書館藏有一部手抄本《紅樓夢》，紅學界一般簡稱爲「列藏本」。這個列藏本，是乾隆後期或嘉慶前期，俄國一個叫做庫爾梁德采夫的人從中國採購回去的。列藏本現在已經影印出版，市場上不難買到，五百多塊錢一套，貴了點兒，狠狠心咬咬牙，一般人還買得起。對列藏本進行專門研究的專家多的是，筆者還不想湊這個熱鬧，只想就列藏本的封面，說幾句題外話，是爲本文的「外證」。

列藏本的封面有什麼奧妙麼？有那麼一點。封面上按中國傳統右起豎書的慣例，題寫三個毛筆楷書大字《石頭記》，這沒什麼奇怪的，是書名嘛。但在封面左下角，卻用西文的書寫工具（**大概是鵝翎筆吧**），歪歪扭扭地寫著一個「洪」字。這個「洪」字顯然不是這本《石頭記》的抄錄者寫的，因爲書寫工具不同，字體也不同。那麼是誰寫的呢？最合理的推斷，就是這個購買者、俄國人庫爾梁德采夫寫的。因爲一是使用的西式書寫工具，二是字體很像初學中文的西方人寫法。

再進一步問一個問題，這個俄國人買了書後，在封面上寫一個「洪」字幹什麼？請朋友們仔細想一想，今天出版的小說，封面一般都怎樣設計？一般都是在上面大寫書名，下面落款作者姓名，沒有什麼例外，千篇一律。但這種封面格式卻是近代從西方學來的，中國古代文學作品的封面卻絕對不是這樣的！中國古典小說，幾乎沒有在書名下面題寫作者姓名的習慣，絕大多數作品根本就不交代作者姓名。朋友們想一想，《三國演義》、《水滸傳》、《西遊記》、《金瓶梅》，哪個不是經過後人的多方考證才基本搞清作者是誰的？但是，俄國人卻不是這個習慣，他們購買了一本中國文學作品，能不問作者是誰嗎？能不按西方習慣，把作者姓名記在作品的封面上嗎？

這麼一分析，問題就清楚了。列藏本《紅樓夢》封面上的這個「洪」字，應該是購買者庫爾梁德采夫寫上去的。他在購買小說時，必然向出售者詢問作者姓名；出售者告訴他是「洪昇」，他的中文水平不高，所以只寫上了一個歪歪扭扭的「洪」字。另外，西方人不習慣稱呼中國人姓名，嫌囉嗦，往往只稱呼姓一個字。朋友們想想，在國際乒乓球賽場上，多

數外國運動員把鄧亞萍稱呼爲「鄧」，把孔令輝稱呼爲「孔」，庫爾梁德采夫，把《紅樓夢》作者洪昇稱呼爲「洪」，並且在書的封面上標寫一個「洪」字，這個解釋是多麼合理，多麼貼切！

# 蕉園絳雲　紅香綠玉

## ——《紅樓夢》成書過程新說

獨起憑欄對曉風，滿溪春水小橋東。始知昨夜紅樓夢，身在桃花萬樹中。

——陳子龍〈春日早起〉

### 一、紅學困境火花閃

我這個人有個說不上好壞的毛病，一旦迷上一件事情，寢不安席，食不甘味，必欲弄它個水落石出而後快。自從「大膽假設」清初的洪昇爲《紅樓夢》作者以來，埋首故紙堆中，不分晝夜考證分析，已沈溺了十幾年時間，先後撰寫論文近百篇，對紅學研究中的諸多謎語，一一加以破解，自感收穫頗豐。但無須諱言，仍有一系列謎團雲裡霧裡，令我冥思苦想，不得要領。

那些瑣屑的問題且不論，舉其縈縈大者，即所謂新舊紅學之矛盾。新紅學認定《紅樓夢》乃曹雪芹根據江寧織造府之風月繁華生活創作之煌煌巨著，有胡適、周汝昌之《考

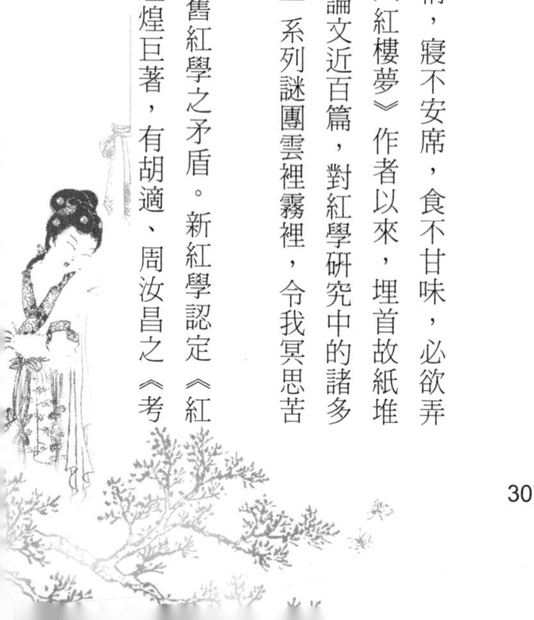

證》、《新證》證實。而所謂已經「破產」之舊紅學，二百多年來，卻種子綿綿不絕，信奉者代有傳人。細讀舊紅學的各種流派作品，如康熙朝政治說，明珠家事說，廢太子隱事說，順治董鄂妃說，悼明反清說等等，似乎也都言之鑿鑿，不無道理。但這些學說互相之間橫向和縱向又都絕不相容，孰是孰非，殊不易斷定。

忽有一日，重新翻開國學大師陳寅恪舊作《柳如是外傳》，突然發現（當初並未注意），明末清初的江南名妓——著名詩人、才女加俠女柳如是，出道之初的芳名竟是「楊影憐」！聯想到《紅樓夢》中甄士隱那個可憐的女兒「甄英蓮」（脂批「應憐」），頭腦中立時閃過一串火花：真是太巧合了，陳大師筆下的這個「影憐」，與《紅樓夢》中的「英蓮」，有什麼必然的聯繫麼？循此思路搜羅史料，細加厘剔，還真的發現了一系列令我目瞪口呆的巧合：《紅樓夢》通篇故事，與這個「楊影憐」還真的有著千絲萬縷的聯繫！現寫出來，以公示紅學同好。

## 二、風塵才女楊影憐

楊影憐即柳如是。柳如是何許人也，恐怕不會像武則天、慈禧太后那樣，爲今天的人們所熟悉。但在明末清初那段天翻地覆的日子裡，她可是個大名鼎鼎的人物：江南豔妓、尙書夫人、風塵詩人、愛國俠女，集萬種風流、千般才情於一身的響當當「花王」名流！

柳如是出生於明萬曆四十六年，逝世於清康熙三年，年僅四十七歲。她的一生，基本上都是在改朝換代的動蕩中度過的，飽嘗了妓女的辛酸，也經歷了貴夫人的榮耀；遭遇了戰亂的痛苦，也顯示了反抗的光輝；創作了輝耀千古的詩歌，也落得個投繯自盡的悲劇下場。

影憐本姓楊，名雲娟，至今我們也無法知道她的出生地和家庭情況，只知道她從小就被賣進妓院做了侍女。明崇禎二年，剛剛十二歲的雲娟，被罷職的宰相、吳江豪門周道登買去做妾，改名爲朝雲——與宋朝蘇東坡的侍妾同名。崇禎四年末，由於家庭中別人的挑唆，剛剛十四歲的朝雲，又被周家趕了出來，賣到蘇州妓院，從此踏上了茫茫風塵之路。

此時的雲娟（朝雲），已經擺脫了滿身稚氣，出落成一個名副其實的「美人」。在蘇州，雲娟（朝雲）逐漸豔幟高張，聲價日隆。爲了擺脫對昔日痛苦的回憶，按照唐朝大詩人李商隱（義山）的詩句「對影聞聲已可憐」，爲自己改名「影憐」。在周府做妾時，受周道登影響，影憐學到了一些吟詩繪畫的本領；墜入風塵後，由於影憐同名士交往日多，逐漸學成了一個遠近聞名的女詩人！

## 三、木石前盟紅樓夢

風塵中的妓女，都有強烈的從良願望，楊影憐當然也不例外，在送舊迎新的悲慘生活中，她也不斷地尋覓著自己人生的最終歸宿。影憐年輕、漂亮、知書達理、風度翩翩，根本看不起那些聲色犬馬、碌碌無爲的凡夫俗子，她要爲自己找一個有真才學、真性情，與她性

相近、情相投的飽學之士寄託終身。然而，風塵女子要想尋覓到稱心的人生知己是何其困難。

一個絕好的機會向楊影憐招手了。崇禎五年十一月初七，在松江名士、當代大儒陳繼儒（眉子）慶祝七十五壽辰的「佘山大會」上，一個讓她魂牽夢繞、牽掛終生的人，不期然來到她的身邊。這個人就是大名鼎鼎的陳子龍。陳子龍（一六〇八～一六四六）字臥子，號大樽，松江縣人。從小就顯示出過人的才華，文武兼備，學識超群，胸懷大志，慷慨激昂，與幾個情投意合的年輕志士，組織了一個詩社——幾社，陳子龍自然成了幾社領袖。在佘山大會上，陳子龍出盡風頭，楊影憐也一鳴驚人，那種傳統的一見鍾情式的愛情，在兩個人的身上發生了。楊影憐從此成了幾社中唯一的女成員，與陳子龍和其他幾社青年英俊時相酬唱，兩個人幾經纏綿相思，終於同居了。

他們愛情的小巢就設在松江城南門外南園的「小紅樓」裡，這是陳子龍向朋友借來的一處空閒別業，既作爲幾社的聚會場所，也作爲陳楊的鴛鴦愛巢。那些日子裡影憐是多麼快活啊，白天她同子龍及朋友們縱情遊玩酬唱，晚上與自己心愛的人如膠似漆。憤怒出詩人，愛情更出詩人，這一時期，陳楊二人都展示出了驚人的才華，創作了大量流芳後世的作品，其中最令人振聾發聵的作品，竟是楊影憐歌頌自己情人陳子龍的〈男洛神賦〉！大家都知道曹子建著名的〈洛神賦〉，有幾人知道，在中國文學史上，居然還有一篇與之媲美對應的由女詩人創作的〈男洛神賦〉，真可謂石破天驚！

然而，陳子龍畢竟有他自己的事業，自己的家庭，自己的妻子，自己的難言之隱，他要投入到扶助大廈將傾的事業中去，不可能長期沈溺於卿卿我我。兩個人同居了二年之後，崇禎八年，楊影憐神色黯然，痛苦地離開了小紅樓。

分手後，陳楊二人的愛情之火不僅沒有熄滅，反而在兩地相思中愈燃愈旺了。兩個人都寫出了大量思念歌頌小紅樓的詩作。楊影憐無時無刻不想到「醒時惱見小紅樓」，貫穿了她的整個後半生。陳子龍也在天南地北懷念「角聲初到小紅樓」，直到英勇殉國。他在〈春日早起〉詩中寫道：「獨起憑欄對曉風，滿溪春水小橋東。始知昨夜紅樓夢，身在桃花萬樹中。」這是《紅樓夢》名字最直接、最可靠的出處。

## 四、西溪不繫哭小青

楊影憐變得多愁善感起來，用陳子龍贈給她的詩說，就是「風風雨雨能痛哭」。看到月缺花殘春盡，她要傷感；想到壯士拚殺疆場，她要落淚；親歷悲慘命運風塵女子的墳墓，她的眼淚更像斷線珍珠一樣，盡情地流淌。

同心上人陳子龍分手後，陳楊二人分別整理出版了自己在小紅樓中的詩作，楊影憐命名自己的詩集爲《戊寅草》，又名《鴛鴦樓詞》；陳子龍命名自己的詩集爲《屬玉堂》，並爲《戊寅草》做了一篇長序，同時，還寫了一首七言詩〈長相思〉，淋漓盡致地表達了相思之情，並勸影憐要想得開，「但令君心識故人，綺窗何必長相守」。

為了出版自己的詩集，楊影憐來到了杭州。《戊寅草》的出版，是由杭州古道熱腸的富商汪然明資助的，影憐來杭，下榻汪然明建在西溪的橫山別墅。西溪外有轉山溪水，內有無際蘆蕩，河渚間坐落著眾多園林和寺觀。西溪漫山遍野的紅梅和珍貴的綠萼華白梅，勾起了影憐千般詩思；汪然明的遊船有著一個新穎別致的名稱「不繫園」，載著心如不繫遊船的影憐，徜徉在西湖綠樹紅牆之中，又勾起了影憐萬種柔情。

西泠橋畔的蘇小小墓和孤山蘭因館的馮小青墓，是影憐經常拜謁徜徉的地方。蘇小小倒也罷了，馮小青幾乎是影憐的同時代人，她的丈夫馮雲將尚健在，在他築於孤山的快雪堂中，與影憐時相酬唱。在這裡，影憐寫下了風塵女子的無盡情思和哀思，每當提筆，便淚如泉湧，打濕了花箋。但影憐不僅是個才女，又是一個俠骨柔腸的巾幗俠女，面對造化弄人，她也決絕地喊出：「神女生涯倘是夢，何妨風雨照嬋娟」，這是何等磊落的胸襟！

## 五、紅顏白首結秦晉

自從與陳子龍分手後，影憐夢魂牽掛著昔日小紅樓的知己。女為悅己者容，影憐總是按照自己在小紅樓熱戀時的形象打扮自己，蠻腰弓鞋，柔媚中透出一股英氣，粉面黛眉，成熟中顯得那麼年輕。惹得江南文人學子，無不投以豔慕的目光，引來了無數讚美的詩篇。文人們有的把她喻為芙蓉，形容其美貌；有的把她譬為蘅蕪，形容其馨香；有的把她稱為仙子，形容其飄逸；有的把她讚為精靈，形容其聰敏。無論如何讚譽，大家對她一個共同的通俗稱呼，就是「美人」。有幾年，影憐自己也以美人爲號。

由於美人身邊沒有英雄相守，免不得招致社會上一些豪強無賴的欺凌，「美人」急需找到一個風流倜儻而又有共同語言的寬闊肩膀來依靠，幾經周折，一個人進入了她的視野。這個人就是東林黨領袖、雄踞詩壇盟主地位五十年的當朝「宗伯」（禮部尚書）錢謙益！

錢謙益字受之，號牧齋，蘇州常熟人。生於明萬曆十年，逝世於清康熙三年，享年八十三歲。在明末清初，錢謙益可是個聲名顯赫、也臭名昭著的大人物！他自幼聰敏好學，明萬曆三十八年中進士，在朝廷黨爭中屢次挫敗，但作爲東林黨的領袖，才學出眾，向孚眾望，故吏門生滿天下。從社會地位上看，錢謙益足以依靠；從學識知識上看，錢謙益堪爲良師，雖然錢楊二人年齡相差三十六歲，但楊影憐還是在內心接納了錢謙益。

幾經周折，崇禎十四年六月初七，錢謙益用迎娶嫡夫人的禮儀，鳳冠霞帔迎娶了楊影憐！須知，在那個時代，錢謙益的陳夫人和其他姬妾尚在，用嫡夫人禮儀迎娶一個風塵女子，錢謙益也是要付出極大的勇氣的！

## 六、金玉良緣絳雲樓

事實證明，楊影憐的選擇是正確的。錢謙益真心實意地愛上了影憐，以一個丈夫和父親的雙重角色，呵護著可憐的影憐。迎娶之前，錢謙益建議楊影憐改姓柳，名是，字如是，號河東君。因爲錢謙益自號東澗老人，柳姓是河東郡望，所以如此取名號。又因爲二人都有出

塵思想，按佛家「如是我聞」的說法，爲河東君取字，同時，又在常熟自己家中，新築一我聞室，供柳如是居住，可謂周慮萬全。

錢謙益不愧爲一代宗師，在他的精心教導下，柳如是不論是歷史還是文學知識都突飛猛進，更令世人刮目相看。夫妻二人在我聞室頻繁酬唱，創作了大量膾炙人口的著名詩篇。柳如是也不愧一代才女，要不了多久，她的詩才就與丈夫不相伯仲，令錢謙益在酬答時頗費腦筋。時人評論，錢柳之詩，要論厚重深沈，當推丈夫；如講輕靈飄逸，還讓妻子，可謂各有所長。

爲了方便夫妻二人的日常生活和學術研究，錢謙益在並不富裕的情況下，籌措資金，在家中半野堂後，另築一座美輪美奐的三層樓房。新樓取名「絳雲樓」，這個名字是柳如是自己取的，並親自手書鐫匾的。爲什麼如此取名？大家不要忘記，柳如是的原名是楊雲娟，與陳臥子同居地是小紅樓，從自己名字中取一個「雲」字，從小紅樓化出一個「絳」字，合起來正是「絳雲」，以示不忘自己在小紅樓中的美好愛情。

絳雲樓二三層樓做藏書樓，藏儲了一萬多卷極爲珍貴的孤本秘笈；一樓做夫妻的起居室。錢謙益此時正致力修明史，柳如是成了丈夫最好的助手。她不僅與丈夫切磋，爲丈夫抄寫，更多的是爲丈夫查閱資料文獻。由於她博聞強記，即使絳雲樓中卷帙如山，她也能隨口說出某個典故在某書某卷，某書某卷在某架某層，隨手拈來，從不出錯。錢謙益佩服之至，戲稱妻子是「柳儒士」。世人對錢柳的旖旎生活羨慕不已，稱爲「金玉良緣」。錢姓金旁，美人如玉，一語雙關，可謂恰當。

## 七、天翻地覆英雄色

崇禎十七年，三月十九日，李自成領導的農民起義軍，攻破北京，崇禎皇帝在煤山吊死，延續兩百七十六年的大明王朝灰飛煙滅了！但此時以南京爲留都的半壁河山還在，國家還不能算徹底滅亡。錢謙益此時迅速從家鄉常熟趕往南京，加入了南明小朝廷的隊伍，被封爲禮部尚書。柳如是隨後也隨同丈夫來到南京，成了偌大尚書府裡唯一的女主人。陳子龍此時也來到南京，被任命爲兵科給事中。

「亂紛紛你方唱罷我登場，反認他鄉是故鄉」。南明小朝廷極其昏庸腐朽，皇帝昏聵無能，朝廷黨爭激烈。忠義之士紛紛被罷斥或誅殺。陳子龍看到朝政無望，當年八月便辭職回到家鄉；而錢謙益卻在弘光元年（順治二年，一六四五）五月十四日，在清軍兵臨城下，皇帝和將軍紛紛逃跑，城中已無將士防守的情況下，與一群南明大臣，冒著瓢潑大雨，向清軍統帥跪獻了降書順表！

城破之前，柳如是十分鎮定，她親手做了一席好酒菜，恭敬地舉起酒杯，勸丈夫自殺殉國，留下一個青史好名聲。但錢謙益貪生怕死，以自小怕水爲由，不肯投湖。柳如是激憤之下，撩起衣巾，自己向湖中投去，但又被僕人濕淋淋打撈上來，欲死不能。一個風塵女子，能在國破家亡時自殺殉國，比起西方的《羊脂球》來，不知要高尚多少！

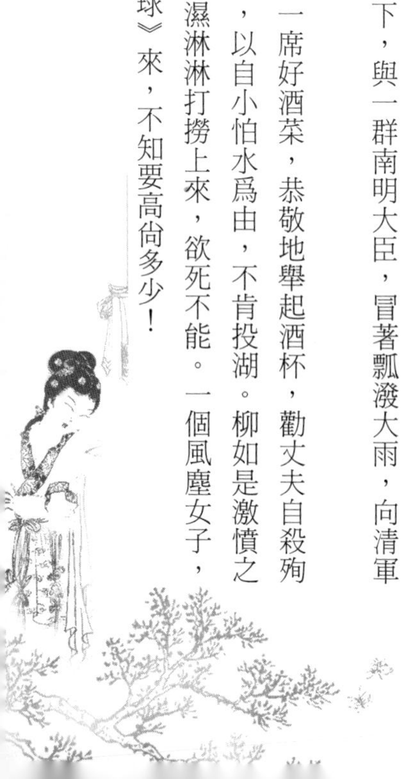

南明小朝廷覆亡後，幾社領袖陳子龍，在嘉興的水月庵托身爲僧人，暗中開始了反清復明活動，被隆武政權封爲兵部尚書，節制七省漕運，總督江南義軍。順治四年五月十三日，陳子龍不幸被俘，經歷嚴刑拷打始終威武不屈，在押解南京的途中，乘守軍不備，躍起投水，自盡殉國，成爲一名著名的民族英雄。

## 八、纏綿病榻哀蒼生

柳如是病倒了。她過去就有咳嗽發燒的病根，那年在杭州無地容身的困窘中，她曾經病得九死一生，幾次吐血，在汪然明的精心照料下，方才脫離險境。這次，她吞咽下了自己親手釀下的苦酒，如何能不病。昔日的「木石前盟」，雖然沒有爲她帶來名譽和地位，但她爲情人陳子龍的大義凜然、殺身成仁而驕傲自豪；而在國破家亡時，「金玉良緣」帶給她的卻是屈辱、是良心的折磨、是人生大節的喪失！

錢謙益降清後，被帶往北京。順治三年正月，被清廷封爲禮部侍郎管秘書院事，充修明史副總裁。作爲降臣，他的日子很不好過，外部的屈辱和內心的自責時時折磨著他，當年六月，他便名爲請假，實爲辭職，回到了家鄉常熟。柳如是看到丈夫的民族正義感尚未完全泯滅，就用冷嘲熱諷來規勸丈夫，希望他重新做人，投入反清復明大業。錢謙益也幡然悔悟，以花甲之年，暗中開始了與各地義軍的聯絡和籌劃。

順治四年三月，由於一次起義失敗，錢謙益被叛徒供了出來，被官府緝拿下獄，解往南京。正在病榻上的柳如是，蹶然而起，陪著披枷戴鎖的丈夫，邁著兩隻三寸金蓮，徒步前往南京。她立誓要把丈夫營救出來，如果不成，她可以代丈夫赴死，最起碼，也要和丈夫一起去死。她巧妙地周旋於當時江南總督洪承疇和兵部尚書梁清標的母親吳太夫人面前，終於取得他們的幫助，將錢謙益無罪開釋。

## 九、蕉園絳雲葬詩魂

錢柳夫妻終於又回到了家鄉的絳雲樓，重新開始了編撰《列朝詩集》的舊日生活。有柳如是的幫助，詩集的編撰順利快捷。詩集中有一卷名爲「香奩」，收集的是有明一代女才子的文學作品。柳如是對這一卷情有獨鍾，親自擔負起了採集和評論工作，她不僅收錄了很多大家閨秀、淑女賢媛的詩作，也收集了大批風塵女子的酬唱詩篇。

在《香奩集》中，柳如是以客觀、公允、精到的眼光，來採集、批評這些女性文人的作品。她的評語有理有據，入情入理，直言不諱，侃侃道來，充分顯示了她不僅具有女詩人的卓越才華，還具有女文學批評家的獨到才能。

順治七年十月初二日，一場突發災難降臨了。與錢柳夫妻相依爲命的文學樂園——絳雲樓，不慎被一場大火完全燒毀了！那雕樑畫棟的精美樓寓，連同裡面存儲的萬卷珍貴古籍，以及錢謙益傾半生精力寫出的二百五十卷《明史稿》，一起化成了灰燼！

錢謙益極度悲痛之下，寫出了一首題名〈蕉園〉的詩。詩中說，「蕉園焚稿總凋零，況

複中州野史亭！」「東觀西清何處所，不知汗簡爲誰青？」」其後，在〈金陵雜題絕句〉中又寫道：「人儗陽秋家汗青，天戈鬼斧付沈冥。赤龍重焰蕉園火，燒卻元家野史亭。」

錢謙益一生醉心於修明史，當年在明朝爲官時，曾編撰成了卷帙浩繁的《歷朝實錄》，貯存在北京太液池畔的「蕉園」內，後被一場大火燒毀。今天自己在「半野堂」（絳雲樓）中苦心孤詣寫下的這篇史稿，即使不算正史吧，也是很有價值的野史。詩中所說的「蕉園」、「半野」（絳雲），都是明史的代稱。詩人向蒼天發問：爲什麼大火如此無情，燒毀了「蕉園」正史之後，又燒毀了我重建的「絳雲樓」（野史亭）呢?!

## 十、芙蓉莊裡歌紅豆

由於絳雲樓一把大火，不僅燒毀了錢柳夫婦的藏書和手稿，錢家歷代積攢的許多名貴字畫、玉器、古玩，也一起葬身火海，錢家當時就窮了下來，主要靠錢謙益賣文爲生，生活日見困窘。

順治十一年錢謙益意外繼承了外祖父的一處莊園遺產——常熟城東三十里的「芙蓉莊」。芙蓉莊不僅名字風雅，周圍風景也十分秀美。莊內還有一棵百年紅豆樹，所以又被當地人稱爲「碧梧紅豆莊」。對芙蓉莊略加修葺之後，夫妻二人攜帶他們的小女兒，搬來這裡居住。

錢柳夫妻搬進芙蓉莊後，一個奇蹟發生了，莊中那株已經二十多年不開花的老紅豆樹，忽然之間竟花發滿枝，香飄數里！這年九月，在錢謙益八十華誕前，居然結下了一粒紅豆，而且僅僅一粒！柳如是雖然對陳子龍終生懷念，但對蒼老的丈夫能夠真心悔過，並且在垂暮之年爲反清復明大業辛勤奔走，也充滿了一腔柔情。在錢謙益的壽禮上，妻子獻給他的禮物，就是這顆代表著相思的紅豆，令錢謙益老人激動不已，在席上口占十首絕句，歌詠紅豆，歌詠愛情！

## 十一、姽嫿將軍故國情

錢柳夫妻之所以搬來這裡，除掉風光怡人的原因之外，最主要的還是爲了同江南義軍聯絡方便。這一時期，錢謙益同他的學生鄭成功來往頻繁，正策劃著鄭氏水師由長江口溯江而上，力爭奪取南京，佔領江南半壁，再圖恢復全國。

順治十一年正月，鄭成功的水師，在張名振、張煌言的統帥下，攻入長江口，停泊在金山江面。柳如是隨丈夫親自來到水師大營簞食壺漿犒勞義軍。在這支威武的軍隊裡，她幾乎不敢相信自己的眼睛，竟有一支身著戎裝、腰佩刀劍、英姿颯爽的娘子軍！

柳如是一生俠肝義膽，年輕時經常扮作男裝，或儒生，或武生，自比宋朝擂鼓戰金山的梁紅玉。爲了裝備起義的八百「羅漢軍」，她在自己生活窘困的情況下，把一生積攢的價值萬金的首飾，連同「百寶箱」，慷慨地捐給了義軍，爲世人交口稱奇，讚歎不已。

這次也是在與梁紅玉戰鬥地點同名的金山，見到真正的女兵，柳如是內心之激動，可想

而知。她同娘子軍的首領阮姑娘立刻成了好朋友。張名振看到此情景，笑著說，將來戰事結束，讓阮姑娘在你個女將軍左右侍奉，讓你終日和「媿嫿將軍」在一起。可惜的是，鄭成功水師戰敗後，阮姑娘在舟山戰死，永遠沒有侍奉左右的機緣了！這支娘子軍的殘部，在「鄧小腳」的率領下，後來轉戰閩南山區，給清兵以慘重打擊。最後，終因力量懸殊、糧草斷絕，全軍覆沒，所有女兵全部壯烈犧牲！

## 十二、榮木家難了殘生

康熙三年五月二十四日，八十三歲老翁錢謙益，帶著幾多榮譽、幾多愧悔、幾多留戀、幾多牽掛、幾多悲哀、幾多憤怒、幾多遺憾、幾多滿足，靜靜地離開了人世，離開了與他後半生須臾不離、相濡以沫的夫人柳如是！

客觀地說，此翁生前確有臨難屈膝、「兩朝領袖」的歷史污點，但他晚年痛悔昔非，爲反清復明辛勞奔波，瑕不掩瑜。更何況五十年雄居文壇領袖地位，清初文壇的大家名流幾乎都出自他的門下，當時的社會聲望還是頗高的，就連黃宗羲、顧炎武這樣的反清志士、當代大儒，對錢謙益也是尊敬有加。只是到了乾隆中期，才把他打入「貳臣」行列，查禁了他的全部著作，才使他聲名狼藉的。

錢謙益的屍骨還沒有寒，錢家就發生了「家難」！錢家的一些家族無賴，在錢朝鼎的唆使支持下，強奪錢家的土地，變賣錢家的莊園，私分錢家的錢財，砸毀錢家的靈堂。錢謙益的兒子錢孫愛懦弱無能，女兒女婿還不便出面，維護「宗伯」後裔的重任就落在了柳如是一個弱女子身上。

面對那些如狼似虎的凶徒，一個弱女子又能怎麼樣呢？柳如是剛毅的臉上閃過一絲冷笑，她寫下了痛快淋漓的遺囑，代女兒、女婿寫好官府訴狀，又給錢翁生前好友寫下幾封求助信，然後平靜地走進錢家正室榮木堂，用三尺白綾，把自己吊在正堂中央！她要用自己的死來震驚官府、震驚社會、震驚一切有良知的人們！一代才女、俠女、烈女、豪女、奇女柳如是就這樣去了，年僅四十七歲！

柳如是的死，有「家難」的原因，其實「家難」也只是導火索而已。陳之龍自殺殉國時，她就產生過殉死的念頭，由於錢翁對自己一往情深，又到了暮年，要人照顧。現在，錢翁也化碧西歸了，自己的餘生還有什麼意趣？也趕到天國去，同自己一生兩個知己去會面，了結「金玉良緣」和「木石前盟」的感情糾葛吧。

## 十三、重起蕉園續殘夢

就在柳如是在常熟榮木堂殉夫的康熙三年前後，在杭州的西溪，一群聰明美麗的才女，組成了一個「蕉園詩社」。她們雖然都是大家閨秀，但結隊踏青，群集遊湖，花前聯句，月下琴曲，頗似模仿當年金陵風塵女子的風雅生活。

「蕉園詩社」的成員，有與柳如是年齡相當的顧玉蕊、徐燦、柴靜儀，也有年齡小一輩

的林以寧、錢鳳綸、錢靜婉、馮又令、顧長任、張槎雲、李淑等。她們把自己的詩社命名爲「蕉園詩社」，稱自己爲「蕉園五子」和「蕉園七子」。查杭州當時的著名景點或名園，並沒有一個以「蕉園」命名的地方，顯然詩社之名並非取自西湖景色，那麼她的來歷究竟在哪裡呢？

如果不是考證柳如是的歷史，還真的很難發現，「蕉園詩社」的名稱，就是來源於錢牧齋在絳雲樓焚毀後寫下的「蕉園」詩！所謂「蕉園」和「中州野史亭」，就是牧齋所修明史被焚毀的地方。顯而易見，這些女子是在借詩社聚會，抒發自己對明朝覆亡的民族之痛！查這些女子的丈夫或父親，都是明朝的遺民，他們的妻女，借詩社抒發亡國的痛楚心情，也就不奇怪了。

柳如是的詩集《湖上草》和《戊寅草》，都是在杭州西溪出版的，並由杭州風行各地。「蕉園詩社」這些姐妹似乎都有先睹爲快的條件；當年柳如是和錢牧齋，三次遊歷杭州，下榻之地都在西溪；西溪古蕩的錢家，就是「蕉園詩社」成員錢氏姐妹的家，是否與錢牧齋爲本家，待考，似乎不無可能。「蕉園五子」成員徐燦，其丈夫是清初大學士陳之遴，蘇州拙政園就是他家的園林，當年柳如是生女兒時，曾在拙政園居住很長時間，是否曾與徐燦酬唱往來，以兩人的氣質，似乎不無可能。種種跡象都證明，「蕉園詩社」的建立和取名，都與錢柳夫妻的「蕉園」詩有密切關係，詩社的女詩人們，同柳如是一樣，都是懷著亡國之痛的遺民妻女。

## 十四、白門楊柳思阿儂

「蕉園詩社」活動的集中場所，在西溪的洪園。洪園的主人，就是在明朝顯赫了一百多年的望族洪家。此時剛經歷改朝換代的陣痛，處於「百足之蟲，死而不僵」的末世境地。「蕉園詩社」的成員，與洪家都連絡有親，洪家的洪園，及其周邊的著名景點秋雪庵、花塢、藕香橋等地，自然就是這些才女即興瀟灑的天堂了。

洪家的長子洪昇，字昉思，號稗畦，也是一個風流倜儻的種子。由於從小抱亡國之痛，不以功名爲念，整天醉心於創作傳奇劇本。他的代表作《長生殿》，與孔尚任的《桃花扇》，號稱中國戲曲史上最輝煌的雙子星座！《長生殿》傳奇表面上是寫「安史之亂」，實際上也是借古諷今，抒發明末遺民亡國之痛的作品。

洪昇的《稗畦集》中，曾經收錄了一首至今無人能夠理解的五言詩：

可憐短檠燈，熒熒照孤寢。翠帷白玉床，珠被黃金枕。
一日不見君，一宵不成寐。秋雨復春風，安得不憔悴。
待歡歡不來，喚歡歡不語。白門楊柳邊，定有留歡處。
冉冉芙蓉花，零落秋江水。歡總不憐儂，儂自爲歡死。

表面上看來，這似乎就是一首青年人思念情人的情詩，但細細分析，卻又大繆不然。這個「歡」是誰？是男還是女？是女爲什麼思念「芙蓉花」？是男又爲什麼怕情人被「白門楊柳」留住？女人還會到秦淮河畔嫖宿麼？白門是南京的代稱，一個杭州青年，他的情人怎麼能被相隔千里的「白門楊柳」留住呢？

對這首無論如何也說不通的詩歌，如果看了前面關於柳如是事跡的內容，就會迎刃而解了。原來這個洪昇，是在收集研究柳如是的事跡。柳如是先姓楊後姓柳，曾在南京當「宗伯夫人」，南京古稱「白下」、「白門」，不恰恰是「白門楊柳」麼？錢牧齋的詩中，就不止一次把柳如是稱爲「白門楊柳」。所謂「歡」，來源於著名樂府《楊判兒》：「歡欲見蓮時，移湖安屋裡。芙蓉繞床生，眠臥抱蓮子。」陳子龍與柳如是熱戀時，曾多次用《楊判兒》典故入詩互訴衷腸，因爲「蓮」、「芙蓉」、「蓮子」等，都隱含著柳如是的姓名和形象。一天看不到這朵「芙蓉花」的作品，一夜就睡不著覺，足見洪昇收集研究柳如是事跡之勤奮。他收集研究柳如是事跡幹什麼？顯然，他要以柳如是的故事做原型，創作一部文學作品。

洪昇爲什麼對柳如是的故事那麼感興趣呢？一方面他同「蕉園姐妹」們長期在一起進行文學活動，既然姐妹們把自己的詩社命名「蕉園」，以示對明末清初「痛史」的哀悼之情，洪昇必然也受到柳如是這個才女兼俠女的感染，對她在西溪及其整個江南的故事發生興趣。洪昇與錢柳是否有過直接交往，沒有證據。錢柳於康熙三年去世時，洪昇已經二十歲了，此前錢柳多次在他的家鄉西溪遊歷居住，似乎有面見的可能。

另一方面，洪昇的老師毛先舒就是幾社成員，與陳子龍生前時相酬唱，一起研究探討過匡時救世的大計。毛先舒雖然同陳子龍年紀差不多，但出於敬佩之情，對陳子龍以師事之；陳柳在小紅樓同居時，毛先舒也必然同柳如是有過酬唱交往。陳子龍自殺殉國後，毛先舒終生懷念這個良師益友。洪昇是毛先舒的學生，當然從老師那裡知道了更多的陳柳故事。另外，洪昇師事的王士禛、施愚山、陸麗京、丁澎等大學問家，與錢謙益生前都有密切交往，並視之爲師執，親自爲他遞接手杖。洪昇在他們那裡，也應該得知許多錢柳當年的逸事。

## 十五、墨莊曲譜芙蓉峽

收集柳如是事跡的人，似乎還不止洪昇自己，他的表妹，「蕉園詩社」骨幹、後七子的發起人林以寧，居然以柳如是的事跡爲藍本，創作了一部傳奇《芙蓉峽》！

林以寧字亞清，號鳳瀟樓，她的詩集名爲《鳳瀟樓集》和《墨莊詩鈔》。前者來自她的號，可以理解，後者的意思是什麼呢？原來我以爲因爲該人信奉墨子、老莊的學說，細思又不妥，信奉老莊是當時士大夫流行的信仰，但信奉墨子者當時卻寥若晨星，一個女流似乎更無此可能。研究柳如是的生平後才發現，原來她有個好朋友蘇先，字子后，號「墨莊」。蘇墨莊曾作新柳詩，很得錢牧齋讚賞；蘇墨莊又工侍女畫，曾爲柳如是畫像，形神

俱備，很受時人推重。林以寧很大可能是因爲崇拜柳如是的詩，看過墨莊的畫，方如此爲自己的詩集取名的。

林以寧本姓林，林由「二木」組成，恰應「楊柳」二字，更容易與柳如是呼吸相通。她的傳奇《芙蓉峽》已失傳了，但從名字上看，顯然是寫一個風塵俠女的故事。聯繫到「蕉園詩社」和「墨莊」的隱含，推斷此傳奇表現的是柳如是事跡，似乎言之成理。洪昇的前半生一直沈溺在創作《長生殿》中，雖然收集了柳如是的諸多事跡，但自己並未用於創作。考慮到洪昇與表妹林以寧感情親密，用自己的資料，幫助表妹創作《芙蓉峽》，是有可能的。

《紅樓夢》出現的「姽嫿將軍」和「真真國女孩子」的故事，很可能就是《芙蓉峽》中原來記載的故事。從柳如是探視張名振水師大營所見的娘子軍來看，她們才是「姽嫿將軍」和所率女兵的原型。清初關於林四娘的記載很多，但都是山東青州城破後死於恒王府的柔弱女鬼，只有《紅樓夢》中的林四娘是個慷慨戰死的赳赳巾幗英雄。鄭成功與台灣的關係，任人皆知。寫柳如是探視水師大營，出現「姽嫿將軍」、「真真國女孩子」，自在情理之中。

## 十六、萬豔同悲寄香菱

《紅樓夢》中的英蓮，被薛蟠搶到手後，改名「香菱」。作者爲什麼這麼爲她改名呢？

似乎也有深刻用意。前面說過，《紅樓夢》中的「英蓮」，來源於柳如是原名「楊影憐」的諧音，那麼，香菱似乎也應該來源於柳如是批註的婦女詩集《香奩集》。但問題似乎並不那麼簡單，「奩」「菱」並不同音，如果取自「香奩」二字諧音，應命名「香憐」而非「香菱」。

「香菱」這一名字的真正來源，應該是「湘靈」。《紅樓夢》中的「英蓮」改名「香菱」，正暗示了《紅樓夢》的創作過程！原來，在「蕉園詩社」活動期間，林以寧以柳如是的事跡，創作了《芙蓉峽》傳奇，書中的主角，正是「影憐」（英蓮）。洪昇以楊貴妃的事跡，創作了《長生殿》傳奇。《長生殿》的故事，根據洪昇自序說明，是「止按白樂天的《長恨歌》」創作的，而所謂「湘靈」（香菱），正是白居易青年時的戀人，也是《長恨歌》中女主角的原型。

後來由於洪家發生了「家難」，洪昇被迫出走北京，一去二十年，「蕉園詩社」也無疾而終了。二十年後，也就是康熙三十一年，洪昇經歷了慘痛的人生夢幻之後回到故鄉。此時，「蕉園詩社」的眾姐妹們，一個個都落得個「千紅一哭、萬豔同悲」的下場。

此時的洪昇，一心想以自己的遭遇和「蕉園」姐妹們的事跡，創作一部文學作品。於是，把林以寧的《芙蓉峽》拿來，對其中的人物加以改頭換面，寫成了「蕉園」姐妹的形象，把書中的主人公，改女爲男，寫成了自己的形象。並特意保留了「英蓮」這個名字，後來又讓她改名「香菱」，以示這個「香菱」雖然是從「英蓮」來的，但已經不完全是原作品

的「英蓮」了。

## 十七、蛛絲馬跡非巧逢

我們在上述柳如是的生平中，不難找到《紅樓夢》中好多特殊提法的來龍去脈。寶玉所居之「絳雲軒」，應來自錢柳的「絳雲樓」。既然洪昇的姐妹們曾經以「蕉園」爲自己的詩社命名，洪昇何嘗不能把自己的書房命名「絳雲軒」呢？《紅樓夢》元妃省親一節中，寶玉頑固地堅持使用「紅香綠玉」，正因爲它隱含著「蕉園」和「絳雲軒」，隱含著錢柳的歷史以及自己與姐妹們的現實。所謂「絳洞花王」，既是「絳雲樓」中的女性花王柳如是，也是「絳雲軒」中憐香惜玉的賈寶玉，即作者自己。

薛寶釵的別號「蘅蕪君」，本來就是柳如是的別號「蘼蕪君」，蘼蕪就是蘅蕪，沒有歧義。另如元妃到宮中去做的「女史」，就出自錢牧齋爲柳如是鐫刻的一方「女史」印章。「探春迎春惜春」三姐妹的名字，都出自柳如是的作品文字。其他如「榮禧堂」、「白玉堂」、「紅香綠玉」、「花魂詩魂」、「化灰化煙」、「相思紅豆」、酒令中的「不繫舟」等，《紅樓夢》中幾乎所有特殊用語，在柳如是的作品中，都能找到出處。

最值得注意的是黛玉的名字。黛爲黑色，雪（薛）爲白色，一黑一白，相映成趣。史載，錢柳結婚夜，柳戲問錢：你愛我什麼？錢曰：我愛你「烏個頭髮白個肉」；錢反問柳，柳戲答：我愛你「白個頭髮烏個肉」。可發一大笑。

其實，黛玉的姓、名、字、號，都來源於柳如是的一首〈朝雲詩〉，朝雲是柳如是當年用過的名字，朝雲詩當然就是柳如是的詩。詩曰：「林風卻立小樓邊，紅燭邀迎暮雨前。潦倒玉山人似月，低迷金縷黛如煙。歡心酒面元相合，笑靨歌顰各自憐。數日共尋花底約，曉霞初旭看新蓮。」同一首詩中，林、黛、玉、顰、蓮（芙蓉）都有了出處，當非偶合。

林黛玉善病愛哭、詩才敏捷、爭強好勝等性格，都與真實的柳如是相同；至於她從來不說「仕途經濟」混帳話，從柳如是的情人陳子龍抗清殉國，南明亡國時勸丈夫錢謙益自殺殉國，本人也長期參與反清軍事鬥爭大業這點，也不難看出端倪。

崇禎十二年，杭州西溪的汪然明，爲柳如是出版第二本詩集《湖上草》，收錄了柳如是在西湖所寫的詩和與友人通信的三十一封尺牘。出版前，汪然明特意請遠在福州的林天素爲之作序。林天素名雲，自稱雲道人，號稱三山才女，是風塵女子中少見的冰雪美人。林天素遊西溪時，住的就是汪然明在橫山別墅旁邊特意爲她準備的「隨喜庵」。聯想到《紅樓夢》中那個孤高傲岸、目無下塵的女道人妙玉，不是十分發人深省麼？

需要說明的是，明末清初，在文人眼中筆下，僧道是不分的，僧家不論出家人還是居士，都又可以成爲道人，吳偉業筆下的卞玉京，有佛家居士名號，同時又自稱道士。「如是我聞」是佛家語言，但居住在「我聞堂」的柳如是，卻被別人稱爲女道士。所以《紅樓夢》中的「情僧」，另稱爲「空空道人」，也是這一時期的特殊稱謂。

## 十八、何來情情情不情

脂硯齋批曰：《紅樓夢》描寫中，「黛玉情情，寶玉情不情」。什麼意思？紅學界都認爲囫圇難解。其實有什麼難解？「情情」就是合乎情理之情，「情不情」就是不合常理之情。爲什麼不合常理呢？因爲書中人物從《芙蓉峽》轉化過來的過程中，主要人物的身分發生了重大變化，故此顯得不甚合理。

《芙蓉峽》的主角，應是柳如是、陳子龍、錢謙益，一女二男，兩對婚姻關係；而《紅樓夢》則改成寶玉、寶釵、黛玉，一男二女，雖仍是兩對婚姻關係，但對象發生了性別變化。從書中我們可以看出，金玉合用二寶，木石合用二玉，釵黛的名字合起來就是寶玉，說明作者把原書中人物的角色打亂重分了。

我們再來看《紅樓夢》「太虛幻境」中，釵黛合用一幅畫，合用一套判詞，從而引發「釵黛合一」的推測問題。因爲在《芙蓉峽》中，她們本來就是一個人，「停機德」和「詠絮才」都是柳如是。「一個是閬苑仙葩，一個是美玉無瑕」，本來指的是陳柳。

「都道是金玉良緣，俺只念木石前盟」，本來說的也是柳如是與錢謙益締結婚姻後，仍然苦苦思念陳子龍。「空對著山中高士晶瑩雪，終不忘世外仙姝寂寞林」，「山中高士」本來就是指銀髮滿頭、滿腹詩書的錢謙益；「世外仙姝」本來是已經死去、在地下寂寞世界的陳子龍；那個思念的「玉」，本來是「美人如玉」的柳如是。所以「縱然是齊眉舉案」，與錢氏締結了金玉因緣，「到底意難平」，內心深處還是思念著昔日的戀人陳子龍。

陳子龍爲什麼成了「閬苑仙葩」、「世外仙姝」呢？請不要忘了柳如是的《男洛神賦》，所謂「洛神」，非「仙葩」「仙姝」而何？爲什麼又是「世外」呢？一是陳子龍乃松江人，松江別稱「雲間」，「雲間」不是「世外」麼？二是其時陳子龍已經壯烈殉國，其靈魂可謂正在「世外」「寂寞」中。這樣寫柳如是對陳子龍和「木石前盟」的懷念和留戀，是十分恰當的。

紅學界的人都知道，寶釵、黛玉的名字，是套用一句唐詩「雪滿山中高士臥，月明林下美人來」而來的，這是不錯的，但這兩句詩暗含的不應是《紅樓夢》中釵黛兩個女人，而應是一男一女。雪花滿頭的「高士」自應指錢翁，月下林中的「美人」更應指自號「美人」的柳如是。本來在《芙蓉峽》中第一主角的「玉」是個女性，第二、三主角是男性，一個是雪染雙鬢的循循學者，一個是血氣方剛的飽學青年。《紅樓夢》把《芙蓉峽》中一女二男的愛情糾葛，幻化成一男二女的愛情糾葛，人物的角色發生了變化。第一主角由女變男，也就是調換了陳子龍和柳如是的位置，讓陳子龍成爲賈寶玉，當然要出現「情不情」的結果；寄託柳如是形象的任務，放在林黛玉身上，變成第二主角，性別依舊，也當然「情情」了。寶釵的形象，是從錢謙益幻化而來的，由男轉女，由老轉少，更有好多不合理之處，如她的博學，她的過度成熟，她的陰毒手段等，不是一個天真少女應有的。讓他姓薛（雪），稱爲「高士」，可明顯看出錢翁的蛛絲馬跡。

但問題並不是一對一那麼簡單，實際上《紅樓夢》中的三主角，是把《芙蓉峽》三主角打亂重分的，否則三人名字你中有我，我中有你，合起來就是「寶玉」、「釵黛」，是難以理解的。關於「寶玉」名字的來歷，紅學界多認爲來自「此鄉多寶玉」詩，但未必如此，我說是來自錢謙益在《長慶集》的跋中所說：「寶玉大弓其猶有歸魯之征乎」，這樣寶玉的名字就與白居易聯繫起來了，完全符合洪昇根據《長恨歌》創作《長生殿》的事實。洪昇懷著對表妹林以寧的感情改寫《芙蓉峽》，自不願完全删去表妹所寫的詩、畫和「自度曲」，《紅樓夢》中自然就要產生今天紅學界爭訟不已的「釵黛合一」公案了。

## 十九、國仇家難不了情

清初的文人墨客，多樂於研究明朝之所以「呼啦啦似大廈傾」的歷史，特別是對南明小朝廷的歷史研究更多。好多文學作品，都是按照「愛情加政治」的模式創作的，用南明某名士與某風塵女子的愛情糾葛，穿起當時風雲變幻的政治鬥爭，作品寫得既柳綠花紅，又深沈空幻。其中最著名的代表作當推《桃花扇》。作者孔尚任是洪昇的同時代人，他曾親往江南，搜集了大量素材，其後以侯方域和李香君的愛情爲經線，以南明朝廷政治鬥爭爲緯線，創作出這部流芳千古的作品。

我研究這段歷史幾半個世紀，有一點感到非常奇怪：當時類似於《桃花扇》侯李愛情的故事，都有人寫，例如，吳偉業就寫過自己與卞玉京的故事，還寫過《圓圓曲》，用春秋筆法討伐吳三桂。《影梅庵囈語》記載了作者冒辟疆自己和愛妾董小宛的故事，寇白門、顧橫波與風流文人的繾綣故事，也向來不乏文人涉足。但作爲金陵風塵女子的翹楚，作爲文人眼中的「花王」，柳如是的故事爲什麼沒有人去寫？

要說故事旖旎好看，要論經歷豐富深刻，要看故事流播廣泛，清初無過於柳如是的故事，那些文人是沒有看到還是不感興趣呢？當然都不是。其真正原因，不是沒人寫，而是寫了，我們今天的讀者沒有看出來。描寫柳如是故事的作品，就是當年的《芙蓉峽》和今天婦孺皆知的《紅樓夢》！就連《紅樓夢》這個名字，都是從陳子龍思念柳如是的詩中化用來的，見本文題頭詩。

《芙蓉峽》失傳了，也可以說沒失傳，她的內容被改頭換面，納入了《紅樓夢》。康熙三十一年，洪昇夫婦經歷了一場人生夢幻之後，回到了闊別二十載的故鄉杭州。在這「奈何天、傷懷日、寂寥時」，洪昇開始追尋青少年時代「蕉園姐妹」們的足跡。西溪仍然是那麼美麗，秋雪庵、花塢、藕香橋、蘆汀沙漵都還是原來的樣子，但已經物是人非！當年在這裡風流倜儻的「蕉園姐妹」們，如今不是悲慘地早亡了，就是無奈地遠嫁了，留下來的幾個姐妹，也都在痛苦生活中飽受煎熬。面對此情此景，洪昇悲從中來，他要爲姐妹們閨閣昭傳，要寫出家族之恨和歷史之恨。於是，在林以寧妹妹的《芙蓉峽》傳奇的基礎上，洪昇重新謀篇佈局，把《芙蓉峽》中的柳如是、陳子龍、錢謙益三個主角，置換成了自己和林以寧妹妹、錢鳳綸妹妹的新三角形象，另加上馮又令（**史湘雲原型**）、元迎探惜等姐妹的形象，仍用金玉良緣和木石前盟的架構，創作了新的小說《紅樓夢》！

朋友們可能還記得，《紅樓夢》中居然有兩塊「石頭」，一塊是「三生石」，一塊是「大荒石」。「三生石」又稱「神瑛侍者」，與「絳珠仙子」一起，構成了淒婉的「還淚」故事。而「大荒石」只是慨歎自己生不逢時，懷才不遇，並沒有體現出「還淚」的情緒。據陳寅恪先生說，錢柳的「金玉緣」，十分符合中國傳統的「三生」概念。顯然，《紅樓夢》書中的「絳珠仙子」和「神瑛侍者」，來源於記載錢柳姻緣的《芙蓉峽》；而「大荒頑石」的故事，則明顯是作者自況。

改編後的《紅樓夢》，作品的經線是寶玉和姐妹們「千紅一哭」的遭遇，緯線是甄士隱、賈雨村、香菱（英蓮）、姽嫿將軍、真真國女孩子等顯示的社會背景；換句話說，洪家及其四大家族的家庭悲劇是《紅樓夢》的經線，而柳如是、陳子龍、錢謙益代表的改朝換代、天翻地覆的社會悲劇是《紅樓夢》的緯線。經緯交織，構成了一幅明末清初的社會長卷，展示了作者心中的家仇國恨。從這個意義上看，《紅樓夢》作品的主題更深刻，思想更積極，意義更偉大！

## 二十、國學大師窺紅樓

本文的材料均取自於陳寅恪先生的《柳如是別傳》。陳先生的確不愧為國學大師，一部百萬字的作品，洋洋灑灑，精細嚴密，實為治學之典範。陳大師在《別傳》中，似乎也看出了柳如是事跡與《紅樓夢》故事的連帶關係，但一是囿於胡適先生的成見，二是《紅樓夢》

研究並非大師的專長，故大師不肯下結論，只是在《別傳》的關鍵地方，不時插上幾句《紅樓夢》如何如何，以啓迪讀者。這種但開風氣不爲師的治學品德，的確值得今天那些在紅學領域專橫跋扈的所謂紅學家們好好學習。

在《別傳》第五章中「寅恪按」：一熱一冷之情景大有脂硯齋主（脂硯齋之別號疑用徐孝穆新詠序「燃脂暝寫」之典，不知當世紅學家以爲然否？）評《紅樓夢》「壽怡紅群芳開夜宴」回中，「芳官嚷熱」一節的感慨，唯脂硯齋主則人同時異，而穎川明逸則時同人異。

在《別傳》第四章中，在論及河東君多愁善病時，寅恪按：清代曹雪芹糅合王實甫「多愁多病身」及「傾國傾城貌」，形容張崔兩方之辭，成爲一理想中之林黛玉。殊不知雍乾百年之前，吳越一隅之地，實有將此理想而具體化之河東君！

由此可以看出，大師不是沒有看出《紅樓夢》中林黛玉形象以河東君爲原型的可能性，但出於學者的謹慎，大師不作明言，只是羅列在這裡立此存照，讓研究《紅樓夢》的專家來評判。另外《別傳》的寫作目的，是研究柳如是，不是研究《紅樓夢》，是研究歷史，不是研究文學。以大師的人品學風，做此處理，是十分得體的。

## 「風月寶鑑」有原型嗎？

乍一聽這個問題，似乎不可思議，所謂「風月寶鑑」，不就是一面正反兩面皆可照人的鏡子麼，何須什麼原型？但結論也不可下得太早。《紅樓夢》中賈瑞照的那面「風月寶鑑」，確實有點兒古怪，還真的有詳細探討的必要。

古怪之一，是這面鏡子正反兩面皆可照人，正面照是美人王熙鳳在招手，反面照則是一具令人震撼戰慄的骷髏。中國古代沒有玻璃鏡子，《紅樓夢》中還把玻璃當寶貝，與瑪瑙、珍珠一樣，用於給女孩子取名。這面「風月寶鑑」，顯然是一面銅鏡，賈瑞死後，寶鑒被摔被燒，也沒有破損，顯然不是玻璃，而是銅質。問題是，古代的銅鏡，卻很少有兩面照人的。作者偏要讓它兩面照人，顯然另有寓意。

古怪之二，既然只是一面鏡子，爲它取個什麼名字不好，偏偏要叫它「風月寶鑑」？「寶」就「寶」了，它確實是個寶物，爲什麼偏偏要和「風月」沾邊呢？就說這面鏡子的功能吧，紅粉骷髏的兩面寓意，明顯是警示人們不要與「風月」靠得太近太緊的意思，爲什麼偏偏要用「風月」命名呢？爲什麼不叫「反風月寶鑑」呢？這不是把意思完全弄反了麼？

古怪之三，賈瑞因爲正照「風月鑑」，居然一命嗚呼了。他的爺爺奶奶大罵「妖鏡」，「若不早毀此物，貽害於世不小」，遂架火來燒。鏡子裡面居然哭了起來，「你們以假爲真，何苦來燒我？」跛足道人及時趕來，「誰毀風月鑑？吾來救也！」搶到手裡，飄然而去。可見，確實有人把這面鏡子當做禍害，必欲毀之而後快，但也有人把它當做寶物，精心加以保護。

從表面上看，《紅樓夢》中的這面「風月寶鑑」，似乎就是中國古代傳統的「紅顏禍水」的象徵。但這麼理解，則與《紅樓夢》的主旨大相徑庭。《紅樓夢》並不是一部反風月的小說，作者顯然不是一個封建衛道士。《紅樓夢》寫「風月鑑」，顯然不是警示人們小心「風月場」的意思，而是告誡人們不要「以假爲真」。假是什麼？真又是什麼呢？

要想解開這個謎底，還真的需要認真探詢一下「風月鑑」是否有原型，它所代表的真實含義究竟是什麼？筆者經過精心考證，證明《紅樓夢》的作者是洪昇。他創作《紅樓夢》大體分爲兩個階段。第一階段是以明末名妓柳如是與陳子龍的「木石前盟」以及與錢謙益的「金玉良緣」故事爲原型創作的，確實是描寫「風月場」中的故事；第二階段則把書中柳錢陳等主人公換成了自己和「蕉園詩社」的姐妹，轉而抒發自己與姐妹們命運悲劇的感慨和悲傷。

「風月鑑」顯然是《紅樓夢》創作第一階段的產物，那麼，它應該與一代「花王」柳如是有必然聯繫。河東君柳如是生前，確實有一面珍貴的妝鏡，死後流落民間，很多著名文

人都曾為這面妝鏡作過題詠。這面鏡子，有清一代，名聲顯赫，因為它是「風月場」中「花王」的梳妝鏡，確實是個不同凡響的「風月寶鑑」！

最早記載這面「風月寶鑑」的，是康熙朝著名詩人查慎行。他的《敬業堂詩集》中「金陵雜詠二十首」其八為：「宗伯奩清世不知，菱花初照月臨池。點妝巾帽俱新樣，不用喧傳鏡背詩。」「宗伯」指錢謙益，他曾任禮部尚書，故稱。「菱花」就是婦女用點妝鏡子的代稱。「鏡背詩」容後再議。

鄧之誠在《古董瑣記》中，具體記載了柳如是這面鏡子的形制：這是一面唐鏡，鏡背的銘文是，「官看巾帽整，妾迎點妝成。照日菱花出，臨池滿月生」。其旁刻「蘼蕪」二篆文，極遒勁。中為夔螭，刻畫飛動。小折疊架上刻「絳雲樓印」四字。「蘼蕪」是柳如是的字，「絳雲樓」是柳如是與錢謙益居住酬唱的地方。

這面鏡子除了珍貴的古董價值外，本身倒沒什麼，關鍵是當時文人怎麼看待這面鏡子，怎麼看鏡子中隱含的柳如是與錢謙益的事跡和為人。有清一代，文人均根據該鏡背面的銘文，從「官看」、「妾迎」的角度，把鏡子的正面和背面加以區別，分析男女在鏡中形象之不同。

清戴文節所賦〈柳蘼蕪妝鏡詞〉就很有代表性。他說：「擊碎金甌翠黛顰，勤王有志總成塵。妾心鏡面郎心背，文字蟠胸不照人。」前兩句是惋惜柳如是反清復明活動未獲成果，但值得歌頌。第三、四句則是誅心之論，諷刺錢謙益屈節事清，像鏡子背面一樣「不照人」，而柳如是的美麗形象則是「鏡面」形象，光可照人。

從康熙年間一直到清末，題詠這面鏡子的文人絡繹不絕。幾乎所有題詠的意思，都差不多，多數人說這面鏡子兩面照人，正面照出柳如是的光輝，反面照出錢謙益的齷齪。例如，郭的題詠詩說：「蘼蕪春老恨漫漫，宜照官人再整冠」，意思是錢謙益形象不好，需要再洗臉整冠。沈修的題詠詩說：「儂身白練公烏紗，死演鴛鴦背水陣。」意思是夫妻爲人的反差太大了，妻子一條白練吊死，丈夫頭戴新朝的烏紗。這對鴛鴦死後也像鏡子的兩面，永遠是相背的。

也有些文人把這面鏡子當做歷史來看，問題看得更深刻一些。例如，胡敬的題詠詩說：「將鑒觀風會於前朝，且看取河東之遺鏡」，把這面鏡子竟看成明朝覆亡歷史經驗教訓的代表了。張珍臬的題詠詩說：「尙書巾帽整未得，對此徒令鬚眉羞」，「蘼蕪香字足千古，碧波遺恨空悠悠」。聯想到《紅樓夢》中的「女清男濁」思想，確實發人深省。

最值得注意的是舒位的《河東妝鏡曲》中說，「應作當年如是觀，莫叫照見蘼蕪影」。所謂「如是觀」，就是佛家的虛無思想；莫見「蘼蕪影」，就是別見到「柳蘼蕪」那俏麗的身影。這與《紅樓夢》中只許看鏡子反面骷髏，不許看鏡子正面紅粉佳人的寓意，是完全一致的。

由以上分析不難看出，《紅樓夢》中的「風月寶鑑」，確實是有原型的，它的原型就是柳如是遺留下來的「妝台鏡」。這面鏡子，照出來的是社會大變革時期，男人卑躬屈膝的

「濁臭逼人」形象，照出的是女子「清爽」的潔淨形象；照出的是明末清初在外族入侵的關頭，芸芸眾生的截然不同的表現；照出的是佛家的枯骨和現實生活中的「蘼蕪」身影。

柳如是與錢謙益的婚姻，時人就視爲「紅顏白骨」的結合。二人死後，社會評論甚多。且不論錢謙益，就是對柳如是這個巾幗英雄，也是毀譽參半。有人說她是民族主義思想強烈的烈女，也有人說錢謙益國亡不死，是柳如是拖後腿。這裡面孰是孰非，孰真孰假，確實不容混淆。所以，《紅樓夢》中「風月寶鑑」無辜被燒時哭道：「你們以假爲真，何苦來燒我！」

由此可見，柳如是遺留下來的這面鏡子，就是正面照見「柳蘼蕪」紅顏，背面照見「錢謙益」白骨的「兩面照人」的「風月鑑」，就是能折射出明末清初歷史興亡經驗教訓的「寶鑒」！這樣理解《紅樓夢》的偉大意義，似乎比當今紅學家那些牽強附會的解釋，要通順得多，其思想意義也更積極進步。

逐次考究下來，其實不僅是「風月寶鑑」，《紅樓夢》中的好多特殊提法，在柳如是身上都可以找到出處。《紅樓夢》中說元妃當初被選入宮中做「女史」，紅學家們無論如何也找不到「女史」的出處，其實，柳如是生前就自稱「女史」，她的丈夫錢謙益也把她稱爲「女史」。在柳如是的畫冊上，就題寫「如是女史柳是作於絳雲樓」字樣，下落「如是」朱印。

說到柳如是的印，有好多値得《紅樓夢》研究者注意。例如，她有「女史」印，「如是」印，「我聞室」印，還有「憐香惜玉」印，聯想到《紅樓夢》中寶玉在黛玉瀟湘館內，大講「香玉」的故事，聯想到《紅樓夢》「懷金悼玉」的創作宗旨，不能不發人深思。

再如《紅樓夢》中所描寫的寶釵善畫，大談作畫所需的材料，並用「楊妃撲彩蝶」形象，來形容其美麗。柳如是的詩書畫，確實可稱當世三絕，至今仍有很多珍貴畫作傳世。據翁雒《小蓬海遺詩》記載，她曾「手繪撲蝶仕女圖」。與《紅樓夢》的寶釵撲蝶的描寫，是偶合還是有淵源關係，讀者可自去判斷。

柳如是的重要遺物，還有一個「桃硯」。據近人張伯駒《蘼蕪硯》文記載：該硯「質極細膩，鐫雲紋，有眼四，做星月狀」。硯背鐫篆書銘文云「奉雲望諸，取水方諸，斯乃青虹貫岩之美璞，以孕茲五色珥戴之蟾蜍」。下隸書「蘼蕪」小字款，陽文「如是」長方印。硯下側鐫隸書「河東君遺研」，外「花梨木原裝盒」。與此「蘼蕪硯」配對的，還有錢謙益的「白玉硯」，上刻篆書銘文曰：「昆岡之精，蟠瑜之英，琢而成研，溫潤可親，出自漢制，爲天下珍，永宜秘藏，裕我後昆」，落款「牧齋老人」，下刻陰文「謙益」方印。錢柳夫婦的這兩方硯臺，一脂一玉，是否與「脂硯齋」有聯繫，沒有直接證據，筆者不敢枉斷。寫在這裡供紅界同仁考證分析。

# 十、《紅樓夢》版本源流探討

# 圍繞《紅樓夢》著作權的一場陰謀

## 一、陰謀說的提出

李敖先生曾說過，曹雪芹的《紅樓夢》作者身分，雖然在今天幾乎是社會公認的常識，但追根溯源卻是個約定俗成的概念，從來就沒有可靠證據支持。這真是一個國學大師的真知灼見！

本來，《紅樓夢》書中根本就沒有說該書是曹雪芹創作的，作者是那個同空空道人在大荒山對話的「石兄」，曹雪芹不過是把「石兄」的文字加以「披閱增刪」而已。《紅樓夢》書中的記載，應該是判定《紅樓夢》作者的最可靠的、最原始的證據，可是，我們的紅學界即偏偏否定了這個第一性、本原性的證據，反而用後來的、與《紅樓夢》創作不相干的、並且自相矛盾的諸多不可靠證據所形成的所謂「證據鏈」，否定了《紅樓夢》書中的原始記載。爲什麼在《紅樓夢》作者身上出現這樣自相矛盾的奇怪判斷呢？首先必須從「新紅學」的始作俑者胡適談起。

當今學術界一致認爲，曹雪芹的作者身分是胡適考證出來的，曹雪芹的《紅樓夢》著

作權是「新紅學」誕生以後方得以確立的，其實這個說法並不準確。遠在胡適之前的清朝乾隆後期，關於曹雪芹是《紅樓夢》作者的說法，就屢見文獻記載，與曹雪芹同時的袁枚、永惠、明義等人，在其著作中關於曹雪芹與《紅樓夢》的記載，確實構成了一個支持曹雪芹著作權的證據鏈，特別是脂本《紅樓夢》的發現，書中關於「芹溪」、「雪芹」撰寫《紅樓夢》的一系列批語，更加直接地印證了曹雪芹的作者身分。如果說胡適在這方面有成就，成就也是建立在前人基礎之上的；如果說胡適的學說在這方面出了什麼問題，問題的根子也在於曹雪芹那個時代的文獻出了問題，胡適不過是個上當者而已。

在研究乾隆時期這些支持曹雪芹著作權的諸多證據及其所構成的證據鏈時，我們的紅學家們也發現了許多證據可靠性方面的問題，但由於戴著胡適先生早已爲紅學界配製好了的有色眼鏡看問題，這些證據的不可靠性，往往被我們的學者所忽略，轉而採取一種斷章取義、爲我所用的僞科學手法，在主觀意氣的左右下對待和使用這些證據，使《紅樓夢》作者問題的研究結論，始終停留在一個並無可靠證據支持的、約定俗成的、意氣浮躁的所謂「曹雪芹常識」階段。

如果紅學界專家們能夠認真地、系統地對待這些證據的不可靠性問題，並對諸多不可靠證據之所以能夠形成一個證據鏈的原因，進行客觀冷靜的剖析，不難洞察這些所謂的證據背後隱藏著一個製造「曹雪芹著作權」的「陰謀」。下面，筆者就這個「陰謀」的來龍去脈，同紅學界的朋友們，進行一下系統的探討。

## 二、被篡改的「作者自云」

凡是熟讀《紅樓夢》的朋友，對書中「開卷第一回」中的「作者自云」當不陌生。作者在「自云」中一共羅列了六個《紅樓夢》作者、題名者、傳抄者：第一個是經歷了風月繁華生活後，記錄自己「身前身後事」的「石兄」；第二個是把「石兄」文字「從頭到尾抄錄回來問世傳奇」，並將自己的名字改爲「情僧」的「空空道人」；第三個是把書名改題爲《紅樓夢》的「吳玉峰」；第四個是另改題名爲《風月寶鑑》的「東魯孔梅溪」，第五個便是「披閱十載，增刪五次」，另題名爲《金陵十二釵》的曹雪芹；第六個是「甲戌抄閱再評」的「脂硯齋」。

從「作者自云」中羅列這一串名字中能看出來什麼呢？首先，我們不難發現，這六個名字中，「石兄」、「情僧」、「吳玉峰」、「孔梅溪」、「脂硯齋」這五個名字，顯然都是化名、筆名、室名或者別名，肯定都不是真名，並且基本無據可考；只有這個「曹雪芹」的名字，是一個有據可考的真實名姓。這是很奇怪的現象。在中國古典小說史上，作者不署名，或者不署真名，是千年慣例，從來無人違反。人家都知道，《三國演義》、《水滸傳》、《西遊記》不署名，《金瓶梅》署名「蘭陵笑笑生」，《聊齋志異》署名「柳泉居士」，如此等等。

爲什麼《紅樓夢》在羅列了一大堆假名之後，偏偏要署上一個曹雪芹真名呢？換句話

說，我們是否可以如此判斷：上列五個假名符合中國古典小說署名慣例，應屬可信；唯獨這個真名，違反慣例，反而不可信呢？

其次，「後因曹雪芹在悼紅軒中披閱增刪」一段話，本身就存在著表述上的不合理性。不合理之一，是在曹雪芹名字之前，用了一個表現時間的「後」字，與其他題名者顯然有異。「石兄」、「情僧」、「孔梅溪」名字前沒有冠以時間概念，「吳玉峰」、「脂硯齋」名字前面冠以「至」字，也不是時間概念。那麼曹雪芹這個「後」是什麼意思呢？應該是有別於其他五人的時間概念，說明同其他人並非同時，時間要靠後；究竟靠後多少，有待考證。

不合理之二，是涉及曹雪芹所做工作的表述令人起疑：書中用的是「披閱」而不是「批閱」，所謂「披閱」，不過是閱讀的意思而已，一本書閱讀了十年，沒什麼了不起的，無須表述。所謂「增刪」，究竟是增刪的正文，還是增刪的批語呢？說不清楚。「纂成目錄，分出章回」，這是小說創作之前必須做的工作，如果作者是曹雪芹，屬於常規之事，無須表述；如果作者不是曹雪芹，他只是「披閱增刪」者，這種表達就莫名其妙了：原書如果沒有目錄章回，一部百萬字的長篇小說是怎樣創作出來的呢？沒有「目錄章回」的長篇小說，不僅讀者根本無法閱讀，作者在創作中也無法檢索修改、前後照應啊！顯然這句話說的並非真話，而是別有用心。

再次，所謂的「作者自云」四個字寫法，本身就令人莫名其妙。如果作者是曹雪芹，根本不用寫「作者自云」這四個字，因爲通書都是他的「自云」；就算曹雪芹個人有說廢話的愛好吧，也用不著寫「作者自云」，寫「芹云」、或「雪芹云」不是更符合古人慣例麼？有人說這是曹雪芹爲躲避文字獄而故弄狡獪，這更是毫無道理的詭辯，曹雪芹三個大字都明明白白地寫在那裡，有什麼理由在這裡此地無銀三百兩呢？

第四，在一部小說的正文開頭，寫上「此開卷第一回也」，並用「作者自云」交代該書的六個作者、題名者、披閱增刪者姓名，是違反小說創作慣例的。古今中外，凡小說、戲劇等文學作品，從無在正文中交代創作緣起和作者姓名的；如果需要交代，只能在「序」、「跋」或「題署」中交代，決無寫入正文並刻意交代這是「作者自云」的道理！那麼，是誰如此不合情理地寫在書上的呢？按常理推測，這個人只能是最「後」出現的曹雪芹。假設該書確有原作者「石兄」，確有題名者、傳抄者、評點者孔梅溪、空空道人（情僧）、吳玉峰和脂硯齋、棠村，他們交代的創作緣起、傳抄過程、題名評點，都只能通過「序」、「跋」和「題署」的形式來表達，而無法混入小說正文；只有曹雪芹這個「後來」的「披閱增刪」者，才有可能把以前這五個人所做的「序」、「跋」和「題署」捏合在一起，寫入正文，並用「作者自云」的方式特意交代來歷。曹雪芹爲什麼要這麼麼做呢？下文再議。

## 三、被閹割的「詠曹雪芹詩」

當年胡適先生考證曹雪芹是《紅樓夢》作者，主要證據來自三個人的作品：一是敦誠敦

敏兄弟與曹雪芹的唱和詩，二是張宜泉題詠曹雪芹的讚美詩，三是楊仲羲《雪橋詩話》中關於曹雪芹身世的記載。

胡適先生在《紅樓夢考證》中引用這些證據，乍聽起來言之鑿鑿，但仔細分析起來，所用的證據基本上都是僞證、假證、靠不住的證據，由此得出的結論，可靠性如何，不言自明。

先說二敦兄弟的詠曹雪芹詩。紅學界津津樂道的敦氏兄弟「詠曹雪芹詩」，來源於敦誠的《懋齋詩鈔》和敦敏的《四松堂集》。今天我們所見到的敦誠的《懋齋詩鈔》，很難說是當年敦誠作品的原貌，可明顯看出經後人剪接、留空、挖改、粘貼達五十多處，根本就靠不住。

《四松堂集》中在〈寄懷曹雪芹〉一詩的「揚州舊夢久已覺」句下貼一籤條：「雪芹曾隨其先祖寅織造之任」，且注其名爲「沾」（有兩頭）。由此可見，不僅這個曹雪芹的名字是後來的「籤條」貼上去的，其織造世家出身，也是靠不住的「籤條」貼出來的。敦敏詩集本爲乾隆年間印刷出版，但書中的籤條就天知道是什麼時間，由什麼人貼上去的了。

張宜泉的詠「芹溪」詩更加靠不住。這個張宜泉究竟是嘉慶年間曾在福建做過官的「興廉」，還是乾隆年間終老北京的窮書生「宜泉」，只有天知道。「興廉」其人有據可考，但時間要晚得多，與曹雪芹不搭界；「宜泉」在世的時間比曹雪芹稍早，但又完全沒有文獻記載，是我們的紅學家們靠「好像」猜出來的。如果張宜泉確實是乾隆中期同曹雪芹有過個人直接交往的人，那麼爲他出版詩集的孫子張介卿卻是光緒年間人，這是矛盾的。張介卿的真實存在是不容否定的，那麼他這個乾隆年間的「祖父」就必須否定，因爲祖孫年紀不可能差距這麼大。就是這麼一個糊裡糊塗的張宜泉，其詩集《春柳堂詩稿》中，關於曹雪芹的記載，也疑問重重。首先是〈題芹溪居上〉詩下的文字「姓曹名沾（有雨頭）字夢阮號芹溪居士，其人工詩善畫」字樣，本不是原書所載，而是後人在詩下粘貼的「箋條」記載，天知道這個「箋條」是誰在什麼時候由什麼人貼的。其次是「箋條」中關於「其人素性放達，好飲，又善詩畫，年未五旬而卒」等介紹「芹溪」身世的話，不僅與詩的意思毫無關係，更與《紅樓夢》絕無牽扯。再次是《春柳堂詩稿》中所詠的「芹溪」，似乎與「曹雪芹」並非一個人，這個關於「芹溪」身世的「箋條」，不是貼在第一首〈懷曹芹溪〉詩下，反而貼在後邊的〈題芹溪居士〉、〈傷芹溪居士〉詩下，顯係僞造者所爲。

至於胡適先生據以斷定曹雪芹是曹寅的孫子而不是兒子的證據，是出自清末楊鍾羲的《雪橋詩話》，更是靠不住的。楊鍾羲的年紀比胡適大不了許多，與曹雪芹相隔了一百多年，憑什麼用他的書否定乾隆年間的文獻？從《雪橋詩話》中的記載看，楊鍾羲是根據敦敏的《四松堂集》中的詩推斷的，敦敏的詩靠不住，楊鍾羲的詩話就更靠不住了。

由以上分析可以看出，當今主流紅學用以證明曹雪芹《紅樓夢》作者身分的所謂歷史文獻，統統是靠不住的假證、僞證，不僅所依據的文獻疑點重重，就是這些可疑文獻中關於曹雪芹身世的記載，也都是後人靠「箋條」貼出來的。我們的紅學界，就是用這樣的所謂證

據，支撐了曹雪芹的《紅樓夢》著作權，同時又靠這些證據，杜撰了一門所謂的「曹學」，真可謂「女媧煉石已荒唐，又向荒唐演大荒」了！至於這些所謂的文獻中貼改的「簽條」，是何時何人所爲，下文再議。

## 四、被混淆的「脂硯齋批語」

脂本《紅樓夢》中，有大量批語，這是事實。但這些批語實在是混亂糟糕之至，不僅各種版本批語內容與多寡不同，批語之間自相矛盾抵牾之處亦復不少，所以好多學者認爲脂批是個不可沾惹的黑洞，敬而遠之。也有些學者，如歐陽健、克非等人，乾脆認爲脂批統統是後人僞造的，是無聊文人用來附會胡適的曹雪芹著作而故意製造出來的。關於脂批的真僞之爭，紅學界爭論得煞是熱鬧，這裡不予置評，僅就脂批中關於曹雪芹的記載，進行一點分析。

脂批中關於曹雪芹這個人，一共用了三種稱呼：一是「芹溪」，如「淫喪天香樓」情節「命芹溪刪去」，「芹溪、脂硯、杏齋諸子相繼逝去」等記載。二是「雪芹」，如「缺中秋詩俟雪芹」，「雪芹舊有《風月寶鑑》一書」等記載。三是「芹」，如「願造化主再生一芹一脂」等記載。

仔細看來，這種稱呼有很大的不合理性。首先，古代的文人，一生可以有很多字、號、別署，這不奇怪。但人生的每個階段，卻只使用一個，不會多個字號同時交叉使用。其次，該文人的親人朋友，一般都只用一個習慣的字號稱呼，也不會同時用很多字號雜亂稱呼同一個人。其三，把字號簡化稱呼爲一個「芹」字，似乎只有最親近的親人才會如此，其他朋友一般不會做如此昵稱。另外，把「芹溪」簡稱爲「芹」是合理的，把「雪芹」簡稱爲「芹」則是無理的，應該簡稱爲「雪」，但脂批中無此簡稱。

通篇看來，脂批中帶有「芹溪」、「芹」字樣的批語，一般都是合情合理的，但帶有「雪芹」字樣的批語，則一般都不甚合乎情理。比如「缺中秋詩，俟雪芹」的批語，下面的紀年是「乾隆二十一年」，就匪夷所思了。大家知道，古代文人紀年，一般都是用干支紀年，如「乾隆甲戌」、「乾隆庚辰」等，好多人連皇帝的年號也不寫，乾脆就寫「己卯」、「庚辰」等字樣。《紅樓夢》中的脂批，絕大多數就是簡單的干支紀年。用皇帝年號數字紀年，一般都是後來人追記的，當代人因爲根本無法預測皇帝老子什麼時候「殯天」，在位多少年，所以一般不會用皇帝的年號及數字時序紀年。顯然，「缺中秋詩，俟雪芹」的批語，是後人僞造。

脂批中，一般都把「作者」、「芹溪」、「芹」字樣聯繫在一起，而對「雪芹」字樣，一般都同「作者」不沾邊。帶有「作者」、「芹溪」、「芹」字樣的批語，一般都是說明作者和批書人當年經歷的往事的，而帶有「雪芹」字樣的批語，一般都同《紅樓夢》的「披閱增刪」有關，比如，「雪芹舊有《風月寶鑑》一書」，「缺中秋詩俟雪芹」，「此等事，自是雪芹所長」等。這些批語，與書中所記之故事情節的生活來源無關，似乎只是爲該書補充

了幾首詩。

通過以上分析，我們不難看出，脂本中的脂批，似乎並非都是脂硯齋和畸笏叟所作，而是混入了大量的後人批語。一般說來，帶有「作者」、「芹溪」、「芹」字樣的脂批，應該是脂硯齋原批，帶有「雪芹」字樣的批語，應該不是出自脂硯齋之手，而是另有人越俎代庖。脂批中提到「芹溪」、「芹」時，脂硯齋從來沒有說他姓什麼，名什麼；而混入批語的「雪芹」二字，則有書中「開卷第一回」交代的「曹雪芹」二個字照應，讀者自然明白他就是這個姓曹的人。如此分析，竄入的關於「雪芹」的批語，目的是有意識引導人們產生聯想，把「作者」、「芹溪」、「芹」、「雪芹」都同書中「開卷第一回」交代的曹雪芹聯繫起來。這麼做的目的是什麼，下文再議。

## 五、系統作偽背後的「陰謀」

對脂批及證實曹雪芹身分的幾首詩混亂不堪的狀況，除了那些盲目地「狂熱崇拜曹雪芹」的所謂大師級學者外，嚴肅正派的學者是早有覺察的。李知其、歐陽健、克非等專家，對這些靠不住的所謂「證據」，早已用大量的可信證據，批駁得體無完膚。但這些專家，潑洗澡水連同嬰兒也一起潑出去了，「批脂」的學問似乎做過了頭。歐陽健先生先是懷疑所有的脂批，都是胡適學說一九二七年出現後，那些唯利是圖的書商所爲。及至發現東觀閣本後，又把脂批作僞的源頭，追溯到嘉慶年間的劉銓福。劉銓福比胡適要早上一百多年，說他爲支持胡適的「紅學」學說造假，似乎也難以自圓其說。

不能否認，有些所謂的脂批，確實是胡適學說出籠後，某些無聊書商製造的西貝貨（假貨），但多數脂批，仍然是劉銓福和東觀閣本印刷前，就客觀存在的。乾隆年間客觀存在的脂批以及證實曹雪芹身分的詩，也未必就是靠得住的，也可能是當時的某些人刻決僞造的。問題是，僞造這些的目的是什麼？當今紅學界詬病歐陽健學說的最有力的反問，正是這個問題。

通過以上分析，我們應該能得出這樣一個結論，製造這些僞證的目的，恰恰是爲了替曹雪芹攫取《紅樓夢》的著作權！這個在「證據鏈」上作僞的源頭人物，不是胡適時代的書商，也不是嘉慶年間的劉銓福，而是曹雪芹自己。作僞的動機只有一個：爲自己臉上貼金，爲自己攫取《紅樓夢》的著作權。胡適時代雖然也有些書商迎合胡適，做了些手腳，但胡適據以證明曹雪芹作者身分的所謂「證據鏈」，主要還是當年曹雪芹早就提供的。

我們首先看《紅樓夢》的「作者自云」，顯然，五個假名和一個真名，是曹雪芹寫進去的。中國古典文學作品作者不署名或署假名的慣例，爲曹雪芹提供了方便。曹雪芹把原書的序跋題名捏合在一起，寫成了「開卷第一回」，並寫上了「石兄」、「空空道人」等假名，然後大筆一揮，把自己的真名寫了上去。司馬昭之心，豈非路人皆知麼？

然而我們再來看脂批。顯然，混進去的大量帶有「雪芹」字樣的批語，也是這個曹雪芹自己在「披閱增刪」中添加進去的。添加的目的，無非也是讓「作者」、「芹溪」、

「芹」、「雪芹」等概念混淆在一起，真假莫辯，讓後來的讀者以爲他們都是書中「開卷第一回」所寫的那個曹雪芹。作僞之手段，可謂巧矣。

我們再來看《紅樓夢》書前曹雪芹題的那首著名五絕：「滿紙荒唐言，一把辛酸淚，都云作者癡，誰解其中味？」這首詩確實是曹雪芹所題無疑，問題是詩中的「作者」二字指的是誰？如果指的是曹雪芹自己，從邏輯上是說不通的，與前面的文字記載是自相矛盾的。顯然，這個「滿紙荒唐言，一把辛酸淚」的作者指的只能是前面交代的「石兄」。曹雪芹在這首詩中說自己在「披閱增刪」時看懂了「荒唐言」和「辛酸淚」，問以後的讀者，是否也能與自己一樣解出「其中味」。

最後我們來看那些證明曹雪芹身分的詩，永忠、明義題《紅樓夢》的詩似乎不會假，他們與曹雪芹是同時代人，《紅樓夢》也是他們從曹雪芹手中借閱的。但他們在詩中，異口同聲說曹雪芹曾經跟隨「先祖」曹寅赴「織造任」，問題是曹寅死時，這個曹雪芹尚未出生，顯然這個記載是錯誤的。他們爲什麼異口同聲都記錯了，結論只有一個，就是他們根本不知真情，而這個「赴織造任」的說法，只能出自曹雪芹之口，他們信以爲真，記入詩中罷了。朋友們都知道清末的「八旗子弟」，窮得向老婆借褲子上茶館，嘴上用豬肉皮擦得油光光的，餓著肚皮還猛勁吹自己的祖宗如何之「闊」。曹雪芹作爲破落的八旗子弟，如此行爲，可以說爲後來的八旗子弟開了先河。更何況曹雪芹生活窮困得「舉家食粥酒常賒」，還要靠《紅樓夢》手稿換「南酒燒鴨」（裕瑞語）拉饞，冒充《紅樓夢》作者的心理動機，就不言自明了。

二敦的詩和張宜泉的詩，被挖改貼條約，當然不會是曹雪芹親自所爲，因爲作僞的時間比曹雪芹要晚。但後來之人之所以如此挖改粘貼，也不會是受胡適影響，因此比胡適考證《紅樓夢》作者要早。他們如此造假，恐怕不是有意爲曹雪芹臉上貼金，而是從《紅樓夢》書中，脂批中，永忠明義詩中，看到了關於曹雪芹的記載，再在二敦和張宜泉詩集中看到「雪芹」、「芹溪」字樣，自然要根據自己的見聞加以挖改；沒有挖改條件的，就索性用貼箋條的辦法加以注釋。這都是情理之中的事情，他們不見得有什麼功利目的，追根溯源，還是上了這個曹雪芹的當！

## 六、《紅樓夢》作者究竟是誰？

說曹雪芹冒充《紅樓夢》作者，是他有意策劃的一場「陰謀」，實在有點太擡舉他。古人所寫的小說都不署名，《紅樓夢》在曹雪芹之前並未廣泛流傳，從曹雪芹手拿出來一部新書，人們自然就會認爲曹雪芹便是作者。再加上曹雪芹有意無意篡改了「作者自云」和「脂批」，更加坐實了自己的作者身分。作爲一個「八旗子弟」，這樣做的微妙心理，不難窺測。

有的紅學專家辯解說，不管《紅樓夢》以前是否有個原作者，也不管以前是否有個底本，書是曹雪芹「披閱增刪」後定稿的，按照世界慣例，著作權都屬於最後的定稿人，因此

說曹雪芹是《紅樓夢》作者並沒有問題，問題只是在曹雪芹之前是否有個提供素材的人。

這種說法實在有強詞奪理之嫌，且不說所謂「世界慣例」對中國古典文學是否適用，僅就《紅樓夢》本身來說，曹雪芹也與作者身分相去甚遠，無法硬給他製造「作者身分」。筆者經過十年精心考證，證明《紅樓夢》中主人公的事跡，「十二釵」的事跡，「四大家族」的事跡，都是以洪昇及其家族、姐妹們身上發生的真實事跡爲原型，「追蹤躡跡」撰寫的；書中的「大觀園」、「大荒山」都是以洪昇一生中最刻骨銘心的真實生活地點，「不敢稍家穿鑿」創作的；書中的所謂「異端思想」、「女兒觀念」，都是根據明末清初的「遺民思想」，原原本本忠實記錄的；《紅樓夢》的創作時間，是剛剛改朝換代不久的康熙前期，而不是曹雪芹生活的「乾隆盛世」。書中所展示的宗旨、內容、時代背景、文化傳承，都充分證實了洪昇的作者身分，都徹底剝掉了曹雪芹身上披了二百多年的作者僞裝！

洪昇與曹雪芹的爺爺曹寅是老朋友，臨死前，確實把《紅樓夢》「行卷」（手稿）留在了江寧織造府，委託老朋友代爲出版，有曹寅自己的詩可以證明（有趣的是，周汝昌先生也認爲這首〈贈洪昉思〉詩如果掩去詩題，就「好像」是寫給《紅樓夢》作者的）。曹寅沒有完成老朋友的遺願就死去了，然後是曹家被抄，舉家返回北京。半個世紀後，書稿方被曹雪芹拿來「披閱增刪」，一段段抄下來，陸續拿出去換「南酒燒鴨」（裕瑞語）。

從曹雪芹同時代人的記載看，這個人是個具有「魏晉風度」的人，與《紅樓夢》作者的「情種風度」大相徑庭，但書中所寫的家族落得「白茫茫大地真乾淨」的下場，還是能夠引起他的心理共鳴的，所以才有了十年「披閱增刪」的舉動。裕瑞《棗窗閑筆》中關於曹雪芹改寫前人書籍的記載，是相當可信的。

曹雪芹的所謂「披閱」，只是讀書的意思，並非批書，無所謂作者；「增刪」要看「增刪」了什麼？要看書中主要人物、主要事跡是誰的。如果只是改幾個字句，加幾條批語，實在談不上什麼著作權。我們完全有證據證明，書中所反映的人物、事跡，都是洪昇一生的忠實記載，並沒有被大量篡改。書中所反映的內容，同曹家不論是鼎盛時期還是衰敗時期的事跡，都沒有任何瓜葛。因此，可以推斷，曹雪芹並沒有大量篡改正文內容，不過是對書中的批語動了一些手腳而已。

也有另一種可能，就是後四十回續寫是他撰寫的，在高鶚之前已經出現過一百二十回全本《紅樓夢》，高鶚的續作者地位已經被否定，那麼續作者究竟是誰呢？紅學界的研究始終沒有頭緒，似乎曹雪芹「披閱增刪」十年的主要工作是續寫的推測最爲合理。在續書之外，他可能開節錄了一個《紅樓夢》節本，供朋友圈子傳閱，有永忠、明義的詩爲證。

《紅樓夢》書中的脂硯齋批語，多數是洪昇的妻子黃蕙所批。指硯齋是黃蕙在「蕉園詩社」活動時期所取的「室名」。洪昇與黃蕙可謂「白首雙星」，一生的悲歡離合，都是夫妻二人共同經歷的，所以脂硯齋的批語「不從臆度」，反映了「作者」的真實經歷。批語中使用的「甲戌、己卯、庚辰」等年代，是康熙時期的干支，而非六十年後乾隆時代的干支。批語中所說的「作者」、「芹溪」，指的就是她的丈夫。洪昇青年時，曾經使用過「芹溪處士」別號，爲《天寶曲史》一書做校訂評點工作，《天寶曲史》與洪昇的代表《長生殿》，使用的是同一題材故事。康熙十年刻印的《天寶曲史》一書，封面是就明確印著「蘇門嘯侶編著，芹溪處士校閱」。這個康熙十年的「芹溪處士」，以及記載「芹溪」的脂硯齋，比曹雪芹的爺爺還要大十二歲。與乾隆中期的曹雪芹，相隔了一個甲子以上時間，難怪今天的紅學家，在曹雪芹身邊，無論如何也找不到他們的影子！

對曹雪芹「披閱增刪」中所做的工作，不能估計過高。其實，經過曹雪芹「披閱增刪」的那本節本《紅樓夢》，早就失蹤了，根本就沒有流傳下來。在曹雪芹生前，曾經讀過他「披閱增刪」的那本《紅樓夢》的人，只有永忠、明義、墨香等有限的幾個宗室後裔。從他們題詠那本《紅樓夢》的二十三首詩中，可以明顯地看出，他們所讀之書的內容，同今天任何版本的《紅樓夢》都不相同。曹雪芹「披閱增刪」後的本子，他自己取名《金陵十二釵》，我們今天沒有看到一個如此書名的版本。換句話說，流傳到今天的所有名爲《紅樓夢》或《石頭記》的版本，都不是經曹雪芹「披閱增刪」，並從曹雪芹手流傳出來的。

今天流傳的取名《紅樓夢》或《石頭記》的手抄脂本，是從洪昇的妻子黃蕙（「脂硯齋」）和洪昇的老朋友拙庵和尚（「空空道人」、「立松軒」）兩個原始渠道流傳出來的。這個版本源流過程在筆者的〈紅樓夢版本源流與著作權〉中有詳細分析，這裡不再重複。今本中關於「曹雪芹」字樣的正文和批語，應該是在長期流傳中反覆傳抄混進來的，曹本在歷史的浪潮中覆沒了，但曹本中寫進去的「曹雪芹」、「雪芹」名字，卻在其他版本中得以幸存，這些倖存的文字並不能證實曹雪芹「披閱增刪」的就是今天的脂本，只會造成《紅樓夢》研究的迷茫和混亂。

歷史並非如胡適所說，是個任人塗抹打扮的小姑娘。不論二百多年前曹雪芹如何冒充《紅樓夢》作者，也不論八十年前胡適如何「考證」出來曹雪芹的著作權，假的就是假的，僞裝應當剝去，還歷史的本來面目。當前紅學界的悲哀在於，那些靠曹雪芹成名成家的專家學者，無論如何不肯向俞平伯先生那樣，放下「權威」、「大師」的架子，坦率地承認自己的學說錯了，還在那裡爲捍衛曹雪芹的著作權苦熬著寶貴的晚景。真相是無法永久掩蓋的，當「權威」們到了「曹雪芹著作權常識」被顛覆的那一天，恐怕要悔之晚矣。

# 寫妓女的《紅樓夢》與寫愛情的《石頭記》

## ——也談《紅樓夢》的成書過程

### 一、就從寫妓女的《紅樓夢》說起吧——

真的有一部寫妓女生活的《紅樓夢》麼?有,確實有,不是一般的有,而且是證據確鑿地有!這個證據不是我老土發現的,而是早就有人發現,並且紅學界人人皆知的,只不過正統紅學專家一個個掩耳盜鈴,不肯承認而已。

清代著名的大詩人袁枚,在他的《隨園詩話》中,明確記載了明我齋(明義)所看到的那本《紅樓夢》,書中「某校書尤豔」。校書者,妓女也,這個尤其漂亮嫵媚的「校書」,毫無疑問是這本《紅樓夢》的女主角。袁枚在《隨園詩話》中還記載了明我齋「讀而羨之」後,一時手癢歌頌這個「女校書」的兩首詩。這兩首詩是否可靠呢?也沒有疑問,因爲明我齋題《紅樓夢》詩的稿本已經被發現了,他的題詩不止兩首,而是足足二十首!

對這二十首題紅詩,紅友們多數人都耳熟能詳,這裡不再抄錄。總觀這二十首題紅詩,可以清楚地看到,明我齋看到的這本《紅樓夢》,並非今本《紅樓夢》,既不是一百二十回的程高本，更不是八十回的脂本，而是一部首尾完整的、篇幅和內容都較今本簡單、並有很大不同的《紅樓夢》。

這部《紅樓夢》是寫妓女的麼？在沒有其他證據證實之前，我們是無法否定袁枚的記載的。紅學界有些專家說袁枚「此老糊塗」、「慣會欺人」，並因此而憑空否定袁枚的記載。這不是科學的態度。袁枚再老再糊塗，畢竟是一個博聞強記的學者詩人，何至於連「校書」和「淑女」都分不清？按照考據學的原理，如果不能對袁枚的記載「證無」，就必須相信古人的白紙黑字！決不能因爲袁枚的記載不合乎自己的胃口，憑空罵幾句「老糊塗」，就能否定明我齋看到的《紅樓夢》是寫妓女的書！

其實，只要不戴有色眼鏡看問題，不難看出，《金陵十二釵》、《風月寶鑑》、《紅樓夢》等書名，都某種程度帶有描寫妓女風月生活的色彩！明末清初，金陵是全國最著名的紙迷金醉的銷金窟，「秦淮八豔」，幾乎就是高級妓女的代名詞；柳如是，寇白門，李香君，董小宛，卞玉京，顧橫波，等等，這些高級妓女都有一定文化，一般都善詩詞、丹青、南曲，多才多藝，往往自稱「校書」或「女史」；以她們同江南那些風流才子錢謙益、陳子龍、冒辟疆、侯方域、吳梅村等人之間的「風月」生活爲題材，創作文學作品的，在當時文人圈子裡大有人在；更何況「風月」二字，在當時幾乎是風塵女子與風流浪子之間旖旎生活的代名詞，很少有用於良家女子身上的。

《紅樓夢》這個名字，含義很多，紅樓二字，可以指宮廷，可以指寺廟，可以指富貴人

家，也可以僅僅指富室閨閣，還可以指青樓楚館！把「紅樓夢」理解爲風塵女子與公子王孫們在青樓楚館中的南柯一夢，意思上沒有什麼不妥。對於「紅樓夢」三個字的出處，好多紅學家把考據的矛頭，伸到唐朝詩人蔡京那裡，是荒謬的。《紅樓夢》和唐朝有什麼關係？蔡京也不是什麼著名詩人，讀過他的詩的人不會很多，《紅樓夢》作者是不會向蔡京乞討靈感的。

其實，「紅樓夢」三個字的直接出處，就在明末清初那個時代，說出這三個字的人，當時就是個名動天下的大文人、大詩人，也是大政治家，著名的民族志士，他就是著名的政治兼文學團體「復社」的骨幹，「幾社」的領袖——陳子龍！陳子龍青年時，曾同著名才妓柳如是在嘉興的「小紅樓」中有一段卿卿我我的風月生活，後來痛苦分手了，二人相愛甚深，分手後都寫過很多思念對方的感人至深的詩詞，終生都對這段生活經歷有著刻骨銘心的懷念！二人在「小紅樓」同居期間，陳子龍曾寫下一首膾炙人口的絕句——〈春日早起〉：「獨起憑欄對曉風，滿溪春水小橋東。始知昨夜紅樓夢，身在桃花萬樹中。」這才是「紅樓夢」三個字的最直接、最可信的出處！陳子龍所講的「紅樓夢」，無疑是指才子與名妓在「小紅樓」中所作的溫柔旖旎夢。《紅樓夢》作者爲什麼要用陳子龍的詩句爲該書題名，直接的用意似乎就是因爲書中描寫的是名妓與才子在「小紅樓」中的浪漫故事。

明我齋所閱讀並題詠的這部寫妓女生活的《紅樓夢》，久已失傳了。但這本書的多數內容，已經轉移到了今本《紅樓夢》中，也可以說並未失傳。有什麼證據麼？有，證據就在脂本的批語中：「雪芹舊有《風月寶鑑》一書，乃其弟棠村序也。今棠村已逝，餘睹新懷舊，故仍因之。」這個做序的棠村，根本不可能是曹雪芹的什麼弟弟，因爲沒有任何證據證明曹雪芹有哥哥或弟弟，他是個獨生的遺腹子！棠村是誰呢？他的名氣大得很，是順康兩朝官居武英殿大學士的「棠村宰相」梁清標！棠村是梁清標的號。梁清標是直隸真定人，所以經常自稱「真定棠村」。脂批中的「其弟」二字，疑是「真定」二字的誤抄，當然是後來的抄手弄錯的。

這本《風月寶鑑》，應該就是明我齋看到的《紅樓夢》，今本《紅樓夢》前面有明確交代，《紅樓夢》、《風月寶鑑》是同書異名，毋庸置疑。一百年前就死了的「真定棠村」，當然不會爲曹雪芹寫的書作序，那麼，這部寫妓女的《紅樓夢》，作者當然不是曹雪芹，而是他爺爺那代人了。其實，脂批說的是很有分寸的，曹雪芹是「舊有」，並非「舊作」，當然是舊時傳下來的一本書了；「睹新懷舊，故仍因之」一句話，明白地告訴讀者，這部新書是舊書改編的，舊書內容仍然在新書裡面，所以名字才能「因之」。

如果說「舊有」的寫妓女的《風月寶鑑》的內容，被融進了今本《紅樓夢》中，那麼，今本《紅樓夢》中必然有舊書的痕跡。其實，只要認真閱讀《紅樓夢》，是不難發現它原來描寫妓女生活的痕跡的。書中的「紅樓二尤」，是典型的妓女形象，二姐吐滿嘴食物渣子賈蓉來舔食，三姐對著賈珍賈璉兄弟穿著暴露、舉止粗野並粗口漫罵，都是地道的低級妓女行爲，任何良家婦女，即使是放蕩的良家婦女，也是不可能做出如此粗野低俗的舉動的。

豈止二尤這些下流人物，就是書中那些舉止文雅的貴族「女兒」，身上也不時流露出妓女生活的蛛絲馬跡。就說一號女主角林黛玉吧，大家都讚美她吟唱的〈葬花詞〉，其實你仔細讀一下這首長詩，馬腳就露出來了。詩中說：她曾經在「三月」間「壘成」一個「香巢」，卻不料「樑間燕子太無情」，造成了「人去巢空樑也傾」。女人口裡說的「香巢」是什麼？說得好聽點，不過是妓女與「恩客」組成的同居處罷了，同居的「恩客」無情地拋棄了她，巢空了，樑塌了，自己不知「天盡頭，何處有香丘」，悲觀到想一死了之，讓「淨土」來「掩風流」。如此而已。試想，一個十三四歲的女兒，能產生〈葬花詞〉中那種美人遲暮的感覺嗎？能發生「冷雨敲窗被未溫」的感歎嗎？在古典詩詞中，「被未溫」的說法是常見的，但多用於棄婦、長期分居夫婦或渴盼情人的妓女身上，從來沒人用於一個尚未出閣的純情少女。就是今天，一個妙齡少女，口裡公開說：「今天雨下得太冷了，誰跟我一個被窩給我溫被呀？」恐怕也會被人笑掉大牙的。

一號女主角黛玉如此，二號三號女主角寶釵、湘雲也是如此。寶釵所患的那個莫名其妙的「熱毒症」，以及治病所吃的那個更加莫名其妙的「冷香丸」，很難說不是妓女生活的遺跡。據陳寅恪先生考證，明末清初時期的高級妓女，多服用一種藥丸，以保持面部顏色的鮮豔；服久了，會慢性中毒，出現咳喘、甚至吐血的症狀。你看書中的寶釵，臉上不是總保持「鮮豔嫵媚」的顏色嗎？不是氣喘並吐過血嗎？

湘雲眠石的畫面，大家都認爲美極了，她的天真爛漫性格，大家也覺得可愛極了。可是，你注意了麼，她在大觀園中所做的詩，都說了些什麼呀？「喃喃負手叩東籬」，「孤標傲世偕誰隱」，等等，說白了，就是光著兩腳，蓬頭散髮，倒背著雙手，嘴裡還念念有詞：「誰能同我一起隱居呀？」這不是活生生一個女瘋子嗎？唯一可以解釋的理由就是，她的形象，原來也是一個高級妓女，她們同那些具有「隱士」思想的嫖妓才子們一起吟詩，才能賦出這樣的詩句。

說到妓女吟詩，我老人家給朋友們舉一個美妙的例子：朋友們都知道冒辟疆董小宛的愛情故事吧，還有一個第三者楊龍友混跡其中。有一天，董小宛不知從哪裡弄來幾叢菊花，栽在院裡，晚上下了一場小雨，菊花都活了，而且第二天就開了。三個人高興極了，於是就以菊花爲題，分別賦詩一首。董小宛的詩是：「小鋤秋圃試移來，籬畔庭前故故栽。前日應是經雨活，今朝竟喜帶霜開。」冒辟疆的和詩是：「玉手移來霜露經，一叢淺淡一叢深。數去卻無卿傲世，看來唯有我知音。」楊龍友也湊趣和了一首：「尚有秋情眾莫知，聯袂負手扣東籬。孤標傲世偕卿隱，一樣花開故故遲。」

朋友們啊，你們再讀一遍《紅樓夢》中姐妹們詠菊的詩，看看上面這三首詠菊詩都被作者安到誰的名下了？原來就是「絳洞花王」賈寶玉、「瀟湘妃子」林黛玉和「枕霞舊友」史湘雲三人的詠菊詩，幾乎就是抄襲的一樣！明末清初金陵名妓與江南名士之間的酬唱詩，就這樣化作了今本《紅樓夢》中寶玉同他最愛的姐妹們的詩，我們說《紅樓夢》原來曾是一部寫妓女生活的書，不應是空穴來風吧！

## 二、寫妓女的《紅樓夢》寫的是何時何地的妓女生活？

從以上對冒董所作的菊花詩看，當初那部寫妓女生活的《紅樓夢》，應該是以明末清初的金陵爲背景，描寫「江南四公子」等復社名士，與「秦淮八豔」等豔幟高張的高級妓女之間愛情生活的作品。並通過她們的愛情生活，展示當時改朝換代的社會背景，抒發「遺民」「隱士」的胸中塊壘！

明末清初在中國文學史上，是個極爲獨特的時代。那時的江南士大夫文人，大概都有以下兩個共同特點：一是民族主義思想強烈，與異族統治者持不合作態度，紛紛探索三百年大明王朝何以一朝灰飛湮滅？二是迷戀醉生夢死、紙迷金醉的「秦淮風月」，用「情教」來抵牾名教，以言情文學創作爲時尙。在這兩種情懷支配下寫出的文章，必然抒發在紙迷金醉的妓院紅樓中，慨歎報國回天夢想成空的哀怨情感，正所謂「紅樓夢」也！

他們往往通過對親自經歷的與名妓一起追逐情場風月的記載，抒發自己回天無力、報國無門的憤懣心懷。冒辟疆的《影梅庵憶語》，侯方域的《李姬傳》，顧苓的《河東君傳》，吳梅村的《圓圓曲》等，都是此類作品。最著名的當屬孔尙任創作的傳奇《桃花扇》，傳演三百年而不衰，成爲中國舞臺上的保留劇目。洪昇的《長生殿》，也是創作於此一時期的傳奇，表面上是借李楊愛情寫唐朝的安史之亂，骨子裡實是寫明清興亡。《長生殿》與《桃花扇》一起，號稱中國古典戲曲最輝煌的雙子星座！這些作品中閃爍的思想光輝，與《紅樓夢》是一脈相承的。

談到這裡，必須說一說《紅樓夢》研究中的一個最大弊端。從胡適先生起，紅學主流陣營往往只注重對書中一些具體的人和事進行煩瑣的考證和附會，而完全忽略了對《紅樓夢》作品中展示的社會大背景的分析探索。像紅學界風行的那種所謂考證與附會，把《紅樓夢》的故事放在中國封建社會的任何一個朝代，都能考證附會出一大堆類似的人物和事跡，豈止一個江寧織造曹家？就說清朝吧，冒辟疆、張宗子、吳梅村、侯方域、納蘭成德、和珅及其兒子豐紳殷德等，他們的事跡都與《紅樓夢》中講的故事大同小異，有些甚至比曹雪芹還曹雪芹，難道他們都是《紅樓夢》的原型和作者？

這麼研究學問大概不成。研究《紅樓夢》首先必須研究它展示的歷史背景和社會背景，高屋建瓴地把握作品的主旨，然後才可能研究作品故事的原型及出處。《紅樓夢》作品雖然隱去了時間地點，但不可能全部隱去書中人物所處的特定社會和時代。判斷《紅樓夢》社會背景和歷史背景的最可靠證據，在書中有三處明顯的交代：一是冷子興與賈雨村「演說榮國府」時透露的「末世」的金陵；二是甄士隱與瘋和尚口唱的〈好了歌〉與〈好了歌解〉；三是賈寶玉在「太虛幻境」聽到的「紅樓夢曲子」中的〈好事終〉，朋友們不妨重新咀嚼一下，看看能否品嘗出一點特殊味道？

在明清兩代，發生在金陵的「末世」只有一個時段，就是南明小朝廷！明朝初期建都南京，就是金陵；後來明成祖朱棣遷都北京；崇禎末年李自成進北京以後，福王朱由崧在南京稱帝，建立了南明小朝廷；旋即被清軍消滅了，僅維持了短短的一年時間。這個南明小朝廷，正可謂大明帝國的「末世」，在當時文人的筆下，也確實是以「末世」相稱的。

〈好了歌〉與〈好了歌解〉，正是對「末世」那種天翻地覆場面的藝術性刻畫。你看：現在的「陋室空堂」，當年卻是達官貴人「笏滿床」的地方；現在的「衰草枯楊」，當年曾是富貴望族酣歌暢舞的地方；富貴人家破產逃亡了，「蛛絲兒結滿雕樑」，新朝的貴人入住後，「綠紗又糊在蓬窗上」；昔日「金滿箱銀滿箱」的權貴，今天卻成了「人皆謗」的乞丐；昔日「嫌破襖寒」的窮酸，今天驟然富貴，卻「嫌紫蟒長」了；過去的一切富貴繁華，都是「爲他人做嫁衣裳」了，等等，無須一一例舉。這不是一幅活生生的改朝換代畫卷麼？

〈飛鳥各投林〉曲子，也正是對改朝換代時期全社會「算總帳」場景的生動刻畫。你看：「爲官的家業凋零，富貴的金銀散盡，有恩的死裡逃生，無情的分明報應，欠命的命已還，欠淚的淚已盡，好一似食盡鳥投林，落一片白茫茫大地真乾淨！」這正是一幅「末世」悲涼淒慘的典型形象，我們沒有目睹過明朝滅亡的景象，但都知道清王朝被推翻和蔣家王朝滅亡時的場景，用這首〈好事終〉來形容滿清貴族與蔣宋孔陳四大家族的下場，再貼切不過了吧？更何況，明王朝受農民起義軍和清兵的雙重打擊，滅亡得更悲慘，那個「末世」，應該是中國歷史上最悲慘的「末世」！

當你知道了《紅樓夢》故事的「末世」大背景，其故事原型似乎就劃定了考證的圈子。

南明小朝廷苟延殘喘期間，都發生了哪些令人印象深刻的歷史事件呢？我們不妨回顧一下：一是發生了「真假太子案」，轟動朝野。清軍統治的北京，出來一個「太子」，南明統治的南京，也出來一個「太子」。真假兩個「太子」都在沒有弄清真實身分的情況下，糊裡糊塗地送了命！二是馬士英、史可法、王鐸、錢謙益「四大家族」，基本掌握著南明王朝實權，賣官鬻爵，非常腐敗，以致「職方滿街走，都督多如狗」，口中高喊「文死諫，武死戰」，背後做的卻是望風而逃、屈膝投降的勾當！三是閹黨餘孽阮大鋮投靠馬士英，東山再起，當上了兵部尚書，瘋狂報復東林黨人，正直之士紛紛退出政壇，隱居自保。四是南京福王政權覆滅後，唐王、桂王、魯王又先後建立了小朝廷，「三帝一監國」四個小朝廷先後延續了二十年。

夠了，就把這四件大事與《紅樓夢》故事比對一下吧，歷史的真面貌馬上就暴露無遺了！《紅樓夢》爲什麼要寫甄假兩個寶玉？爲什麼要讓寶玉出生時口裡銜玉？爲什麼要把那塊玉描繪成傳國玉璽形狀？顯然是隱寫南明「末世」出現的真假兩個太子！《紅樓夢》爲什麼要寫「賈史王薛」四大家族？爲什麼要讓當時的官員都投靠「護官符」？爲什麼要把那四句順口溜的尾字寫成「馬史王鐵」？很明顯是影射南明政權的「馬史王錢」四大家族！《紅樓夢》爲什麼要讓賈雨村投靠「金做馬」的賈政？爲什麼要讓他當上「大司馬」即兵部尚書？爲什麼要讓他「暗結虎狼之屬」？毫無疑問是用賈雨村影射阮大鋮！《紅樓夢》爲什麼要把賈家四姐妹說成「三春」？爲什麼要讓元春生在大年初一？爲什麼要說「三春去後諸芳

盡」？原來所謂「三春」，影射的實爲南明三帝，加上魯王監國政權，實爲四「姐妹」；生在大年初一的元春，正應了孔子《春秋》中「春王正月」的熟典；三個南明皇帝滅亡之後，當然「諸芳盡」了；元春判詞中的「二十年來辨是非」，辨的也正是南明三帝一監國的「二十年是非」！

以上所分析的，仍屬於《紅樓夢》時代背景和歷史背景的範疇，《紅樓夢》故事的主體，是刻骨銘心的「木石前盟」與「金玉良緣」愛情故事。這個故事的最初原型，應是根據「秦淮八豔」中最美麗聰明的柳如是與陳子龍、錢謙益之間發生的愛情婚姻創作的。柳如是與陳子龍之間的愛情，應是「木石前盟」原型。所謂「前盟」，是指二人年輕時花前月下、在「小紅樓」中幸福同居時、即「三月香巢已築成」時的海誓山盟。「樑間燕子太無情」，「人去巢空樑也傾」，是指陳柳無奈分手後的歎息。「絳珠仙子」把一輩子的眼淚還給「神瑛侍者」，以酬謝他的一番灌溉之情，是指陳子龍爲國捐軀後，柳如是所拋灑的無盡思念的血淚！

柳如是與錢謙益之間的婚姻，應是「金玉良緣」的原型。錢柳婚後，築「絳雲樓」作爲居住並唱和的地方，所以《紅樓夢》中寶玉居住的地方稱爲「絳雲軒」，寶玉又自稱「絳洞花主」。「花主」者，名花有主也，絳雲樓中名花有主，中國歷史上只有錢柳這一對，絕對無法作第二人想。「空對著山中高士晶瑩雪，終不忘世外仙姝寂寞林，縱然是齊眉舉案，到底意難平」，說的是錢柳雖然結婚了，但柳如是仍然念念不忘已經壯烈殉國的舊日情人陳子龍！

要想看清楚這段歷史，請朋友們認真閱讀一下陳寅恪先生的《柳如是別傳》。柳如是一生的別號很多，什麼「影憐」（應憐，英蓮）、「蘼蕪」（蘅蕪）、「瀟湘」、「絳子」、「美人」、「女儒士」、「女史」、「詩魂」、「香袖」等等。柳如是年輕時，臉色特別鮮豔，但經常咳嗽，不時吐血，甚至臥床不起，陳大師考證是因爲長期服用一種含砒霜的養顏藥所致。陳大師在全面考證了柳如是生平之後，曾斷言：柳如是一生的愛情婚姻，就是《紅樓夢》愛情故事的「親身實踐」。陳寅恪大師學富五車，文風嚴謹，是歷史學界公認博學而嚴肅的學者。陳大師關於柳如是與《紅樓夢》關係之判斷，當非空穴來風！

## 三、寫妓女的《紅樓夢》怎樣演變成寫石頭的《紅樓夢》？

好多仔細閱讀《紅樓夢》的讀者，都發現該書有一極爲獨特之處，就是設計了兩套神話系統。一套神話系統發生在「西方靈河岸上三生石畔」，主人公是「絳珠仙子」與「神瑛侍者」，故事主旨是「還淚」；另一套神話系統發生在「大荒山無稽崖青埂峰」，主人公是「無材補天」的「石頭」，故事主旨是石頭懺悔，兼爲姐妹們「閨閣昭傳」。好多紅學專家試圖彌縫兩套神話系統，但總是徒勞，無論如何也搞不到一起。

《紅樓夢》的另一獨特之處，就是正文居然莫名其妙地「開了兩次頭」：書中描寫黛玉進府時，脂批說「這方是正文起頭處」，意思是前邊那些大段的枯燥文字並非正文，從此處

起才「漸漸好看起來」。但到了「劉姥姥一進榮國府」一回時，書中又交代，偌大賈府，主僕人口眾多，事情千頭萬緒，不知從哪說起，還是先從一個遠方親戚說起吧，顯然又開了一次頭。前邊已經說了黛玉進府、寶釵投奔的故事，書中主要人物都已經出場了，怎麼說不知從何說起呢？怎麼是從劉姥姥開頭呢？這種自相矛盾的開頭是怎麼造成的呢？

再從人物和故事看，用黛玉進府開頭，首先出場的人物就是兩個「情癡」「情種」——寶玉和黛玉，顯然是爲寫愛情架構開的頭，與「絳珠」還淚的神話系統緊密結合。而用劉姥姥進府開頭，首先出場的人物是王熙鳳和劉姥姥，顯然是爲寫家族盛衰的架構開的頭，是讓劉姥姥這個貧婦，通過三次進入榮國府的所見所聞，展示出烈火烹油般的鼎盛與大廈傾覆後的悲涼的強烈對比，與「石頭歷劫」、「好事多磨」的神話系統緊密結合。

從以上分析不難推斷，《紅樓夢》如果不是由兩部作品拼湊合成的，就是前後經歷了兩個創作階段，後一階段大幅度修改了原作品的主題和內容，方才會出現兩次開頭、兩個神話系統的怪現象。從書中開篇那大段關於「石兄」與「情僧」的談話內容看，似是後來補寫的內容，並非原來就有的；從這段文字中交代出石兄、情僧、孔梅溪、吳玉峰、曹雪芹五個人名，以及他們爲小說所題的五個書名：《石頭記》、《情僧錄》、《風月寶鑑》、《紅樓夢》、《金陵十二釵》看，也必然是作品全部創作完成後才寫上去的。因此，可以推斷，「石頭歷劫」的神話是第二次創作時增加的，在《紅樓夢》創作過程中是後發先至的開頭。

書中這個「石兄」，把《紅樓夢》故事說成是自己「造凡歷劫」過程的忠實記錄，顯然他既是書中主人公的原型，又是書的作者。「石兄」是曹雪芹的化身麼？紅學界多數權威對此都深信不疑，但老土卻絕對懷疑！其一，書中交代的「石兄」，親身經歷過風月繁華，而曹雪芹雖然生年不清，但在曹家被抄時，或者尚未出生，或者只有三歲，都不可能有風月繁華的體驗。其二，書中交代「石兄」作書時，本人遭受了重大人生打擊，正處在「愧則有餘，悔又無益之大無可如何」境地，作書的目的是爲了把自己負「天恩祖德」之罪，「編述一記，普告天下人」；曹雪芹既不是曹家敗落的罪人，更談不上個人遭受了什麼打擊，向世人「普告」什麼？其三，書中明確交代「石兄」親歷親聞了幾個可愛的普通女子，作書的目的是不使姐妹們的事跡湮滅，爲她們永久地「閨閣昭傳」；而曹雪芹是個「獨生子女」，沒有兄弟姐妹，不可能有書中那種鶯鶯燕燕的經歷，也不會產生那種奇特的「情種」思想。

總而言之，書中的「石兄」絕非曹雪芹的化身！紅學界的有些朋友不是沒有看出這些矛盾，他們也試圖重新尋找作者，但他們就是不肯離開「曹家莊」，鐵了心要把「曹家莊」挖地三尺，先後找出什麼曹頫、脂硯齋、曹竹村等等，但沒有任何直接證據支持，也統統不能自圓其說。看來，就是把「曹家莊」翻個底朝天，也不會找到「石兄」的原型！

老土經過不只十年的精心分析考證，從《紅樓夢》展示的南明社會背景，圈定「石兄」的原型應是清初人，因爲那時確曾有個描寫南明故事的文學創作高潮，文學禁忌又比較少，所以可以大膽寫，《桃花扇》就是明證。而曹雪芹生活的乾隆朝，距離明末那段「末世」已經一百多年，由於乾隆修《四庫全書》，把明末清初關於「末世」的文章全部查禁了，文字獄大行其道，曹雪芹即使能僥倖掌握一些資料，也決沒有寫書的膽量！

那麼，在清初浩如煙海的文人中，哪個又可能是「石兄」的原型呢？這個人必須具備以下七個方面條件：一是出生於名門望族，青年時親身經歷過不一般的繁華生活。二是本人由於「無能不肖」，造成家族的敗落，後半生在困苦生活中，負罪感經常困擾著他。三是年輕時有很多聰明美麗的姐妹一起玩耍學習，對姐妹們一往情深；姐妹們後來又都「紅顏薄命」，令他深深地感到痛惜惋惜。四是他個人一定遭受過重大人生打擊，打擊的原因應該是科舉方面，所以才慨歎「無材補天，幻形入世」。五是他本人一定受明末文壇言情狂潮的強烈影響，具有極其濃厚的「情種」思想，並具有排斥程朱理學的異端思想。六是他的文學功底應該十分深厚，多才多藝，文人雅士熱衷的那些玩藝幾乎無所不通，很可能還創作過其他言情作品。七是他必須既熟悉江南的景物風習，又熟悉北方的風物生活；既熟悉江南的吳越軟語，又熟練掌握北方的官話方言。

明末清初是中國的「文藝復興」時代，是一個「需要巨人並產生巨人」的時代。這一「末世」的文壇中雖然人才濟濟，但同時符合以上七個方面條件的人物卻如鳳毛麟角，也可以說「只此一家，別無分店」——他就是大名鼎鼎的大文豪洪昇！

洪昇（一六四五～一七〇四）字昉思，號稗畦，錢塘人，著名文學家、戲曲家，一生著作等身，代表作爲《長生殿》傳奇，通過描寫李楊愛情，展示安史之亂的廣闊社會背景，影射明清交替時期的社會大動蕩。文壇上把洪昇與孔尚任合稱「南洪北孔」，是中國戲劇史上最明亮的雙子星座之一！

洪昇，只有洪昇，完全符合以上開列的《紅樓夢》作者必須具備的七個條件！其一，洪昇出生地正是「西方靈河岸上三生石畔」的杭州，是最典型的「花柳繁華地，溫柔富貴鄉」；洪氏家族是一個地地道道的「百年望族」，他家祠堂的楹聯是「宋代父子公侯三宰相，明季祖孫太保五尚書」，富貴流傳，詩禮簪纓，號稱「學海」。

其二，到了明末清初，由於改朝換代的原因，洪家「外面架子未倒，內囊漸漸盡上來了」，把復興家族的希望，寄託在嫡長子洪昇身上。但洪昇無意功名，醉心「花箋彩紙」，整天和姐妹們一起廝混，父親在極度失望之下，將他重責後趕出了家庭，造成「子孫流散」。隨後，洪家由於受三藩之亂牽連，被朝廷抄了家，百年望族洪家從此徹底敗落了。對家族敗落，洪昇終生都懷有深重的「負罪感」。

其三，洪昇有兩個親妹妹，都冰雪聰明，花樣美麗，洪昇的表親中還有錢家、柴家、黃家、翁家、馮家一大群聰明美麗的表姐妹，洪昇的妻子黃蕙，就是母親的娘家侄女，嫡親的表妹。這些女子曾在清初結成著名的「蕉園詩社」，一起詠梅花、歌柳絮。後來，由於種種原因，這些姐妹們都遭遇了不幸，多數都青年夭亡了。洪昇對姐妹們感情很深，一生中多有悼念姐妹的詩作。

其四，洪昇本人逃出家庭後，在北京過了二十多年的極端貧困的生活。原寄希望於國子監卒業後謀得一官半職，重振家業。但由於康熙二十八年，在國喪期間「聚演」《長生

殿》，被朝廷革去學籍、逮捕下獄。遭受人生重大打擊後，洪昇虛無思想嚴重，隨後返回故鄉專門從事文學著述，終身不仕。

其五，洪昇異端思想嚴重，與他人談論時經常「白眼踞坐」，往往「取憎當時」。他一生熱衷於創作言情主旨的文學作品，寫過四十多部傳奇，出版過三部詩詞專集，多數是宣揚情種思想的作品；其代表作《長生殿》，就是言情文學的峰巔傑作，可以說在中國古典言情文學作品中無出其右。

其六，洪昇和他的姐妹們，都是當時多才多藝的才子才女。他們一起聚會時，談今論古，分韻賦詩，聽戲唱曲，書法繪畫，燈謎酒令，悟道參禪，文人雅士愛好的那些生活方式，他們幾乎無所不爲。

其七，洪昇出生在杭州，經常遊歷江南的名城勝地，中年後又在北京生活了二十多年。所以，洪昇既熟悉江南的風物語言，又熟悉北國的話語風俗，具備創作《紅樓夢》中那種南北混雜交替場景及語言的充分條件。

從以上分析考證中不難看出，《紅樓夢》中「石兄」發出的那些感慨，就是洪昇發自內心的感慨！「石兄」說出的故事創作目的，就是洪昇心理的真實表白！更可靠的直接證據是，洪昇在康熙二十八年罹難後，曾跑到北京東郊的盤山青溝寺去「逃禪」。盤山俗稱「大荒山」，山上多巨石，相傳是女媧煉石補天的地方，有女媧廟，當時香火甚盛。盤山的青溝寺，有康熙皇帝親題的「戶外一峰」御匾，所以世人都稱其爲「青溝峰」。洪昇創作《紅樓夢》的衝動，應該就是在這個「大荒山青埂峰」下決定的，其時正是洪昇「愧則有餘，悔又無益之大無可如何之時」。

讀過本文之後，請朋友們閉著眼睛認真體味一下，假如你就是青埂峰下的洪昇，此時此刻你想幹什麼？最大的思想衝動必然是：創作《紅樓夢》，寫下自己的人生夢幻，抒發自己的憤懣心情，向普天下人告自己之罪，並表達對姐妹們的無盡思念之情！

洪昇創作《紅樓夢》是在康熙三十一年回到故鄉杭州之後進行的。但《紅樓夢》作品並非從此時憑空寫起的，而是在舊作《風月寶鑑》基礎上改編的。洪昇在青年時，曾大量收集過南明時期文人的作品事跡，有他自己的詩作可以證明。當年收集的大量素材，一方面曲折地用到《長生殿》創作中，另一方面寫成了一部《洪上舍傳奇》，也就是《風月寶鑑》，有朱彝尊的詩可以作證。「棠村首相」梁清標，是洪昇外祖父大學士黃幾的同僚，也是洪昇的忘年交，他曾經稱讚《長生殿》是「一部鬧熱的《牡丹亭》」，被洪昇引爲知己；由梁清標這個「真定棠村」，爲這部《風月寶鑑》作序，是最可能的，也是最合適的。

洪昇早年創作的這部《風月寶鑑》，內容是寫什麼呢？那時洪家尚未敗落，洪昇自己也在與「蕉園詩社」姐妹們優遊。「蕉園」這個名稱，來源於明末文人對北京被焚毀的貯存「明史」文稿的園林的稱呼，姐妹們結成的詩社，以「蕉園」命名，其悼念前朝的宗旨，不言自明。洪昇整天與這些深懷「蕉園」思想的姐妹們廝混，自己又收集了大量南明史料，這部《風月寶鑑》以南明歷史爲題材，就不言自明了。

依據前面的分析可以推測，這部《風月寶鑑》，同孔尚任的《桃花扇》差不多，是以柳如是與陳子龍的「木石前盟」及與錢謙益的「金玉良緣」爲主線，以「四大家族」、「真假太子」、「三春四豔」、「阮大鋮」等爲背景，創作的一部小說（也可能是傳奇體裁）。當時的設計是以「神瑛絳珠」還淚的神話系統作故事緣起，用「絳珠還淚」淚盡而逝作故事結束，中間展示出南明小王朝爾虞我詐、紙迷金醉、英雄氣短、兒女情長的廣闊社會場面。

洪昇在北京狼狽逃回故鄉後，家族毀滅，個人困頓，姐妹薄命的憤慨心情和百轉回腸，佔據了整個心靈。此時把舊作拿出來，也無心再寫南明故事了。於是，以「石頭」爲自己的寄託替代了「真假太子」形象，以姐妹們的淑女形象改造舊作中的妓女形象，把南明的「四大家族」借用爲自己及親屬家族，把三帝一監國改寫成「三春四豔」，用劉姥姥三進大觀園來展示家族的興衰。從康熙三十一年到四十三年，經過十年辛苦創作，於是，一部嶄新的《紅樓夢》，就這樣誕生了。

這部新的《紅樓夢》，與原作的故事框架、主題、內容、人物、命運，都發生了根本的變化。但原作中的很多痕跡，仍然保留在新作之中：例如真假寶玉、三春四豔、四大家族、假語村言，都留下了蛛絲馬跡；就連原作中使用的「秦淮八豔」與「江南四公子」酬唱的詩詞，也原封不動地保留下來了。

今本《紅樓夢》中好多難以解釋的現象，都緣於作品的改編。例如元春判詞中說的「二十年來辨是非」，原作是辨的南明小朝廷二十年之是非，在新作中便不可理解了。「虎兕相逢大夢歸」，在原作中是指清軍下江南，福王政權一場黃粱大夢徹底破滅的意思，在新作中也無法理解了。黛玉、湘雲、寶釵姐妹所作的詩詞，之所以與少女身分不符，有遺民隱士的味道，是因爲在原作中本來就是冒辟疆、侯方域等遺民隱士和秦淮名妓董小宛、李香君的詩，和大觀園姐妹們的身分怎麼能相符呢？書中地點忽南忽北，時間忽前忽後，人物忽大忽小等問題，恐怕也是改編中的紕漏。

《紅樓夢》之所以出現以上不可理解的問題，恐怕也不完全是作者草率的緣故。須知，改寫一部作品，幾乎比重新創作一部作品還難，既要保留原作的精華，又要抒發新作的情感，既使反覆修改也未必不留矛盾之處。洪昇是猝死的，死前作品也未必修改完，這樣就不可避免地留下了永久的遺憾。

## 四、新舊兩個版本的《紅樓夢》作者都不是曹雪芹

洪昇死於從江寧織造府回家的途中。他與曹雪芹的爺爺曹寅是老朋友，曹寅請洪昇到南京，在織造府暢演了三天《長生殿》。洪昇是帶著「行卷」、即裝作品手稿的包裹去南京的，歸家途中失足落水，淹死在烏鎮。洪昇的行卷，很可能裝的是《紅樓夢》手稿，於是就留在了曹家。曹寅死後，曹家敗落，舉家回到北京。六十年後，書稿傳到了曹雪芹手裡，他閱讀後必然產生心理共鳴，於是就有了「披閱十載，增刪五次」的過程。

不過曹雪芹所作的「披閱增刪」，不可能是再創作，因爲他沒有書中的生活經歷，也

不具備那種「情種」思想，筆下寫不出來。洪昇生活的那個時期，文人們以南明題材創作文學作品成風。爲什麼呢？因爲改朝換代的社會大動蕩剛剛過去，文人們正在總結反思，正是文學創作的最佳題材，以前的人和以後的人都寫不出來。南明滅亡到曹雪芹多少年，一百多年！更何況那時的資料比今天貧乏得多，曹雪芹如何能去寫南明？另外曹家是旗人，是滿清王朝的受益者，如何能去悼念南明？

曹雪芹拿給明我齋看的那本《紅樓夢》，很可能就是洪昇早期的稿本。書中確實是描寫妓女的生活，其中以柳如是爲原型的那位「校書」，其形象必然是「尤豔」。明我齋讀後，題了二十首詩。袁枚與明我齋交往密切，於是就在《隨園詩話》中寫下了那段關於《紅樓夢》是記載「校書」生活的話，並選錄了他的兩首題紅詩。這部舊本《紅樓夢》，因爲是以南明社會爲背景，對於乾隆時代的旗人讀者來說，書中肯定有「礙語」，所以瑤華道人說「終不欲一見」。如果是新本《紅樓夢》，其中的「礙語」早已刪光了，連乾隆皇帝、和珅大臣都在看，瑤華道人還怕什麼「礙語」？

可能有的朋友要問：永忠的題《紅樓夢》詩前小序中，明確交代，「曹子雪芹，出所撰《紅樓夢》一部，備記風月繁華之盛」。說得很清楚，很肯定，既然是「所撰」嘛，曹雪芹當然是作者了！你能否定得了麼？說到永忠誤記曹雪芹爲《紅樓夢》作者，還必須說清袁枚爲什麼說曹雪芹是「百年」前的人。袁枚說書中的大觀園就是「余之隨園」，曹雪芹是「曹練亭」的兒子，又說他距今已有「百年」了，他爲什麼要這樣說？因爲他是聽明義說的，《紅樓夢》

作者是曹雪芹，是江寧織造曹寅的後人。袁枚並不認識這個曹雪芹，自然會根據書中內容去推測一番，既然書中寫的是南明時期的妓女生活，這個妓女又「尤豔」，作者當然應該是「百年」前的人，如果是曹家的人，最起碼是曹寅的兒子，否則寫不出「百年」前的事情。袁枚買來的隨園，賣主是隋赫德，隋赫德是在抄檢曹家時接收的織造府西花園，改名隨園。所以袁枚應該間接知道曹家當年的事情，但未必知道曹雪芹是與他同時代的人，所以關於「百年」和「兒子」的記載，是合理的推斷。誰說「此老糊塗」？他一點都不糊塗！從他關於「百年」的推斷看，此人腦袋清楚得很！袁枚關於《紅樓夢》作者是「百年」前之人的記載，反過來更證實了他們看到的那本《紅樓夢》，寫的是「百年」前的「妓女」故事！

談到這裡，令人不由得又想起《紅樓夢》書中「風月寶鑑」四字下面的那段脂批：「雪芹舊有《風月寶鑑》一書，乃其弟棠村序也。今棠村已逝，餘睹新懷舊，故仍因之。」最奇怪是這個「睹新懷舊」四個字，如果舊書仍在，把新舊版本擺在一起，對照著看，不是更合理的舉動麼？即使不願對著看，把舊本找出來單看也成。這個脂硯齋偏偏不去看舊本，偏偏要去懷念這個舊本，爲什麼？說穿了就是舊本弄丟了，找不到了，只能憑印象去懷念了。這與前邊說的「雪芹舊有」四個字是吻合的，「舊有」不是舊作，而是「過去曾經有」的意思，過去曾經有，就是現在沒有了。

筆者在脂硯齋考證中，曾推斷，批語中凡有「作者」、「芹」、「芹溪」字樣的，是真的脂硯齋批的；凡是有「雪芹」字樣的批語，都是假的，後人僞造的。真的脂硯齋是康熙時期人，是洪昇的妻子黃蕙；假的脂硯齋是誰呢？老土懷疑他就是曹雪芹冒充的，曹雪芹的「批閱增刪」中，完全有條件這麼做。

曹雪芹舊有的《紅樓夢》（《風月寶鑑》）乃洪昇所創，那麼，新本《紅樓夢》，有沒有可能是曹雪芹在洪昇舊本的基礎上，經過十年「披閱增刪」改寫而成的呢？這麼判斷似乎順理成章，老土過去也這麼判斷過，但現在又自我否定了。爲什麼？因爲根據本文前面分析，《紅樓夢》第二次創作，增加的是「石頭」的內容，「姐妹」的內容，「劉姥姥」的內容，曹雪芹根本沒有這樣的生活，是無源之水麼！

曹雪芹爲什麼一定要給書齋取名「悼紅軒」，他究竟要「悼」什麼「紅」呢？只有一種可能，就是悼念他爺爺的好朋友、《紅樓夢》新舊兩稿的真實作者——洪昇了！《紅樓夢》舊稿被曹雪芹弄丟了，新稿經他評點後抄出去換「燒鴨南酒」（裕瑞語）了。吃著洪昇的草，擠著自己的奶，曹雪芹不把書齋命名「悼紅軒」，還有良心麼？

在曹雪芹問題上，老土一貫剝奪他的著作權，但前後的研究文章，有些結論不夠一致，有時徹底否定他在《紅樓夢》創作中的位置，有時又說他是在洪昇原稿上經過十年辛苦最終成書的，給了他一半著作權，剝奪了另一半還給洪昇。現在看，徹底否定不需要，因爲《紅樓夢》畢竟是在他的手上傳抄出來的。但只剝奪一半著作權似乎又便宜了他，他不過是個破落的八旗子弟而已，根本沒有《紅樓夢》中描寫的那樣生活的體驗，一半著作權也不該擁有，他的功勞就是評點和傳抄。《紅樓夢》能流傳至今，也算功不可沒吧！

# 「曹雪芹書箱」探源

## 一、「曹雪芹書箱」風波

上世紀八十年代初，發生了一個轟動紅學界的重大事件：在北京一個自稱是張姓的家庭中，發現了「一對兒」所謂的「曹雪芹書箱」。收藏者自稱其祖先是曹雪芹的好朋友張宜泉，張宜泉著有《春柳堂詩稿》，內有關於曹雪芹的詩，是新紅學理論的重要文獻基礎。據紅學大師馮其庸推斷，該書箱確實是乾隆年代的舊物，是曹雪芹或其續弦夫人逝世後，由張宜泉保存下來的。

準確地說，這是一對木製的書篋，左右寬七十點五釐米，上下高五十一釐米，前後深二十三釐米。兩個書篋的正面，左右相對刻有蘭花。右邊的蘭花下有一拳石，蘭花上端有行書題刻：

題芹溪處士句：

並蒂花呈瑞，同心友誼真。

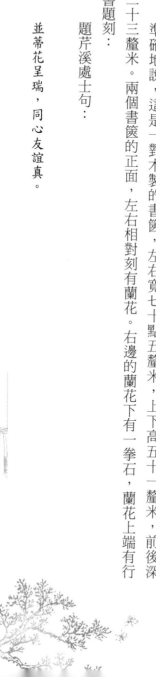

一拳頑石下，時得露華新。

左邊一幅蘭花上端題刻：

乾隆二十五年歲在庚辰上巳。

左邊一幅蘭花的右下角題刻：

拙筆寫蘭。

還有兩句題刻：

清香沁詩脾，花國第一芳。

左邊書篋的篋門背面，用章草書寫著箱內所裝物品的清單。由此清單可見，此箱的主人是一個名爲「芳卿」的女子，箱中物品是她與丈夫所繪的編織一類的草圖和歌訣稿本，即所謂「花樣子」。清單共五行字，五行字左邊，則是用娟秀的行書寫的一首七言悼亡詩，括弧裡的文字，是書寫當時被勾掉的：

不怨糟糠怨杜康，乩諑玄羊重克傷。

（喪明子夏又逝傷，地坼天崩人未亡。）

睹物思情理陳篋，停君待殮鬻嫁裳。

（才非班女書難續，義重冒）

織錦意身睥蘇女，續書才淺愧班娘。

誰識戲語終成讖，窀穸何處葬劉郎。

▲ **圖一　1979年發現的傳爲曹雪芹的一對書箱**

按此書箱安放時應左右並列。題字自右至左，蘭花則左右相對。

右下端題「拙筆寫蘭」，右上端刻楷書「清香沁詩脾，花國第一芳」，正中上端刻乾隆二十五年歲在庚辰上巳。

上刻詩句：

題芹溪處士句

並蒂花呈瑞，同心友誼眞；一拳頑石下，時得露華新。

▲ 圖二　左邊的箱面

▲ 圖三　右邊的箱面

此書箋的發現，著實令紅學界興奮了一陣子。吳恩裕、馮其庸等大師斷定這對書箋是曹雪芹續娶時，朋友們送給他的賀禮；趙岡先生還爲此專門寫了一篇洋洋灑灑的文章：〈曹雪芹的繼室許芳卿〉。這件乾隆時期遺物重見天日，紅學界幾乎異口同聲認爲，是《紅樓夢》問世「二百年來的一次重大發現」！因爲它不僅證實了新紅學理論的根本所在，即《紅樓夢》作者曹雪芹本人的存在，同時也證明了曹雪芹確實有個續弦夫人，就是書箋的主人「許芳卿」！

然而，正在紅學界大師們好夢沈酣的時刻，卻冷不防被人澆了一瓢冷水：一九八三年三月，在《文獻》雜誌第十五輯，刊出了端木蕻良與洪靜淵先生〈關於新見「芳卿悼亡詩」的通信〉。端木先生是曾經創作長篇小說《曹雪芹》的著名作家，洪先生是安徽省著名文人，二人在文壇均可謂德高望重。洪靜淵先生稱「從友人處獲閱《舊雨晨星集》一書殘本」，書內記載一個名「許芳卿」的女詩人，在其夫卒後，作悼亡詩云：

不怨糟糠怨杜康，克傷乩諑重玄羊。
思人睹物埋沈篋，待殮停君鬻嫁裳。
織錦意深慚蕙女，續書才淺愧班娘。
誰知戲語終成讖，欲奠劉郎向北邙。

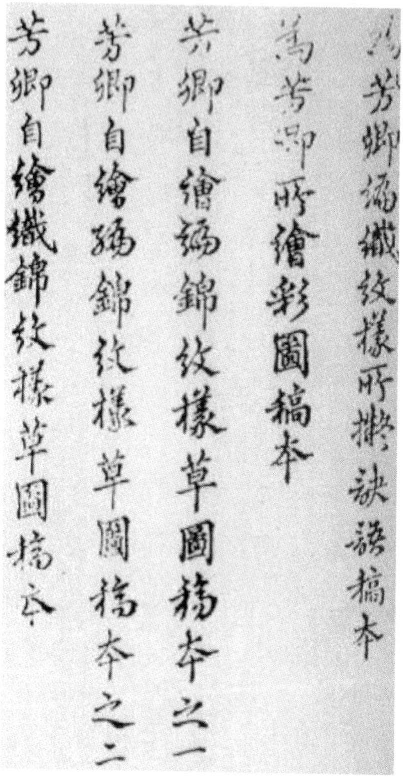


▲ 圖四書箱門背面右上端題字，傳係曹雪芹筆跡

此詩的發現，紅學界立即大嘩。因爲《舊雨晨星集》的作者爲程瓊，號「轉華夫人」，其夫吳震生，號「玉勾詞客」，二人均乃生活在康雍兩代的安徽籍著名詞人。吳震生在乾隆二年爲《西青散記》作序時，自稱「鰥叟」，其時「轉華夫人」下世最起碼已經十年以上了。這說明，與「轉華夫人」生前爲鄰居的「許芳卿」，悼念亡夫時，曹雪芹尚未出生。許芳卿根本不可能成爲曹雪芹的續弦夫人，所悼的死者也不可能是曹雪芹！據此，高陽先生撰文〈許芳卿悼亡，曹雪芹未生〉。至此，紅學界又交口一聲，斷定「曹雪芹書篋」乃是「作僞」的產物。

隨著吳恩裕大師的逝世和馮其庸大師的緘口，紅學界基本無人再提起這對令大師們蒙羞的「書篋」了。只有鄧遂夫先生前一段發表了一篇〈曹雪芹箱篋公案解密〉文章，用自己記錄的同洪靜淵先生的談話，判斷洪先生提到的《舊雨晨星集》子虛烏有，試圖證明是洪靜淵先生「作僞」，而書篋是真的有價值文物。鄧先生同洪先生的談話發生在一九八八年六月，從談話到鄧先生文章發表，歷時長達十五年之久。談話當時洪先生已經「八十多歲」了，大概不會再活十五年。洪先生在世時，鄧先生把自己的「談話記錄」束之高閣，而在洪先生辭世後才加以公開發表，眾所周知，死人是不會爲自己辯護、打筆墨官司的，鄧先生於此時發表自己記錄的、洪先生無法辯護的、也沒有第三人證實真僞的談話記錄，不是十分耐人尋味麼？

紅學界的大師們，思維方式似乎出了點問題：此書箱出自現代一個張姓公民家中，由於書箱上有「芹溪處士」字樣，他們對書箱原主人是曹雪芹便深信不疑，甚至對臆測「芳卿」是曹雪芹的「續弦妻子」也全盤接受，儘管這中間並沒有直接證據支持。但對於曹雪芹擁有此書箱之前甚至出生之前，書箱還有一個初始的主人「許芳卿」，這個「芳卿」並非曹雪芹的「續弦」，甚至與「曹家店」不搭界，儘管這些都有直接證據支持，但大師們還是不能「容忍」，轉而全盤否定這對書箱。他們不對箱篋進行考古鑒定，不去研究「悼亡詩」的真實含義，而是採用非此即彼的簡單粗暴態度，不是無端判定「許芳卿」是「造假」的人物，就是盲目推斷書箱本身是「造假」的產物。總之，在大師們眼中，不是用書箱來判定曹雪芹的著作權，而是用曹雪芹的著作權來判定書箱的真僞；書箱如果有利於曹雪芹就是真的，如果不利於曹雪芹就是假的。本末倒置，因果顛倒，如果說研究《紅樓夢》是嚴肅的學術活動的話，能夠容許對同一證據採取如此實用主義的態度麼？看來，「兩個凡是」在紅學界還真有一定市場，難道在紅學界還有必要再開展一次「真理標準」的大討論麼？

## 二、「曹雪芹書箱」外部題款解讀

首先可以斷定的是，在北京張宜泉後人家中發現的這對兒「曹雪芹書箱」，確實是一對兒裝書用的箱子。從尺寸上看，比裝雜物的箱子要小。兩邊帶有耳環，出門時便於隨身攜帶；兩個一對兒，或肩挑或牲口馱，都十分方便。從書箱內壁上題寫的內裝物品目錄看，此箱原來是女人裝「花樣子」和編織歌訣用的箱子。從箱子的古舊程度看，判斷爲清初的古

董，是可信的；根據箱面上「題芹溪處士句」，判定該書箱曾經爲曹雪芹擁有，大致也不會出錯，因爲「乾隆二十五年」決不會有人爲了曹雪芹的《紅樓夢》「著作權」去造假，所以不應無端判定書箱是假貨。發現此箱的當時，箱子內壁有襯紙，紙上有《儀禮義疏》、「春柳堂詩稿」字樣；《春柳堂詩稿》是張宜泉的詩集，此箱從張家後人手中出現，當非偶然。此箱是張宜泉在曹雪芹或其夫人死後得到的，亦屬順理成章的推斷。

但是，箱子是否是曹雪芹續弦時朋友送的賀禮，卻值得懷疑。從箱面上題刻的蘭花圖案和「並蒂花呈瑞，同心友誼真」詩句以及原來所裝的「花樣子」看，應是結婚時女方的妝奩。如確係女方妝奩，那麼在箱面上蘭花圖案上邊、詩句前邊題刻的「題芹溪處士句」，則顯示是男方用品，就明顯不妥了。再則，結婚是喜慶之事，不論是自備用品還是朋友贈品，按中國傳統習俗，都不會出現「處士」字樣；「處士」乃是對有才德而隱居不仕者的特殊稱呼，是無意功名富貴者的代名詞。朋友送的結婚禮物上，無論如何不會把新郎稱爲「處士」的，因爲與中國傳統結婚理念不合，與婚慶氣氛不諧！

從箱面題刻的圖畫文字書法及佈局看，也明顯不和諧。詩前的「題芹溪處士句」和詩後的「乾隆二十五年歲在庚辰上巳」字樣，與中間四句詩的文字，似非出自同一人手筆，字體明顯偏大，書寫也顯得狂放不羈，佈局上明顯擠佔了蘭花圖案的位置，使畫面顯得擁擠不堪，圖案和題字的大小比例也不和諧。而蘭花圖案中間偏上的四句詩與「拙筆寫蘭」四字，字體一致，大小均勻，書寫顯得娟秀柔弱，似是女人手筆；「拙筆寫蘭」四字位於四句詩的左下方，顯然是詩和畫的作者落款。題詩、落款與蘭花圖案一起，構成一個和諧的整體。落款與「乾隆二十五年歲在庚辰上巳」字樣不在同一位置上，也是不符合中國古代文人題款的規矩的。

通過以上分析，應該得出以下結論：該箱子曾經爲曹雪芹擁有，但在曹雪芹之前還有一個女主人。初始用途也不是「芹溪處士」的書箱，而是一個女人裝嫁妝中「花樣子」用的箱篋。出嫁前，這個箱篋的原主人似是一個工詩善畫的閨中少女，出嫁前，滿懷著對美好生活的憧憬，在嫁妝箱子上畫了兩幅左右對稱的蘭花，在蘭花中間偏上位置題刻了四句詩，在詩的左下方落款「拙筆寫蘭」。而位置不協調、字體也不一致的「題芹溪處士句」與「乾隆二十五年」題款，是後人補題上去的。這個補題者，應是曹雪芹的一個友人，補題時間是「乾隆二十五年」。箱子的初始製作和題刻時間，似乎比曹雪芹要早。箱子的原主人，似乎也不是曹雪芹的什麼續弦夫人，否則夫妻之間不會有如此奇怪的無聊舉動的。

## 三、「曹雪芹書箱」內「悼亡詩」研究

書箱內壁上書寫的「編織圖樣及歌訣」可以證明，此箱的主人是一個名叫「芳卿」的女人；「悼亡詩」本身潦草並多處修改的書寫形式，也足可證明，是丈夫死時，芳卿「睹物思人」（或「睹物思情」）時的急就章。紅學界大師們把箱面上的「題芹溪處士」句和這首「悼亡詩」聯繫起來，展開豐富的想像力，推測出曹雪芹有一個名叫「芳卿」的續弦妻子，

進而推測這首「悼亡詩」是這位續弦妻子在曹雪芹病死時所作。仔細想來，這些推測是極其靠不住的！除了沒有直接證據支持以外，還有「以甲證乙、乙再證甲」的「自證」嫌疑，這是研究文學和歷史的考證方法所不容許的。

細讀「悼亡詩」，表面上似乎同曹雪芹去世時的情景相似，比如曹雪芹飲酒無度，死於「杜康」；因爲生活窮困潦倒，死後「停君待殮」，妻子不得不賣了「嫁裳」充作殯殮之資等。但仔細分析，則矛盾百出，與曹雪芹決不搭界了。封建社會的窮困文人，死於「杜康」、家貧「待殮」者多矣，如何能斷定死者其人就是曹雪芹？更何況沒有任何史料可以證明曹雪芹有一個名叫「芳卿」的續弦妻子。從「悼亡詩」的上半闋看，曹雪芹雖然嗜酒，但死於愛子早殤後的悲痛，真正的死因「怨」不得「杜康」。如果芳卿是曹雪芹的續弦，則無權並不可能自稱「糟糠」；「糟糠之妻不下堂」，特指元配妻子；有人說「糟糠」是代指困苦生活，衣食不周，這是曲解，在中國古典文學中「糟糠之妻」是個成語，容不得其他解釋。曹雪芹死於壬午年，也並非詩中代指癸未的「玄羊」年。從「悼亡詩」的下半闋看，就更加不知所云了。曹雪芹夫婦同《織錦記》裡的竇滔、蘇蕙夫婦有什麼關係？曹雪芹的續弦妻子爲了「織錦意深」慚愧什麼？曹雪芹寫書及其不知什麼人「續書」，又同修《漢書》的班固、班昭兄妹有何比附之處？曹雪芹的姓、名、字、號都同「劉」字扯不上干係，爲什麼芳卿口口聲聲稱他爲「劉郎」？

洪靜淵先生發現的「悼亡詩」，顯然比「曹雪芹書箱」中所題之詩更加成熟，更符合詩詞韻律。認定洪靜淵先生發現的《舊雨晨星集》是造假，僅憑鄧遂夫先生自己的記錄，是不能成立的證據。譬如指認某人有犯罪嫌疑，在該人生前不出示證據，而在他死後單方面出示他無法為自己辯駁的所謂證據，又沒有第三者佐證，似乎有厚誣死者的嫌疑。如果不能對洪先生的發現進行有效的「證假」，那麼只能相信，這個作「悼亡詩」的「許芳卿」，確實是曹雪芹出生前就已經辭世的康雍時代的人，是史有明載的「玉勾詞客」吳震生和「轉華夫人」程瓊的鄰居。她哀悼的亡夫，決不可能是曹雪芹！這首「悼亡詩」，最起碼作於乾隆二年再上推十年之前，很可能是康熙末期或雍正前期的作品。

在不能對書箱本身及其涉及到的「張宜泉」、「芹溪處士」、「芳卿」等人物「證假」的前提下，學術研究應採取的正確態度是相信這一切都是真的，並對其真實性進行「小心」的考證。我們不妨按照「張家後人——張宜泉——曹雪芹——許芳卿」這一書箱流傳的順序，層層遞進，去研究這個流傳過程的真實性。實際上，書箱的四個主人、三次轉手，只有從許芳卿到曹雪芹這一次轉手、許芳卿這一個主人，紅學大師們有疑問；如果解開了這個疑團，大師們便不會恨恨地詛咒書箱是「偽造」品了。

## 四、「曹雪芹書箱」的原主人許芳卿考證

平心而論，只要是熟讀清初歷史的嚴肅學者，考證這個「許芳卿」並不困難，因為她的「悼亡詩」中，對自己和死去的丈夫的形象刻畫是比較細緻的，比起紅學大師們「考證」的

曹雪芹形象清晰多了。

從「悼亡詩」中不難看出，「許芳卿」與死去的丈夫是原配的「糟糠」夫妻，並非「續弦」，二人很有可能婚前是兄妹關係，詩中自比續《漢書》的「班娘」，就一定視丈夫爲作《漢書》的班固，因爲二班是兄妹關係，所以可以推斷死者與悼亡者婚前也是兄妹關係；不過夫妻間不可能是親兄妹或堂兄妹關係，只能是表兄妹關係，這在舊時婚姻關係中是常見的。

丈夫生前，夫妻生活十分貧困，丈夫突然死了，無錢置辦喪葬用品，也沒有生前選定的「窀穸」——也就是墓地，只好「停君待殮」，賣「嫁裳」籌款。丈夫的死亡原因是「杜康」所致——也就是嗜酒無度造成的，可能是酒精中毒，更可能是酒醉後出現了意外事故導致死亡；舊時醫學知識對酒精中毒致病乃至致死還沒有今人這麼清晰的認識，對病死的嗜酒者一般不會「怨杜康」，只有對酒後意外致死才會刻骨銘心地「怨杜康」。

丈夫死後，芳卿所「理」的「陳篋」，似乎就是這對舊箱子；「陳篋」中所裝的物品，令妻子「睹物思情」（或「睹物思人」）。這個芳卿所「理」的書箱中所裝之「物」，似乎不會是自己的「花樣子」，而是丈夫的著作手稿，書箱的用途可以作證，除了裝書籍紙張，此箱似乎無他用途；除了著作手稿，芳卿也不會由「思情」進一步聯想到「續書」。書箱中所裝的丈夫生前手稿似乎是一部未曾寫完的作品，丈夫生前似乎與妻子有過倘若我寫不完由你續寫的約定，否則「未亡人」不會以「續書」爲己任，也可見妻子對丈夫的生活經歷和創作思路十分熟悉；但丈夫死後，妻子又深感自己「才淺」，擔心完不成丈夫的遺願，內心十分慚愧。

悼亡詩中「織錦意深」字句可以證明，丈夫生前應該創作過以「織錦」爲題材的作品，令「蕙女」深感慚愧。有清一代關於「織錦」題材的作品，有據可查的只有《織錦記》傳奇。《織錦記》又名《回文錦》，是康熙朝文人洪昇創作的一部傳奇劇本。「蕙女」是《織錦記》中主人公竇滔的妻子蘇蕙，書中的「蕙女」確曾因丈夫納妾妒火中燒導致家庭不和，最後因丈夫的教誨而自感愧悔。

通過以上分析，我們不難得出結論，這個「悼亡詩」的作者，就是康熙朝大學士黃機的孫女、大文學家洪昇的妻子黃蕙！黃蕙字蘭次，與丈夫洪昇是嫡親表兄妹關係，從小青梅竹馬，確係「糟糠」夫妻。因爲「家難」原因，黃蕙與丈夫一起逃離了生活優裕的家庭，後半生過著極度貧困的生活。丈夫死後無錢殯殮，從洪昇晚年的生活狀況看，是完全可能的。洪昇就是《回文錦》傳奇的作者，史有明載，文壇沒有爭議；洪昇創作《回文錦》的目的之一，就是因爲自己納妾，妻子「嫉妒」，用作品使妻子自感「愧悔」。黃蕙與作品中的蘇蕙，均可稱爲「蕙女」，黃蕙字蘭次，書中的蘇蕙字若蘭，作品的諷喻之意，昭然若揭。

洪昇死於康熙四十三年，歲在甲申，享年六十歲。死因是在水路歸家途中，於一個月黑風高夜，友人招飲，大醉後歸舟，失足落水，搶救不及造成的。因此妻子黃蕙在「悼亡詩」

中產生「怨杜康」的哀怨心理，是完全可以理解的。「悼亡詩」中有「乩詠」、「玄羊」字樣，「乩詠」是與算命有關的謠言之意，「玄羊」是癸未年，即洪昇去世的上一年；很可能「玄羊」年妻子給洪昇「扶乩算命」，有次年甲申「流年不利」的「詠言」。洪昇死時年方六十歲，中國確實舊有「花甲子」「流年不利」的傳統說法。至於「悼亡詩」中的「重克傷」一語，應是黃蕙真實心理的反映，黃蕙婚後，次年喪父，七年後殤女，中年傷夫，按照舊社會的觀念，確實是「克傷」命，無怪本人要自怨自歎了！

很奇怪也很有意思的是，「悼亡詩」中把丈夫稱爲「劉郎」。如果是實指，洪昇不姓劉，曹雪芹也不姓劉，他們的姓氏同劉字亦無意義上的關聯。如果是用典，與「劉郎」有關的典故，大概只有「儘是劉郎去後栽」了，丈夫屍骨未寒，用此典入「悼亡詩」，既無道理，也無意義。那麼，只有一種解釋是合情合理的，即「劉郎」二字乃「柳郎」的誤寫，劉柳二字同音不同形，可能搞混。洪昇生前，確實常常自比「柳七郎」，就是宋朝那個著名的風流文人、「奉旨塡詞柳三變」。

生前洪昇去蘇州桃花塢拜謁唐寅墓時，看到墓地修葺一新、桃花萬點，感慨自己和唐寅命運、才藝相彷彿，擔心自己身後下場不如唐六如居士，在所作的感懷詩中，曾發出「不知他日西陵路，誰弔春風柳七郎」的無限感慨，意思是：不知將來我死之後，有誰會在花繁草綠的春天，到我的墓地來憑弔？黃蕙「悼亡詩」中所說「成讖」的「戲語」，大概就是指洪昇的這兩句詩。當日的「戲語」終於不幸成了現實，洪昇死後，葬身無地，殯殮無錢，更談不上朋友憑弔了。妻子套用丈夫「誰弔春風柳七郎」詩句，在「悼亡詩」中寫下「窀穸何處葬劉（柳）郎」或「欲奠劉（柳）郎向北邙」的詩句，都是十分合情合理的，含義也十分悲涼貼切！

黃蕙與表兄洪昇，生於同年同月同日同城，當時的風雅文人羨慕這對夫妻是真正的「同生同心」，結婚時朋友們曾爲新人作〈同生曲〉致賀。這對書箱，很可能就是當年與表兄洪昇結爲「同心」時，黃蕙盛裝「花樣子」的「書篋」。箱面上的蘭花、詩句以及「拙筆寫蘭」落款，似乎就是黃蕙自己的手筆。黃蕙字蘭次，一生多才多藝，工詩善畫，妙解音律，婚前在嫁妝箱篋上畫蘭，是順理成章的。書箱內關於「花樣子」清單的五行字，很可能是洪昇婚後在「甚於畫眉」之際，爲愛妻書寫的。

不過黃蕙既不姓「許」，名字也不叫「芳卿」，似乎與書篋不搭界；但仔細分析，還是有可能的。「轉華夫人」對「許芳卿」的記載，說明二人之間並非舊交，而是交往時間不久的臨時鄰居，並不十分熟悉。舊時婦女出嫁後從夫姓，「許」字的發音，在江南語言中，讀作「滸」音，與「洪」字同爲嘬口音，極易搞混；而黃蕙的名和表字，都有「芳香」的意思，被丈夫昵稱爲「芳卿」，丈夫死後爲了懷念親人，繼續沿用昵稱，是極有可能的，就像《紅樓夢》中的「襲卿」、「顰卿」一樣。洪昇死後，家屬子女搬離了杭州舊宅，不知流落何方，有親友詩文可證。黃蕙是否有可能一段時間流落南京，與「轉華夫人」爲鄰，惜無證據，不得而知。

## 五、「曹雪芹書箱」應是盛裝《紅樓夢》手稿的書篋

筆者的〈洪昇初創《紅樓夢》考證〉等系列文章，考證了《紅樓夢》的初始作者不是曹雪芹，而是洪昇，曹雪芹只是後來的「披閱增刪」者。

洪昇出身於江南的一個「百年望族」家庭，後半生多災多難，貧困潦倒，但多才多藝，著述頗豐。洪昇晚年，在爲《隋唐演義》的作者褚人獲作品作序時，曾說自己正在以親身經歷，所見所聞，創作一部作品，但尚未竣工。同一時期，洪昇的好友朱彝尊，也說自己曾親自看到洪昇以親身經歷所寫的一部《洪上舍傳奇》。《紅樓夢》所記載的故事，與洪昇早年「家難」發生發展的過程以及「閨友閨情」完全一致，當非偶合，《紅樓夢》應該就是《洪上舍傳奇》。「洪上舍」是對洪昇的尊稱，洪昇的作品，不會以別人對自己的尊稱命名，只能解釋爲朱彝尊不欲提及《紅樓夢》名稱，而以洪昇傳奇代稱。

洪昇去世前的人生最後一站，是在曹雪芹的爺爺——江寧織造曹寅的府中度過的。康熙四十三年春，應江南提督張雲翼之約，洪昇親赴松江，觀演自己的得意作品《長生殿》傳奇，場面之盛大，轟動整個江南。曹寅得到消息，邀洪昇到南京，在織造府又「暢演三日」《長生殿》。（洪昇這個人很有意思，舊紅學研究中的「張侯說」、「明珠說」、「江寧織造說」，都能與他扯上干係，新紅學研究中的曹寅家族說，也同他有不解之緣，難道是偶合麼？）洪昇與曹寅是老朋友了，洪昇抵達南京，曹寅親自到江邊去迎接。洪昇是帶著「行

卷」到南京的，所謂「行卷」，就是文人隨身攜帶的書籍和手稿。讀了洪昇的「行卷」之後，曹寅感慨萬端，寫下了一首感人肺腑的詩：

惆悵江關白髮生，斷雲零雁各淒清。
稱心歲月荒唐過，垂老著書恐懼成。
禮法誰曾輕阮籍，窮愁天亦厚虞卿。
縱橫捭闔人間世，只此能消萬古情。

於詩中可見，洪昇「行卷」中裝的是自己「垂老」之年在「恐懼」中所寫的一部作品手稿；作品描寫的是自己年輕時的「荒唐」事跡和輕蔑「禮法」的人生理念。這部作品非《紅樓夢》而何？特別值得注意的是「行卷」二字，洪昇攜帶百萬字書稿前往南京，以當時毛筆書寫的文稿計，大概有三五千頁，甚至還要多些，沒有書箱盛裝是不可想像的。盛裝書稿的書箱，應該就是妻子黃蕙出嫁時帶來的裝「花樣子」的一對「書篋」，書箱中裝的就是《紅樓夢》手稿！

洪昇攜帶手稿到南京，目的似乎是求曹寅爲書稿刊刻問世；曹寅確實經常出資爲江南貧困文人鐫刻書稿，在文壇有很好的口碑。洪昇歸途中不幸淹死了，裝手稿的「行卷」亦即書箱必然流落在曹府。洪昇的遺體打撈出來之後，妻子黃蕙必然趕赴烏鎮現場處理後事。此時的曹寅，也必然把洪昇的「行卷」亦即盛裝手稿的書箱帶來，交給黃蕙「理陳篋」。可以想像，黃蕙整理完丈夫遺物之後，必然把盛裝書稿的箱子繼續交給曹家，目的依然是爲了完成丈夫的出版遺願。交給曹家前，黃蕙「睹物思情」（或「睹物思人」），在箱中草草題寫了那首「悼亡詩」，就是順理成章的推斷了。

書箱從此流落在曹家。曹寅後期，煩心的事情不少，家庭經濟也捉襟見肘，哪有精力和財力爲洪昇鐫刻這部百萬字巨著？曹寅死後，曹家中落，誰還會對出版洪昇的作品感興趣？再說曹家也沒有這個經濟實力了。到了乾隆中期，曹雪芹發現了這對箱子及其箱中的手稿，百無聊賴之際，仔細讀來，心靈必然引起極大震撼和共鳴，因此「披閱十載，增刪五次」，傳抄開來，這就是《紅樓夢》在乾隆年間方得問世的根本原因所在。書稿問世了，書箱必然還在曹家。不知什麼原因，被曹雪芹的朋友在書箱上又補題了「題芹溪處士」和「乾隆二十五年歲在庚辰上巳」兩句話，由此，這對黃蕙的嫁妝箱篋就變成了所謂「曹雪芹書箱」。曹雪芹死後，書箱落在張宜泉手，由張家後人保存至今。這就是對「曹雪芹書箱」來歷的最合理推斷。

## 六、《紅樓夢》續書及流傳過程推斷

書箱中所裝的洪昇書稿，肯定是個未完稿，大概就是《紅樓夢》前八十回手稿。過去筆者推斷，洪昇初創的《紅樓夢》是傳奇體裁，現在看有商榷的必要。洪昇一生熱衷傳奇創作，但晚年卻表現出了對小說創作的極大興趣！他曾經爲呂熊的小說《女仙外史》詳加評點並作序，也曾同小說《隋唐演義》的作者褚人獲認真探討過創作體會。洪昇曾有一段十分精闢的論小說創作的話：小說創作「要節節相生，脈脈相貫，若龍之戲珠，獅之滾球，上下左右，周迴旋折，其珠與球之靈活，乃龍與獅之精神氣力所注耳。是故看書者須睹全局，方識得作者通身手眼」。這段議論，用之於評論《紅樓夢》，實在是再恰當不過了。洪昇晚年曾說過，要把自己親歷親聞「編述一秩」，「忽忽暮年，迄無頭緒」，洪昇創作的這部作品肯定不是傳奇體裁，最大的可能是小說。所以，筆者懷疑，洪昇生前，曾經把記載「親歷親聞」的《洪上舍傳奇》改寫爲小說，不過未完工而已。

過去筆者也曾推斷《紅樓夢》後四十回的續作者可能就是「披閱增刪」者曹雪芹。現在看恐怕曹雪芹並沒有這個能力，也沒有續作《紅樓夢》的生活基礎。後四十回的續作者，應該是洪昇的「未亡人」黃蕙！洪昇帶到曹家的書稿，肯定是個謄清稿，原稿應該仍留在自家。當時洪昇的《洪上舍傳奇》手稿也應該尚在，續書也不過是繼續改編而已。黃蕙與洪昇共同生活了近四十年時間，洪昇終生耿耿於懷的「家難」，終生念念不忘的「閨友閨情」，都是夫妻二人共同經歷並共同承受的。以黃蕙的才情和對「京片子」語言的熟悉程度，也完全具備在洪昇原稿的基礎上改編《洪上舍傳奇》、續寫《紅樓夢》的能力。「悼亡詩」中所說的「續書才淺愧班娘」，不是說黃蕙沒有「續書」，而是說擔心自己「才淺」，害怕寫不好續書，愧對亡夫。黃蕙熟知洪昇著書的生活基礎，又多才多藝，爲什麼不能像「班娘」一

樣，完成自己的丈夫兼表兄的遺願呢？

黃蕙續書是在丈夫死後，此時曹洪兩家已斷了聯繫。曹雪芹對《紅樓夢》「披閱增刪」時，不會看到洪昇的原稿和黃蕙的續稿，也不知道有個《洪上舍傳奇》存在，因此他對《紅樓夢》後半部分內容的推測，與程高本完全不同。程偉元從「鼓擔」上買來的殘稿，應是黃蕙的續書殘稿。洪昇的女兒洪之則也是個著名才女，有可能保存並批閱整理父母的書稿。洪之則青年早寡，有證據表明，她在寡居期間確曾整理過「先大人」的手稿，並十分稱讚父親的好朋友「吳吳山三婦」批閱文章的文筆。但到了曹雪芹生活的時代，黃蕙去世已久，洪之則大概也已經過世，洪昇的孫子「花村」輩未必尊重祖父母的遺作，以致流落「鼓擔」，程偉元購買後交給高鶚整理，和前八十回合在一起出版，這應該就是程甲本和程乙本的由來。

由曹家傳抄出來的經過曹雪芹「批閱增刪」的《石頭記》，和由洪家流傳出來的洪昇底稿加黃蕙續書以及洪之則評點的《紅樓夢》，大概就是《紅樓夢》諸脂本的源頭，也是諸脂本分別以兩個書名問世並出入甚大的根本原因。當然，在傳抄過程中，兩個源頭的稿本互相滲透，這也是各抄本同中有異、異中有同、複雜紛紜的根本原因。筆者懷疑，今本《紅樓夢》，不論是脂本還是程本，其源頭似乎都主要來自於洪家傳出的稿本。因爲明義從曹雪芹手中借閱的《紅樓夢》，按他的二十首〈題《紅樓夢》詩〉推斷，與今本差異很大，根本沒有流傳下來。今本中之所以有「曹雪芹披閱增刪」字樣，是輾轉傳抄中混入的，並不能證明就一定是曹雪芹「披閱增刪」後傳出的本子。曹雪芹不可能同時搞兩個差異很大的本子，一本「簡本」借給明義閱讀，一本「詳本」供脂硯齋評點。有人認爲明義看到的稿本與諸脂本是曹雪芹五次「披閱增刪」不同階段的本子，這也是說不通的；明義看到的稿本是個全璧本，所有的脂本都是八十回殘缺本，全璧本在先，後來的脂本爲什麼殘缺？只有一個解釋能夠自圓其說，就是曹雪芹「披閱增刪」的本子早就失傳了，今本《紅樓夢》的基本內容和形式，還是洪家的底本，不過在傳抄過程中，混進了一些曹雪芹「披閱增刪」的痕跡罷了。

**再補充幾句：**

本文完成後，筆者對「芹溪處士」的考證又有了新發現，清初問世的《天寶曲史》一書，作者和編校者分別題署爲「蘇門嘯侶」與「芹溪處士」。「蘇門嘯侶」是大戲劇家李玉的別號，《天寶曲史》的作者爲孫郁，可能係僞託的「蘇門嘯侶」之號，這在中國古代是常事，不足爲奇。這個「芹溪處士」，筆者考證就是洪昇早年的別號。洪昇在創作《長生殿》之前，曾長期收集李楊愛情故事題材，《天寶曲史》就是寫李楊穢亂故事的，洪昇很有可能爲其編校，這在《長生殿》序言中亦可間接得到證實。

如果這個「芹溪處士」確爲洪昇早年別號，一切問題都迎刃而解了。這個所謂的「曹雪芹書箱」，本來就是洪昇這個「芹溪處士」的書箱，原來是洪妻黃蕙裝花樣子的箱子，後來洪昇用來裝書。由於攜帶方便，所以出門時用以裝「行卷」。洪昇死前，「行卷」留在了曹

府，有曹寅詩爲證。書箱中「題芹溪處士」的詩，當初根本不是題給曹雪芹的，而是題給洪昇的！此書箱正是同《紅樓夢》手稿一起存放在曹家的，六十年之後，傳到了曹雪芹手裡，以後書箱又傳到張氏後人，傳沿的線條十分清楚。

問題是曹雪芹爲什麼要以「雪芹」、「芹溪」爲號，恐怕也同這個書箱有關。書箱中寫的「芹溪處士」，正是《紅樓夢》的原作者，曹雪芹既然對《紅樓夢》文稿花費巨大精力「披閱十載，增刪五次」，說明他對《紅樓夢》書稿及其作者崇拜已極，用崇拜者的別號爲自己取字和號，不是極爲合理的推斷麼？如果曹雪芹確實是因爲崇拜洪昇而取號「芹溪」，那麼在他披閱增刪的過程中，在書箱上補題「乾隆二十五年歲在庚辰上巳」字樣，也是不奇怪的，因爲這一年正是他「披閱增刪」的時期，上面的「題芹溪處士」字樣與他的號也不矛盾，無須改題。

# 《紅樓夢》版本源流及著作權問題

## 一、曹雪芹「創作」《紅樓夢》時，身邊果真有兩個讀者圈麼？

近讀陳維昭教授的《紅學通史》，受益匪淺。陳教授寫的是通史，不是自己研究《紅樓夢》的某個問題，所以書中總是客觀冷靜地描述紅學歷史上的一系列事件和現象，但這並不是說陳教授完全沒有自己的觀點，在《紅學通史》中，陳教授往往通過疑問的方式，來表達自己的傾向性的。譬如，在通史的第一章〈概述〉的開頭，陳教授就提出了一個很有意思並發人深省的問題。

陳維昭教授說：「現有材料顯示，《紅樓夢》在寫作的過程中即已開始被閱讀」，這時的閱讀還不是個別人的閱讀，而是很多人在閱讀，「早期的《紅樓夢》閱讀是在兩個圈子中進行的，一個是以脂硯爲中心的評批集團」，「另一個是以永忠、明義、墨香等人爲中心的閱讀圈子」。這兩個圈子「差不多同時存在，同時與曹雪芹有著零距離」接觸。

這兩個圈子的閱讀活動很奇特，奇特之一是，兩個圈子的閱讀雖然同時進行，但「卻是

互不謀面，互相隔閡，置身於老死不相往來的兩個世界，他們似乎並不知道對方的存在」。奇特之二是，兩個圈子同時閱讀，「讀的卻不是曹雪芹的同一份手稿，甚至，他們讀到的是明顯屬於兩個系統的曹雪芹手稿。脂硯圈子讀到的是《石頭記》系統的本子，永忠圈子讀到的是《紅樓夢》系統的本子。」這兩個系統的本子，「不僅題名不同，故事的內容也很不一致。」奇特之三是，這兩個圈子讀書的品鑒旨趣也很不同，「脂硯圈子的評批旨趣有兩個方面，一是提示了《石頭記》故事與清代歷史本事的關係，二是繼承金聖歎的品鑒傳統」，對作品進行評批。而永忠圈子的閱讀，「似乎並不注意這部小說的家族興衰主題，關注的更多的，則是《紅樓夢》的情癡主題、色空觀念和道德批判。」

陳維昭教授描述到這裡，感到大惑不解，「似乎曹雪芹有意以秘密的方式分別向兩個閱讀圈子提供不同系統的手稿」。「這是紅學史上令人困惑的不解之謎」！

說到這裡，不僅陳維昭教授困惑不解，恐怕所有閱讀《紅學通史》的讀者都一樣會困惑不解。困惑不解什麼呢？最起碼有以下幾點：

其一，曹雪芹一個人，是否有可能以同一題材，同時創作題目、內容、旨趣都不盡相同的兩部作品？在古今中外的文學創作史上，一個作家同時創作兩部乃至多部小說的例子是有的，例如上世紀三十年代的張恨水，就曾經同時創作十二部小說，分別在不同的報刊上連載，但這十二部小說，是十二個題目，十二個內容，決不是同一題材。一個作家，把同一題材，在同一時期，寫成題目、內容、旨趣皆不相同的兩部作品，決無先例，也決無可能！

其二，曹雪芹在創作過程中，尚未完稿的情況下，身邊就同時聚集了兩個評論者圈子，一大群閱讀者隊伍，鬧得曹雪芹的創作過程滿城風雨，盡人皆知，這可能麼？記得有個作家說過，作家創作小說的過程，是個極其隱秘的過程，不希望任何人參與和打擾，就連最親近的人也是如此。就像女人生孩子，受孕過程，胎中發育過程，分娩過程，絕對都是個人隱私，不肯向外人道的。孩子生下來以後，才可以讓別人欣賞和愛撫。小說創作過程也一樣，立意過程，構思過程，寫作過程，修改過程，創作時是不肯告訴人的，創作完成後，作者方可以公開拿出來，讓別人閱讀和品評。曹雪芹的創作過程中，彙聚了一大幫人指手畫腳，說東道西，決無先例，也決無可能！

其三，在曹雪芹創作過程中，兩個同時存在並同時與曹雪芹都保持「零距離」的讀者圈子，在長達十幾年的時間裡，互相之間卻從未謀面，從不認識對方，置身於老死不相往來的兩個世界，這可能麼？曹雪芹創作時，家庭早已衰敗，沒有深宅大院，只有幾間破茅棚，用什麼辦法，多大精力，能精心巧妙地安排，在十幾年漫長的歲月中，從來不使兩個圈子的朋友見面呢？退一步說，曹雪芹又有什麼理由、什麼必要非得這麼做呢？如果整天爲兩個圈子會面而提心吊膽，攪盡腦汁，曹雪芹還有心思搞創作了麼？所以，我們可以斷定，兩個圈子同時不相識的局面，在十幾年中一直平安無事地神秘維持，決無先例，也決無可能！

那麼，這種決無先例、也決無可能的事情，是怎樣炮製出來的呢？我們不妨簡要回顧一下紅學界對這兩個讀者圈子的考證過程。對「脂硯齋圈子」的考證，唯一的來源就是《脂硯齋重評石頭記》中的脂批。說脂硯齋與曹雪芹同時，是因爲他們評批著同一本書，脂批批語中的繫年，如甲戌、己卯、庚辰、壬子、癸未、甲申等，同曹雪芹生活的乾隆時代干支相同，由此反推出來的。沒有任何證據證明脂硯齋是誰，同曹雪芹是否認識，是否有共同的生活經歷。那麼，我們不僅要問，中國古代文學作品中的繫年都是干支紀年，六十年一輪回，有什麼證據能證明脂批的干支繫年，是乾隆時代的干支，而不是前六十年的康熙時代的干支，或者後六十年嘉慶時代的干支呢？

永忠、明義、墨香等人的歷史是清楚的，他們同曹雪芹是同一時代人，彼此之間認識，有他們酬和、弔唁曹雪芹的詩可以證明。他們同脂硯齋圈子的人互不認識，能否說明脂硯齋等人根本就不是曹雪芹時代的人，而是六十年前，或者六十年後的人呢？要搞清這一點，還需要做過細的考證分析。

## 二、「批閱增刪」的曹雪芹，和脂批中的「芹溪」是一個人麼？

紅學界一直認爲曹雪芹就是曹芹溪，對他們究竟是一個人還是兩個人，從來就沒有人懷疑過。查《紅樓夢詞典》，曹雪芹一條是這樣解釋的：「《紅樓夢》的作者，我國文學史上最偉大的現實主義作家，名霑，字夢阮或芹圃，號雪芹或芹溪居士，其曾祖曹璽，祖父曹寅以及父輩曹顒和曹頫，祖孫三代四人，前後任江寧織造六十餘年。」作爲詞典，其解釋的權威性自毋庸置疑，但事實並非如此，這個曹雪芹的所謂權威解釋，大有商榷的餘地。

首先，曹雪芹的名、字、號來歷都有疑問。他的名「曹霑」，出自敦誠、敦敏詩，但張宜泉的詩中卻寫作「曹」，究竟孰是孰非呢？他的字「夢阮」來自張宜泉的詩，乃是孤證，另一字「芹圃」來自敦誠的詩，敦誠從不稱呼他爲「夢阮」，而張宜泉也從不稱呼他爲「芹圃」。難道曹雪芹有兩個字麼？古人取兩個字的情況是有的，但一般都是在人生的不同階段取的字，在同一階段同時取兩個字的現象是沒有的，更不會有同時的朋友，分別用不同的字相稱。他的號「雪芹」證據較多，但「雪芹」二字究竟是他的字還是號，誰也說不清楚，一般認爲是他的字的學者居多。他的另一個號「芹溪」，僅來自張宜泉的詩，也是孤證。張宜泉詩〈題芹溪居士〉題目下面有一貼條，上寫「姓曹名，字夢阮，號芹溪居士，其人工詩善畫」字樣，好多學者認爲這個貼條是後人僞造的。即使是真的，張宜泉所說的「姓曹名字夢阮號芹溪居士」的人，與敦氏兄弟所說的「姓曹名霑字芹圃號雪芹」的人，究竟是否一個人，大可懷疑。

其次，這個曹雪芹，究竟是不是江寧織造曹家的後人，是曹寅的兒子還是孫子，他的父親是曹顒還是曹頫，都是一鍋糊塗粥。最直接的證據是敦氏兄弟和永忠的詩，詩中都說曹雪芹曾經跟隨他的先祖赴「織造任」，但事實是，曹家被抄家革職時候，這個曹雪芹還沒出生，二敦和永忠詩的可信程度因此大打折扣。和曹雪芹同時的人袁枚，在《隨園詩話》中記載曹雪芹是曹寅的兒子，早期周春等人關於曹雪芹的記載，也都說他是曹寅的兒子，而說他是曹寅孫子的記載，只有一個孤證，就是清末民初楊鍾羲一個人，記載的時間也要晚上一百多年。紅學界採信證據，捨棄早期的多證，選取晚期的孤證，不能認爲是做學問的正途。近年內發現了一批關於江寧織造家族的史料，如《五慶堂家譜》、《總管內務府爲曹順等人捐納監生事咨戶部文》中，均沒有任何關於曹雪芹這個人的任何記載，因此，他究竟是否江寧織造曹家的後代，顯然很成疑問。

再次，所謂曹雪芹創作時期，兩個《紅樓夢》閱讀圈子的人關於曹雪芹的記載，究竟是一個人還是兩個人，也大成疑問。在二敦、張宜泉的詩中，根本沒有關於這個曹雪芹與《紅樓夢》有任何關係的記載，如果他們之間的關係是那麼密切，曹雪芹又確實創作過《紅樓夢》，這種闕如是不正常的。

脂硯齋在批語中有大量關於「芹溪」創作修改《紅樓夢》的記載，最突出的是畸笏叟的兩句話：「老朽因有魂托鳳姐賈家後事二件，豈是安富尊榮坐享人能想得到者？其事雖未泄，其言其意，令人悲切感服，姑赦之，因命芹溪刪去遺簪、更衣諸文」，「今芹溪、脂硯、杏（松）齋諸子相繼逝去，到今夏只剩朽物一枚。」脂硯齋批語中，稱呼該書的作者從來都是「作者」、「芹溪」、「芹」等字樣，並沒有說他姓什麼，名什麼，字號什麼，這個「芹溪」未必就一定姓曹而且就是曹雪芹。從一般規律來說，「芹」這個稱呼應該代指「芹溪」，而不能代指「雪芹」。脂批中確實有一句「缺中秋詩，俟雪芹」，但這句批語後面的繫年爲「乾隆二十一年」，不符合古人干支繫年的習慣，並不可信，似爲後人僞造竄入，僞造的目的，顯然是要坐實脂批中的「芹溪」就是乾隆朝的曹雪芹，手法之拙劣，令人不齒。

我們不能根據曹雪芹的生活年代，來反推脂批的繫年就是乾隆時代的干支，所以，脂批中出現的脂硯齋、芹溪、畸笏叟、松齋這些人，很可能與曹雪芹、二敦、張宜泉、永忠等人並非同一時代人，他們互相之間根本不認識，也從來沒有見過面。陳維昭教授在撰寫《紅學通史》時，對曹雪芹身邊何以「同時」出現兩個互不相識的讀者圈子，當然要感到是「紅學史上令人困惑不解之謎」了。

## 三、墨香等人傳看的《紅樓夢》，是曹雪芹自己寫的本子麼？

不可否認，在乾隆中期，確實有個名叫曹雪芹的人，拿出來一部《紅樓夢》手稿，在永忠等人的小圈子中間傳看。從現有史料中可以看出，曹雪芹把這部手稿首先借給了「墨香」，永忠是從墨香手轉借閱讀的，他的詩名就叫做〈因墨香得觀《紅樓夢》小說弔雪芹〉。明義是從誰手借到的《紅樓夢》手稿，不得而知，因爲曹雪芹不可能同時拿出兩部同樣的手稿，分別借給他們閱讀，一部百萬字的小說，在那毛筆書寫的時代，抄成一部手稿談何容易？曹雪芹又很窮，達到了「舉家食粥酒常賒」的程度，又哪來那麼多錢來購買紙張筆墨？所以，明義只能是從永忠手再轉借閱讀的。還有沒有別人借閱，沒有記載，不好枉斷。永忠的另一位本家「瑤華」，早就聽說《紅樓夢》傳世已久，但害怕書中有「礙語」，卻始終不敢閱讀。

永忠等人從曹雪芹手中借閱的這本書，書名確實叫做《紅樓夢》。因爲書稿是曹雪芹拿

出來的，曹雪芹又沒有交代該書稿的作者究竟是誰，書中又明確寫有「曹雪芹在悼紅軒中披閱十載，增刪五次，纂成目錄，分出章回」字樣，他們當然要把曹雪芹當做是《紅樓夢》作者了。由於書中文字內容寫得那麼高明，他們也當然會認爲曹雪芹「傳神文筆足千秋」了。但其實他們並不深知這個曹雪芹，否則就不會認爲尚未出生時的曹雪芹，會隨同「先祖」去赴什麼「織造任」了。

曹雪芹拿出來給永忠等人看的這部《紅樓夢》，究竟誰是作者，疑點重重。首先，今天我們所能看到的《紅樓夢》所有版本，都寫著曹雪芹「披閱增刪」後，另題一名爲《金陵十二釵》，曹雪芹活著的時候親手拿出的手稿，書名應該是《金陵十二釵》，而不應是《紅樓夢》或《石頭記》。

其次，曹雪芹作爲一個正常的作家，決無可能以相同的題材和體裁，在同一時間內，寫一部《紅樓夢》，又寫一部《金陵十二釵》，同時脂硯齋還五次評點著另一部《石頭記》。從永忠、明義等人的題詩看，這部《紅樓夢》與我們今天所見到的任何版本都絕對不同，書名、內容、旨趣、完整程度都不一樣，是個內容比較簡單、但首尾完整的全本，書中的主要內容是記載大觀園中的風流韻事。毫無疑問，這部特殊的《紅樓夢》是從曹雪芹手傳出來的，我們只能理解爲，它就是曹雪芹在前人作品基礎上「披閱增刪」後形成的《金陵十二釵》。從明義的二十首題詩反映出的內容看，這部《紅樓夢》集中寫大觀園中諸多女兒的事跡，對其他風月故事幾乎全部刪削乾淨，「窩裡鬥」、「抄家」的故事統統沒有，這樣內容的一本書，另題名爲《金陵十二釵》確實是恰當的。可見曹雪芹拿給永忠看的這本書，雖然尚未改題新名，但應該同《金陵十二釵》是一個稿本。

筆者在〈《紅樓夢》成書過程新探〉一文中，曾經推測曹雪芹拿給永忠、明義看的《紅樓夢》本子（簡稱「明本」），是曹雪芹「披閱增刪」前的底本，現在看這種推測不確。「明本」不是今本《紅樓夢》底本，而是經過「披閱增刪」後的簡本，就是失傳的《金陵十二釵》。從明義二十首詩中可以看出，這個本子中沒有秦可卿、二尤、賈瑞、秦鍾等內容，只保留了涉及「十二釵」生活的內容，這恰恰證明了曹雪芹何以另題書名爲《金陵十二釵》。曹雪芹祖上在金陵當差，所以主要保留了「十二釵」的內容，並冠以「金陵」字樣。這也證明了曹雪芹的「披閱增刪」都幹了些什麼，由於秦可卿、二尤、賈瑞等內容被曹雪芹刪掉，全書幾乎失去了一半內容，所以才需要重新編纂目錄章回，否則，書中所說曹雪芹「纂成目錄，分出章回」是很難理解的，難道原本連目錄章回都沒有麼？

再次，曹雪芹「披閱增刪」後形成的《金陵十二釵》，根本沒有流傳，不僅今天見不到任何歷史版本，就是所有的歷史記載中也沒見到任何文字蹤跡。從永忠等人閱讀過的這部《紅樓夢》的內容看，今天原稿肯定也沒有流傳下來，因爲所有今天能看到的本子與這個本子的內容體例都不同，但同名爲《紅樓夢》的其他版本小說卻流傳下來，內容同脂本《石頭記》大同小異，都是一百二十回全本，上面沒有脂批。程高本《紅樓夢》的底本，應該也是這樣一個稿本。今天流傳下來的諸多脂硯齋評本和立松軒評本《石頭記》，都是八十回殘

本，並且都有彼此之間或同或異的大量脂批或立松軒批語。換句話說，曹雪芹自己披閱增刪並親手拿給墨香等人傳看的本子根本沒有流傳下來，今天所見到的諸多版本未必是從曹雪芹手裡流傳下來的。這撲朔迷離的版本流傳過程，又說明了什麼呢？

## 四、在曹雪芹之前，確實有個《紅樓夢》原始作者「芹溪」麼？

其實，這個問題並非今天才提出來，早在曹雪芹那個時代，就有人提出來了。程高本出版時，程偉元在序言中很客觀地交代：「《紅樓夢》小說本名《石頭記》，作者相傳不一，究未知出自何人，唯書內記曹雪芹先生刪改數過。」陳鏞的《樗散軒叢談》中記載，《紅樓夢》「初不知作者誰何，或言是康熙間京師某府西賓常州某孝廉手筆。巨家間有之，然皆抄錄，無刊本，曩時見者絕少。乾隆五十四年，蘇大司寇家因是書被鼠傷，付琉璃廠書坊抽換裝訂，坊中人藉以抄出，刊版刷印漁利，今天下俱知有《紅樓夢》矣。」歷史上關於《紅樓夢》創作始於康熙朝的說法始終不絕於耳，到了近代的吳克歧，還堅信《紅樓夢》是康熙年間的作品。

在引用史料問題上，從胡適先生到今天的很多紅學大家，往往都採用一種很不科學的實用主義態度，特別是在對待裕瑞的《棗窗閑筆》中關於《紅樓夢》和曹雪芹的內容記載上，對曹雪芹著作權有利的部分就予以採信，不利的部分就斷然否定，削足適履，雙重標準，實在令人啼笑皆非。其實，裕瑞明確說曹雪芹是在不知什麼名字的前人作品上，潤色修改，愈改愈奇，並非自己獨創。這同曹雪芹在書中自己交代的「披閱增刪」過程是完全一致的，紅學研究中對裕瑞提供的證據應該可以採信，可惜我們的紅學家們都先入爲主，戴著「曹雪芹著作權」的有色眼鏡，毫無理由地輕易否定了。

筆者經過多年的精心考證，證明了曹雪芹之前的那個《紅樓夢》的初作者，是康熙朝的大文豪洪昇；評點整理該書的「脂硯齋」是洪昇的妻子黃蘭次，「畸笏叟」是洪昇的妾鄧氏雪兒；另一個批書者「松齋」、「立松軒」是爲洪昇著作「抄錄問世」的「空空道人」（情僧），他的原型是京東盤山「青溝峰」的主持「拙道人」，也稱「拙和尚」，確實有僧道雙重身分。爲該書題名《風月寶鑑》的「東魯孔梅溪」，是洪昇的老師王漁洋，題名《紅樓夢》的「吳玉峰」，是洪昇的忘年交、西昆體詩人吳喬，爲《風月寶鑑》做序的「棠村」，是與洪昇外祖父黃幾同殿稱臣的大學士梁清標。這些考證見書中的系列論文，這裡不再重複。這些人原型的發現，如果一個兩個可能是偶合，但《紅樓夢》書中涉及到的所有八個與該書創作、評點、題名、傳抄有關人物的原型，都集中出現在洪昇的圈子裡，書中提到的所有地名、事件、人物原型，都集中出現在洪昇的人生軌跡中，是頑固堅守傳統紅學的先生們，用「偶合」二字可以輕易否定的麼？在你們堅信的那個曹雪芹身上，爲什麼一項「偶合」也沒有出現呢？

我們說洪昇就是脂批中的那個「芹溪」，也是有證據的。早在康熙三年出版的《天寶曲史》一書，作者是孫郁，評點者是「芹溪處士」。這個「芹溪處士」，就是洪昇的別屬，洪

昇青年時期用過「芹溪」的別號。「芹溪」二字，只能是江南人取的號，因爲江南的冬季，才有野芹可採，江南的小河，才被稱爲「溪」，曹雪芹自小生活在北京，決無取號芹溪的可能；洪昇的家鄉，水網縱橫，「芹溪」、「梅溪」、「竹溪」等河流名遍地皆是。江南文人以「溪」字爲自己取號也很普遍。康熙三年洪昇已婚，他的妻妾們在批語中，親切地稱呼他爲「芹溪」或「芹」，有什麼奇怪麼？「脂硯齋」是洪昇妻子黃蘭次的別屬，她是「蕉園詩社」的重要成員之一，詩社的成員都有各自爲自己取的雅號，如洪昇當時號「嘯月樓」，錢鳳綸號「天香樓」，馮又令號「湘靈樓」，柴靜儀號「凝香室」等，「脂硯齋」之別號，與「蕉園詩社」成員所取雅號的習慣完全相同。

「畸笏叟」是洪昇小妾鄧雪兒的戲稱。《紅樓夢》書中畸笏叟的批語有些顯得老氣橫秋、倚老賣老，這是爲什麼呢？原來，洪昇夫婦生前，創作評點的工作還輪不到鄧雪兒，她是戲子出身，文化水平不高，又比較年輕。但洪昇夫婦死後，整理批閱書稿的任務，就歷史地落在了她的身上，她是長輩，年齡也當然比子女大，所以不時擺出老氣橫秋的架勢，人之常情，無須奇怪。

我們回過頭來再看清朝陳鏞關於《紅樓夢》作者是「康熙京師某府西賓」「常州孝廉」的說法。所謂「西賓」，就是家庭私塾教師，所謂「孝廉」，就是監生貢生的意思。洪昇是康熙朝人，曾在京師吏部尚書李天馥家長期當「西賓」，身分是「國子監生」，也就是所謂的「孝廉」。但洪昇是杭州人，不是常州人，考慮到兩個地名語音上的接近，陳鏞記載的本來就是京師傳言，傳言中以訛傳訛，誤杭州爲常州的可能性不是沒有的。

坐實洪昇的著作權，我們還必須解決一個關鍵的問題，就是脂批的繫年問題。脂批中全部是干支紀年，把這些干支同乾隆朝的年代對應，與曹雪芹創作《紅樓夢》的時間決不接榫，正因爲甲戌本的紀年「甲戌年」（乾隆十九年，西元一七五四年），以此上推十年「披閱增刪」期（我們的紅學家就是這樣推斷的，並非筆者在這裡杜撰），才出現了曹雪芹於乾隆九年、只有二十來歲就開始創作《紅樓夢》，總結回憶自己一生的怪現象。如果把脂批的紀年恢復爲康熙干支，同洪昇的創作活動相對照，一切都順理成章了。康熙甲戌是康熙四十三年（一六九四年），從康熙二十九年洪昇四十六歲開始創作《紅樓夢》，到此歷經了五個年頭，《紅樓夢》的初稿完成了前四十回，黃蘭次評點也評點了四十回，然後拿出來供人品評，遂有了今天只存世十六回（其餘二十四回迷失了）的「甲戌本」。《紅樓夢》創作初期是艱難的，進度也很慢，也就是這一年，洪昇曾對老朋友《隋唐演義》小說作者褚人獲說，自己以親身經歷寫作的文章，「忽忽數年，迄無頭緒」，可見創作進程不順利。到康熙己卯年（一六九九年）和庚辰年（一七〇〇），又過了六七個年頭，洪昇經過數易其稿，才分別寫出了相對完整的「己卯本」和「庚辰本」本的祖本。洪昇逝世於甲申年（康熙四十三年，西元一七〇四年）六月，就是在這年八月的脂批中，出現了因「芹溪」去世、評點者「淚筆」的字樣。在其後的丁亥（一七〇七）、辛卯（一七一一）、甲午（一七一四）諸年的脂批中，就只有畸笏叟的文字了，肯定這時脂硯齋（黃蘭次）也已經過世了。

## 五、脂硯齋批語中，反映的究竟是誰家的事跡？

脂硯齋批語的特點，確實是表現得「事皆親歷」，處處以當事人的身分說話。傳統紅學一直把脂硯齋視爲曹雪芹的親人，說脂硯齋批語反映的就是曹家的真人真事，但只能是捕風捉影式地附會，拿不出像樣的證據來，只有曹寅那句「樹倒猢猻散」的話還有點影子，但在歷史上無數的封建大家族中，習慣說這句口頭禪的人何止成千上萬，怎麼能就此斷定脂硯齋說的就是曹寅？

脂批中大量出現「舊族後輩」如何不堪，「吾家尤甚」，家中發生「脊鳥令鳥之悲，棠棣之戚」，造成「子孫流散」之類的批語。這是對洪家發生的真實「家難」的忠實記載。這些批語同曹雪芹家庭的敗落完全不合榫，曹雪芹在家庭敗落中也沒有責任，但同洪昇家庭的敗落卻完全吻合，洪昇本人在「天倫之變」中負有重要責任，終身都爲此而愧悔。

脂批中透露這些問題時，往往寫「三十年前事見於今日」，「三十年前作者在何處耶」，「屈指三十五年矣」字樣，反覆強調真實發生的事情和書中再現這些事情的時間相差「三十年」或「三十五年」。這在曹雪芹身上是無法解釋的，曹雪芹只活了四十歲，從他死時往前推算，「三十五年前」他只有不到十歲，從他創作《紅樓夢》開始的時間反推，「三十年前」在他出生的十多年前，家族悲劇關他什麼事？而放在洪昇夫婦身上，則完全合乎情理。洪家發生「家難」的時間是康熙初年，洪昇開始創作《紅樓夢》是康熙三十一年，作品殺青在康熙四十一年，作品寫的正所謂「三十年前」或「三十五年前」之事。

脂批透露的《紅樓夢》後半部分內容，大體有四個方面：一是寶玉有「情極之毒」，當日還「可勸」「可箴」，而後來則「不可勸」、「不可箴」，一意孤行，終於「離家出走」。二是王熙鳳「力拙失人心」，「知命強英雄」。三是家庭被官府查抄，「家事消亡」、「落一片白茫茫大地真乾淨」。四是脫離家庭後，寶玉過著極爲艱難困苦的生活，最終也「沒有悟」，終生不可救藥。

這些內容同曹雪芹的故事似是而非，卻與洪昇的故事絲絲入扣。洪昇從小就信奉「情教」思想，在「家難」發生時執意離家出走，正所謂「情極之毒」，「不可勸」、「不可箴」；鳳姐的原型便是黃蘭次，與洪昇母親是親姑姑侄女關係，「家難」發生前是當家媳婦，「家難」發生後與姑母兼婆母鬧翻了，下場當然是「力拙失人心」了；洪家後來由於受「三藩之亂」的牽連，被官府查抄，父母都被發配充軍，家事徹底消亡。洪昇夫婦逃離家庭後，寄居北京的二十多年中，生活極度困苦，經常因凍餓達到「八口命如絲」的地步。

脂批也大量透露了洪昇的文學交往過程，如與詩壇領袖王漁洋交往的「謝園送茶故事」，與著名詩人趙執信交往的「雲龍圖」故事，與《隋唐演義》作者褚人獲交往的「一丈紅」故事，與《女仙外史》作者呂熊交往「評點魔道亦奇」的故事，與武康鄭教習交往的「矮顖舫」「以合歡花釀酒」的故事，等等。這些交往的時間比曹雪芹要早六十年左右，這些人都是曹雪芹的祖父輩人物，不可能與曹雪芹有什麼關係，但他們都是洪昇有據可查的朋友，脂批透露的這些交往故事只能是洪昇的真實經歷。

## 六、《紅樓夢》版本流傳中，「立松軒本」是總源頭麼？

《紅樓夢》現存的十幾種版本，究竟應該如何劃分類型是個很有趣味的問題。紅學界一般都分爲「程高本」和「脂本」，認爲除了印本外都是「脂本」，這是很不科學的。那些題名爲《石頭記》，以八十回傳世，並且有脂批的，應該屬於「脂本」；那些雖然也題名爲《石頭記》，也以八十回傳世，但每回都有回前回後總批，並有大量不屬於脂批的批語的，卻未必是脂本，而應是另一個版本系統；題名爲《紅樓夢》的一百二十回本，並且沒有脂批的，即使是抄本，不是程高印本，也不能看成是「脂本」。因此把《紅樓夢》版本系統分爲《紅樓夢》系統和脂本《石頭記》系統、立松軒本《石頭記》系統，是比較科學的，也是比較清楚的。曹雪芹傳出的名爲《紅樓夢》的本子，與今天的《紅樓夢》系統本子也不相同，無法歸入哪個系統，但它的祖本，應該是《紅樓夢》系統的本子，因此仍應歸類爲《紅樓夢》系統版本。不過這個版本已經徹底失傳了，這種歸類沒什麼意義。總的說《紅樓夢》各種版本大體可歸類爲「《紅樓夢》本」、「脂批《石頭記》本」和「立松軒《石頭記》本」三大版本系統。

這三大版本系統都是從曹雪芹手中一個源頭流傳出來的麼？從表面上看，似乎應該如此，因爲現今所能見到的所有版本中，不論內容有多大出入，書中開始都有「後曹雪芹在悼紅軒中披閱十載，增刪五次，纂成目錄，分出章回，另題一名爲《金陵十二釵》」字樣。但細緻想來，問題恐怕沒有這麼簡單。在程高本印刷發行前，各種版本的《紅樓夢》在社會上流傳已久，並且都是手抄本。手抄本的特點，就是在傳抄過程中，對於「此有彼無或彼有此無」的文字，往往用其他本子校核抄配，形成「百納本」。除了甲戌本前面有個「凡例」顯得特殊外，其他所有本子的開頭文字都幾乎是一模一樣的，這顯然是在長期的互相抄配過程中形成的。也就是說，開頭寫有「曹雪芹披閱增刪」字樣的本子，不一定就是從曹雪芹一個源頭傳抄出來的。

由於歷史資料極爲匱乏，這方面我們只能做些推理判斷的事情。洪昇初創《紅樓夢》殺青是在康熙四十一年（壬午，一七〇二），有朱彝尊記載的《洪上舍傳奇》可證。此前先後寫出了甲戌、己卯、庚辰三個稿本，最後定稿本應最接近今天的庚辰（一七〇〇年）本。就是這一年，洪昇的老朋友、京東盤山的「拙道人」（拙和尚）前往江南「掃塔」，「訪道求仙」。根據《紅樓夢》書中所記作者「石兄」同後改名爲「情僧」的「空空道人」的對話看，我們有理由相信這個「拙道人」（拙和尚）就是「空空道人」（情僧）的原型，是他第一個從洪昇處抄錄回來一個名爲《石頭記》的本子，並由他來「問世傳奇」。從王漁洋對「拙道人」（拙和尚）的記載看，他在江南回來後，曾經在相當長的一段時間內心無旁騖，一心一意蹲在寺廟中做「淨金聖歎」。什麼叫「淨金聖歎」？「淨」乃出家人的簡稱，「金聖歎」是著名的小說《水滸傳》的評點者，絕對是他身後所有小說評點者的代稱。拙道人剛從洪昇身邊回來，評點的是什麼書呢？讀者朋友細思之。

這個「拙道人」（拙和尚）是個很獨特也很神秘的人物，他文學水平很高，同當時著名文人學士交往很多，連康熙皇帝都曾爲他的「青溝禪院」御筆親題「戶外一峰」匾額，使青溝寺的稱呼變成了「青溝峰」，這難道不正是《紅樓夢》中的青埂峰麼？他的兼具僧道雙重身分，不正是書中那個兼具「空空道人」和「情僧」雙重身分者的原型麼？在今天的盤山歷史文獻中，還記載兩則「拙道人」（拙和尚）的故事，似乎與《紅樓夢》創作不無關係。

「拙道人」（拙和尚）俗姓張，原籍徐州，明朝末年，他是明軍駐守薊州的一個將領，明亡後遁入盤山出家。《紅樓夢》中那段形容他改名「情僧」時的莫名其妙的話，「因空見色，由色生情，傳情入色，自色悟空」，好像就是隱寫他的這段歷史。「因空見色」說的是他因爲大明王朝覆亡而出家，出家後反而更多地接觸了大千世界；「由色生情」說的是他在大千世界中接觸了那麼多著名人物，並與他們保持了長久深厚的感情；「傳情入色」說的是他憑著這份感情，爲老朋友「石頭」（洪昇）「傳抄問世」《紅樓夢》；「自色悟空」說的是他從《紅樓夢》的情幻主題中，更加深了自己的色空思想。

盤山史料還記載有一件有趣的事情，有一次康熙皇帝遊歷盤山，在青溝寺中聞到了濃重的脂粉氣味，以爲「拙道人」（拙和尚）在寺廟清淨地藏有良家婦女，很是生氣，後來搞清楚是香客，頓釋前嫌。康熙皇帝問他，你爲什麼不解釋呢？他打禪語回答道：「假作真時真亦假，無爲有處有還無。」看，《紅樓夢》中這副最著名的聯語，原來就出自青溝寺的「拙道人」（拙和尚）之口，並非作者獨創。

「拙道人」（拙和尚）「傳抄問世」的《紅樓夢》，書名應該是《情僧錄》，而不是《石頭記》，爲什麼今天立松軒本仍名《石頭記》呢?考慮到《情僧錄》乃是一句戲言，只起到說明「情僧」曾抄錄問世過《石頭記》的作用，不好真的用作書名的，這個疑問就不難解釋了。

拙道人抄錄完成回到盤山後，曾以「松齋」和「立松軒」的名義進行過評點，「松齋」是他的「室名」，「立松軒」是他的批語署名。王漁洋此時之所以把他叫做「淨金聖歎」，意思就是他正在評點小說。他爲什麼在評點小說時爲自己取別名爲「松齋」和「立松軒」呢?原來，古人認爲評點小說，乃文學中的「小道」，不足掛齒，並且還有文字獄威脅，所以也往往不使用真名，也不使用「青溝寺」一類社會聞名的代稱，而使用別人很難猜到的意料之外、情理之中的署名。「拙道人」（拙和尚）住錫的盤山，是清初的天下四大名山之一，盤山以松勝，青溝禪院附近，更是松蔭遍地、松濤轟鳴的好地方，康熙二十九年洪昇來此逃禪時，曾寫詩「山山青松迎客」可證。「拙道人」評點從洪昇那裡抄錄回來的《紅樓夢》，以「松齋」和「立松軒」爲筆名，實在是再順理成章不過的事情。

研究「立松軒本」的專家們，通過大量分析論證，證明「立松軒」不僅出現的時間早，而且很有特色。其特色主要有：書中的每一回，都有回前回後總批，這些總批顯然是「立松軒」本人的批語；正文中也有一些有「立松軒」屬名或有其語言特點的夾批，但也混入了大量脂批，似乎是後來傳抄中從其他脂本補入的；「立松軒」的批語，佛家思想很濃，很多評語乾脆就是用佛家語言寫的。根據這些特點，我們完全有理由推測，這個版本的原始「抄錄者」和「評點者」，就是「拙道人」（拙和尚），就是書中那個「空空道人」（情僧）的生活原型，聯繫到這個人的本來身分就是個「情僧」，書中用佛家語言評點的問題，也就會恍然大悟了！

「拙道人」（拙和尚）以「立松軒」名義「問世傳奇」的《石頭記》，在《紅樓夢》版本史上被稱爲「立松軒本」。據很多紅學家考證分析，「立松軒本」問世的時間在《紅樓夢》諸版本中最早，是蒙府本、戚序本、靖藏本、列藏本的共同祖本，有的紅學家甚至認爲，立松軒本是一切脂本《石頭記》的祖本。聯繫到《紅樓夢》中交代的此書是「空空道人」（情僧）「抄錄回去，問世傳奇」的記載，這實在是最合理的解釋。所以，「拙道人」（拙和尚）在盤山（大荒山）傳出來的立松軒評點本，應該是今天《紅樓夢》所有版本的第一個祖本，即所謂《情僧錄》本。

## 七、曹雪芹「披閱增刪」的《紅樓夢》，是今本的祖本嗎？

《紅樓夢》的第二個祖本來源就來自前面分析的曹雪芹。洪昇的人生最後一站，是在曹寅的江寧織造府度過的。康熙四十三年六月底，應曹寅之約，六十歲的洪昇赴江寧織造曹寅的約請，來南京「暢演三日《長生殿》」，受到曹寅的禮遇。洪昇是帶著「行卷」（也就是隨身攜帶的裝著書稿的箱子）來到南京的，曹寅讀了「行卷」之後，寫了一首〈贈洪昉思〉的詩。詩曰：「惆悵江關白髮生，斷雲零雁各淒清。稱心歲月荒唐過，垂老著書恐懼成。禮法誰曾輕阮籍，窮愁天亦厚虞卿。縱橫捭闔人間世，只此能消萬古情。」詩中首聯說的是老朋友江邊相間，彼此望著對方的斑斑白髮，不勝感慨唏噓。頷聯說的是洪昇在稱心的歲月裡發生了「家難」，而垂老之時在恐懼的心情中寫成了一部書。頸聯說洪昇的性格比阮籍還要輕蔑禮法，比虞卿得到的朋友幫助還多。尾聯說我這個「縱橫捭闔人」爲你這部作品出版問世，用來表達我們之間的萬古深情。

周汝昌大師從這首詩中，看出了這似乎是曹寅寫給《紅樓夢》作者的詩，可惜他囿於曹雪芹是曹寅孫子的成見，又輕率否定了。其實，這確實是寫給《紅樓夢》作者的詩，不過這個作者不是曹雪芹，而是他祖父曹寅的老朋友洪昇。洪昇帶來的「行卷」，應該就是《紅樓夢》的手稿，目的是請曹寅幫助刻版印刷，曹寅樂於幫助窮困文人出版著作在當時是有名的，朱彝尊、吳梅村的作品印刷，都得到過他的幫助。作爲老朋友，洪昇向他求助也是順理成章的。可惜的是，人算不如天算，洪昇回家途中，就因酒醉落水淹死了，手稿從此落在曹寅家。

曹寅晚年，債務山積，鬧心的事情不少，並沒完成對老朋友的出版承諾，不久也病死了。隨後曹家被朝廷查抄，全家回到北京，洪昇的手稿可以想見也來到北京。直到乾隆中期，曹雪芹翻出了這些手稿，感到與自己家的經歷類似，引發心理共鳴，於是開始十年的

「披閱增刪」，並把改定的書稿一段段拿出來換「南酒燒鴨」（裕瑞語）。曹雪芹拿給永忠等人傳看的《紅樓夢》，應該就是這個稿子，不過這時候他還沒有改書名爲《金陵十二釵》。（曹雪芹「披閱增刪」後取名《金陵十二釵》的版本是否曾經傳出，令人懷疑），曹雪芹據以「披閱增刪」的底本，應該是今天《紅樓夢》版本系統的第二個源頭。不過曹雪芹傳出來的經過「披閱增刪」的《紅樓夢》，即《金陵十二釵》，後來卻失傳了，所以至今沒有一部與永忠、明義閱讀的《紅樓夢》相同的稿本存世。今天我們用明義、永忠等人的題詩來推斷出來的曹雪芹刪改本的內容，可以概略地看出，曹雪芹的「披閱增刪」，增的主要是書的結局部分，因爲該書首尾完整；刪的主要是書中那些家族中矛盾糾紛的情節，而保留了大觀園中風雅生活的情節。這種刪改，現在看未必高明，因爲它削弱了作品的現實主義意義，強化了作品的歌頌女兒的意義。曹雪芹「批閱增刪」所依據的底本，應該就是流傳到今天的題名爲《紅樓夢》的諸多版本，包括「夢稿本」、「程甲本」、「程乙本」在內的共同祖本。

《紅樓夢》的第三個祖本來源於畸笏叟。洪昇帶到南京去的「行卷」，應該是《紅樓夢》底稿的謄錄本，任何作家也不會把創作的最原始底本交給別人的。洪昇生前，他的妻子黃蘭次就在底本上斷斷續續地評點，因爲書中反映的內容是夫妻二人的共同生活經歷，二人之間幾乎心心相印、呼吸相通，所以批語體現了脂硯齋「事皆親歷」。洪昇死後不久，黃蘭次由於悲傷過度，也很快去世了，書稿交給了鄧雪兒，她就以丈夫生前戲稱的「畸笏叟」署名，繼續評點整理舊稿。她的批語中有一段很奇怪的話：「芹溪、脂硯已逝，今夏只剩朽物一枚」，「願造化主再生一芹一脂，余二人將大快遂心於九泉」。「一芹一脂」加上「余」，是三個人，三人中已經死了兩個，這個「大快遂心」的「余二人」指的是誰呢？是芹脂二人吧，就不應該使用「余」字；是「餘」吧，又只剩一人，何來「二人」？批語中說到的三個人，只有是丈夫妻妾的特殊關係，這段批語才講得通。其潛臺詞是，唯願造化主來世再生「一芹一脂」，仍舊做夫妻，「余」和「脂」仍舊做「芹」的妻妾，我們二人才會在九泉「大快遂心」。

畸笏叟整理傳抄的這部手稿，應該是《紅樓夢》的第三個版本源頭。這部手稿在脂硯齋生前，就已經經歷過五次評點，並把書名改題爲《石頭記》。畸笏叟在保存整理過程中，又不慎把後四十回讓「借閱者迷失」，使這部書稿成了斷臂維納斯。這部書稿連同脂批，成了今天所有名爲《石頭記》的、有大量脂批的八十回殘本的共同祖本。

根據以上分析，我們可以得出以下結論，今天存世的諸多《紅樓夢》版本，其創作的總源頭是康熙朝的洪昇。其「傳抄問世」的源頭有三個：一是「空空道人」抄錄問世的《石頭記》，也就是立松軒（《情僧錄》）版本系統；二是畸笏叟整理傳出的《石頭記》，也就是今天的脂硯齋版本系統；三是曹雪芹「披閱增刪」的《金陵十二釵》的底本《紅樓夢》，也就是今天的《紅樓夢》版本系統。這同《紅樓夢》開篇關於作者、抄錄問世者、批閱增刪者的記錄是完全一致的。不過，經曹雪芹刪改過的《紅樓夢》，即《金陵十二釵》，已經完全在歷史的迷霧中迷失，今天已無法再現本來面目了。只是書中開頭「曹雪芹披閱增刪」的一句話，還是在複雜的互相抄配中保存了下來，作爲曹雪芹曾經爲《紅樓夢》問世傳奇所做貢獻的紀念吧。

回過頭來，我們再來看《紅樓夢》書中一開始就交代的版本流傳過程：「空空道人」「改《石頭記》爲《情僧錄》」，「東魯孔梅溪題名《風月寶鑑》」，「吳玉峰題名《紅樓夢》」，「後曹雪芹在悼紅軒中」「披閱增刪」，「另題一名《金陵十二釵》」，「脂硯齋甲戌抄閱再評，仍名《石頭記》」。對這段話中顯示的「《石頭記》——《情僧錄》——《風月寶鑑》——《紅樓夢》——《金陵十二釵》——《石頭記》」這樣一個成書過程，我們往往做線性理解，認爲是前後相繼的順序，其實不然。這一串書名並非線性順序，而是三個板塊：從「石兄」與「空空道人」的對話到「吳玉峰題《紅樓夢》」，這是第一個板塊，說的是「立松軒本」的成書過程。「曹雪芹披閱增刪並改題《金陵十二釵》」是第二個板塊，說的是「《紅樓夢》祖本」及曹雪芹刪改的《紅樓夢》本（明本）的成書過程。「脂硯齋抄閱再評恢復原名《石頭記》」是第三個板塊，說的是「畸笏叟本」的成書過程。三個版塊之間並不是前後相繼關係，而是各自傳出，形成了各自的版本系統。那麼爲什麼今天的所有版本都有這三段話呢？前文說過，這就是手稿反覆傳抄中形成的「百納本」效應使然。

當然三套版本系統呈現的板塊結構，也不是說這三個版本在時間上是完全平行產生的。「立松軒本」傳出來的時間最早，因爲「拙道人」「抄錄問世」的時間最早，開始於康熙四十一（一七〇二）年。第二個傳出的應該是「畸笏叟本」，這是在洪昇逝世（康熙四十三年，一七〇四年）後，又經過幾年的整理評點後傳出的。最後傳出的才是曹雪芹刪改後的「《紅樓夢》本」和據以刪改的底本，也就是洪昇帶到曹家的手稿本。洪昇手稿到曹家的時間雖然早於「畸笏叟本」的問世時間，但在曹家書箱中躺了六十年後，才由曹雪芹開始「披閱增刪」，所以問世時間又最晚。

這裡還有一個問題需要說明，書中對脂硯齋「抄閱再評」仍用《石頭記》做書名的記載，位置在曹雪芹「披閱增刪」另題名《金陵十二釵》的後面，是否說脂硯齋「抄閱再評」的時間，在曹雪芹之後呢？否則爲什麼要說「仍用《石頭記》」呢？其實絕不是這麼回事。朋友們可以仔細想一下，洪昇的文稿交給第一個抄錄者情僧時，書名叫《石頭記》，帶到曹寅家的是第二個書稿，書名已改爲《紅樓夢》，脂硯齋評點整理的是最後一稿，其時洪昇已經逝世，所以脂硯齋決定，不用帶到曹家的書稿《紅樓夢》名稱，書名仍用《石頭記》。這段話說的是曹雪芹「披閱增刪」六十年前的事情，順序是絕對清楚的，不過曹雪芹在書中加上自己名字的時候，加錯了地方，所以造成了脂硯齋晚於曹雪芹的誤解。

「曹雪芹刪改本《紅樓夢》」爲什麼在史料中記載最多，影響最大，卻又最終迷失，沒有流傳下來呢？原因就在於曹雪芹所在的城市和交往圈子。曹雪芹在北京，交往者多是宗室人物，他們最容易在全國造成影響，但他們也最容易受朝廷文字獄高壓的限制，所以永忠、明義等人雖然很早就閱讀過《紅樓夢》，但並沒爲後人流傳下來這個出自曹雪芹手的《紅樓夢》版本。「立松軒本」傳播的起點在京郊盤山，「畸笏叟本」傳播的起點在浙江杭州，它們都是在民間秘密流傳的。民間流傳的特點有三個，一是最有生命力，二是史料上很少記載，三是最容易形成「百納本」、「蒸鍋鋪本」。今本《紅樓夢》各版本，其據以抄錄的底本，幾乎都是「百納本」、「蒸鍋鋪本」，就足以說明問題。在程高本印刷前，很少見到流傳的記載，但各種版本居然流傳下來十幾本之多，這些都體現了民間流傳的特徵。

## 八、著作權問題上，耍陰謀玩手段的那個人究竟是誰？

歐陽健先生全盤否定脂硯齋，他在《還原脂硯齋》一書中，把脂硯齋的出現視爲一個陰謀，一場鬧劇。他認爲脂硯齋是一九二七年胡適考證曹雪芹爲《紅樓夢》作者後，一些唯利是圖的書商，用稿費買來的七拼八湊的贋品製造出來的，製造的目的是爲了支持胡適的考證，利用胡適的名氣賺錢。後來感覺到脂硯齋的出現似乎比胡適的考證要早，又改說清朝末期的劉銓福作假。歐陽健先生對後來竄入脂批中的假批語的分析和甄別是很有見地、很有成就的，但因此而全盤否定脂批，也似乎說過了頭。

脂批確實揭示了《紅樓夢》作者和創作過程的真相，但我們過去受胡適先生的錯誤引導，把脂批同曹雪芹攪在了一起，因此愈研究愈糊塗；當你隨著筆者的思路，把「芹溪」、「脂硯齋」、「畸笏叟」還原爲洪昇、黃蘭次、鄧雪兒後，你就會發現，一切是那麼合情合理、順理成章、水到渠成，天衣無縫。真正的那個脂硯齋，根本沒有作什麼僞，而是忠實地交代《紅樓夢》作者的真人真事。脂硯齋在紅學歷史上不僅無罪，反而功莫大焉！

脂硯齋雖然沒有作僞，但在《紅樓夢》著作權問題上，確實有人作僞。這個作僞者，前面是曹雪芹，後面是胡適！說曹雪芹作僞，並不冤枉他。他應該知道他祖父留下來的這個《紅樓夢》稿本是洪昇的手稿，但他對此從來就守口如瓶，不肯透露半分。他應該知道自己同脂硯齋是毫無瓜葛的兩代人，卻又冒充脂硯齋寫假批語，讓自己和脂硯齋能夠掛鈎，繫年「乾隆二十一年」的假脂批，顯然就是他僞造的。在自己傳抄出去的本子上，他又違背古典小說作者不署真名的通例，在洪昇等人使用的「石頭」、「情僧」等化名的中間，居然大筆一揮，明確寫上了自己的真實名字。對借閱的永忠、明義等人，他又經常有意無意地暗示是根據自己家祖上的事跡創作的。否則，明義等人如何會在詩中異口同聲地說根本不存在的事情，讓尚未出生的曹雪芹隨其「先祖」去赴「江寧織造任」？表白自己祖先「曾經闊過」，是所有沒落家族子弟的共同特點，古今中外，莫不如此，曹雪芹作爲典型的「八旗子弟」，也不能免俗吧。

在中國古典小說史上，從來沒有作者署真名的先例，《三國演義》的作者羅貫中，《水滸傳》的作者施耐庵，都是後人考證出來的，創作當時沒有署名。《金瓶梅》的作者署名「蘭陵笑笑生」，至今也沒考證清楚他是誰。本來，《紅樓夢》的作者和評點傳抄者，用了「石頭」、「空空道人」、「東魯孔梅溪」、「吳玉峰」、「脂硯齋」、「畸笏叟」等一連串別屬的形式出現，是合理的，符合古典文學傳統的，偏偏後邊出來一個真名曹雪芹，在那文字獄盛行的時代，署真名是危險的，再說，曹雪芹也不應該違背封建社會共同遵守的避諱原則，同祖父曹雪樵排比取名。只有爲了某種目的，有意弄虛作假的人，才會刻意如此去做。由於始作俑於曹雪芹的在《紅樓夢》身上欺世盜名的惡劣作法，使洪昇的著作權被盜用了三百多年，應該是中國文學史上的一大悲劇。

說胡適先生有意作僞，也未必怎麼冤枉他。首先，胡適先生在所購得的那部甲戌本問題上，便很不怎麼光明正大，他明知道購自誰手，日記中也有明確記載，但就是不肯對外透漏這個原始持有者的名字，還掩飾說自己忘記了。甲戌本購到手後，第一冊的封面被明顯有意地撕去了一角，這一角中隱藏著什麼秘密，就只有胡適先生自己知道。在《紅樓夢》考證過程中，胡適先生明知道自己的「大膽假設」證據不足，便採用某些明顯違背歷史考證規則的作法斷章取義、強詞奪理，比如，採信一百多年後的楊鍾羲的孤證，而不採信曹雪芹同時的袁枚等人的多項證據，硬把曹雪芹派給曹寅當孫子，從而讓他具備創作《紅樓夢》的起碼資格，就是明顯的反科學做法。對裕瑞《棗窗閑筆》中關於曹雪芹前面另有作者的記載，符合胡適「大膽假設」的部分就被採信了，不符合的部分就被略去了，這種割裂證據的做法，也是學術研究中的比較惡劣的行爲。

曹雪芹已經死去二百多年了，胡適先生也早已作古了，我們在揭示事實真相的同時，還是不要苛責古人、筆下留情吧。但是，由曹雪芹、胡適給紅學研究帶來的重重迷瘴，卻必須撥雲見日，紅學研究只有跳出「曹家店」，脫離「胡家莊」，才能夠走上康莊大道。歷史畢竟不是如胡適所說的「任人塗抹打扮的小姑娘」，假的就是假的，偽裝必須剝去。當事實真相大白於天下之時，《紅樓夢》的真正作者洪昇（石兄），《紅樓夢》的真正評點者黃蘭次（脂硯齋），《紅樓夢》的真正傳抄問世者拙道人（情僧、立松軒）、鄧雪兒（畸笏叟），《紅樓夢》的真正題名作序者王漁洋（東魯孔梅溪）、吳喬（吳玉峰）、梁清標（棠村），以及《紅樓夢》中那些可愛的姐妹們的原型——「蕉園詩社」的十二名女詩人，相信都可以含笑九泉了！

# 結束語

秦軒

二〇〇五年九月二十三日，在「百度搜索」網上發現了李敖大師的一篇文章，文章所在的網頁交代是「網路日記」。筆者第一次聽說日記在網路上逐頁發表，也算孤陋寡聞了。這篇文章看起來像是一個講話稿或演講記錄稿，不知是李敖大師在什麼場合、面向什麼聽眾講的。從文章風格看，確實是李敖的風格，並非別的什麼人的惡作劇。李敖大師前幾天在北京大學大談他父親的老師胡適，似乎還要捐資三十五萬元爲胡適在北大立銅像。這篇文章，或許是李敖大師訪問大陸前後的某次談話記錄吧。

從李敖大師的文章中不難看出：

其一，李敖大師不僅注意到了大陸學者土默熱提出的《紅樓夢》作者是洪昇的學說，而且敏銳地意識到，土默熱紅學是對流行了八十年的胡適先生的曹雪芹著書說的否定。土默熱的文章在台灣的許多網站都有轉載，特別是容乃公的京劇網站，鏈結了大陸的「紅樓藝苑」網站，包括李大師在內的台灣網友對土默熱系列考證文章當不陌生。

其二，李敖大師以獨到的視角看出，土默熱的洪昇說，由於證據尚「不夠充分」，大

多數人還是不接受這個新的觀點。但是，這所謂的「大多數人」認爲曹雪芹是《紅樓夢》作者，「也更像一種約定俗成的觀念」，換言之，胡適先生當年考證曹雪芹是《紅樓夢》作者，《紅樓夢》是按照曹家真實發生的事情創作的證據更成問題，當今主流紅學的全部成果用「約定俗成」四字來概括實在是恰當不過了！如果據此「反對洪昇說也沒有確鑿的證據」！

其三，李敖大師以其豐富的閱歷和實踐，深刻地指出：「推翻常識性的結論可不是鬧著玩的。」謊言重複一百遍也會成爲真理，現在中國老百姓「把曹雪芹是《紅樓夢》作者當作常識了」。土默熱的新學說，因爲要推翻這個所謂的「常識」，可能引起很大的「混亂」。「中國人引以爲豪的文學巨著《紅樓夢》沒有明確的作者可不是老百姓所能接受的」，會使國人產生「不光彩」的感覺。但感覺往往是靠不住的，虛幻的感覺不能代替現實的學術進步。

其四，李敖大師以貌似玩笑、實則極爲嚴肅的口吻說，在批判胡適最激烈的那個時期，反而沒有明確質疑胡適考證《紅樓夢》作者爲曹雪芹的；現在對胡適的批判已經愈來愈少了，「可洪昇說卻適時地出現了」。這是「歷史和胡適開了個小玩笑」！土默熱的洪昇說的出現是「適時的」，可以說是應運而生。對胡適先生的學說來說，這似乎是開歷史的玩笑；但對《紅樓夢》研究來說，土默熱洪昇說卻是對胡適紅學的嚴肅否定——儘管當前囿於所謂的「胡適常識」，多數人並不接受他。

其五，李敖大師和他的父親，與胡適先生的淵源頗深，直到今天，李敖大師仍對胡適先生保持著深深的敬意。但是，「吾愛吾師，吾更愛真理」，學術問題是不能憑感情來斷定是非的。李敖大師在胡適主流紅學與土默熱紅學新說之是非問題上，以大師的敏銳、學者的良知和委婉風趣的語言，做出這些清醒獨到的分析，其高尚的情懷和高明的視角，著實令人欽敬。

注：土默熱先生「洪昇說」系列文章，可在紅樓藝苑網站查詢。

# 跋

《紅樓夢》乃小說之尤物，稗史之妖，酷似《聊齋志異》之鬼狐，身上透著秀氣、靈氣、媚氣，但也有詭氣、邪氣、妖氣。令人愛之、憐之、眷戀之，但偶爾也產生卻之、拒之、敬而遠之的念頭。紅學同仁均有同感：一旦沾惹《紅樓夢》，便如同《聊齋志異》中的書生沾惹了鬼狐，雖明知不可能明媒正娶、宜室宜家，但又難以擺脫誘惑，剪不斷、理還亂，只好沈淪下去。

這五十篇研紅文章，便是在這種心境下產生的。予雖明知不是作學問之正途坦途，靠這些修不成學術正果，但也視若與鬼狐情人頻頻幽會後的私生子，自感骨血相關，亦斷不忍藏之深山、投之水火。

這五十篇文章的炮製，前後歷時十餘年。由於不是同一時期的作品，觀點前後矛盾，自相否定的情況，都是有的。愚以爲，雖有不夠一以貫之之瑕疵，但畢竟忠實反映了予之研究軌跡，體現了思想轉變過程，故未加修飾潤色，照編原稿。於此特加說明。

十年一覺紅樓夢，贏得文壇異端名。予彙編此稿時，曾痛下決心，以耳順之年，齒落

色衰，何苦再癡迷紅樓豔夢？從茲幡然悔悟，返回文學史學正途，餘生或者有救。但《紅樓夢》畢竟是扮作尤物之鬼狐，予自知沒有柳下惠坐懷不亂之定力，繼續沈酣舊夢，亦未可知。

正是：

紅樓解夢苦奔忙，舊論新學皆散場。
索隱千般成夢囈，考據一證也荒唐。
蕉園國難啼痕重，棠棣家仇抱恨長。
淋漓悲歌末世血，十年探索不尋常。

是爲跋。

土默熱　乙酉年秋爽於長春

風雲思潮

# 土默熱：紅學大突破【卷下】——《紅樓夢》作品真諦

作者　土默熱
出版者　風雲時代出版股份有限公司
出版所　風雲時代出版股份有限公司
地址　105台北市民生東路五段一七八號七樓之三
網址　http://www.books.com.tw
電子信箱　h7560949@ms15.hinet.net
服務專線　（〇二）二七五六一〇九四九
郵撥帳號　一二〇四三二九一
執行主編　劉宇青
封面設計　蕭麗恩
法律顧問　永然法律事務所　李永然律師
北辰著作權事務所　蕭雄淋律師
版權授權　吉林人民出版社
出版日期　二〇〇七年五月初版
定價　新台幣三五〇元
總經銷　成信文化事業股份有限公司
地址　台北縣中和市中山路二段三六六巷十號十樓
電話　（〇二）二二四九一六一〇八

行政院新聞局局版台業字第三五九五號
營利事業統一編號二二七五九九三五


國家圖書館出版品預行編目資料

土默熱：紅學大突破．卷下,《紅樓夢》作品真諦
／土默熱著. -- 初版. -- 臺北市：風雲時代,
2007〔民96〕
面；　公分

ISBN 978-986-146-360-5（平裝）

1.《紅樓夢》- 研究與考訂

857.49　　96004345